中国古典文学名著

# 三遂平妖传

[明] 罗贯中等 著

华夏出版社
HUAXIA PUBLISHING HOUSE

**图书在版编目（CIP）数据**

三遂平妖传／（明）罗贯中等著. —北京：华夏出
版社，2013.01（2024.09重印）

（中国古典文学名著丛书）

ISBN 978 – 7 –5080 – 6346 – 1

Ⅰ．①三… Ⅱ．①罗… Ⅲ．①章回小说 – 中国 – 明代

Ⅳ．①I242.4

中国版本图书馆 CIP 数据核字（2011）第 083807 号

**出版发行：**华夏出版社

（北京市东直门外香河园北里 4 号　邮编 100028）

**经　　销：**新华书店

**印　　制：**永清县晔盛亚胶印有限公司

**版　　次：**2013 年 01 月北京第 1 版

2024 年 09 月北京第 2 次印刷

**开　　本：**670×970　1/16 开

**印　　张：**22.5

**字　　数：**333.5 千字

**定　　价：**42.00 元

# 前　言

　　《三遂平妖传》、《铁冠图》、《归莲梦》，是三部以农民起义故事为题材的白话小说。

　　《三遂平妖传》是明代罗贯中所著。小说以神怪故事的形式讲述了北宋仁宗时镇压胡永儿、王则夫妇所领导的农民起义的故事。因此，有人称此书是"中国小说史上第一部长篇神魔小说"。小说中的人物不是冰冷恐怖的妖魔鬼怪，而是充满人情味、血肉丰满会使各种妖法的活人。小说的语言幽默，人物性格鲜明，艺术上可资借鉴。虽然小说歪曲和丑化了农民起义，称颂宋王朝对起义的镇压，但也真实反映了封建统治者的腐朽和残暴。

　　《铁冠图》由清松滋山人编著，其真实身份无可考证。小说以铁冠道人说明图谶为主线，讲述了明末李自成率起义军直逼京城，文武百官畏怯避战，崇祯帝自缢煤山，起义军进城后荒淫贪婪，吴三桂借清兵赶走李自成，李自成兵败在九龙山被村民所杀，崇祯帝与殉节忠臣皆升仙界等一系列亦真亦幻的历史事件。后世将该小说改编为戏曲，在民间广为流传。

　　《归莲梦》由苏庵主人编次，皤山居士校正，作者真实身份已无可考。小说写的是明代山东泰安乡民白双山夫妻双双饿死，幼女被僧人所救，取名莲岸。后莲岸下山，凭一面宝镜和一部天书创立白莲教，率众纵横天下，屡败官军，被招安后一心皈依正教，列入仙班。小说人物性格刻画清晰，故事曲折离奇，读来引人入胜。

　　这三部小说的产生，有着相似的社会历史背景。明清时期，由于社会矛盾日益激化，压迫剥削日益加重，政治黑暗官员腐败，天灾人祸不断发生，赋税和徭役加重，造成很多农户破产，土地多被皇亲贵族、地主豪绅掠夺霸占，千百万农民因身上无衣、口中无食而无法生存。因此，全国到处都有农民起义爆发，比如明末时期李自成领导的农民起义，又如清代的苗民起义、白莲教起义、捻军起义、太平军起义等，都是由于民不聊生、官逼民反的结果。这些农民起义虽然大都失败了，却大大削弱了朝廷的实力，给统治者以沉重的打击。正是在这样的社会背景下，明清一些文人根据有关农民起义的历史事件编创了这类话本小说。

这次再版《三遂平妖传》、《铁冠图》、《归莲梦》，我们约请了相关学者，对原著进行了大量的校勘、补正、释义，以纠正原书中的笔误和疑难语句，对原书原来缺字的地方用□表示了出来，为读者扫除阅读障碍。因时间仓促，水平有限，难免有所疏失，望各位专家和广大读者予以指正。

编　者
2011 年 3 月

# 篇 目 目 录

# 三遂平妖传

# 目 录

# 第 一 回

## 胡员外典当得仙画　张院君焚画产永儿

诗曰：

　　　　君起早时臣起早，来到朝门天未晓。

　　　　东京多少富豪家，不识晓星直到老。

话说大宋仁宗皇帝朝间，东京开封府汴州花锦也似城池，城中有三十六里御街，二十八座城门；有三十六条花柳巷，七十二座管弦楼，若还有答闲①田地，不是栽花蹴气球。那东京城内势要②官宦且不说起，上下有许多员外：有染坊王员外，珠子李员外，泛海张员外，彩帛焦员外，说不尽许多员外。其中有一员外，家中巨富，真个是钱过壁斗，米烂陈仓。家中开三个解库③：左边这个解库专当绫罗段匹；右边这个解库专当金银珠翠；中间这个解库专当琴棋书画，古玩之物。每个解库内用一个掌事，三个主管。这个员外姓胡名浩，字大洪，只有院君④妈妈张氏，嫡亲两口儿，别无儿女。正是眼睛有一对，儿女无一人。一日，员外与妈妈闲坐在堂上，员外蓦然思想起来，两眼托地⑤泪下。妈妈见了，起身向员外道："员外！你家中吃的有，着⑥的有，又不少什么，家里许多受用；将上不足，比下有余。缘何怎般烦恼？"胡员外道："我不为吃着受用，家私虽是有些，奈我和你无男无女，日后靠谁结果⑦？以此思想不乐。"妈妈说道："我与你年纪未老，终不然就养不出了？或是命里招得迟也未见得。闻得如今城中宝

---

① 答闲——空闲。

② 势要——有要势；居要职。

③ 解库——当铺。

④ 院君——对官吏、财主之妻的尊称。

⑤ 托地——忽地；一下子。

⑥ 着——穿。

⑦ 结果——了结；解决。

箓①宫里,北极佑圣真君甚是灵感。不若我与你拣个吉日良时,多将香烛纸马拜告真君,求祈子嗣②。不问是男是女,也作坟前拜扫之人。"便叫养娘侍妾:"且去安排酒来,我与员外解闷则个。"夫妻二人吃了数杯,收拾了家火歇息了。又过数日,恰遇吉日良时,叫当值③的买办香纸,安排轿马,伴当丫环跟随了,径到宝箓宫门首,歇下轿马,走入宫里来,到正殿上烧香,少不得各殿两廊都烧遍了。来到真武殿上,胡员外虔诚祷祝:生年月日,拜求一男半女,也作胡氏门中后代。员外推金山,倒玉柱④,叩齿磕头,妈妈亦然,插烛也拜⑤拜了。又祝告化纸,出宫回家,不在话下。自此之后,每月逢初一、十五日便去烧香求子,已得一年光景。忽一日,时值五月间天气,天道却有些热。只见中间这个解库托地布帘起处,走将一个先生入来。怎生打扮:

　　头戴铁道冠,鱼尾模样;身穿皂⑥沿边烈火绯⑦袍。左手提着荆
　　筐篮,右手拿着鳖壳扇。行缠⑧绞脚,多耳麻鞋。

原来神仙有四等:

　　走如风,立似松,卧如弓,声似钟。

只见那先生揭起布帘入来,看着主管。主管见他道貌非俗,急起身迎入解库,与先生施礼毕,凳上分宾主坐了,忙唤茶来。茶毕,主管道:"我师有何见谕?"那先生道:"告主管,此间这个典库,是专当琴棋书画的么?"主管道:"然也!"先生道:"贫道有一幅小画,要当些银两,日后便来取赎。"主管道:"我师可借来观一观,看值多少。"主管只道有人跟随他来拿着画,只见那先生去荆筐篮内,探手取出一幅画来,没一尺阔,递与主管。主管接在手里,口中不说,心下思量:"莫不这先生作耍笑?跳起来⑨这画儿

---

① 宝箓——道家符。
② 子嗣——子孙后代。
③ 当值——值班。
④ 推金山,倒玉柱——指跪拜。
⑤ 拜——可能为"似"字。
⑥ 皂——黑色。
⑦ 绯(fēi)——红色。
⑧ 行缠——裹腿布。
⑨ 跳起来——马上;突然。此指最多。

值得多少?"不免将画儿又将起来看时,长不长五尺;把眼一观,用目一望,原来是一幅美女图。画倒也画得好,只是小了些,不值什么钱。主管回身问道:"我师要解①多少?"只见这先生道:"这画非同小可,要解伍拾两银子。"主管道:"告我师!只怕当不得这许多。若论这一幅小画儿,值也不过值三五十贯钱,要当五十两银子,如何解得?"这先生定要当,主管再三不肯。两个正较论②之间,只听得鞋履响,脚步鸣,中间布幕起处,员外走将出来,道:"主管,烧午香也未?"主管道:"告员外,烧午香了!"那先生看着员外道:"员外,稽首!"员外答礼道:"我师,请坐拜茶!"员外只道他是抄化的。主管道:"此位师父有这幅小画,要当伍拾两银子,小人不敢当,今我师定要当。"员外把眼一觑,道:"我师这画虽好,不值许多,如何当得伍拾两?"那先生道:"员外!你只知其一,不知其二。这幅画儿虽小,却有一件奇妙处。"员外道:"有甚奇妙处?"先生道:"此非说话处,请借一步方好细言。"员外与先生将着手③径进书院内,四顾无人,员外道:"这画果有何奇妙?"先生道:"这画于夜静更深之时,不可教一人看见,将画在密室挂起,烧一炉好香,点两枝烛,咳嗽一声,去桌子上弹三弹,礼请仙女下来吃茶。一阵风过处,这画上仙女便下来。"那员外听得,思忖道:"恁地是仙画了!"即同先生出来,交主管:"当与师父去罢。"主管道:"日后不来赎时,却不干小人事。"员外道:"不要你管,只去簿子上注了一笔便了。"员外一面请先生吃斋,就将画收在袖子里,却与先生同入后堂里面坐定吃斋罢,员外送先生出来,主管付伍拾两银子与他,先生辞别自去。不在话下。

　　员外在家巴不得到晚,叫当值的打扫书院,安排香炉、烛台、茶架、汤罐之类,觉到晚也,与妈妈吃罢晚饭,只见员外思量个计策,道:"妈妈,你先去歇息,我有些账目不曾算清,片时算了便来。"不觉楼头鼓响,寺内钟鸣,看看天色晚了。但见:

　　　　十分俄然黑雾,九霄云里星移。八方商旅,回店解卸行装;七星北斗,现天关高垂半侧。绿杨荫里,缆扁舟在红蓼滩头;五运光中,竟

---

①　解——典当;抵押。

②　较论——分辩;谈论。

③　将着手——携着手;拉着手。

赶牛羊入圈。四方明亮,耀千里乾坤;三市夜横凉气。两两夫妻归宝
帐,一轮皎洁照军州。

胡员外径到书院,推开风窗,走进书院里面。吩咐当值的:"你们出去外
面伺候。"回身把风窗门关上,点得灯明了,壁炉上汤罐内汤沸沸地滚了。
员外烧一炉香,点起两支烛来,取过画叉,把画挂起,真个是摘得落①的娇
娆美人。员外咳嗽一声,就桌子上弹三弹,只见就桌子边微微地起一阵
风。怎见得这风?

善聚庭前草,能开水上萍;动帘深有意,灭烛太无情。入寺传钟
响,高楼送鼓声;唯闻千树吼,不见半分形。

风过处,只见那画上美人历历地一跳,跳在桌子上;桌子上一跳,跳在地
上。这女子脚到头五尺三寸身材,生得如花似玉,白的是皮肉,黑的是头
发。怎见得有许多好处?

添一指太长,减一指太短。施朱太赤,傅粉太白。不施脂粉天然
态,纵有丹青画不成。有沉鱼落雁之容,闭月羞花之貌。

只见那女子觑着员外,深深地道个万福。那员外急忙还礼,去壁炉上汤罐
内倾一盏茶递与那女子,自又倾一盏茶陪奉着。吃茶罢,盏托归台,不曾
道个什么,那女子一阵风过处,依然又上画上去了。员外不胜之喜,即时
自收了画,叫当值的来收拾了,员外自回寝室歇息。不在话下。自此夜为
始,每日至晚便去算账。

却说张院君思忖道:"员外自前到今,约有半月光景,每夜只说算账,
我不信有许多得算。"不免叫丫环将灯在前,妈妈在后,径到书院边,近风
窗听时,一似有妇人女子声音在内。妈妈轻轻地走到风窗边,将小姆指头
蘸些口唾,去纸窗上轻轻地印一个眼儿,偷眼一张,见一个女子与员外对
坐了说话。这妈妈两条愤气从脚板底直灌到顶门上,心中一把无明火高
了三千丈,按纳不下,舒②着手,推开风窗门,打入书院里来。员外吃了一
惊,起身道:"妈妈做什么?"那妈妈气做一团,道:"做什么? 老乞丐! 老
无知! 做得好事! 你这老没廉耻,每夜只推算账,到今半月有余,却在这
里为这等不仁不义的勾当!"正闹里,只见那女子一阵风过处,已自上画

---

① 摘得落——取下来。
② 舒——伸。

去了。那妈妈气喷喷地唤："梅香！来与我寻将出来！交你不要慌！"员外口中不道，心下思量，自道："你便把这书院颠倒翻将转来，也没寻处。"那妈妈寻不见这个女子，气作一堆，猛抬头起来，周围一看，看见壁上挂着这幅美女，妈妈用手一扯，扯将下来，便去灯上一烧，烧着，放在地上。员外见妈妈气，又不敢来夺。那画烘烘地烧着，纸灰在地上团团地转，看看旋来妈妈脚边来，妈妈怕烧了衣服，退后两步，只见那纸灰看着妈妈口里只一涌，那妈妈大叫一声，匹然①倒地。胡员外慌了手脚，叫迎儿、梅香相帮扶起来，坐在地上，去汤罐内倾些汤，将妈妈灌醒，扶将起来，交椅上坐地。妈妈道："老无知做得好事！"唤养娘："且扶我去卧房中将息。"妈妈睡到半夜光景，自觉身上有些不快。自此之后，只见妈妈眉低眼慢，乳胀腹高，身中有孕。胡员外甚是欢喜，却有一件心中不乐：被妈妈烧了这画，恐后那先生来取，怎得这画还他？不在话下。

　　时光似箭，日月如梭。经一年光景，妈妈将及分娩，员外去家堂②面前烧香许愿，只听得门首有人热闹，当值的来报员外道："前番当画的先生在门前。"胡员外听得说，吃了一个蹬心拳③，只得出来迎接道："我师，又得一年光景不会。不敢告诉，今日我房下④正在坐草⑤之际，有缘得我师到来。"只见那先生呵呵大笑道："妈妈今日有难，贫道有些药在此。"就于荆筐篮内取出一个葫芦儿来，倾出一丸红药，递与员外，交将去用净水吞下，即时便分娩。员外收了药，留先生斋了，先生自去，亦不提起赎画之事。且不说先生，却说员外将药与妈妈吃了，无移时生下一个女儿来，员外甚是欢喜。老娘婆收了，不免做三朝、满月、百岁、一周，取个小名：因是纸灰涌起腹怀有孕，因此取名叫做永儿。

　　光阴似箭，日月如梭，不觉永儿长成七岁。员外请一个先生在家教永儿读书，这永儿聪明智慧，教过的便会。易长易大，看看十岁。时遇八月十五日中秋夜，至晚来，胡员外打发各解库掌事及主管回家赏中秋，吩咐

---

①　匹然——突然。
②　家堂——家祠。
③　蹬心拳——喻触心的言语。
④　房下——对人称自己的妻子。
⑤　坐草——妇女临产。

院子俱各牢拴门户，仔细火烛。至晚好轮明月。但见：

　　　桂华离海峤，云叶散天衢。彩霞照万里如银，玉兔映千山似水。
　　一轮皎洁，能分宇宙澄清；四海团圆，解使乾坤明白。影摇旷野，惊独
　　宿之栖鸦；光射幽窗，照孤眠之怨女。冰轮碾破三千界，玉魄横吞万
　　里秋。此夜一轮满，清光何处无。

却说胡员外、妈妈、永儿三口儿，其余瘆子①侍婢服侍着，自在后花园中八
角亭子上赏中秋，饮酒赏月。只因这日起，有分交：胡员外弄做了衣不充
身，食不充口；争些个几乎儿三口儿饿死。正是：

　　　福无双至从来有，祸不单行自古闻。

　　毕竟变出甚祸事来？且听下回分解。

---

① 瘆(nǎi)子——奶奶。

# 第 二 回

## 胡永儿大雪买炊饼　圣姑姑传授玄女法

诗曰：

近日厨中乏短供，婴儿啼哭饭箩空。

母因低说向儿道，参有新诗谒相公。

当夜胡员外与张院君、永儿三口儿，正在后花园中八角亭子上赏中秋饮酒，只见门公慌慌忙忙来报道："员外，祸事！"员外道："祸从何来？事在哪里？"门公道："外面中间这个解库里火起！"员外和妈妈、永儿吃那一惊不小，都立下亭子来看时，果然是好大火。怎见得这火大？

初如萤火，次若灯光。然后似千条蜡烛焰难当，万个生盆敌不
　住。骊山顶上，料应褒姒逗英雄；夏口三江，不弱周郎施妙计。烟烟
　焰焰卷昏天地，闪烁红霞接火云。一似丙丁扫尽千千里，烈火能烧万
　万家。

这火正把房屋烧着，员外交妈妈与永儿："且不要慌！便烧尽了，也穷我们下半世不得！"只见那火焰腾腾，刮刮匝匝只顾烧着，风又大得紧，地方许多人都救不灭，直烧了一夜。三口儿只得在八角亭子上权歇。等天晓起来，叫人去扒火地盘，众人去扒看，开了口合不得，睁了眼闭不得。胡员外不想被这场天火烧得寸草皆无，前厅、后楼、过路、当房、侧屋都烧净了。只指望金银器皿、铜锡动用什物，虽然烧烊了也还在地下，叫人扒看时，不料都被天收了去。上半世有福受用，如今福退了，满火地盘扒看，并没寻处。就在亭子上住下，早晚饭食皆无，亲邻朋友处送了几食，又不免去借些柴米，只好一遭两次。一日三，三日九，半年周岁，口内吃的，身上穿的，件件皆无。将空地央人卖，又无人要。看看穷得褴褛，去求相识，在家里只说不在；日常里认得的，只做不看见。自古道：贫居闹市无人问，富在深山有远亲。又道：百万豪家一焰穷。那胡员外在亭子上一住，四下又无壁

落①,风雨雪下,怎地安身? 不免搬去不厮求院子里住;就似于今孤老院一般。时逢仲冬,彤云密布,朔风凛冽,纷纷扬扬下一天好大雪。怎见得这雪大?

> 严冬天道,瑞云交飞,江山万岭尽昏迷。桃梅斗艳,琼玉争辉。
> 江上群鹭翻覆,空中鸥鹭纷飞,长空六出满天垂。野外鹅毛乱舞,檐
> 前铅粉齐堆;不是贫穷之辈,怎知寒冷之时,正是:尽道丰年瑞,丰年
> 瑞若何? 长安有贫者,宜瑞不宜多!

爱雪的是高楼公子,嫌雪的是陋巷贫民。在东京城里这个才落泊的胡员外,夫妻二人并女儿叫做永儿,原是大财主,只因天火烧得落难,荡尽了家私,搬在不厮求院子里住。正逢冬天雪下,三口儿厮守着地炉子坐地,日中兀自没早饭得吃。妈妈将指头向员外头上指一指,胡员外抬起头来看见,道:"妈妈没甚事?"妈妈道:"怎的没甚事! 大雪下,屋里没饭米;我共尔忍饥受饿便合当,也曾吃过来。"指着永儿道:"她今年只得十五岁,曾见什么风光来? 叫我儿忍饥受饿!"胡员外道:"没计奈何,教我怎生是好?"妈妈道:"你是养家的人,外面却才雪下,若一朝半日冻住了,急切出去不得,终不成我三口儿直等饿死? 你趁如今出去,见一两个相识,怕赚得三四百文钱归来,也过得几日。"员外道:"我出去见兀谁②是得?"妈妈道:"你不出去,终不成我出去?"胡员外吃妈妈逼不过,起身道:"且把腰系紧些个。"开了门出去,走得两步,倒退了三步,口里道:"好冷!"劈面冷风似箭,侵人冷气如刀,被西北风吹得倒退几步,欲复回来,妈妈又把门来关上了。没计奈何,只得冒着风雪了走。走出不厮求院子来告③人,不在话下。

且说妈妈共女儿冷冷清清坐着,永儿道:"爹爹出去告人,未知如何?"永儿又道:"妈妈! 雪又下得大,风又冷,爹爹去告谁的是?"妈妈道:"我儿! 家中又没钱,不叫爹爹出去,终不成我出去? 我儿! 你且去床头边寻几文铜钱,将去买几个炊饼来做点心,待你的爹爹回来,却又作道理。"当时永儿去床头寻得八文铜钱,娘道:"我儿出巷去买几个炊饼来,

---

① 壁落——墙。

② 兀谁——谁。

③ 告——求;请求。

你且胡乱吃几个充饥。"永儿将衣襟兜着头,踏着雪走出不厮求院子来。到大街卖炊饼处,永儿便与卖饮饼的道个万福,道:"哥哥,买七文铜钱炊饼。"小二哥接了铜钱,看那女孩儿身上好生褴褛。永儿剩一文钱,把来系在衣带上。小二哥把一片荷叶包了炊饼,递与永儿,永儿接了,取旧路回来,已是未牌时分。沿着屋檐正走之间,只见一个婆婆从屋檐下来,挂着一条竹棒,胳膊上挂着一个篮儿。那婆婆腰驼背曲,眉分两道雪,髻挽一窝丝。眼如秋水微浑,发似楚山云淡。形如三月尽头花,命似九秋霜后菊。却原来是个教化婆子,看着永儿道个万福,永儿还了礼。婆婆道:"你买什么来?"永儿道:"家中母亲叫奴家买炊饼来。"那婆婆道:"我儿!好叫你知道,我昨日没晚饭,今日没早饭。你肯请我吃个炊饼么?"永儿口中不道,心下思量:"我妈妈也昨日没晚饭,今日没早饭。这婆婆许多年纪,好不忍见!"解开荷叶包来,把一个炊饼递与婆婆。婆婆接得在手,看了炊饼道:"好却好了,这一个如何吃得我饱,何不都与了我?"永儿道:"告婆婆,奴家却不敢都把与你。家中三口儿两日没饭得吃,妈妈叫爹爹出去告人,只留得八文铜钱,叫奴家出来买炊饼,大的妈妈吃,小的是奴奴吃的。因见婆婆讨,奴奴只得让一个与婆婆吃。"婆婆道:"你妈妈问炊饼如何买得少了,你却说甚的?"永儿道:"妈妈问时,只说奴奴肚饥,就路上吃了一个。"婆婆道:"难得我儿好心!我撩拨你耍子,我不肚饥,我不要吃,还了你。"永儿道:"我与婆婆吃的,如何还了奴奴?"婆婆道:"我试探你则个,难得你这片好慈悲孝顺的心。你识字么?"永儿道:"奴奴识得几个字。"婆婆道:"我儿,恁地却有缘法!"伸手去那篮儿内取出一个紫罗袋儿来,看着永儿道:"你收了这个袋儿。"永儿接了袋儿道:"婆婆!这是什么物事?"婆婆道:"这个唤做'如意册儿',有用它处。若有急难时,可开来看。你可牢收了。册儿上倘有不识的字,你可暗暗地唤'圣姑姑',其字自然便识。切勿令他人知道。"永儿把册儿揣在怀里,谢了婆婆,婆婆自去了。

　　永儿拿着炊饼到家,娘问道:"我儿如何归来得迟?"永儿道:"妈妈!街上雪滑难行。"娘儿两个吃了炊饼,不多时,只见员外归来。妈妈道:"你去这半日,见甚人来?"员外道:"好叫你知道,外面见个相识,请我吃了酒饭,又与我三百足钱。"妈妈欢喜,交员外道:"你去籴①些米,买些柴炭,且过两三日,又作区处。"免不得做些饭吃。到晚去睡,永儿却睡不着,自思:"日间的那婆婆与我册儿时说道,有急难便可开来看。如今没饭得吃,也是一个急难,我且将去开来看一看。"永儿款款地起来,轻轻的穿了衣裳,惊觉娘道:"我儿哪里去?"永儿道:"我肚疼了,要去后则个。"下床来着了鞋儿,到厨下,雪光如同白日。永儿去怀中取出紫罗袋儿来,打一抖,抖出一个册儿来看时,只因胡永儿看了这个册儿,会了这般法术,直使得自古未闻,于今罕有。正是:

　　数斛②米粮随手至,百万资财指日来。

　　毕竟永儿变得钱米么?且听下回分解。

---

①　籴(dí)——买入粮食。

②　斛(hú)——古代量器。

# 第 三 回

## 胡永儿试变钱米法　胡员外怒烧如意册

诗曰：

　　九天玄女好惊人，但恐于中传不真。

　　只为一时风火性，等闲烧了岁寒心。

　　当夜胡永儿看那册儿上面写道："九天玄女法"。揭开第一板看时，上面写道：

　　变钱法——画着一条索子，穿着一文铜钱。——要打个肐膝放在地上，用面桶盖着。舀一碗水在手，依咒语念七遍，含口水往下一喷，喝声："疾！"揭起面桶，就变成一贯铜钱。

永儿即时寻了一条索子，将日间 买炊饼剩的一文铜钱解下衣带来，穿在索子上，打了肐膝，放在地上，寻面桶来盖了。去水缸内舀一碗水在手，依咒语念了七遍，含口水往下只一喷，喝声："疾！"放下水碗，揭起面桶打一看时，青碗也似一堆铜钱！永儿吃了一惊，没做理会处。思量道："若把去与爹爹妈妈，必问是哪里来的？"永儿就心生一计，开了后门，一撒撒在自家笆篱内雪地上，只说别人暗地里舍施贫的。便把后门关上，入房里来，把册儿藏了。娘道："女儿！肚里疼也不？"永儿道："不疼了。"依然上床再睡。

　　到天晓三口儿起来，烧些面汤，娘的开后门泼那残汤，忽见雪地上有一贯钱，吃了一 惊，忙捉了把去与员外看了，道："不知谁人撒这贯钱在后面雪地上！"那胡员外道："妈妈！宁可清贫，不可浊富①。我的女儿长成，恐有不三不四的后生来撩拨她，把这铜钱来调戏。"妈妈道："你好没见识，东京城有多少财主做好事，济贫拨苦②，见老大雪下，院子里有许多没饭吃的，夜间撒来人家屋里来舍贫。我女儿又不曾出去，你却这般胡

---

① 浊富——不义之富。

② 拨苦——拨，除去。拨苦，除去贫苦。

说!"员外道:"也说得是。我昨日出去,求人三二百钱兀自不能够得。如今有这一贯钱,且籴五百钱米,买三百钱柴,二百钱把来买些盐、酱、菜蔬下饭,且不烦恼雪下。"三口儿到晚去睡,到二更前后,永儿自思:"昨日变得一贯钱也好,今日再去安排看。"永儿款款地起来,着了衣服,娘问道:"我儿做什么?"永儿道:"肚里又疼,要去后则个!"娘道:"苦呀!我儿先前那几日有一顿没一顿,这两日有些柴米,不知饥饱,只顾吃多了。明日叫爹爹出去赎①帖药吃!"永儿下床,来到厨下,一似昨日安排。如法用索穿钱,用面桶盖了,念了咒,喷一口水,揭起桶来看时,和夜来一般,又有一贯钱。永儿开后门,把这钱又安在雪地上,关了后门,入房里睡。到天晓,妈妈起来烧汤洗面,开后门泼汤,又看见一贯钱,好欢喜,拿了回来。胡员外道:"好蹊跷,这钱来得不明!"妈妈道:"莫胡说,我不怕!这是当方神道不忍见我们三口儿受苦,救济我们,又把这一贯钱安在我家。"员外见说,只得买柴、籴米、买菜,安在家中。过三五日,雪却消了,天晴得好。妈妈对员外道:"趁家中还有几日粮食,你出去外面走一遭,倘撞见熟人,赚得三五百钱也好。"员外听得说,只得走出去。妈妈心宽无事,出去邻舍家吃茶闲话。

永儿见娘出去,屋里没人,关了前门,取出册儿,揭开第二板看时,上面写着:"变米法。"永儿道:"谢天地!既是变得米,忧什么没饭吃!"寻个空桶,安在地上,将十数粒米安在空桶内,把件衣服盖了,念了咒,喷一口水,喝声道:"疾!"只见米从桶里涌将出来。永儿心慌,不曾念得解咒,米突突地起来,桶箍长久却是烂的,忽然一声响,断了桶箍,撒一地米。永儿见了,失声叫苦。娘在隔壁听得女儿叫苦,与邻舍都过来看,被生人一冲,米便不长了,只见地上都是米。娘共邻舍都吃一惊,道:"如何有这许多米?"永儿生一个急计,唤做脱空计,道:"好叫妈妈得知,一个大汉驮一布袋米,把后门挨开来,倾下米在此便去了。吃他一惊,因此叫起来。"娘道:"却是甚人,是何意故?"只见隔壁张阿嫂道:"胡妈妈!你直恁地不晓得。是那有钱的员外财主,见雪雨下了多日,情知院子里有万千没饭吃的,做这样好事。不叫人知道,撒钱、撒米在人家里,这是阴骘②;若明明

---

① 赎——用财物换东西。
② 阴骘(zhì)——阴德。

的舍,怕人啰唣。这个何足为道!"娘和女儿一边收拾,邻舍们各自去了。两个兀自收拾未了,胡员外却好归来,见娘儿两个在地下扫米,便焦躁起来道:"那见你娘儿两个的做作! 才有一两顿饭米,便要作塌①了!"妈妈道:"我如何肯作塌! 叫你看,缸里,瓮里,瓶里,桶里,都盛得满了,这里还有许多,兀自没家生得盛里!"员外看了,吃惊道:"这米却是哪里得来?"妈妈道:"你出去了,我在隔壁吃茶,只听得女儿叫起来,我连忙赶将归来,看见一地都是米。"员外道:"却是作怪! 这米从何来?"妈妈道:"永儿说见一个大汉,驮着一袋米来挨开后门,倾下米在家里便去了。"那胡员外是个晓事的人,开了后门看,笆篱里外都没有人来往的脚迹。员外把后门关了,入来寻条棒在手里,叫:"永儿!"永儿见叫不敢来,员外扯将过来。妈妈道:"没甚事打孩儿做什么!"员外道:"且闭了口! 这件事却是厉害! 前日两贯钱来得跷蹊,今日米又来得不明。叫这妮子实对我说,我便不打她;若一句不实,我一顿便打杀她! 我问她因何有这两贯钱在雪地上? 因何有这米在屋里?"永儿初时抵赖,后来吃打不过,只得实说道:"不瞒爹爹、妈妈说,那一日初下雪时,爹爹出去了。妈妈叫我出去买炊饼了回来,路上撞见一个婆婆,看着我说肚饥,问我讨炊饼吃。是奴不忍见,把一个小炊饼与那婆婆,她道:'我不要你的吃,试探你则个。'便还了我。道是:'难得你慈悲孝顺好心。'便把我一个紫罗袋儿,内有一个册儿,说道:'你若要钱和米,看这册儿上咒语,都变得出来。'不合归来看耍,看那册儿上念咒,真个变得出来。"胡员外听得说,叫苦不知高低,道:"如今官司见今张挂榜文要捉妖人,吃你连累我,我打杀这妮子,也免我本身之罪!"拿起棒来便打。永儿叫:"救人!"只见隔壁干娘听得打永儿,走过来劝时,却关着门。干娘叫道:"员外饶了孩儿则个! 闲常时不曾这般焦躁,为甚事打他? 妈妈也不劝劝!"员外道:"干娘! 可奈这妮子……"又不敢明说,脱口说出一句道:"册儿上面都是闲言闲语。"干娘听得员外说"册儿",便叫道:"你女儿年纪小,又不理会得什么,须是街坊上浮浪子弟们撩拨她论口辩舌。若不中看的,你只把这册儿来烧了,何须把孩儿打?"员外道:"也说得是。"看着永儿道:"你把册儿来我看!"那永儿去怀中取出册儿来,递与爹爹。员外接了道:"你记得上面的言语也不?"永儿

---

①　作塌——糟蹋。

道："告爹爹,记不得。若看上面时,便读得出。"员外叫妈妈点一碗灯来,把册儿烧了。看着永儿道："今日看干娘面皮①,饶你这一遭。后番若再恁地,活打杀你!"永儿道："告爹爹,再不敢了!"干娘自去了。员外道："又是我夫妻福神重,只是自家得知;若还外人得知时,却是老大利害!"从今日米缸里便有米,床头边便有钱;古人原说是"坐吃箱空,立吃地陷"。一日三,三日九,哪里过得半月十日,缸里吃的空了,床头钱使得没了,依然有一顿没一顿。求告人又没求告处,频繁即乱,依先没饭得吃。

妈妈思量起永儿变钱变米,冷痛热疼埋怨老公道："你却把永儿来打,又烧了她的册儿;今日你合该饿死,连累我和女儿受苦。你如何做这般人,靠米缸饿死,叫我娘儿两个忍饥受饿!"员外道："事到如今,也没奈何,你只顾埋怨我怎的?"妈妈道："才得有些饭吃,便生出许多事来!你既然大胆打她,须有用处置钱米。于今穷性命尚在,那册儿却把来烧了!"员外道："是我一时没思算,千不合万不合烧了,早知留了那册儿也好。"妈妈道："你省口时却迟了。这永儿自从吃爹爹打了,便不来爹娘身边来,只在房里。"员外道："没奈何,我陪些下情央我女儿,想她还记得,再变得些钱和米答救我们,我且去问她看。"员外走进房内,赔着笑道："我儿!爹爹问你则个,册儿上变钱米的法你记得也不记得?"永儿道："告爹爹,不记得。"妈妈道："死汉走开!"娘的向前道："我儿!看娘面,记得便救娘的性命则个。"员外道："我这番不打了!"永儿道："前番因爹爹打了,都忘记了;暗暗也记得些儿,不知用得也不?爹爹,你去桌子上坐定,我叫你看。"员外依着女儿口,桌子上坐了。只见女儿念念有词,喝声道："疾!"那桌子从空便起,吓得妈妈呆了。员外头顶着屋梁叫："救人!"下又下不来,若没这屋,直起在半天里去了。那时员外好慌,看着女儿道："这个是什么法,且叫我下来!"叫儿道："交爹爹知道,变钱米法都忘了,只记得这个法,救不得饥,又救不得急。"员外道："且放我下来!"永儿口中念念有词,喝声道："疾!"桌子便下来了。员外道："好险!几乎儿跌下来!"永儿道："爹爹,去寻两条索子来,且变一两贯钱来使用。"只见那员外双手抱着三条索子,看着永儿道："我儿做你着,一客不烦两主人,多变得三四百贯钱,叫我快活则个。事发到官,却又理会。"娘和女儿忍不住

---

① 面皮——脸面。

笑。永儿把那索子缚一文钱,一贯变十贯,十贯变百贯,百贯变千贯,自从这日为始,缸里米也常常有,员外自身边也常有钱买酒食得吃,衣服逐件置办。

一日,员外出去买些东西归来,永儿道:"爹爹! 我叫你看件东西!"去袖子里摸出一锭银子来。员外接得在手里,掂一掂看,约有二十四五两重。员外道:"这锭银子哪里来的?"永儿道:"早起门前看见买香纸的老儿过,车儿上有纸糊的金银锭,被我捉了一锭,变成真的。"员外道:"变得百十贯钱值得什么? 若还变得金银时,我三口儿依然富贵!"走到纸马铺里,买了三吊金银锭归来,看着女儿道:"若还变得一锭半锭,也不济事,索性变得三二十锭,也快活下半世。"永儿接那金银锭安在地上,腰里解下裙子来盖了,口中念念有词,喷上一口水,喝声道:"疾!"揭起裙子看时,只见一堆金、一堆银在地上。胡员外看了,欢喜自不必说了,都是得女儿的气力,变得许多金银。员外看着妈妈和永儿,商议道:"如今有了金银,富贵了,终不成只在不厮求院子里住? 我思想要在热闹去处寻间房屋,开个彩帛铺,你们道是如何?"妈妈道:"我们一冬没饭得吃,终日里去求人,如今猛可地去开个彩帛铺,只怕被人猜疑。"员外道:"不妨,有一般一辈的相识们,我和他们说道,近日有个官人照顾我,借得些本钱;问牙人见买一半,赊一半,便不猜疑了。"妈妈道:"也说得是。"当日胡员外打扮得身上干净,出去见几个相识,说道:"我如今承一个官人照顾我,借得些本钱,要开个小铺儿。你们众位相识们肯扶助我么? 只是要赊一半,买一半,作成小子则个。"众人道:"不妨! 不妨! 都在我们身上。"众相识一时说了,却那当坊市井赁得一间屋子,置些橱柜家火物件,拣个吉日开张铺面,把一贯货物卖别人八百文,人人都是要便宜的,见卖得贱,货物又比别家的好,人便都来买。铺里货物,件件卖得,员外不胜欢喜。家缘渐渐地长,铺里用一个主管,两个当值,两个养娘。没两年,一个家计甚是次第①,依先做了胡员外。

别家店里见他有人来买,便疑道:"跷蹊作怪,一应货物,主人都从里面取出来!"主管们又疑道:"货物如何不安在橱里,都去里面去取?"胡员外便理会得,他们疑忌缎匹从里面取出来。自忖道:"我家又不曾买,却

---

① 次弟——齐整。

是女儿变将出来的。如今吃别人疑忌，如何是好？"过了一日，到晚收拾了铺，进里面叫安排晚饭来吃，养娘们搬来，三口儿吃酒之间，员外吩咐养娘道："你们自去歇息，我们要商量些家务事。"养娘得了言语，各自去了，不在话下。员外与永儿说道："孩儿！一个家缘家计，皆出于你。有的是金银段匹，不计其数；外面有当值的，里面有养娘，铺里有主管。人来买的段匹，他们疑道只见卖出去，不曾见上行。从今以后，你休在门前来听了；卖得百十贯钱值得些什么，若是露出斧凿痕来，吃人识破，倒是大利害，把家计都撇了。今后也休变出来了。"永儿道："告爹爹，奴奴自在里面，只不出来门前听做买卖便了。"员外道："若恁地甚好！"叫将饭来吃罢，女儿自归房里去了。

　　自从当晚吩咐女儿以后，铺中有的缎匹便卖，没的便教去别家买；先前没的便变出来，如今女孩儿也不出铺里来听了。胡员外甚是放心。隔过一月有余，胡员外猛省起来："这几日只管得门前买卖，不曾管得家中女儿。若纳得住定盘星便好，倘是胡做胡为，教养娘得知，却是厉害！"胡员外起这个念头来看女儿，有分教：朝廷起兵发马，永儿乱了半个世界，鼎沸①了几座州城。正是：

　　　　农夫背上添军号，渔父船中插认旗②！

　　毕竟胡永儿做出甚跷蹊③事来？且听下回分解。

---

① 鼎沸——像水在鼎里沸腾。比喻喧闹、混乱。

② 认旗——军中作为标志、信号的旗帜。

③ 跷蹊（qiāo qī）——奇怪。

# 第 四 回

## 胡永儿剪草为马　胡永儿撒豆成兵

诗曰：

> 妖邪异术世间稀，五雷正法少人知。
>
> 世上若教邪作正，天地神明必有私。

当日胡员外走入堂里，寻永儿不见，房里亦寻不见，走到后花园中，也寻不见。往从柴房门前过，见柴房门开着，员外道："莫不在这里面么？"移身挺脚，入得柴房门，只见永儿在那空阔地上坐着一条小凳儿，面前放着一只水碗，手里拿着个朱红葫芦儿。员外自道："一地里没寻她处，却在此做什么？"又不敢惊动她，立住了脚且看她如何。只见那永儿把那葫芦儿拔去了塞的，打一倾，倾出二百来颗赤豆并寸寸剪的稻草在地下，口中念念有词，哈口水一喷，喝声道："疾！"都变做三尺长的人马，都是红盔，红甲，红袍，红缨，红旗，红号，赤马；在地上团团的转，摆一个阵势。员外自道："那个月的初十边，被我叮咛得紧，不敢变物事，却在这里舞弄法术。且看她怎地计结①？"只见永儿又把一个白葫芦儿拔去了塞的，打一倾，倾出二百来颗白豆并寸寸剪的稻草在地下，口中念念有词，哈口水一喷，喝声道："疾！"都变做三尺长的人马，都是白盔，白甲，白袍，白缨，白旗，白号，白马；一似银墙铁壁一般，也排一个阵势。永儿去头上拔下一条金篦儿来，喝声："变！"手中篦儿变成一把宝剑，指着两边军马，喝声道："交战！"只见两边军马合将来，喊杀连天。惊得胡员外木呆了，道："早是我见，若是别人见时，却是老大的事，终久被这妮子连累。要无事时，不如早下手，顾不得父子之情！"员外看了十分焦躁，走出柴房门，去厨下寻了一把刀，复转身来。

却说胡永儿执着剑，喝人马左盘右旋，合龙门交战，只见左右混战，不分胜败。良久，阵势走开，赤白人马分做两下。永儿道："收人马！"只见

---

① 计结——结果；解决。

赤白人马,依先变成赤豆,白豆,寸草,永儿收入红白葫芦儿内了。胡员外提起刀,看着永儿只一刀,头随刀落,横尸在地。员外看了,心中好闷,把刀丢在一边,拖那尸首僻静处盖了,出那柴房门把锁来锁了,没精没采走出彩帛铺里来坐地。心中思忖道:"罪过!我女儿措办许多家缘家计,适来一时之间,我见她做作不好,把她来坏了。也怪不得我,若顾了她时,我须有分吃官司。宁可把她来坏了,我夫妻两口儿倒得安迹。她的娘若知时,如何不气?终不成一日不见,到晚如何不问着什么道理杀了她?"

胡员外坐立不安,走出走入有百十遭。到晚收了铺,主管都去了,吩咐养娘:"安排酒来,我与妈妈对饮三杯。"员外与妈妈都不提起女儿,两个吃了五七杯酒,只见员外叹了一口气,簌簌地两行泪下。妈妈道:"没甚事如何这等哭?"员外道:"我有一件事,又是我的不是。我们夫妻两个方得快活,我看女儿做作不好,一时间见不到,把她来坏了。恐怕你怪,你不要烦恼。"妈妈道:"员外怎的说这话,孩儿又做什么跷蹊的事?"员外把那永儿变人马之事,从头至尾说了一遍。妈妈听得说,搥胸擗脚哭将起来,道:"你忘了三年前在不厮求院子里住时忍饥受冻,不是我女儿,如何有今日?你便下得手,把我孩儿来坏了!"员外道:"是我一时间焦躁,你休怨我,且看日常夫妻之面!"妈妈道:"你杀了我女儿,我如何不烦恼!"妈妈又疑道:"适才我见女儿好好地在房里,如何说是坏了?"乃问道:"你是几时杀的?"员外道:"是日间杀的。"妈妈道:"既是日间杀的,我教你看一个人!"妈妈入去不多时,劈胳膊拖将出来。员外仔细看时:"正是我女儿!日间我一刀剁了,如何却活在这里?"唬得员外失惊道:"终久被这作怪的妮子连累,不免略施小计,保我夫妻二人性命。"

胡员外含糊过了一夜,次日早起,先去开柴房门看时,唬得员外呆了,只见刀在一边,剁的尸首却是一把竹扫帚。员外道:"嗨,嗨!留她不得了,教她离了我家便了!"遂出来与妈妈商议道:"常言道男大须婚,女大须嫁。如今永儿年已长成,只管留她在家,不是久长之计,她的终身也是不了。"妈妈道:"说得是。"便叫当值的,去前街后巷叫两个媒人来。当值的去不多时,叫得两个媒人,一个唤做张三嫂,一个唤做李四嫂。两个来到堂前,叫了员外、妈妈万福。妈妈交坐了,叫点茶来;茶罢,叫安排酒来。张三嫂起身来告妈妈和员外道:"叫媳妇们来,不知有何使令?"员外道:"且坐,你二人曾见我女儿么?"张三嫂道:"前次曾见小娘子来,好个小娘子!"员外道:"我家只养得这个女儿,年方一十八岁,要与她说亲,特请你二人来商议则个。"张三嫂道:"谢员外、妈妈照顾媳妇。既是小娘子要说亲事,不知如今要入赘①却是嫁出去?"胡员外道:"我只是嫁出去。"李四嫂道:"若要嫁出去时,这亲事却有。"员外取出六两银子来,道:"与你二人做脚步钱。若亲事成时,自当重重地谢你。"两个接了银子,谢了出来,分了银子。两个于路上说道:"那里有门厮当、户厮对的好人家?"李四嫂道:"我有一头好亲事在这里拖带你。"张三嫂道:"是谁家?"李四嫂道:"是大桶张员外有个儿子,年二十二岁,只要说一个好媳妇。我和你去走一遭,且讨三杯酒吃。"两个径来到张员外家,张员外见两个媒人来,便问道:"二位有何事到我家?"张三嫂道:"有一门好亲,特地来说。"员外道:"有多少媒人来说过,都不成得。如今不知是谁家女儿?"张三嫂道:"是开彩帛铺胡员外的女儿,年方一十八岁,且是生得好。"张员外道:"我曾在金明池上见来,真个生得好。则是我只有这个儿子,我却不肯入赘。"张三嫂道:"胡员外也要嫁出来。"张员外见说,十分欢喜,交安排酒来,二人吃了三杯,取出三两银子与她两个,说道:"若亲事成时,别有重谢。"两个收了银子,作谢出来,一路上商量道:"今日是好日,都顺溜。"复到胡员外宅里,见了员外,教坐道:"难得你们用心,才去说便有。"张三嫂道:"告员外,说的是大桶张员外的儿子,只有这个小官人;年方二十二岁,与宅上门当户对;真个十分伶俐,写又写得好,算又算得好,人才又出众。"胡员外听说了道:"且放过这头亲事。"两个媒人道:"员外! 怎地一头好亲事,如何却教放过了?"胡员外道:"我心里便是有些不在意,你两个别有亲事再来说。"两个只得出来,张三嫂道:"虽是这头亲事不成,且赚得几两银子,大家且归去再思量。"二人别了,到次日饭罢,只见张三嫂来见李四嫂道:"你有甚好亲事么?"李四嫂道:"我思量一夜,没有好的。昨日说的张员外,门当户对兀自不肯!"张三嫂道:"我有一头好亲在这里,是金沙唐员外有个儿子,年方二十岁,几番要说媳妇,只是不中他意。若说胡员外宅里女儿必成。"李四嫂道:"好! 好! 我同你去走一遭。"两个走到唐员外宅上来,只见唐员外在门前闲坐,见两个媒人一径地走来,员外教:"请里面坐。"张三嫂道:"告员外,有一头好亲事,特地来与宅里小官人说。"

---

①　入赘——指成婚后男方入住岳丈家里。

唐员外道:"是哪一家?"张三嫂道:"是开彩帛铺的胡员外的女儿,现年一十八岁。"唐员外听得说,笑着道:"我知胡员外的女儿,且是生得好,又聪明伶俐。几次央人去说,胡员外摇得头落不肯,你却如何来说?"张三嫂道:"昨日胡员外叫将我两个去,一家与了三两银子,又与了三杯酒吃,要说门当户对的亲,故此媳妇们特来宅上说。"唐员外见说,十分欢喜,即时叫安排酒来,教两个吃了,把四两银子送与两个道:"若亲事成时,另有重谢。二位用心着力则个。"两个谢了唐员外出来,一路上说道:"这脚步钱是我们两个赚了,这亲事必然成。"来到胡员外宅里,胡员外道:"你两个有甚亲事来说?"张三嫂道:"告员外,今有金沙唐员外的儿子,年方二十岁,叫来宅上求亲。"胡员外道:"我认得唐员外的儿子。"张三嫂道:"实不敢虚誉说,他宅上小官人百伶百俐,写得算得,如法□□小官人。"胡员外道:"且放过去,别有亲时再来说。"两个媒人只得起身出来。

话休烦絮,似有好亲去说,听得说儿郎聪明伶俐,便教放过了。又隔了数日,两个媒人思量道:"难得胡员外,去时便是酒和银子,不曾空过,我两个有七八头好亲事去说,只是不肯,不知是甚意故?"李四嫂道:"今日我们两个没处去了,我和你去胡员外宅里,骗他几杯酒吃,有采骗得三二两银子,大家取一回笑耍。"张三嫂道:"你有甚亲事去说?"李四嫂道:"你休管,只顾随我来,教你吃酒便了。"两个来到胡员外宅里坐定吃茶,员外问道:"有甚亲事来说?"李四嫂道:"告员外,今有和宅上一般开彩帛铺的焦员外的儿子。"员外问道:"他儿子几岁,诸事如何?"只因李四嫂启口说谐这头亲事来,有分教:胡永儿嫁人不着,做个离乡背井之人。正是:

　　青龙与白虎同行,吉凶事全然未保。

毕竟这亲事成得成不得? 且听下回分解。

# 第 五 回

## 胡员外女嫁憨哥　胡永儿私走郑州

诗曰：

多言人恶少言痴，恶有憎嫌善又欺。

富遭嫉妒贫遭辱，思量哪件合天机。

当日李四嫂对胡员外说："焦员外的儿子约有三十来岁，撮两个角儿，口边涎沥沥地，瘸子替他着衣裳，三顿喂他茶饭，不十分晓人事。"胡员外听了道："烦你二位用心说这头亲事则个。"两个媒人听得说，口中不说，心下思量："千头万头好亲，花枝也似儿郎，都放过了，却将这个好女儿嫁这个疯子！"两个又吃了数杯酒，每人又得了二两银子，谢了员外出来。对门是个茶坊，两个人去吃了茶。张三嫂道："你没来由交我忍不住笑，捏着两把汗；只怕胡员外焦躁起来带累我，什么意思！"李四嫂道："我和你说这许多头好亲事都教放过了，我自取笑他；若胡员外焦躁时，我只说取笑，谁想到成了事。"张三嫂道："想是他中意了。若不中意时，定不把银子与我们，取酒与我们吃。"两个厮赶着，一头走，一头笑，径投国子门来见焦员外。焦员外教请坐吃茶。员外道："你两个上门是喜虫儿，有甚事了来？"李四嫂道："告员外！我两个特来讨酒吃，与小员外说亲！"焦员外道："我的儿子是个呆子，不晓人事的。谁家女儿肯把来嫁他？"李四嫂道："与员外一般开彩帛铺的胡员外宅里，花枝也似一个小娘子，年方一十八岁。多少人家去说亲的都不肯，方才媳妇们说起宅上来，胡员外便肯应成，特教我两个来说。"焦员外见说好欢喜，道："你两个若说得成时，重重的相谢。"两个吃了数杯酒，每人送了三两银子，出得焦员外家，径来见胡员外。李四嫂道："焦员外见说宅上小娘子，十分欢喜，教来禀复员外，要拣吉日良辰下财纳礼①。要甚安排，都依员外吩咐。"胡员外听说，不胜之喜，自教媒人去回报。张院君道："员外，我听得你与媒人说，我不

---

① 纳礼——古婚礼之一。男方向女方送的求婚礼物。即行聘。

敢多口,不知是何意故,好儿郎不完就他,却教说嫁一个疯子,你却主何意念?"胡员外道:"我女儿留在家中,久后必然累及我家。便是嫁将出去别人家里,嫁了个聪明伶俐的老公,压不住定盘星,露出些斧凿痕来,又是苦我。如今将他嫁个木畜不晓人事的老公,便是有些泄露,他也不理会得。"妈妈道:"这等一个好女儿,嫁恁地一个疯呆子,岂不误了我女儿一生?"员外道:"她离了我家,是天与之幸,你管她则甚!"话休絮烦,两家少不得使媒人下财纳礼,奠雁①传书;不只一日,拣了吉日良时,成那亲事。

却说焦员外和妈妈叫瘸子来吩咐道:"小官人成亲,房中的事皆在你身上。若得他夫妻和顺,我却重重赏你。"瘸子道:"多谢员外妈妈,瘸子自有道理。"妈妈道:"恁地时,慢慢教她好。"瘸子与妈妈入房里来,看着憨哥道:"憨哥!明日与你娶老婆也!""憨哥"乃新女婿之小名也。憨哥道:"明日与你娶老婆也!"瘸子又道:"且喜也!"憨哥道:"且喜也!"瘸子口中不说,心下思量道:"我们员外好不晓事!这样一个疯子,却讨媳妇与他做什么,苦害人家的女儿!那胡员外也没分晓;听得人说,这个女儿十分生得标致,又聪明智慧,更兼针线皆能,却把来嫁这个疯子,都不知是何意故!"

当夜过了,至次日晚间,胡妈妈送新人进门,少不得要拜神讲礼,参筵拂尘②,瘸子扶那憨哥出来,胡妈妈看见,吃了一惊。但见:

> 面皮垢积,口角涎流。帽儿光,歪罩双丫;衫子新,横牵遍体。帚眉缩颊,反耳斜睛。靴穿胯腿步跟跄,六七人挽;涕挂掀唇嘴腌砼,一双袖抹。瞪目视人无一语,浑如扶出狰狞;拳须连鬓已三旬,好似招来鬼魅。蠢躯难自立,穷崖怪树摇风;陋脸对神前,深谷妖狐拜月。但见花灯,那解今宵合卺③;虽逢鸳侣,不知此夜成亲。送客惊翻,满堂笑倒。洞房花烛,分明织女遇那罗④;帘幕摇红,宛是观音逢八戒。

---

① 奠雁——古代婚礼,新郎到女家迎亲,用雁作见面礼,表示不再娶他人。

② 参筵拂尘——摆设宴席请客。

③ 合卺(jǐn)——古代结婚仪式之一。新婚夫妇各拿着半个瓢,以其所盛之酒漱口。

④ 那罗——即哪吒。佛教护法神名。

便教嫫母①也嫌憎,纵是无盐羞配合。

当晚胡妈妈看见新女婿这般模样,不觉簌簌地泪下,暗地里叫苦道:“老无知!却将我这块肉断送与这样人,我女儿终身如何是了!”正是哑子慢尝黄柏味,难将苦口对人言。没奈何,与许多亲眷劝酬了一夜。次早只得撇了女儿,别了诸亲,回家与员外厮闹,不在话下。

却说胡永儿见娘去了,眼泪不从一路落,苦不可言。陆续相送诸亲出门,晚饭已毕,谢了婆婆,道了安置,随嫪子入房里来。见憨哥坐在床上,嫪子道:“你和小娘子睡。”憨哥道:“你和小娘子睡。”嫪子道:“你和小娘子睡休!”憨哥道:“你和小娘子睡休!”嫪子心里道:“只管随我说,几时是了?不若我自安排小娘子睡便了。”嫪子先替憨哥脱了衣服,扶他上床睡倒,盖了被,然后看着永儿道:“请小娘子宽衣睡了罢!”永儿见嫪子请睡,包着两行珠泪,思量道:“爹爹!妈妈!我有甚亏负你处,你却把我嫁个疯子?你都忘了在不斯求院子里受苦时,如今富贵,不知亏了谁人!休,休!我理会得爹爹意了,教我嫁一个聪明的丈夫,怕我教他些什么;因此先识破了,却把我嫁这个疯子!”抹着眼泪,叫了嫪子安置,脱了衣裳与憨哥同睡。嫪子自归房里去了。永儿上得床,把被紧紧地卷在身上,自在一边睡,不与憨哥合被。

自当日为始,荏苒光阴,过了半年。时遇六月间,天气十分炎热。永儿到晚来堂前叫了安置,与憨哥来天井内乘凉。永儿道:“憨哥!我们好热么?”憨哥道:“我们好热么?”永儿道:“我和你一处乘凉,你不要怕!”憨哥道:“我和你一处乘凉,你不要怕!”永儿见憨哥七颠八倒,心中好闷。当夜永儿和憨哥合坐着一条凳子,永儿念念有词,那凳子变做一只吊睛白额大虫在地上。永儿与憨哥骑在大虫背上,口中念念有词,只见大虫载着永儿和憨哥从空便起,直到一座城楼上;这座城楼叫做安上大门楼,永儿喝声:“住!”大虫在屋脊上便住了。永儿与憨哥道:“这里好凉么?”憨哥道:“这里好凉么?”两个直乘凉到四更,永儿道:“我们归去休!”憨哥道:“我们归去休!”永儿念念有词,只见大虫从空而起,直到家中天井里落。永儿道:“憨哥!我们去睡!”憨哥道:“我们去睡!”自此夜为始,永儿和憨哥两个,夜夜骑虎直到安上大门楼屋脊上乘凉,到四更便归。忽一日,永

① 嫫母——丑妇。

儿道："憨哥！我们好去乘凉也！"憨哥道："我们好去乘凉也！"永儿念念有词，凳子变做大虫，从空便起，直到安上大门楼乘凉。当夜却没有风，永儿道："今日好热！"拿着一把月样白纸扇儿在手里，不住手摇。此时月却有些朦胧，有两个上宿军人出来巡城，一个叫做张千，一个叫做李万。两个回到城门楼下，张千猛抬起头来看月，吃了一惊道："李万你见么？楼门屋脊上坐着两个人！"李万道："若是人，如何上得去？"张千定睛一看，说："真是两个人！"李万道："据我看时，只是两个老鸦。"当夜永儿在屋脊上不住手的把扇摇，李万道："若不是老鸦，如何在高处展翅？"张千道："据我看，一个像男子，一个像妇人。如今我也不管他是人是鸦，只教他吃我一箭！"去那袋内拈弓取箭，搭上箭，拽满弓，看清，只一箭射去，不偏，不歪，不斜，正射着憨哥大腿。憨哥大叫一声，从屋脊上骨碌碌滚将下来，跌得就似烂冬瓜一般。当时张千、李万把憨哥缚了，再看上面时，不见了那一个。

　　至次日早间，解到开封府来，正值知府升厅，张千、李万押着憨哥跪下，禀道："小人两个是夜巡军人，昨晚三更时分，巡到安上大门，猛地抬起头来，见两个人坐在城楼屋脊上，摇着白纸扇子。彼时月色不甚明亮，约摸一个像男子，一个像妇人。小人等计算，这等高楼，又不见有梯子，如何上得去？必是飞檐走壁的歹人！随即取弓箭射得这个男子下来，再抬头看时，那个像妇人的却不见了。今解这个男子在台下，请相公台旨。"知府听罢，对着憨哥问道："你是什么样人？"憨哥也道："你是什么样人？"知府道："你从实说来，免得吃苦！"憨哥也道："你从实说来，免得吃苦！"知府大怒，骂道："这厮可恶！敢是假与我撒疯？"憨哥也瞪着眼道："这厮可恶！敢是假与我撒疯？"满堂簇拥的人都忍不住笑。知府无可奈何，叫众人都来厮认，看是哪里地方的人。众人齐上认了一会，都道："小人们并不曾认得这个人。"知府存想道："安上大门城楼壁斗样高，这两个人如何上得去？就是上得去，那个像妇人的如何不见下来，却暗暗地走了？一定那个像妇人的是个妖精鬼怪，迷着这个男子到那楼屋上，不提防这厮们射了下来，她自一径去了。如今看这个人胡言胡语，兀自未醒；但不知这个人姓名、家乡，如何就罢了这头公事？"寻思了一会，喝道："且把这个人枷号在通衢十字路口。"看着张千、李万道："就着你两个看守，如有人来与他厮问的，即便拿来见我。"不多时，狱卒取面枷将憨哥枷了，张千、李万挽扶到十字路口，哄动了大街小巷的人，挨肩叠背，争着来看。

却说那焦员外家瘸子和丫环，侵晨①送脸汤②进房里来，不见了憨哥、永儿，吃了一惊，慌忙报与员外、妈妈知道。员外和妈妈都惊呆了，道："门不开，户不开，去哪里去了？"焦员外走出走入没做理会处。忽听得街上的人，三三两两说道："昨夜安上大门城楼屋脊上，有两个人坐在上面，被巡军射了一个下来，一个走了。"又有的说道："如今不见枷在十字路口？"焦员外听得说，却似有人推他出门的，一径走到十字路口，分开众人，挨上前来看时，却是自家儿子，便放声大哭起来，问道："你怎的去城楼上去？你的娘子在那里？"张千、李万见焦员外来问，不由分说，横拖倒扯捉进府门。知府问道："你姓甚名谁？那枷的是你什么人，如何直上禁城楼上坐地，意欲干何歹事，与那逃走的妇人有甚缘故？你实实说来，我便放你！"焦员外躬身跪着道："小人姓焦名玉，本府人氏。这个枷的是小人的儿子，枉自活了三十多年纪，一毫人事也不晓得；便是穿衣吃饭，动辄要人，人若问他说话时，他便依人言语回答，因此取个小名叫做憨哥；小人只是叫他小时服侍的瘸子看管，虽中门外，一步也不敢放他出来。半年前偶有媒人来与他议亲，小人欲待娶妻与他，恐误了人家女儿；欲待不娶与他，小人只生得这个儿子，没个接续香火。感承本处有个胡浩，不嫌小人儿子呆蠢，把一个女儿叫做胡永儿嫁他，且是生得美貌伶俐。不料昨晚吃了晚饭，双双进房去睡，今早门不开，户不开，小人的儿子并媳妇都不见了。不知怎地出门得到城楼高处，又不知媳妇如何不见下来便走得去。"知府喝道："休得胡说！既是你的儿子媳妇，如何不开门启户走得出来？媳妇一定是你藏在家中了，快叫她来见我！"焦员外道："小人安分愚民，怎敢说谎？便拷打小人至死，端的屈杀小人！"知府听他言语真实，更兼憨哥依人说话的模样又是真的，再差两个人去拿胡永儿的父亲来审问，便见下落。公差领了钧牌③，飞也似赶到胡员外家里来。却说胡员外听得街坊上喧传这件事，早已知是自家女儿做出来的勾当害了憨哥，与妈妈正在家暗暗地叫苦，只见两个差人跑将入来，叫声："员外有么？"惊得魂不

---

① 侵晨——一大早；天刚亮。
② 脸汤——洗脸水。
③ 钧牌——令牌。

赴体,只得出来相见。问道:"有何见谕?"公差道:"奉知府相公严命呼唤,请即挪步。"胡员外道:"在下并不曾闲管为非,不知有甚事相烦二位唤我?"公差道:"知府相公立等,去则便知分晓。"不容转动,推扯出门,径到府里。知府正等得心焦,见拿到了胡员外,便把城楼上射下憨哥,次后焦员外说出永儿并憨哥对答不明,要永儿出来审问的情由说了一遍,胡员外只推不知。知府道:"我闻你女儿极是聪明伶俐,女婿这般呆蠢,必定别有奸夫,做甚不公不法的事。你怕我难为他说出真情,一意藏在家中,反来遮掩。"焦员外跪在那边,便插口道:"若在你家,快把她出来救我儿子性命!"胡员外道:"世上只有男子拖带女人做事,分明是你把我的女儿不知怎地缘故断送那里去了,故意买嘱巡军,只说同在城楼屋脊上,射下一个,走了一个。相公在上,城楼在半天中一般,又无梯子,拿获这两个人插翅飞上去的? 若果同在上面时,怎地瓦也不响,这般逃走得快? 女人家须是鞋弓袜小,巡军如何赶她不着,眼睁睁放她到小人家中来躲了?"知府听他言语句句说得有理,喝:"把憨哥的父亲与张千、李万俱夹起来!"指着焦员外道:"这事多是你家谋死了他的女儿,通同张千、李万设出这般计策,把这疯癫的儿子做个出门入户,不打如何肯招!"喝将三人重重拷打。两边公人一起动手,打得个个皮开肉绽,鲜血淋漓。焦员外受苦不过,哀告道:"望相公青天做主,原不曾谋死胡永儿。容小人图画永儿面貌,情愿出三千贯赏钱。只要相公出个海捕文书①,关行各府州县,悬挂面貌信赏。若永儿端的无消息时,小人情愿抵罪。"知府见他三个苦死不招,先自心软,况兼胡员外也淡淡地不口紧要人,知府便道:"这也说得是。"一边把三个人放了,一面取憨哥进府,开了枷,并一行人俱讨保暂且宁家②伺候。着令焦家图画永儿面貌,出了海捕文书,各处张挂,不在话下。

且说胡永儿见憨哥中箭跌下去了,口中念念有词,从空便起,见野地无人处渐渐下来,撇了凳子,独自一个取路而行,肚里好闷:"如今哪里去好? 归去又归去不得,爹爹妈妈家里又去不得了。想起成亲之夜,梦见圣姑姑与我说道:此非你安身之处,若有急难,可来郑州寻我。见今无处着

---

① 海捕文书——通令各地捕拿逃犯的公文。近似现在的通缉令。
② 宁家——回家。

身,若官司得知,如何是好? 不若去郑州投奔圣姑姑,看是如何。"天色已晓,走了半日,到一个凉棚下,见个点茶①的婆婆,永儿入那茶坊里坐了歇脚。那婆婆点盏茶来与永儿吃罢,永儿问婆婆道:"此是何处,前面出那里去?"婆婆道:"前面是板桥八角镇,过去便是郑州大路。小娘子无事独自个往那里去?"永儿道:"爹爹、妈妈在郑州,要去探望则个。"婆婆道:"天色晚了,小娘子可只在八角镇上客店里歇一夜却行,早是有这歇处,独自一个夜晚不便行走。"永儿变十数文钱还了茶钱,谢了婆婆,又行了二里路,见一个后生:

> 六尺以下身材,二十二三年纪;三牙掩口细髯,七分腰细膀阔;戴一顶木瓜心攒顶头巾,穿一领银丝似白纱衫子;系一条蜘蛛班红绿压腰,着一对土黄色多耳皮鞋;背着行李,挑着柄雨伞。

那后生正行之间,见永儿不带花冠,绾着个角儿,插两只金钗,随身衣服,生得有些颜色,向前与永儿唱个喏道:"小娘子那里去来?"永儿道:"哥哥! 奴去郑州投奔亲戚则个。"那厮却是个人家浮浪子弟,便道:"我也经郑州那条路去,尚且独自一个难行,你是女人家,如何独自一个行得? 我与小娘子一处行!"一面把些唬吓的言语惊她。到一个林子前,那厮道:"小娘子! 这个林子最恶,时常有大虫出来。若两个行便不妨得,你若独自一个走,大虫出来便驮了你去!"永儿道:"哥哥! 若如此时,须得你的气力拖带我则个!"那厮一路上逢着酒店便买点心来,两个吃了,他便还钱。又走歇,又坐歇,看看天色晚来。永儿道:"哥哥! 天晚了,前面有客店歇么?"那厮道:"小娘子! 好教你得知,一个月前,这里捉了两个细作,官府行文书下来,客店里不许容单身的人。我和你都讨不得房儿。"永儿道:"若讨不得房儿时,今夜那里去宿歇?"那厮道:"若依得我口,便讨得房儿。"永儿道:"只依哥哥口便了。"那厮道:"小娘子! 如今又不真个,只假说我们两个是夫妻,便讨得房儿。"永儿口中不道,心下思量:"却不可耐这厮无道理! 你又不认得我,只教他恁地,恁地!"永儿道:"哥哥拖带睡得一夜也好。"那厮道:"如此却好!"

来到八角镇上,有几个好客店都过了,却到市梢头一个客店。那厮入那客店门叫道:"店主人! 有空房也没? 我夫妻二人讨间房歇!"店小二

---

① 点茶——沏茶。

道："大郎莫怪，没房了！"那厮道："苦也！我上上落落只在你家投歇，如何今日没了房儿？"店小二道："都歇满了，只有一间房铺着两张床，方才做皮鞋的胡子歇了，怕你夫妻二人不稳便。"那厮道："怕什么事！他自在那边，我夫妻两个在对床。"店小二道："恁地你两个自入房里去。"那厮先行，永儿后随，店小二推开房门，交了房儿。永儿自道："却不可耐这厮，教我做他老婆来讨房儿，教他认得我！"只因此起，有分教：胡永儿坏数万人性命，朝廷起十万人马；闹了数座州城，鼎沸河北世界。正是：

　　　　堪笑痴愚呆蠢汉，他人妇女认为妻。

毕竟当夜胡永儿如何？且听下回分解。

# 第 六 回

## 胡永儿客店变异相　卜客长赶永儿落井

诗曰：

　　堪笑浮华轻薄儿，偶逢女子认为妻。

　　世财红粉高楼酒，谁为三般事不迷！

岂不闻古人云："他妻莫爱，他马莫骑。"怎地路途中遇见个有颜色的妇人便生起邪心来！那厮看着店小道："讨些脚汤洗脚。"店小二道："有！有！"看着待诏①说道："他夫妻两个自东京来的，店中房都歇满了，只有这房里还有一张床，没奈何教他两个歇一夜。"待诏道："我只睡得一张床，有人来歇，教他自稳便。"永儿进房来，叫了待诏万福，待诏还了礼。那厮看着胡子道："蒿恼②则个！"待诏道："请自便。"待诏肚里自思量："两个言语不似东京人，恁地个孤调调地行，两个不像是夫妻；事不一心，有些脚叉③样。干我甚事？由他便了。"胡子道："你们自稳便。"那厮和永儿床上坐了，店小二掇脚汤来，那厮洗了脚，讨一盏油点起灯来。胡子不做夜作，唤了安置，朝着里床自睡了。那厮道："姐姐！路上贪赶路，不曾打得火，我出去买些酒食来吃。"转身出房去了。永儿道："却不忍耐这厮！我又不认得你，一路上惊吓我许多言语，强要我做老婆讨房歇。那厮去买酒去了，他不识得我，我且撩拨他耍子则个。"口中不知道些甚的，舒气向胡子床上只一吹，又把自己脸上摸一摸，永儿就变做个胡子，带些紫膛色，正像做皮鞋的待诏，待诏却变做了永儿。假待诏也倒在床上假睡着。

却说那厮沽些酒，买些炊饼，拿入店里来，肚里寻思道："我今朝造化好，遇着这等一个好妇人；客店里都知道我是她的丈夫了，今晚且快活睡她一夜。"那厮推开房门，放酒、饼在桌子上，剔起灯来，看那床上时，却是

---

① 待诏——宋代以来对手艺人的尊称。

② 蒿恼——骚扰；打扰。

③ 脚叉——蹊跷；诧异。

做皮鞋的待诏。疑惑道："却是什么意故,如何换过了来我床上睡?"看那对面床上时,却睡着妇人。那厮道："想是日里走得辛苦,倒头就睡着在这里。"向前双手摇那妇人,叫道："姐姐! 我买酒来了,你走起来! 你走起来!"只见那做皮鞋的待诏跳将起来,劈头揪翻来便打。那厮叫道："做什么便打老公?"胡子喝道："谁是你的老婆!"那厮定睛看时,却是做皮鞋的待诏。慌忙叫道："是我错了! 莫怪,莫怪!"店小二听得大惊小怪,入房里来问道："做什么?"待诏道："可奈这厮走将来摇我,叫我做姐姐。"小二道："你又不眼瞎,眼里又无脚裂,你的床自在这边。"小二劝开了,待诏依旧上床睡了。那厮吃了几拳,道："我的晦气,眼睁睁是个妇人,原来却是待诏。"看这边床上女娘子睡着,叫道："小娘子! 起来吃酒。"定睛只一看时,却是朱红头发,碧绿眼睛,青脸獠牙的。叫声:"有鬼!"倒地。店小二正在门前吃饭,只听得房里叫"有鬼",入来看时,见那厮跌倒在地上,连忙扶起,惊得做皮鞋的待诏也起来。店里歇的人都起来救他,也有噗噗吐的,也有咬中拇指的。那厮吃剥消了一夜,三魂再至,七魄重苏。那厮醒来道："好怕人! 有鬼! 有鬼!"被店小二揪住,劈脸两个噗吐道："我这里是清净去处,客店里有甚鬼? 是甚人教你来坏我的衣饭?"将灯过来道："鬼在哪里?"那厮道："床上那妇人是鬼!"店小二道："这厮却不弄人①! 这是你浑家,如何却道是鬼?"那厮道："她不是我浑家,我在路上撞见她,和我同到此讨房儿做假夫妻的。方才我去买酒,来到房里,看见却是胡子。我却错叫了待诏,吃他一顿拳头。再去看她时,却是朱红头发,碧绿眼睛,青脸獠牙,原来是鬼。"众人吃了一惊,灯光之下看那妇人时,如花似玉一个好妇人。都道："你眼花了! 这等一个好妇人,你如何说她是鬼?"永儿道："众位在此,可耐这厮没道理。我自要去郑州投奔爹爹、妈妈,这厮路上撞见了我,和我同行,一路上只把唬吓的言语来惊我。又说捉了两个细作,店里不容单身的歇,强要我做假夫妻来讨房儿。一晚胡言乱语,不知这厮怀着什么意故。"众人和店小二都骂道："忍耐这厮,情理难容。着他好生离了我店门,若不去时,众人一发上打,教你粉骨碎身!"把这厮一时热赶出去,把店门关了。

那厮出到门外,黑洞洞地不敢行,又怕巡军捉了吃官司,只得在门外

---

① 弄人——捉弄人。

僻静处人家门前存了一夜。到天晓，那厮道："我自去休！"离了店门，走了五七里路了，却待要走过一林子去，只见林子里走出胡永儿来，看着那厮道："哥哥，昨夜罪过你带挈我客店里歇了一夜，你却如何道我是鬼？"那厮看了永儿如花似玉生得好，肚里与决不下道："莫不昨晚我真个眼花了？"那厮道："姐姐！待要和你同行，昨夜两次吃你惊得我怕了。想你不是好人，你只自去休！"永儿道："昨夜你要我做假夫妻也是你，如今却又怕我，我教你看我的相识！"只见永儿用手一指，叫声："来！"林子内跳出一只吊睛白额大虫来，看着那厮只一扑，那厮大叫一声，扑地便倒。那厮闭着眼，肚里道："我性命今番休了！"多时没些动静，慢慢地闪开眼来看时，大虫也不见了，妇人也不见了。那厮道："我从来爱取笑人，昨日不合撩拨了这妇人，吃胡子打了一顿拳头；又吃她惊了，教我魂不附体。今朝她又叫大虫出来，我道性命休了，原来是惊耍我。若是前面又撞见她，却了不得，我自不如回东京去休！"那厮依先转身去了。

　　且说胡永儿变大虫出来惊他："他再不敢由这路来了。我自去郑州去，一路上好慢慢地行。"却在路上有些脚疼，只得去一株树下歇一歇。正坐之间，只听得车子碌碌剌剌地响。见一个客人，头带范阳毡笠，身上着领打路布衫，手巾缚腰，行缠爪着裤子，脚穿八搭麻鞋；推那车子到树下，却待要歇。只见永儿立起身来道："客长万福！"那客人还了礼，问道："小娘子哪里去？"永儿道："要去郑州投奔爹爹、妈妈去，脚疼了走不得，歇在这里。客长贩甚宝货，推车子那里去？"客人道："我是郑州人氏，贩皂角去东京卖了回来。"永儿道："客长若从郑州过时，车厢里带得奴奴家去，送你三两银子买酒吃。"客人思量道："我货物又卖了，郑州又是顺路，落得趁①她三两银子。"客人道："恁地不妨。"教永儿上车厢里坐。那客人尽平生气力推那车子，也不与永儿说话，也不把眼来看她。低着头，只顾推车子了行。永儿自思量道："这个客人是个朴实头的人，难得，难得。想昨夜那厮一路上把言语撩拨我，被我略用些小神通，虽不害他性命，却也惊得他好。一似这等客人，正好度他，日后也有用他处。"那客人推那车子，直到郑州东门外，问永儿道："你爹爹、妈妈家在那里住？"永儿道："客长！奴奴不识地名，到那里奴奴自认得。"客人推着车子入东门，来到

---

　　①　趁——赚（钱）。

十字路口,永儿道:"这里是我家了。"客人放下车子,见一所空屋子锁着。客人道:"小娘子!这是锁着的一所空屋子,如何说是你家?"永儿跳下车子,喝一声道:"疾!"锁便脱下来,用手推开一扇门,走入去了。客人却在门前等了两个时辰,不见有人出来,天色将晚,只管望着里面。被一个人喝道:"你这客人在这里歇许多时了,只望着宅里做什么?"客人见是个老儿问,慌忙唱个喏道:"好教公公知道,适间城外五十里路见个小娘子,说脚疼了,走不得,许我三两银子,教我载到这里,入去了不出来,教我等了半日。"老儿道:"这宅是刁通判①廨宇②,我是看守的。"客人道:"怎地相烦公公去宅里说一声,交取银子还我则个。"老儿道:"锁的空宅子,一向无人居住,你却不害疯么!见今官司出榜追捉胡永儿,如有知情不首者一体治罪。你会事的便去了!"客人道:"好没道理!我载你家小娘子来家,许我三两银子,又不还我,到说白府话儿。你只教我入去看,我情愿吃官司!"老儿道:"你说了!若寻不见时,不要走了!"老儿大开了门,教客人入去。到前厅,过回廊,至后厅,只见永儿坐在厅上。客人看见了他,叫道:"小娘子!如何不出来还我银子,是何道理?"永儿见客人来,便走起身往后便走,客人大跨步走到后厅,永儿见他赶得紧,厅后有一眼八角井,走到井边,看着井里便跳下去了。客人见了,吓得只叫:"苦也!苦也!"却待要走,被老院子捉住,道:"清平世界,荡荡乾坤,逼人下井,罢休不得!"拖出宅前,叫起街坊人等,将客人一条索子缚了,直解到郑州来。正值大尹在厅上断事,地方里甲人等,解客人跪下,备说本人在刁通判府中,将不识姓名女子赶下八角井里去了。大尹将客人勘问,客人招称:系本州人氏,姓卜名吉,因贩皂角前往东京货卖回来,行到板桥八角镇五十里外大树下,遇见不识姓名女子,言说脚疼行走不得,欲赁车子前到郑州东门十字街爹爹、妈妈家去则个,情愿出银三两。是吉载到本家,即开门入去,并不出来。吉等已久,只见老院子出来,言说我家是刁通判廨宇,无人居住空房,不肯还银。一时间同老院子进去寻看,不期女子见了,自跳在井中,即非相逼等情。大尹交且将卜吉押下牢里,到来日押去刁通判宅里井中打捞尸首。

---

① 通判——官名,地位略次于州府长官。
② 廨宇——旧时官吏办公处的通称。

次日大尹委官①一员，狱中取出卜吉，同里邻人等押到刁通判廨宇里来。街上看的人挨肩叠背，人人都道："刁通判府里，时常听得里面神歌鬼哭，人都不敢在里面住。"有的人道："看今日打捞尸首何如？"委官坐在交椅上，押卜吉在面前跪下。委官问老院子并四邻人等，卜吉如何赶这女子落井，卜吉告道："女子自跳落井，并不曾赶她下去。"委官叫打捞水手过来，水手唱了喏，着了水背心。委官道："奉本州台旨，委我押你下井。你须仔细打捞！"水手道："告郎中，方才小人去井上看验，约有三五十丈深浅。若只恁地下去，多不济事。须用爪扎辘轳，有急事时，叫得应。"委官道："要用甚物件，好教一面速即办来。"水手道："要爪缚辘轳架子，用三十丈索子，一个大竹箩，一个大铜铃，人夫二十名。若有急事便摇动铃响，上面好拽起来。"不多时都取办完备。水手扎缚了辘轳、铜铃、竹箩俱完了。水手道："请郎中台旨，教下井去打捞。"委官道："你众水手中，着一个会水了得的下去。"四五个人扶着辘轳，一个水手下竹箩坐了，两三个人掇那竹箩下井里去，四个人便放辘轳。约摸放下去有二十余丈，只听得铃响得紧，委官教众人退后，急把辘轳绞上箩来。众人见了，一起呐声喊：看那箩里时，亘古未闻，于今罕有，自不曾见这般跷蹊的事。正是：

　　说开华岳山峰裂，道破黄河水逆流。

毕竟当日见什么来？且听下回分解。

———————————

①　委官——委派官员。

# 第 七 回

## 八角井卜吉遇圣姑姑　献金鼎刺配卜吉密州

诗曰：

> 日前积恶在心怀，妄言天地降非灾。
>
> 从前做过亏心事，至今兴没一起来。

众人绞上竹箩来，齐发声喊，看那水手时，当初下去红红白白的一个人，如今绞上来看时，一个脸便如蜡皮也似黄的，手脚却板僵，死在箩里了。委官叫抬在一边，一面叫水手老小扛回家去殡殓，不在话下。委官道："终不成只一个下去了不得公事便罢了？再别差一个水手下去！"众水手齐告道："郎中在上！众人家中都有老小，适才见样了么！着甚来由捉①性命打水撇儿②？断然不敢下去。若是郎中定要小人等下去，情愿押到知州面前吃打，也在岸上死。实是下去不得！"委官道："这也怪不得你们，却是如何得这妇人的尸首上来？你一干人都在此押着卜吉，等我去禀复知州。"委官上了轿，一直到州门前下了轿，径到厅上，把上件事对那知州说了一遍，知州也没做道理处。委官道："地方人等都说乛通判府中自来不干净，今日又死了一个水手，谁人再敢下去？只是打捞不得那妇人的尸首起来，如何断得卜吉的公事？不若只做卜吉着，教卜吉下去打捞，便下井死了，也可偿命。"知州道："也说得是，你自去处分③。"委官辞了知州再到井边，押过卜吉来，委官道："是你赶妇人下井，你自下去打捞尸首起来，我禀过知州做主，出豁你的罪。"卜吉道："小人情愿下去，只要一把短刀防身。"众人道："说得是！"随即除了枷，去了木扦④，与他一把短刀，押那卜吉在箩里坐了，放下辘轳许多时不见到底，众人发起喊来道："以

---

① 捉——拿。

② 打水撇儿——当做儿戏；开玩笑。

③ 处分——处置。

④ 木扦(chǒn)——木制手铐。

前的水手下去时,只二十来丈索子便铃响,这番索子在辘轳上看看放尽,却不作怪? 放许多长索兀自未能够到底!"正说未了,辘轳不转,铃也不响。

且不说井上众人,却说卜吉到井底下,抬起头来看时,见井口一点明亮。外面打一摸时,却没有水;把脚来踏时,是实落地。一面摸,一面行,约摸行了一二里路,见那明处,摸时却有两扇洞门,随手推开,闪身入去看时,依然再见天日。卜吉道:"这里是哪里?"提着刀正行之间,见一只大虫伏在当路。卜吉道:"伤人的想是这只大虫,譬如你吃了我,我左右是死!"大跨步向前,看着大虫便剁,喝声:"着!"一声响亮,只见火光迸散,震得一只手木麻了半晌。仔细看时,却是一只石虎。卜吉道:"里面必然别有去处。"又行几步,只见两边松树,中间一条行路,都是鹅卵石砌嵌的。卜吉道:"既是有路,前面必有个去处。"仗着刀,入那松径里行了一二百步,闪出一个去处,唬得卜吉不敢近前。定睛看时,但见:

　　金钉朱户,碧瓦雕檐。飞龙盘柱戏明珠,双凤怖屏鸣晓日。红泥
　墙壁,纷纷御柳间宫花;翠霭楼台,淡淡祥光笼瑞影。窗横龟背,香风
　冉冉透黄纱;帘卷虾须,皓月团团悬紫绮。若非天上神仙府,定是人
　间帝主家。

卜吉道:"这是什么去处,却关着门,敢是神仙洞府?"欲推门又不敢,欲待回去:"又无些表证,终不成只说见只石虎来,知州如何肯信我?"正踌躇之间,只见呀地门开,走出一个青衣女童来。女童叫道:"卜吉! 姑姑等你多时了!"卜吉听得说"姑姑等你多时":"却是什么姑姑? 如何知我名姓? 却又等我做甚的?"卜吉只得随女童到一个去处,见一所殿宇,殿上立着两个仙童,一个青衣女童;当中交椅上坐着一个婆婆。卜吉偷眼看时,但见那婆婆:

　　苍形古貌,鹤发童颜。眼昏似秋月笼烟,眉白如晓霜映日。绣衣
　玉带,依稀紫府元君,凤髻龙簪,仿佛西池王母。正大仙容描不就,威
　严形象画难成。

卜吉想道:"必是个神仙洞府,我必是有缘到得这里。"向前便拜道:"告真仙! 客人卜吉谨参拜!"拜了四拜。姑姑道:"我这里非凡,你福缘有分,得到此间,必是有功行之人,请上阶赐坐。"卜吉再三不肯坐,姑姑道:"你是有缘之人,请坐不妨!"卜吉方敢坐了。姑姑叫点茶来,女童将茶来,茶

罢,姑姑道:"你来此间非同容易,因何至此?"卜吉道:"告姑姑!小客贩皂角去东京卖了,推着空车子回来,路上见一个妇人坐在树下,道:'我要去郑州投奔爹娘,脚疼了行不得。'许我三两银子,载她到东门里刁通判宅前,妇人道:'这是我家了。'下车子推开门走入去,跳在井里。因此地方捉了我,解送官司。差人下井打捞,又死了一个水手。知州只得令小人下来,见井底有路无水,信步走到这里。"姑姑道:"你下井来曾见甚的?"卜吉道:"见一只石虎。"姑姑道:"此物成器多年,坏人不少,凡人到此,见此虎必被它吃了,你倒剁了它一刀,你后来必然发迹。卜吉,我且教你看个人!"看着青衣女童道:"叫她出来!"女童入去不多时,只见走出那个跳在井里的妇人来,看着卜吉道个万福,道:"客长昨日甚是起动①!"卜吉见那妇人,怒从心上起,恶向胆边生,便骂道:"打脊贼贱人!却不叵耐,见你说脚疼走不得,好意载你许多路,脚钱又不与我,自走入宅里,跳在井中,教我被官司捉了,项上带枷,臂上带扞,牢狱中吃苦。这冤枉事如何分说?只道永世不见你了,你却原来在这里!"仇人相见,分外眼睁:"且教你吃我一刀!"就身边拔起刀来,向前劈胸揪住便剁。被胡永儿喝一声,禁住了卜吉手脚,道:"看你这个剪手②一路上载我之面,不然把你剁做肉泥!因见你纯善稳重,我待要度你,你却如此无礼,敢把刀来剁我,却又剁我不得!"姑姑起身劝道:"不要坏他!日后自有用他处。"姑姑看着卜吉脸上只一吹,手脚便动得。看着姑姑道:"小娘子是个什么的人?"姑姑道:"若不是我在这里,你的性命休了,再后休得无礼。"卜吉道:"小人有缘遇得姑姑,若救得卜吉牢狱之苦,出得井去无事时,回家每日焚香设位,礼拜姑姑!"姑姑道:"你有缘到这里,且莫要去,随我来饮数杯酒,送你回去。"卜吉随到里面,吃惊道:"我本是乡村下人,哪曾见这般好处!"安排得甚是次第。但见:

> 香焚宝鼎,花插金瓶。四壁张翠幕鲛绡,独早排金银器皿。水晶壶内,尽是紫府琼浆;琥珀杯中,满泛瑶池玉液。玳瑁盘,堆仙桃异果;玻璃盏,供熊掌驼蹄。鳞鳞脍切银丝,细细茶烹玉蕊。

姑姑请卜吉坐,卜吉不敢坐,姑姑道:"卜大郎坐定,异日富贵俱各有分。"

---

① 起动——烦劳。
② 剪手——骂人话。拦路抢劫的强盗;贼子。

卜吉方才坐了。只见酒来，又见饭来，他几时见这般施设，两个青衣女童在面前不住斟酒服侍，杯杯斟满，盏盏饮干。酒至半酣，卜吉思忖道："我从井上来到这里许多路，见恁地一个去处，遇着仙姑，又见了这个妇人，知她是神仙是妖怪？在此不是久长之计。"便起身告姑姑和小娘子道："我要去井上看车子钱物，恐被人捉了。"姑姑道："钱物值得什么，我教你带一件物事①上去，富贵不可说，不知你心下何如？"卜吉道："感谢姑姑美意。休道是值钱的物事，便是不值钱的，把去井上做表证，也免我之罪。"姑姑叫永儿近前，附耳低声，入去不多时，只见一个青衣女童从里面双手掇一件物事出来，把与卜吉。卜吉接在手里，觉有些沉重，思量："这是什么东西，用黄罗袱包着？"卜吉道："告姑姑，把与卜吉何用？"姑姑道："你不可开，将上井去，不要与他人。但只言本州之神，收此物已千年，今当付与知州，可免你本身之罪。又有一件事吩咐你，你凡有急难之事，可高叫圣姑姑，我便来救你。"卜吉听得说，一一都记了。姑姑教青衣女童送卜吉出来，复旧路入土穴行到竹箩边，走入竹箩内坐了，摇动索子，那铃便响，上面听得，便把辘轳绞起。众人看时，不见妇人的尸首，只见卜吉掇抱着一个黄罗袱包来见委官。卜吉道："众人不要动！这件东西是本州之神交与知州的，直到知州面前开看。"委官上了轿，一干人簇拥围定着卜吉，直入州衙里来。

正值知州升厅，公吏人从摆开两旁。委官上前禀说："卜吉下井去大半日，续后听得铃响，即时绞上卜吉来；只见卜吉抱着黄罗袱，包着一件东西，口称是本州之神付与知州。委官不敢动，取台旨。"知州叫押过卜吉来，知州问道："黄袱中是何物件？因何得来？"卜吉道："告相公！小人下井去，到井底不见妇人的尸首，却没有水。有一条路径，约走二里方见天日。见一只虎，几乎被它伤了性命，小人剁一刀去，只见火光迸散，仔细看时，是只石虎。有一条松径路，入去见一座宫殿，外有青衣女童引小人至殿上，见一仙人，仙人言称是本州之神，与小人酒食吃了，又将此物出来，交小人付与知州收受，不许泄露天机。"知州捧过黄包袱放在公案上，觉道沉重。知州想道："一件宝物出世，合当遇我。"教手下人且退，亲手打开黄袱包看时，道："可知这般沉重。"却是一个黄金三足两耳鼎，上面铸

---

① 物事——东西。

着九个字道:"遇此物者,必有大富贵。"知州看罢,再把黄袱来包了,叫出家里亲随人拿入去为镇库之宝。该吏向前禀道:"这卜吉候台旨发付。"知州寻思道:"欲待放了卜吉,一州人都知他赶一个妇人落井,及至打捞,又坏了一个水手性命,若只恁地放了,州里人须要议我。我欲待把卜吉偿那妇人的命,曾奈尸首又无获处,倒将金鼎来献我,如何是好?"蓦然提起笔来断这卜吉,有分交:知州登时死于非命,郑州一城人都不得安宁。正是:

　　　　没兴店中赊得酒,灾来撞见有情人。

毕竟知州惹出甚祸事来?且听下回分解。

# 第 八 回

## 野林中张鸾救卜吉　山神庙张鸾赏双月

诗曰：

金刚禅法最通神，天边双曜嚷州城。

从空伸出拿云手，提出天罗地网人。

当时知州将卜吉刺配山东密州牢城营，当厅断了二十脊杖，唤个文字匠人刺了两行金印，押了文牒①，差两个防送公人：一个是董超，一个是薛霸，当厅押了卜吉，领了文牒，带卜吉出州衙前来。卜吉到州衙外立住了脚，回头向着衙里道："我卜吉好屈！妇人自跳在井中，我又不曾威逼她，她又不是别人，是本州土神教我下去获得这件宝物献你，你得了宝物，相应免我之罪，倒把我屈断刺配密州去。我若挣揣得性命回来，却将你隐匿宝物事情，敲皇城，打怨鼓，须要和你理论！"董超见他言语不好，只顾推着卜吉了行。薛霸道："你在这里出言语，累及我两个却是厉害！"急急离了州衙，走到一个酒店，三个人同入来坐定。董超道："取两角②酒来！"薛霸道："卜吉，我两个虽然是奉公差遣，防送你到山东密州，路程许多遥远，你路上也要盘缠，我们自不曾带盘缠，随人走。你有甚亲戚相识，去措置些银两，路上好使用，我两个不要你的！"卜吉道："告上下！小人原有些钱本，为吃官司时，不知谁人连车子都推了去，如今教我问谁去讨？小人单身独自，别无亲戚，盘缠实是无措办处。"薛霸焦躁道："我们押了多多少少凶顽罪人，不似你这般嘴脸！你道没有盘缠？便是李天王也要留下甲仗③，生姜也捏出汁来！在我们手里的行货④，不轻轻地放了？"说了一场，还了酒钱，两个押着卜吉出郑州西门外来。

① 文牒——文书；公文。
② 角——古代计量酒量的单位之一。
③ 甲仗——兵器。
④ 行货——指人。犹言家伙，东西。

正走之间，只听得背后有人叫声："董牌！"董超交薛霸押着卜吉先行。那个人看着董超道："我是知州相公心腹人，适间断配他出来，这厮在州衙前放刁①；如今奉知州相公台旨，教你二人怎的做个道理，就僻静处结果了他，回来重重赏你！"董超应承了，自赶上来和薛霸知会②："只就前面林子里结果了他休！"两个押卜吉到一所空林子前，董超道："我今日起得早了，就林子里困一困则个。"薛霸道："才离州衙行不得三十里路，如何便要歇？"董超道："今日忒起得早了些，要歇一歇。只怕卜吉你逃走了时，生药铺里没买处。你等我们缚一缚，便是睡也心稳。"卜吉道："上下要缚便缚，我决不走。"董超将条长索，把卜吉缚在树梢上，提起索头去那边树大枝梢上倒吊起来，手里拿着水火棍道："卜吉！我们奉知州相公台旨教害你，却不干我们事。明年今月今日今时是你死忌③！"卜吉道："苦呀！苦呀！我命休矣！"猛然记得："与我宝物的仙姑姑，曾说有急难时教我叫'圣姑姑'。"乃大叫："圣姑姑救我则个！"叫由未了，只见林子外面一个人喝声道："防送公人不要下手！我在此听得多时了！"董、薛二人吃了一惊，慌忙跑出林子外面看时，见一个先生，身长六尺，面如紫玉，目若怪星。但见：

> 烈火红袍，勇如子路④；铁打道冠，好似专诸⑤。头上簪钻狮子骨，腰间绦系老龙筋。为餐虎肉双睛赤，因刺麒麟十指青！

那道士牵拳曳步赶入林子里来，看着两个公人道："知州教你们押解他去，如何将他吊起害他性命，是何道理？"两个公人慌了手脚，道："先生！我们奉知州相公台旨，交我们害他性命。"先生道："你乱道！如今官司清明如镜，缘何无罪要坏他性命？我是出家人，本当不管闲事，适间听得林子里高叫'圣姑姑'，是何意故？你且放他下来，待我问他！"董超只得把卜吉解放了。卜吉道："告先生！听卜吉说：我因贩皂角去东京卖了回

---

① 放刁——撒野；捣乱。
② 知会——照会；通知。
③ 死忌——忌日；死亡的日子。
④ 子路——（前542—前480）鲁国卞（今山东泗水）人。孔子学生，性格直爽勇敢。
⑤ 专诸——（？—前515）春秋时吴国堂邑（今江苏六合西北）人。曾为吴公子光刺杀吴王僚，自己也当场被杀。

来，路上见一妇人，叫脚疼走不得，许我三两银子赁我车子载他。到郑州东门内一个空宅子前，这妇人跳下车子走入去，我不见她出来，入去看时，妇人自跳下井去，地方人道我逼她下井，捉了我解到官司，知州教我自下井打捞尸首，我下去时原来井里没水，却有一条路，见一所宫殿，遇着个仙姑，与我一件宝物，教我送与知州免罪，临上井时吩咐我道，若有急难时便叫'圣姑姑'。"先生听得说了，道："原来怎地。"看着两个防送公人道："这卜吉不当死，遇着贫道。可同来林子外村店里吃三杯酒，更赉①助你们些盘缠，好看他到地头②则个。"董超、薛霸道："感谢先生！"

　　四个人同出林子外来，约行了半里路，见一个酒店，四人进那酒店里坐了，酒保来问道："张先生！打多少酒？"先生道："打四角酒来，有鸡回③一只与我们吃。"酒保道："村里远，没回处。"先生道："又没甚菜蔬，如何下得酒？"酒保拿酒来，四个人一家吃了一碗。先生道："有心请人，却无下口④！"东观西望，见壁边一个水缸，先生看时，是一缸干净水。先生袖内取出一个葫芦儿来，拔了屑儿⑤，抖出一丸白药来，放在水缸里，依先去凳上坐了，叫酒保来道："我们四个如何吃得淡酒！我方才将下口放在你水缸里，将去与我煮来！"酒保道："张先生！你四个空手进来，不曾见什么下口。"先生道："你自去水缸里看。"酒保去看时，只见水动，双手去捞，捞出一尾三尺长鲤鱼来，道："却不作怪！"只得替他劚⑥了鱼，落锅煮熟了，用些盐酱椒醋，将盘子盛了搬来与他。四个一面吃酒，董超道："感谢先生厚意。"薛霸道："这鱼滋味甚好，怎地再得一尾吃也好。"先生道："这个不足为礼，贫道平日好饮贪杯，难得相遇二位，四海之内皆相识也，若不弃嫌，同到贫道院中尽醉方休，来日起程。不知二位尊意何如？"薛霸是后生心性，道："难得先生好意相请，今日也将晚了，我们就同往仙院借宿一宵。只是不当取扰。"董超终是年纪大，晓得事，叫薛霸到静处

---

①　赉(lài)——赏赐。
②　地头——地址。
③　回——卖。
④　下口——饭菜。
⑤　屑儿——楔子。
⑥　劚(lí)——割。

说道："这先生是个作怪的人，着甚来由同他到道院中去？"薛霸道："董哥！你空活这许多年纪，不识得事。这酒店里主人家也认得他，但有差池，只问酒店里要人。"董超道："也说得是。"

先生还了酒钱，四个人离了酒店，一路说些闲话。不知行了多少路，只见那先生用手一指道："这个便是贫道小庵。"董超看时，好座茅庵！不甚大，盖得圆簇，庵前庵后没一个人家，两个便有些心疑。先生开了门，请三人就门前坐地。先生道："你们三个莫忧，这里尽有宿歇处。今晚且快活歇一夜，来早便行。"先生掇张桌子出来，放在外面，入里面去安排出荤腥菜蔬之类，铺在桌上。先生道："方才在酒店中请二位，不足为礼，就此尽醉方休。"两个公人面面相觑，私议道："这先生在酒店里请我们吃了，如今来庵里又安排许多酒食。欲待不吃，肚里又饥；待吃他的，不知他主何意故？"薛霸道："我两个押着这个罪人，干系不小。方离得郑州一程路，就撞见这个跷蹊的先生，若是有些缓急①，都有老小在家里，不是要笑！"董超道："且吃了他的，看他如何。"先生将酒出来，各人吃了十数杯，都饱了。两个公人道："谢先生酒食，都吃不得了。我三个借宿一宵，来早便行。"先生道："淡酒不足为礼，何必致谢。你二位且请坐。"那先生起身进去，不多时拿出两锭大银子来，都有五十两重。便道："二位各收一锭，休嫌轻微。"薛霸不则一声，董超道："感谢先生赐了酒食，又与银两，这银两决不敢受。"先生道："你二位权且收了，表意而已。"二人被先生推不过，各收了一锭。先生道："贫道有一件事奉告，不知你二位肯依么？"两个思量道："酒也吃了，银子也收了，如何不依得？"便道："先生休道一件事，十件事也依先生，但说不妨。"先生道："你两位各收了五十两银子，做了养家本，念卜吉是个含冤负屈的人，贫道又不认得他，只是以慈悲好事为念。且听卜吉说来，他是平白的人，却叫他吃这场屈官事。望二位怎地做个方便，留他在庵里相伴贫道，贫道姓张名鸾，若知州问时，只说张鸾要救卜吉便了。不知二位意下何如？"董超不敢则声。薛霸叫将起来道："先生！你好不晓事！率王之土，皆属王土。率土之民，皆属王民。你虽是出家人，住在郑州界上，也属知州所管。他是本官问出来的罪人，甚人敢收留他？你道我们得了你的银子，你便挟制着我们，你的银子分毫不动

---

① 缓急——意外。

在此,请自收去!"先生道:"不须焦躁,肯留时便留下;不肯留时,你二位收下银子,再告杯酒。"董超道:"吃了先生酒食,又赐了银子,何须只顾劝酒?"先生道:"不只劝酒,贫道有个小术,就呈二位看看:上至知州,下及庶民,都教他们赏月则个!"先生就怀中取出一张纸来,将剪刀在手,把纸剪了一个圆圆月儿,用酒滴在月上,喝声:"起!"只见那纸月望空吹将起去。三个人齐喝彩道:"好!"只见两轮月在天上。先生道:"上此一杯酒。"这里四人自吃酒。

却说郑州上至知州,下及百姓,哄动了城里城外居民,都看空中有两轮明月。有那晓事的道:"只有一轮月,如何有两轮月?此必是个妖月!"

且不说哄动众人,却说这先生与三个赏月吃酒将散,先生道:"二位做个人情,把卜吉与了贫道罢!"董、薛二人道:"我们家中各有老小,比先生不得,知州知道,我两个实难分解。"先生道:"知州吩咐你们要安排他死,其事甚容易,我教你两个带一件表正与知州看。"只见先生将道袍袖结做一个旮旯,揣在背后,双手揪住卜吉,用索子将卜吉背剪绑了,缚在草厅上。薛霸道:"先生!你早晨要救他,缘何如今又要缚他?"先生道:"教你二人带他一件物事去见知州。"董超道:"不知交我两个带甚的物事去?"先生道:"知州既要坏他性命,如今贫道替你下手剖腹取心,带去与知州,表你二人能事。"董超道:"使不得!这是断了的罪人,知州要谋害他,是知州的私意。如今将着心肝去,知道的便是先生杀了他;不知道的只说是我两个谋财害命。这一场屈官事,教我两个吃不起。"先生笑道:"原来你们怕吃官事,我也取笑你们。"便把卜吉解了,就安排三个人睡。先生道:"二位若回州里去时,说我张鸾要救卜吉,可牢记取。"三个叫了安置,就在外面宿歇,先生自进里面去了。

董超、薛霸一觉直睡到天明,闪开眼来看时,两个吃了一惊;身边不见了卜吉,也不见了庵院、先生,却睡在山神庙内纸钱堆里。两个面面相觑,道:"苦也!苦也!我两个不晓事,走了罪人如何是好?"董超道:"我们且不要慌,和你去告知州。"一径直回到郑州,正值知州午衙升厅。董超、薛霸来厅前跪下,知州便问道:"你两个解卜吉到山东,如何今日便回?"董超、薛霸道:"告相公!昨日押卜吉上路去,在三十里外撞见一个道士,邀到庵中,要夺卜吉,小人们和他争执,那道士是个异人,剪一轮纸月,吹在空中,便见两轮明月!"知州听得,说道:"作怪!昨晚因见两轮月,闹吵了州城一夜。后来却是如何?"董超道:"那道士教小人们就庵里歇睡了一夜,今日起早开眼打一看时,却是个山神庙的纸钱堆里,正不知卜吉和道士哪里去了。那道士自称:'我叫做张鸾。'"知州道:"既有姓名,这妖人好捉了。"当日即唤缉捕使臣吩咐,言说未了,只见一个道士,铁冠草履,皂沿绯袍,直上厅前,高叫道:"知州! 张鸾挺身来见!"喏也不唱。知州大怒道:"汝乃妖人,怎敢如此无礼!"张鸾道:"汝乃一州之主,如何屈断平人? 卜吉无罪,把他刺配山东,路上兀自教人杀害他性命,又取了他无价宝物,是何道理?"知州道:"休得胡说! 他有什么无价的宝物?"张鸾道:"金鼎现在你库中,我就叫它出来!"只见张鸾叫声:"金鼎何不出来!"唬得知州并厅上、厅下的人都呆了。只见金鼎从空中飞将下来,直到厅上。知州见了,道:"怪哉! 怪哉!"说由未了,金鼎内跳出卜吉来,右手仗剑,左手揪住知州,就厅上把知州一剑剁为两段。众人见知州身死,俱各手足无措。厅上、厅下人都道:"终不成杀了知州就恁地罢了!"一起向前捉那张鸾、卜吉。两个见众人来捉,就马台石①上把身躯一匝,金鼎和二人都不见了。众人面面相觑,都道:"自不曾见这般怪异的事!"就请本州同知②管事,六房吏典买办棺木,将知州身尸盛了,一面差缉捕公人,四下里搜捉张鸾、卜吉,一面商议具表奏闻朝廷。只因此起,有分教:大闹河北,鼎沸东京。朝廷起兵发马收捉不得,直惹出一位正直大臣治国安民。正是:

　　　　聊将左道妖邪术,说诱如龙似虎人。

毕竟表奏朝廷如何? 且听下回分解。

---

① 马台石——指上下马时脚踩的石头。
② 同知——官名。明清时为知府知州的佐官,分掌督粮、缉捕、海防、江防、水利等。

# 第 九 回

## 左瘸师买饼诱任迁　任吴张怒赶左瘸师

诗曰：

　　炊饼皆乌火不烧，猪头扎眼①法能高。

　　只因要捉瘸师去，致使三人遇女妖。

　　且说郑州官吏具表上奏仁宗皇帝，仁宗皇帝就将表文在御案上展开看了，遂问两班文武道："郑州知州被妖人杀害，卿等当以剿捕祛除。"道由未了，忽见太史院官出班奏道："夜来妖星出现，正照双鱼宫，下临魏地，主有妖人作乱。乞我皇上圣鉴，早为准备。"仁宗皇帝曰："郑州新有此事，太史又奏妖星出现，事干利害，卿等当预为区处。"众官具奏道："目今南衙开封府缺知府，须得拣选清廉明正之人任之，庶可表率四方，祛除妖佞。"仁宗皇帝问："谁人可去任开封府？"众官奏道："龙图阁待制②包拯，字希仁，庐州合肥人也。必须此人可任此职。"仁宗准奏，交宣至殿前，起居毕，命即日到任。龙图谢了恩出来，开封府邸候③人等迎至本府，免不得交割牌印，即日升厅。行文书下东京并所属州县，令百姓五家为一甲，五五二十五家为一保，不许安歇游手好闲之人在家宿歇。如有外方之人，须要询问乡贯来历。各处客店，不许容留单身客人。东京有二十八座门，各门张挂榜文，明白晓谕。百姓们都烧香顶礼道："好个龙图包相公！"治得开封府一郡人民无不欢喜。真个是：

　　　　两行吏立春冰上，一郡居民宝镜中。

那行人让路，鼓腹讴歌，路不拾遗，夜不闭户，肃静了一个东京。

　　去那后水巷里，有一个经纪人，姓任名迁，排行第一，人都叫他做小大一哥，乃是五熟行里人。何谓五熟行？

---

① 扎眼——即眨眼。

② 待制——宋制于正式官职之外，加给文臣的衔号。

③ 邸（zhī）候——恭候。

卖面的唤做汤熟,卖烧饼的唤做火熟,卖鲊①的唤做腌熟,卖炊

饼的唤做气熟,卖馉饳②儿的唤做油熟。

这小大一哥是个好经纪人,去在行贩中争强夺胜。在家里做了一日卖的行货,都装在架子上,把炊饼、烧饼、馒头、酸馅糕装停当了。那小大一哥挑着担子,出到马行街十字路口,歇下担子,把门面铺了,和一般的经纪人厮叫③了,去架子后取一条三脚凳子方才坐得下,只听得厮郎郎地响一声,一个人径奔到架子边来,却不是买炊饼的。看那厮郎郎响的,此物唤做随速,殿家又唤做法环,是那解厌④法师摇着做招牌的。那法师摇着法环走来任迁架子边,看着任迁道:"招财来,利市来,和合来,把钱来!"任迁忍不住笑道:"捻恶气!"看那解厌法师时,身材矮小,头巾没额,顶上破了,露出头发来,一似乱草。披领破布衫,穿着旧布裤,一似狮子。脚穿破行缠断耳麻鞋,腰里系一条无须皂绦。任迁道:"厌师仔细照管地下,不要踏了老鼠尾巴!巳牌前后来解厌,好不知早晚!"瘌师道:"我也说出来得早了,只讨得六文钱。"任迁道:"何不晚些出来?"瘌师道:"哥哥莫怪!我娘儿两个在破窑里住,此时兀自没早饭得吃。胡乱与我一文钱,辏凑籴些米,娘儿们煮粥充饥。"任迁见他说得苦恼子,要与他一文钱,去腰里摸一摸看,却不曾带得出来。看着瘌师道:"我有钱也不争这一文,今日未曾发市。"瘌师见他说没钱,便问道:"哥哥!炊饼怎的卖?"任迁道:"七文钱一个。"瘌师便去怀中取出六文钱来,摊在盘中,道:"哥哥!卖个炊饼与我娘吃!"任迁收了五文钱,把一文钱与瘌师道:"我也只当发市。"瘌师得了一文钱,藏在怀里。任迁去蒸笼里取一个大、一个小递与瘌师。瘌师伸手来接,任迁看他的手腕腌臜臜,黑魆魆地,道:"不知他几日不曾洗的!"瘌师接那炊饼在手里,看一看,捻一捻,看着任迁道:"哥哥!我娘八十岁,如何吃得炊饼?换个馒头与我。"任迁道:"弄得腌腌臜臜,别人看见须不要了。"安在前头箓⑤儿里,再去蒸笼里捉一个馒头与他。瘌师接

---

① 鲊(zhǎ)——经过加工的鱼类制品,如腌制的鱼。

② 馉饳(gǔ duò)——一种面制食品。

③ 厮叫——打招呼。

④ 解厌——解除饥饿;充饥。

⑤ 箓(cuō)——盛食物用的竹编器。

得在手里，又捻一捻，问任迁道："哥哥！里面有甚的？"任迁道："一色精肉在里面。"瘸师道："哥哥，我娘吃长素！如何吃得？换一个沙馅与我。"任迁道："未曾发市，撞着这个男女！"待不换与他，只见架子边有许多人热闹，只得忍气吞声，又换一个沙馅与他。瘸师又接在手里捻一捻，道："如何吃得他饱？只换个炊饼与我罢！"任迁看了焦躁道："可知教你忍饥受饿！又只卖得你五文钱，倒坏了三个行货。这番不换了！"瘸师道："哥哥休要焦躁，两个炊饼如何吃得我娘儿两个饱？不如只籴米煮粥吃罢！"去架子上捉了铜钱，看着架子上吹一口气便走。任迁道："可耐这厮，坏了我三个行货，你待走哪里去？"便来打那瘸师，忽然立住了脚寻思道："这等一个模样，吃得几拳头脚尖？若是有些一差二误，倒打人命官司，只好饶他罢休！"回过身来，到架子边定睛打一看时，任迁只叫得苦；一架子馒头、炊饼都变做浮炭也似黑的。任迁大怒道："这厮蒿恼了我半日，又坏了一架子行货，这一日道路①罢了，正是和他性命相搏！"吩咐一般经纪人看着架子，揎②拳曳步向前来赶瘸师。

　　后生家生性，赶了半日不见，欲待回来，只听得前头厮嘟嘟响声。任迁道："莫非便是那厮么？"望前头直赶来，看又不见。翻来覆去，直赶到安上大门楼下，见一伙人围着一个肉案子门前看。任迁道："这是我相识张屠家里，不知做甚的有这许多人？"立住了脚，去人丛里望一望，只见一个婆婆倒在地上，一个后生扶着，口里不住叫娘，叫了半个时辰醒来，婆婆紧紧地闭着眼不肯开。后生道："娘！你放松颡③些，开了眼！"婆婆道："快扶我归去。"后生道："你开开眼！"婆婆道："我怕了，开不得！"后生扶了婆婆自去了。任迁道："不知这婆婆因甚倒在这里？"只见张屠道："众人散开！没甚好看！"任迁认得本人姓张名琪，排行第一。任迁道："一郎多时不见！"张屠道："任大哥，哪里去来？"任迁道："干些闲事。"张屠道："任大哥入来，我告诉你。"任迁入去，问张屠道："门首做什么这等热闹？"张屠道："不曾见这般跷蹊作怪的事，方才一个裹破头巾，身穿破布衫，手里拿着法环，口里道：'招财来，利市来，和合来，把钱来！'我道：'瘸师，你

———————

①　道路——买卖；活计。

②　揎（xuān）——将袖子露出手臂。

③　颡（sǎng）——疑为"爽"。

好不知早晚,想是你家没有天窗.'瘸师听了道:'没钱便罢休,却取笑我怎的!'不想看着挂在案子上的猪头,摸一摸,口里动动地不知说些甚的,摇着法环自去了。我也不把他为事。侧首院子里做花儿的翟二郎,定下这个猪头,却教他娘来取,我除下猪头与他,这猪头扎眉扎眼,张开口把婆婆一口咬住,惊死那婆婆在地。我慌忙教小博士①叫他儿子来,早是救得她活,若是有些山高水低,倒用吃她一场官事。她儿子提起这猪头来看时,又没些动静。翟二郎道老人家自眼花了,何曾见死的猪头扎眉扎眼,方才扶了娘去。"任迁听了,把适间瘸师买炊饼的事从头至尾对张屠说了一遍。张屠道:"作怪!作怪!"说由未了,只听得法环响。任迁道:"这厮兀自在前面!"张屠道:"坏了你炊饼不打紧,也不甚厉害,争些儿教我与婆婆偿命。不须你动手,待我捉这厮打一顿好的!"任迁道:"我和你去赶那厮。"曳开脚步来赶瘸师。

　　赶了半日不见,张屠看着任迁,道:"如何是好? 若还赶着,断无干休。如今赶他不上,回去了罢。"却待要回,又听得法环响。又赶了五六里,出安上大门约有十余里路了,听得法环响,只是赶不着。两个却待要回,只见市稍头一个素面店门前,一个人拿着一条棒打一个汉子。张屠却认得是卖素面的吴三郎。张屠道:"三郎息怒,看我面饶恕他罢!"吴三郎住了手,道:"一店人要吃面了赶路,教他去烧火,横也烧不着,竖也烧不着,半日不能得锅里热,人都走了去。定教他皮开肉绽!"张屠道:"看我面罢休!"吴三郎道:"你今朝不是日分②,出来闲走?"张屠遂把适才瘸师的事,一一说了一遍。吴三郎听罢呆了,道:"怎地我便错打了他。你两个听我说:我当着灶上,只见一个瘸师摇着法环到我门前,叫道:'招财来,利市来,和合来,把钱来!'我手里正忙,我道:'你也没早晚,日中出来解厌,晚些出来怕鬼捉了你去? 我没零碎钱,且空过这一遭。'只见他看着我锅里吹一口气便走了去,他转得背,我叫小博士去烧火,却如何烧得着,有两顿饭间,只是烧不着,许多吃面的人等不得,都走散了。我因此上打他。若不是你们说时,我哪里知道。可耐这厮却是毒害,坏了我一日买卖!"说话之间,只听得法环响。吴三郎望一望,见瘸师在前面一路摇将

①　博士——古时从事某种职业的人。如茶博士,酒博士。
②　日分——日子;日期。

去。吴三郎、任迁、张屠三个一起道："我们去赶瘸师!"瘸师见三个人来赶,急急便走。只因他三个来赶瘸师,有分到一个冷静佛门,见一件跷蹊作怪的事。正是:

开天辟地不曾闻,从古至今稀罕见。

毕竟三人赶瘸师到何处,见甚事来? 且听下回分解。

# 第 十 回

## 莫坡寺瘸师入佛肚　任吴张梦授永儿法

诗曰：

　　　　淳于梦入南柯去①，庄周蝴蝶亦相知②。

　　　　世上万般皆是梦，得失荣枯在一时。

　　当下瘸师见任、吴、张三人赶来，急急便走，紧赶紧走，慢赶慢走，不赶不走。三人只是赶不上。张屠道："且看他下落，却和他理会不妨。"三人离了京师，行了一二十里，赶到一个去处，叫做蛟虬莫坡，那条路真个冷静，有一座寺叫做莫坡寺，只见瘸师径走入莫坡寺里去了。张屠道："好了！他走了死路了，看他哪里去？我们如今三路去赶！"任迁道："说得是！"吴三郎从中间去赶，张屠从左廊入去赶，任迁从右廊入去赶。

　　瘸师见三人分三路来赶，径奔上佛殿，爬上供桌，踏着佛手，爬上佛肩，双手捧着佛头。三人齐赶上佛殿，看着瘸师道："你好好地下来，你若不下来，我们自上佛身拖你下来！"瘸师道："苦也！佛救我则个！"只见瘸师把佛头只一额③，那佛头骨碌碌滚将下来，瘸师便将身早钻入佛肚子里去了。张屠道："却不作怪！佛肚里没有路，你钻入去则甚？终不成罢了？"张屠扒上供桌，踏着佛手，盘上佛肩，双手攀着佛腔子，望一望，里面黑暗暗地；只见佛腔子中伸出一只手来，把张屠匹角儿揪住，张屠倒跌入佛肚里去了。吴三郎、任迁叫声："苦！"不知高低，两个计较道："怎地好？"任迁道："不妨事，我且上去看一看，便知分晓。"吴三郎道："小大一

---

① 淳于梦入南柯去——典出唐·李公佐《南柯太守传》：淳于芬入大槐安国，与公主结婚，拜为太守，享尽荣华富贵。醒来后发现大槐安国就是他家大槐树下的蚁穴。比喻一场空欢喜。

② 庄周蝴蝶亦相知——典出自《庄子·齐物论》。庄周在梦中变为蝴蝶。比喻人生变幻无常。

③ 额——疑为扼。

哥，放仔细些，休要也入去了！”任迁道：“我不比张一郎。”即时爬上供桌，踏着佛手，盘在佛肩上，扳着佛腔子望里面时，只见黑暗暗地，叫道：“张一郎！你在哪里？”叫时不应，只见一只手伸出来，一把揪住任迁，任迁吃了一惊，连声叫道：“亲爹爹！活爹爹！可怜见饶了我，再也不敢来赶你了！我特来问你，要炊饼，要馒头，沙馅？我便送将来与你吃！”只见任迁头朝下，脚朝上，倒撞入佛肚里去了。吴三郎看了道：“苦呀！苦呀！他两个都跌入佛肚里去，我却如何独自归去得？”欲待上去望一望看，只怕也跌了入去。欲待自要回去，这两个性命如何，没做道理处，只得上去望一望。爬上供桌，手脚酥麻，抖做一堆，不敢上去。寻思了半晌，没奈何，只得踏着佛手，攀着佛腔子，欲待望一望，又怕跌了入去。欲进不得，欲退不得。吴三郎自思量道：“好没运智！只消得去寻些硬的物事来，打破了佛肚皮，便救得他两个出来。”正待要下供桌，却似有个人在背后拦腰抱住了，只一撺，把吴三郎也跌入佛肚子里去了，一脚踏着任迁的头。任迁叫道：“踏了我也！”吴三郎道：“你是兀谁？”任迁应道：“我是任迁！”吴三郎道：“张一郎在哪里？”只见张琪应道：“在这里！”任迁道：“吴三郎！你如何也在这里来了？”吴三郎道：“我上佛腔子来望你们一望，却似一个人把我撺入佛肚里来。”任迁道：“我也似一个人伸只手匹角儿揪我入来。”张屠道：“我也是如此。这揪我们的必然是瘸师，他也要得我们好了。四下里摸看，若摸得他见时，我们且不要打他，只教他扶我们三个出佛肚去。他若不肯扶我们出去时，不得不打他了。”当时三个四下里去摸，却不见瘸师。任迁道：“原来佛肚里这等宽大，我们行得一步是一步。”张屠道：“黑了如何行得？”任迁道：“我扶着你了行。”吴三郎道：“我也随着你行。”迤逦①行了半里来路，张屠道：“却不作怪！莫坡寺殿里能有得多少大？佛肚里倒行了许多路！”

正说之间，忽见前面一点明亮。吴三郎道：“这里原来有路！”又行几步看时，见一座石门参差，门缝里射出一路亮来。张屠向前用手推开石门，伫目定睛只一看，叫声：“好！”不知高低，但见：

物外风光，奇花烂漫。燕子双双，百步画桥，绿水回还。

张屠道：“这里景致非凡！”吴三郎道：“谁知莫坡寺佛肚里有此景

---

① 迤逦（yǐ lǐ）——曲折连绵。

致!"任迁道:"又无人烟,何路可归?"张屠道:"不妨,既有路,必有人烟。我们且行。"又行了二三里路,见一所庄院。但见:

> 满园花灼灼,篱畔竹青青。冷冷溪水碧澄澄,莹莹照人寒济济。茅斋寂静,衔泥燕子趁风飞;院宇萧疏,弄舌流莺穿日暖。黄头稚子跨牛归,独唱山歌;黑体村夫耕种罢,单闻村曲。羸羸①瘦犬,隔篱边大吠行人;寂寂孤禽,嗟古木声催过客。

张屠道:"待我叫这个庄院。"当时张屠来叫道:"我们是过往客人,迷踪失路的!"只听得里面应道:"来也!来也!"门开处,走出一个婆婆来。三个和婆婆厮叫了,婆婆还了礼,问道:"你三位是哪里来的?"张屠道:"我三个是城中人,迷路到此。一来问路,二来问庄里有饭食回些吃。"婆婆道:"我是村庄人家,如何有饭食得卖。若过往客人到此,便吃一顿饭何妨。你们随我入来。"三个随婆婆直至草厅上木凳子上坐定。婆婆掇张桌子放在三个面前,婆婆道:"我看你们肚内饥了,一面安排饭食你们吃。你们若吃得酒时,一家先吃碗酒。"三个道:"恁地感谢庄主!"婆婆进里面不多时,拿出一壶酒,安了三只碗;香喷喷地托出一盘肉来,斟下三碗酒。婆婆道:"不比你们城市中酒好,这里酒是杜酝的,胡乱当茶。"三个因赶瘸师走得又饥又渴,不曾吃得点心,闻得肉香,三个道:"好吃!"一人吃了两碗酒。婆婆搬出饭来,三个都吃饱了。三个道:"感谢庄主,依例纳钱。"婆婆道:"些少酒饭,如何要钱!"一面收拾家生②入去。三个正要谢别婆婆,求她指引出路,只见庄门外一个人走入来。

三个看时,不是别人,却正是瘸师。张屠道:"被你这厮葛恼了我们半日,你却在这里!"三个急下草厅来,却似鹰拿燕雀,捉住瘸师,却待要打,只见瘸师叫道:"娘娘救我则个!"那婆婆从庄里走出来,叫道:"你三个不得无礼,这是我的儿子,有事时但看我面!"下草厅来叫三个放了手,再请三个入草厅坐了。婆婆道:"我适间好意办酒食相待,如何见了我孩儿却要打他?你们好没道理!"张屠道:"罪过庄主办酒相待,我实不知这瘸师是庄主孩儿,奈他不近道理。若不看庄主面时,打教他粉骨碎身。"婆婆道:"我孩儿做什么了,你们要打他?"张屠、任迁、吴三郎都把早

---

① 羸(léi)——瘦。
② 家生——指家具、器皿。

间的事对婆婆说了一遍。婆婆道："据三位大郎说时,都是我的儿子不是。待我叫他求告三位则个。"瘸师走到面前,婆婆道："三位大郎且看老拙之面,饶他则个!"三人道："告婆婆! 我们也不愿与他争了,只教他送我们出去便了。"婆婆道："且请稍坐。我想你三位都是有缘的人方到得这里。既到这里,终不成只恁地回去罢了? 我们都有法术,教你们一人学一件,把去终身受用。"婆婆看着瘸师道："你只除不出去,出去便要惹事,直教三位来到这里。你有甚法术,教他三位看。"婆婆看着三个道："我孩儿学得些剧术①,对你三位施呈则个。"三个道："感谢婆婆!"瘸师道："请娘娘法旨!"去腰间取出个葫芦儿来,口中念念有词,喝声道:"疾!"只见葫芦儿口里倒出一道水来,众人都道:"好!"瘸师道:"我收与哥哥们看。"渐渐收那水入葫芦里去了。又口中念念有词,喝声道:"疾!"放出一道火来,众人又道:"好!"瘸师又渐渐收那火入葫芦里去了。张屠道:"告瘸师! 肯与我这个葫芦儿么?"婆婆道:"我儿! 把这个水火葫芦儿与了这个大郎。"瘸师不敢逆婆婆的意,就将这水火葫芦儿与了张屠,张屠谢了。瘸师道:"我再有一件剧术交你们看。"取出一张纸来,剪出一匹马,安在地上,喝声道:"疾!"那纸马通身雪白,如绵做的一般,摇一摇,立起地上,能行快走。瘸师骑上那马,喝一声,只见曳曳地从空而起。良久,那马渐渐下地,瘸师歇下马来,依然是匹纸马。瘸师道:"那个大郎要?"吴三郎道:"我要觅这个纸马儿法术则个。"瘸师就将这纸马儿与了吴三郎,吴三郎谢了。婆婆看着瘸师道:"两个大郎皆有法术了,这个大郎如何?"瘸师道:"娘娘法旨本不敢违,但恐孩儿法力低小。"正说之间,只见一个妇人走出来。

那妇人不是别人,正是胡永儿。永儿与众人道了万福,向着婆婆道:"告娘娘! 奴奴教这大郎一件法术,请娘娘法旨。"婆婆道:"愿观圣作。"胡永儿入去掇一条板凳出来,安在草厅前地上,永儿骑在凳上,口中念念有词,喝声道:"疾!"只见那凳子变做一只吊睛白额大虫。但见:

项短身圆耳小,眉锥白额银堆;爪蹄轻展疾如飞,跳涧如同平地。

剪尾能惊獐鹿,咆哮吓杀狐狸;卞庄②虽勇怎生施? 子路也难挡抵!

---

① 剧术——法术。

② 卞庄——卞庄子。春秋时鲁国卞邑大夫,以勇力驰名。

胡永儿骑着大虫,叫声:"起!"那大虫便腾空而起。喝声:"住!"那大虫渐渐地下来。喝声"疾!"只见那大虫依旧是条板凳。婆婆道:"任大郎你见么?"任迁道:"告婆婆! 已见了。"婆婆道:"吾女可传这个法术与了任大郎。"胡永儿传法与任迁,任迁谢了。婆婆道:"你三人各演一遍。"三人演得都会了。婆婆道:"你三人既有了法术,我有一件事对你们说,不知你三人肯依么?"张屠道:"告婆婆! 不知教我们依甚的,但说不妨。"婆婆道:"你们可牢记取,他日异时可来贝州相助,不可不来。"张屠道:"既蒙婆婆吩咐,他日定来贝州相助。今日乞指引一条归路回去则个。"婆婆道:"我教孩儿送你入城中去。"瘸师道:"领法旨。"三个拜谢了婆婆,婆婆看着三人道:"我今日教孩儿暂送三位大郎回去,明日可都来莫坡寺相等。"

三人辞别了婆婆、永儿,当时瘸师引着路约行了半里,只见一座高山,瘸师与三人同上山来。瘸师道:"大郎,你们望见京城么?"张屠、吴三郎、任迁看时,见京城在咫尺之间。三人正看间,只见瘸师猛可地把三人一推,都跌下来,撇然惊觉,却在佛殿上。张屠正疑之间,只见吴三郎、任迁也醒来。张屠问道:"你两个曾见什么来?"吴三郎道:"瘸师教我们法术来。你的葫芦儿在也不在?"张屠摸一摸看时,有在怀里。吴三郎道:"我的纸马儿也在这里。"任迁道:"我学的是变大虫的咒语。"张屠道:"我们似梦非梦,那瘸师和婆婆并那胡永儿想都是异人,只管说他日异时可来贝州相助,不知是何意故?"三人正没做理会处,只见佛殿背后走出瘸师来,道:"你们且回去,把本事法术记得明白,明日却来寺中相等。"当时三人辞了瘸师,各自归家。

当日无话。次日吃早饭罢,三人来莫坡寺里,上佛殿来看,佛头端然不动。三人往后殿来寻婆婆和瘸师,却没寻处。张屠道:"我们回去罢!"正说之间,只听得有人叫道:"你三人不得退心,我在这里等你们多时了!"三个回头看时,只见佛殿背后走出来的,正是昨日的婆婆。三个见了,一起躬身唱喏。婆婆道:"三位大郎何来甚晚? 昨日传与你们的法术,可与我施逞一遍,异日好用。"张屠道:"我是水火既济葫芦儿。"口中念念有词,喝声道:"疾!"只见葫芦儿口内倒出一道水来。叫声:"收!"那水渐渐收入葫芦儿里去。又喝道:"疾!"只见一道火光从葫芦儿口内奔将出来。又叫声:"收!"那火渐渐收入葫芦儿里去了。张屠欢喜道:"会了!"吴三郎去怀中取出纸马儿来,放在地上,口中念念有词,喝声道:"疾!"变做一匹白马,四只蹄儿巴巴地行。吴三郎骑了半晌,跳下马来,依旧是纸马。任迁去后殿掇出一条板凳来,骑在凳上,口中念念有词,喝声道:"疾!"只见那凳子变做一只大虫,咆哮而走。任迁喝声:"住!"那大虫渐渐收来,依旧是条凳子。

三人正逞法术之间,只听得有人叫道:"清平世界,荡荡乾坤,你们在此施逞妖法。见今官司明张榜文要捉妖人,若官司得知,须连累我!"众人听得,慌忙回转头来看时,却是一个和尚,身披烈火袈裟,耳带金环。那和尚道:"贫僧在廊下看你们多时了!"婆婆道:"吾师恕罪,我在此教他们些小法术。"和尚道:"教得他们好,便不枉了用心;教是他们不好,空劳心力。可对贫僧施逞则个。"婆婆再交三人施逞法术,三人俱各做了。婆婆道:"吾师!我三个徒弟何如!"和尚笑道:"依小僧看来,都不为好。"婆婆焦躁道:"你和尚家敢有惊天动地的本事?你会什么法术,也做与我们看一看则个!"只见和尚伸出一只手来,放开五个指头,指头上放出五道金光,金光里现出五尊佛来!任、吴、张三个见了便拜。

三个正拜之间,只听得有人叫道:"这座寺乃朝廷敕建之寺,你们如何在此学金刚禅邪法?"和尚即收了金光,众人看时,却是一个道士,骑着一匹猛兽,望殿上来;见了婆婆,跳下猛兽,擎拳稽首道:"弟子特来拜揖!"婆婆道:"先生稍坐!"先生与和尚拜了揖,任、吴、张三个也来与先生拜揖。先生问道:"这三位大郎皆有法术了么?"婆婆道:"有了。"先生道:"贫道也度得一个徒弟在此。"婆婆道:"在那里?"只见先生看着猛兽道:"可收了神通!"那猛兽把头摇一摇,尾摆一摆,不见了猛兽,立起身来,却是一个人。众人大惊。婆婆看时,不是别人,正是客人卜吉。卜吉与婆婆唱个喏,婆婆道:"卜吉!你因何到此?"卜吉道:"告婆婆!若不是老师张先生救得我性命时,争些儿不与婆婆相见。"婆婆问先生道:"你如何救得他?"先生道:"贫道在郑州三十里外林子里,听得有人叫:'圣姑姑救我则个!'贫道思忖道:此乃婆婆之名,谓何有人叫唤?急赶入去看时,却见卜吉被人吊在树上,正欲谋害。贫道问起缘由,卜吉将前后事情对贫道说了,因此略施小术,救了他大难。"婆婆道:"原来如此。恁地时,先生也教得有法术了?"卜吉道:"有了。"婆婆道:"你们曾见我的法术么?"和尚并道士道:"愿观圣作。"只见婆婆去头上取下一只金钗来,喝声道:"疾!"变为一口宝剑，把胸前打一划，放下宝剑，双手把那皮只一拍，拍开来。众人向前看时，但见：

> 金钉朱户，碧瓦盈檐。交加翠柏当门，合抱青松绕殿。仙童击鼓，一群白鹤听经；玉女鸣钟，数个青猿喂药。不异蓬莱仙境，宛如紫府洞天。

众人都看了失惊道："好!"正看之间，只听得门前发声喊，一行人从外面走入来。众人都慌道："却怎地好?"和尚道："你们不要慌，都随我入来!"掩映处背身藏了。

看那一行有二十余人，都腰带着弓弩，手架着鹰鹞；也有五放家①，也有官身②，也有私身③。马上坐着一个中贵官人，来到殿前下了马，展开交椅来坐了，随从人分立两旁。原来这个中贵官叫做善王太尉，是日却不该他进内上班，因此得暇，带着一行人出城来闲游戏耍。信步直来到莫坡寺中，与众人踢一回气球了，又射一回箭。赏了各人酒食，自己在殿中饮了数杯，便上马，一行人众随从自去了。

众人再来佛殿上来，婆婆道："我只道做什么的，却原来一行人来作乐耍子，也教我们吃他一惊。"张屠、任迁、吴三郎道："我们认得他是中贵官，在白铁班住，唤做善王太尉，如法好善，斋僧布施。"和尚听得说，道："看我明日去蒿恼他则个。"众人各自散了。只因和尚要去恼善王太尉，直使得开封府三十来个眼明手快的公人，伶俐了得的观察使臣不得安迹，见了也捉他不得。恼乱了东京城，鼎沸了汴州郡。真所谓白身④经纪，翻为二会子之人；清秀愚人，变做金刚禅之客。正是：

> 只因学会妖邪法，葬送堂堂六尺躯。

毕竟和尚怎地去恼人？且听下回分解。

---

① 五放家——教习放鹰的人。鹰有五类，所以称五放家。
② 官身——有官差在身的役吏。
③ 私身——老百姓。
④ 白身——清白之身。

# 第 十 一 回

## 弹子和尚摄善王钱　杜七圣法术剁孩儿

诗曰：

　　九天玄女法多端，要学之时事豁然。

　　戒得贪嗔淫欲事，分明世上小神仙。

　　话说善王太尉，那日在城外闲游回归府中，当日无事，众人都自散了。次日，官身、私身、闲汉都来唱喏。太尉道："昨日出城闲走了一日，今日不出去了，只在后花园安排饮酒。"教众人都休散去，且来园里看戏文耍子。原来这座花园不则一座亭子，闲玩处甚多，今日来到这座亭子，谓之四望亭。众人去那亭子里按排着太尉的饮馔，太尉独自一个坐在亭子上；上自官身、私身，下及跟随服侍的，各自去施逞本事。正饮酒之间，只听得那四望亭子的亭柱上一声响，上至太尉，下至手下的人，都吃一惊。看时，不知是甚人打这一个弹子来花园里来。太尉道："叵耐这厮，早是打在亭柱上，若打着我时，却不厉害！"叫众人看是谁人打入来的？众人四下里看时，老大一个花园，周围墙垣又高，如何打得入来？正说之间，只见那弹子滚在亭子地上，托托地跳了几跳，一似捻线儿也似团团地转，转了千百遭。太尉道："却不作怪！"只见一声响，爆出一个小的人儿来，初时小，被凡风只一吹，渐渐长大，变做一个六尺来长的和尚，身披烈火袈裟，耳坠金环。太尉并众人见了，都吃一惊。

　　只见那和尚走向前来，看着太尉道："拜揖！"太尉见了，口中不说，心下思量道："好个僧家，不可慢他。"抬起身来还礼，问道："圣僧因何至此？"和尚道："贫僧是代州雁门县五台山文殊院行脚僧[①]，特来拜见太尉，欲求一斋。"这太尉从来敬重佛法，时常拜礼三宝[②]，见了这般的和尚来求斋，又来得蹊蹊，如何不惊喜。太尉交："请坐。"和尚对着太尉坐了，道：

---

　　① 行脚僧——云游四方的和尚。

　　② 三宝——佛教名词。指佛教中的佛、法、僧。

"有妨太尉饮宴。"太尉命厨下一面办斋,向着和尚道:"吾师肯相伴先饮数杯酒么?"和尚道:"多感!"面前铺下一应玩器食馔等物,尽是御赐金盏、金盘。和尚道:"有心斋僧,这等小盏子如何吃得贫僧快活。"太尉见说,即时教取个大金钟子来,放在和尚面前。太尉只是盏子吃,和尚用大钟子吃。太尉教只顾斟酒,和尚也不推故,吃上三十来大金钟,太尉喜欢道:"不是圣僧,如何吃得许多酒!"厨下禀道:"素食办了。"太尉道:"斋食既完,请吾师斋。"交搬将来,放在和尚面前。太尉面前些少相陪。和尚见了素食,拿起来吃,只不放下碗和箸。太尉教从人入去添来,这和尚饭来,羹来,酒来,尽数吃尽,教供给的做手脚不迭。手下人都呆了。太尉见他吃得,也呆了,道:"这个和尚必是圣僧,吃酒吃食,都不知吃去哪里去了!"只见和尚放下碗和箸,手下人道:"惭愧! 也有吃了的日子!"和尚道:"才饱了!"收拾过斋器,点将茶来;茶罢,和尚起身谢了太尉。太尉喜欢道:"吾师! 粗斋不必致谢。敢问吾师斋罢往甚处去?"和尚道:"贫僧乃是五台山文殊院化主,长老法旨,交贫僧来募缘;文殊院山门崩损,用得三千贯钱修盖山门。贫僧今日遭际太尉,蒙赐一斋;太尉若舍得三千贯钱,成就这山门盛事,愿太尉增福延寿,广种福田。"太尉道:"这是小缘事,不知吾师几时来勾疏①?"和尚道:"不必勾疏,便得更好,山门多幸。"太尉道:"吾师! 我把金银与你如何?"和尚道:"把金银与贫僧,不便去买料物,若得三千贯铜钱甚好。"太尉暗笑,道:"吾师! 你独自一个在这里,三千贯铜钱也须得许多人搬挑!"和尚道:"告太尉! 贫僧自有道理。"太尉即时叫主管开库,交官身、私身、虞侯轮番去搬铜钱来,堆在亭子外地上;一伯贯一堆,共三十堆。太尉道:"吾师! 三千贯铜钱在这里了,路程遥远,要使许多人夫脚钱,怎地能够得到五台山?"和尚道:"不妨!"起身下亭子来,谢了太尉喜舍:"不须太尉费力,贫僧自有人夫搬挑去。"袖中取出一卷经来,太尉口中不道,心下思量:"且看他怎地?"和尚道:"僧家佛力浩大。"自把经卷看了一遍,教一行人且开。只见那和尚眨眼把那卷经去虚空中打一撒,变成一条金桥。那和尚望空中招手叫道:"五台山众行者、火工、人夫! 我向善王太尉抄化得三千贯铜钱,你众人可来搬去则个!"无移时,只见空中经上,众行者并火工、人夫滚滚攘攘下来,都到四

────────────

① 勾疏——勾通;疏导。

望亭子下,将这三千贯铜钱驮的驮,搬的搬,交叉往复,霎时间都搬了去。和尚向前道:"感谢太尉赐了斋,又喜舍三千贯铜钱,异日如到五台山,贫僧当会众僧,撞钟击鼓,幢幡宝盖,接引太尉。贫僧归五台山去也!"和尚与太尉相辞了,也走上金桥去,渐渐地小,去得远,不见了。空中起一阵风,风过处,金桥也不见了。太尉甚是喜欢,教从人焚香礼拜,道:"小官斋僧布施五十余年,今日遇得这个圣僧罗汉!"众人都来与太尉贺喜。

当日无事,次日是上值日期,太尉早起梳洗,厅下祗应人从跟随,直到内前下轿入内来。太尉当日却来得早些个,往从待班阁子前过,遇着一个官人相揖,这官人正是开封府包待制。这包待制自从治了开封府,那一府百姓无不喜欢。因见他:

平生正直,秉性贤明。常怀忠孝之心,每存仁慈之念。户口增,田野辟,黎民颂德满街衢;词讼减,盗贼潜,父老讴歌喧市井。攀辕截镫,名标青史播千年;勒石镌碑,声振黄堂传万古。果然是慷慨文章欺李杜①,贤良方正胜龚黄②。

当日包待制伺候早朝,见了太尉请少坐。太尉是个正直的人,包待制是个清廉的官,彼此耳内各闻清德。虽然太尉是个中贵官,心里喜欢这包待制,包待制亦喜欢这王太尉。两个在阁子里坐下,太尉道:"凡为人在世,善恶皆有报应。"包待制道:"包某受职亦然,如包某在开封府断了多少公事,那犯事的人,必待断治,方能悔过迁善。比如太尉平常好善,不知有甚报应?"王太尉道:"且不说别事,如王某昨日在后花园内亭子上赏玩,从空中打下一个弹子,弹子内爆出一员圣僧来,口称是五台山文殊院化主,问某求斋。某斋了他,又问某化三千贯铜钱,不使一个人搬去,把一卷经从空中打一撒,化成一座金桥,叫下五台山行者、火工、人夫,无片时都搬了去,和尚也上金桥去了。凡间岂无诸佛罗汉!"包待制见说,口中不道,心下思量:"这件事又作怪!"渐渐天晓,文武俱入内朝罢,百官各自回了衙门。

包待制回府,不来打断公事,问当日听差应捕人役是谁,只见阶下一

---

① 李杜——指唐朝诗人李白、杜甫。
② 龚黄——指汉代循吏龚遂、黄霸。

人唱喏，却是缉捕使臣温殿直①。大尹道：“今日早朝间在待班阁子里坐，见善王太尉说，昨日他在后花园亭子上饮酒，外面打一个弹子入来，弹子里爆出一个和尚，口称是五台山文殊院募缘僧，抄化他三千贯铜钱去了。那太尉道他是圣僧罗汉，我想他既是圣僧罗汉，要钱何用？据我见识，必是妖僧。见今郑州知州被妖人张鸾、卜吉所杀，出榜捉拿，至今未获。怎么京城禁地容得这般妖人。”指着温殿直道：“你即今就要捉这妖僧赴厅见我。”

温殿直只得应喏。领了台旨，出府门，由甘泉坊径入使臣房，来厅上坐定。两边摆着做公的②众人，见温殿直眉头不展，面带忧容，低着头不则声，内有一个做公的，常时温殿直最喜他。其人姓冉名贵，叫做冉土宿；一只眼常闭，天下世界上人做不得的事，他便做得，与温殿直捉了许多疑难公事，因此温殿直喜他。当时冉贵向前道：“告长官，不知有甚事，恁地烦恼？”温殿直道：“冉大！说起来交你也烦恼。却才大尹叫我上厅去，说早朝时白铁班善王太尉说道：昨日在后花园亭子上饮酒，见外面打一个弹子入来，爆出一个和尚，问善王太尉布施了三千贯铜钱去。善王太尉说他是圣僧罗汉。大尹道：他既是圣僧罗汉，如何要钱？必然是个妖僧，限我今日要捉这个和尚。我想他觅了三千贯铜钱，自往他州外府去了，教我去哪里捉他？包大尹又不比别的官员，且是难服侍，只得应成了出来，终不成和尚自家来出首？没计奈何，因此烦恼。”冉贵道：“这件事何难，于今吩咐许多做公的，各自用心分路去绕京城二十八门去捉，若是迟了，只怕他分散去了。”温殿直道：“说得有理，你年纪大，终是有见识。”看着做公的道：“你们分头去干办，各要用心！”众人应允去了。

温殿直自带着冉贵和两个了得的心腹人，也出使臣房，离了甘泉坊，奔东京大路来。温殿直用暖帽遮了脸，冉贵扮做当值的模样，眼也不闭，看那往来的人。茶坊、酒店铺内略有些叉色③的人，即便去挨查审问。温殿直对冉贵说道：“他投东洋大海中去，哪里去寻？”冉贵道：“观察不要输

---

① 殿直——在宫殿上值勤的人。
② 做公的——指衙役。
③ 叉色——赌博用语。将六枚平摊在掌心的铜钱抛起，落地后均为正面者为叉。得叉为输。

了志气,走到晚却又理会。"两个走到相国寺前,只见靠墙边簇拥着一伙人在那里。冉贵道:"观察稍等,待我去看一看。"踮起脚来,人丛里见一二伯人中间围着一个人,头上裹顶头巾,戴一朵罗帛做的牡丹花,脑后盆来大一对金环,曳着半衣,系条绣裹肚,着一双多耳麻鞋,露出一身锦片也似文字。后面插一条银枪,竖几面落旗儿,放一对金漆竹笼。却是一个行法的,引着这一丛人在那里看。

原来这个人在京有名,叫做杜七圣。那杜七圣拱着手道:"我是东京人氏,这里是诸路军州官员客旅往来去处,有认得杜七圣的,有不认得杜七圣的,不识也闻名。年年上朝东岳,与人赌赛,只是夺头筹①。有人问道:杜七圣! 你会甚本事? 我道:两轮日月,一合乾坤。天之上,地之下,除了我师父,不曾撞见个对手与我斗这家法术!"回头叫声:"寿寿我儿,你出来!"看那小厮脱剥了上截衣服,玉碾也似白肉。那伙人喝声彩道:"好个孩儿!"杜七圣道:"我在东京上上下下,有几个一年也有曾见的,也有不曾见的。我这家法术,是祖师留下,焰火炖油,热锅睨②碗,唤做续头法。把我孩儿卧在凳上,用刀割下头来,把这布袱来盖了,依先接上这孩儿的头。众位看官在此,先教我卖了这一伯道符,然后施逞自家法术。我这符只要卖五个铜钱一道!"打起锣儿来,那看的人时刻间挨挤不开。约有二三百人,只卖得四十道符。杜七圣焦躁不卖得符,看着一伙人道:"莫不众位看官中有会事的,敢下场来斗法么?"问了三声,又问三声,没人下来。杜七圣道:"我这家法术,教孩儿卧在板凳上,作法念了咒语,却像睡着的一般。"正要施逞法术解数,却恨人丛里一个和尚会得这家法术,因见他出了大言,被和尚先念了咒,道声:"疾!"把孩儿的魂魄先收了,安在衣裳袖里。看见对门有一个面店,和尚道:"我正肚饥,且去吃碗面了来,却还他儿子的魂魄未迟!"和尚走入面店楼上,靠着街窗,看着杜七圣坐了。过卖的来放下箸子,铺下小菜,问了面,自下去了。和尚把孩儿的魂魄取出来,用碟儿盖了,安在桌子上,一边自等面吃。

话分两头,却说杜七圣念了咒,拿起刀来剁那孩儿的头落了,看的人越多了。杜七圣放下刀,把卧单来盖了,提起符来去那孩儿身上盘几遭,

---

① 头筹——第一。
② 睨(xiā)——火气猛。

念了咒,杜七圣道:"看官! 休怪我久占独角案,此舟过去想无舟。逗了这家法,卖一这百道符!"双手揭起被单来看时,只见孩儿的头接不上。众人发声喊道:"每常揭起卧单,那孩儿便跳起来。今日接不上,决撒了!"杜七圣慌忙再把卧单来盖定,用言语瞒着那看人道:"看官只道容易,管取这番接上!"再叩齿作法,念咒语,揭起卧单来看时,又接不上。杜七圣慌了,看着那看的人道:"众位看官在上! 道路虽然各别,养家总是一般。只因家火相逼,适间言语不到处,望看官们恕罪则个! 这番教我接了头,下来吃杯酒。四海之内,皆相识也!"杜七圣服罪道:"是我不是了,这番接上了。"只顾口中念咒,揭起卧单看时,又接不上。杜七圣焦躁道:"你教我孩儿接不上头,我又求告你,再三认自己的不是,要你饶恕,你却直恁地无礼!"便去后面笼儿里取出一个纸包儿来,就打开撮出一颗葫芦子,去那地上把土来掘松了,把那颗葫芦子埋在地下。口中念念有词,喷上一口水,喝声:"疾!"可霎作怪! 只见地下生出一条藤儿来,渐渐的长大,便生枝叶,然后开花,便见花谢,结一个小葫芦儿。一伙人见了,都喝彩道:"好!"杜七圣把那葫芦儿摘下来,左手提着葫芦儿,右手拿着刀,道:"你先不近道理,收了我孩儿的魂魄,教我接不上头,你也休要在世上活了!"看着葫芦儿,拦腰一刀,刴下半个葫芦儿来。却说那和尚在楼上拿起面来却待要吃,只见那和尚的头从腔子上骨碌碌滚将下来。一楼上吃面的人都吃一惊;小胆的丢了面,跑下楼去了,大胆的立住了脚看。只见那和尚慌忙放下碗和箸,起身去那楼板上摸一摸,摸着了头,双手捉住两只耳朵,掇那头安在腔子上,安得端正,把手去摸一摸。和尚道:"我只顾吃面,忘还了他的儿子魂魄。"伸手去揭起碟儿来。这里却好①揭得起碟儿,那里杜七圣的孩儿早跳起来。看的人发声喊。杜七圣道:"我从来行这家法术,今日撞着师父了!"

却说面店里吃面的人,沸沸地说出来,有多口的与杜七圣说道:"破了你法的,却是面店楼上一个和尚。"内中有温殿直和冉贵在那里,听得这话,冉贵道:"观察! 这和尚莫不便是骗了善王太尉铜钱的么?"温殿直道:"莫教不是。"冉贵道:"见兔不放鹰,岂可空过?"冉贵把那头巾只一

---

① 却好——刚好。

掀，招一行做公的，大喊一声，都抢入面店里来。见那和尚正走下楼，众人都去捉那和尚，那和尚用手一指，有分教：鼎沸了东京城，大闹了开封府。恼得做公的看了妖僧捉他不得；惹出一个贪财的后生来，死于非命。正是：

　　　　只因酒色财和气，断送堂堂六尺躯。

毕竟当下捉得和尚么？且听下回分解。

# 第 十 二 回

## 包龙图下令捉妖僧　李二哥首妖遭跌死

诗曰：

为人本分守清贫，非义之财不可亲。

飞蛾投火身须丧，蝙蝠遭竿命被坑。

温殿直带着一行做公的抢入面店里，只见和尚下楼来，温殿直便把铁鞭一指，教做公的捉这和尚。那和尚见人来捉，用手一指，可霎作怪！柜上主人，撺掇的小博士，并店里吃面的许多人，都变做和尚；温殿直与做公的也是和尚。若干人你看我，我看你，都呆了。做公的看了，不知捉哪个是得。面店里热闹一场，吃面的都自散了。温殿直看那主人家并众人，依旧面貌一般，看那店里不见了和尚。温殿直即时教做公的分头去赶；发报子到各门上去，如有和尚出门，便教捉住。

即时温殿直回府，正值大尹晚衙升厅打断公事。温殿直当厅唱喏，龙图大尹道："我要你捉拿妖僧，事体若何？"温殿直禀覆道："使臣领相公台旨，缉捕弹子和尚。适来大相国寺前见一个行法的，叫做杜七圣，一刀剁下了孩儿的头；对门面店楼上有个和尚，把那孩儿的魂魄来收了，教他接不上头。杜七圣不胜焦躁，就地上种出一个葫芦儿来，把葫芦儿一刀剁下半个，那面店楼上吃面的和尚便滚下头来。和尚去楼板上摸那头来接上了，下面孩儿的头也接上了。使臣见这般作怪，教人去捉。只见那和尚把手一指，店里人都变做和尚，连使臣并手下做公的也变做和尚，教使臣没做道理处。告相公，这等妖人，实难捕捉出赐相公麾下。"龙图大尹道："我乃开封一府之主，似此妖人在国之内，恐生别事，朝廷见罪于我。"即时吩咐该吏写押榜文，各门张挂。一应诸处庵观寺院人等，若有拿获弹子和尚者，官给赏钱一千贯。如有容留来历不明僧人，及窝藏隐匿不首者，邻佑一体连坐。因此京城内外说得沸沸的。

却说东京市心里，有一个卖青果的李二哥，夫妻两口儿在客店里住，方才害病了起来，没本钱做买卖，出来求见相识们，要借三二百文钱做盘缠。当日出去借不得,归来闷闷不已。浑家道:"二哥! 你今日出去借钱如何?"李二道:"好教你得知,今日出去借不得钱。街上人闹哄哄地,经纪人都做不得买卖。说昨日一个和尚,在面店楼上吃面,只见他的头骨碌碌滚落地来,他把手去摸着头,双手捉住耳朵安在腔子上,依旧接好了。做公的见他作怪,一起去捉他,被那和尚用手一指,满店里人都变做了和尚一般模样。如今开封府出一千贯赏钱,要捉这和尚。原来这和尚三五日前曾骗了善王太尉三千贯铜钱,叫做弹子和尚。"浑家道:"二哥! 真个有这话么?"李二道:"我方才看了榜来,为何与你说谎!"浑家道:"二哥! 我如今和你没饭得吃,若有彩时,捉得这个和尚,请得一千贯钱来把我们做买卖,却不是好?"李二道:"胡说! 官府得知不是耍处。"浑家:"我包你请得一千贯钱便了。"李二道:"你怎地教我请得一千贯钱?"浑家道:"二哥! 好教你得知,这和尚不在别处,远便十万八千里,近便只在目前。"李二哥道:"在哪里?"浑家道:"在间壁①房里。"李二哥道:"你见他什么破绽来?"浑家道:"间壁这个和尚,来这里住有三个月了,不曾见他出去抄化,也不曾见他与人看经。每日睡到吃饭前后才起来出去,未到黄昏后吃得醉醺醺地归来。我半月前,因吃了些冷物事,脾胃不好,肚疼了,要去后,怕房里窄狭有臭气,只得去店后面去上坑,却打从他房门前过。那时有已牌时候,只见他房里闪出些灯光来。我道这早晚兀自有灯,望破壁里张一张时,只见那和尚睡在床上,浑身迸出火来。和尚把头抬一抬,离床直顶着屋梁。唬得我不敢东厕上去,便归房里来了。这和尚必然就是妖僧!"李二哥道:"这事实么?"浑家道:"我与你说什么脱空!"李二哥道:"你且低声,不要走漏了消息!"吩咐了浑家,出门一地里径到使臣房来,却又不敢入去,只在门前走来走去。做公的看见,喝声道:"李二! 你有甚事,不住在此走来走去?"李二道:"告上下! 男女有件机密事,特来见观察。"做公的应道:"你在门首伺候,待我禀过方可入去。"

　　适值温殿直正在厅上,做公的禀道:"告观察! 卖果子的李二在门外走来走去,我问他,他道有机密事要见观察。"温殿直道:"叫他入来。"做公的出来,引李二到厅下,唱了喏。温殿直见了,不敢惊他,笑吟吟地问道:"李二哥! 有甚事来见我?"李二道:"告观察! 男女近日因病了,不曾

---

　　① 间壁——隔壁。

做得道路。早间出来干些闲事,只见张挂榜文,男女也识几个字,见写着出一千贯赏钱捉妖僧。归去和浑家说,浑家道:'隔壁歇的和尚是妖僧。'"温殿直不敢大惊小怪,笑着道:"李二哥!这件事却要仔细,你夫妻两个见他什么破绽来?"李二把浑家的言语说了一遍。温殿直道:"这事却要实落,你去补一纸首状来。"李二应了出来,央做公的草了稿儿,讨一张纸,亲笔誊了真,入来当厅递了。温殿直道:"如今这和尚在店里么?"李二道:"每日早饭后出外,到黄昏便归。"温殿直道:"你且在这里坐下,待我教人去买些酒来与你吃。"不多时买将酒来,教李二吃了。温殿直叫过做公的来,教李二做眼①,带一行人离了使臣房,取路来客店左侧一个开茶坊的铺里坐了。教李二走来走去看那和尚。

当日未有黄昏时候,只见那和尚吃得醉醺醺地,踉踉跄跄撞将来。李二慌忙入茶坊里见温殿直道:"告观察,和尚来了!"却好和尚走到茶坊门前,温殿直指着一行做公的道:"捉这妖僧!"众人发声喊,正似皂雕追紫燕,猛虎啖羊羔;一发都上,把那和尚横拖倒拽,把条麻索绑缚了。众人前后簇拥,押着径奔甘泉坊使臣房里来。温殿直道:"惭愧!干办得这场公事,且交龙图相公安心。"众人把那和尚捆缚做馄饨儿一般,那和尚醉了不醒,齁齁②地睡着。温殿直即时进府,申复大尹道:"妖僧已拿下了。本合押赴厅前,因这和尚大醉不省人事,见在使臣房里。禀领相公台旨。"龙图大尹见说,教且牢固看守,待来日早衙解来。温殿直出府到使臣房里看那和尚酒还未醒,吩咐众做公的小心看守。

却说那和尚到半夜酒醒,觉道好不自在,开眼看见灯烛照耀如同白日,两边坐着都是做公的。和尚问道:"这是哪里?"做公的道:"这是使臣房里。"和尚吃惊道:"贫僧做什么罪过,将我来缚在这里?"众做公的情知这和尚是个妖僧,不敢恶他。内中有一个年纪老成的做公的道:"和尚!你不要错怪我们,这是我们的职事③。我们家中各有老小,不去惹空头祸。因你客店里隔壁卖果子的李二说,你住了三个月,不曾与人看经,又不出去抄化,每日吃得醉醺醺的。说你来历不明,因此我们来捉你。"和

---

①　做眼——做耳目;做眼线;暗中打听消息。

②　齁(hōu)——鼾声。

③　职事——职务范围内应守之责。

尚道:"我自有官员府院宅里斋我,这也不干他事。"做公的道:"和尚! 没奈何,等到天明,你自去大尹面前和李二分辩。"将有五更,温殿直教做公的簇拥着和尚入开封府的廊下伺候。

大尹升厅,四司六局立在厅前。只见大尹出来,公座甚是次第;一似水晶灯笼,却如照天蜡烛。皂隶喝:"低声!"温殿直押那和尚到厅下,唱了喏。大尹看了李二的首状,看着和尚焦躁道:"叵耐你出家为僧,不守本分,辄①敢惑骗人钱财!"教狱卒取面长枷来,把和尚枷了,叫两个有气力的狱卒过来:"与我把这和尚先打一伯棍,却再审问他!"狱卒唱了喏,将和尚腿上打不得两三棍,众人发声喊,门子喝:"低声!"喝他们不住。大尹见枷窟里不见了和尚,却缚着一把扫帚。大尹道:"怎有这般妖人,方才捉那和尚枷在这里,却如何是把扫帚?"

正说之间,只听得府衙门处有人发喊,大尹惊问:"有甚事?"把门的来报道:"告相公! 有一僧人在门外拍手大笑道:'好个包龙图,无奈何我贫僧处!'"包大尹听得说,大怒道:"这厮敢如此无礼!"即时教人下手去捉:"这番捉着妖僧,依例赏钱一千贯。"当时做公的奔出府门,径来捉这妖僧。和尚见人来捉他,连忙走到街市上,不慌不忙,摆着褊衫袖子去了。做公的见了,紧赶他紧走,慢赶他慢走,不赶他不走。做公的赶得没气力了,立住了脚;只争得十数步,只是赶他不着。众人将赶到相国寺前,那和尚在延安桥上,望见众人赶来,和尚连忙走入相国寺山门去了。

温殿直道:"这和尚走了死路,好歹被我们捉了。"吩咐一半做公的围住了前后寺门,一半向佛殿两廊分头赶捉。只见本寺长老出来与温殿直相见了,道:"告观察! 本寺是朝廷香火院,观察为甚事,将着一行人,手执器械来寺中大惊小怪?"温殿直道:"我奉大尹相公台旨,赶捉一个妖僧到你寺中,你莫隐藏了,会事②的即便缚将出来。"长老道:"敝寺有百十众僧,都是有度牒③的。但有挂搭僧④到寺中,知客⑤不曾敢留过夜。若是

---

①　辄(zhé)——总是;就。

②　会事——明白事理。

③　度牒——僧道出家的证据。

④　挂搭僧——游方僧人于所到寺院歇住居留。

⑤　知客——佛教寺院里专管接待宾客的僧人。

观察赶到寺中,必然认得此僧,何不便捉了,却来这里讨人?"温殿直道:
"这妖僧骗了善王太尉三千贯钱,蒿恼得一府人不得安迹。若不送出来
时,我禀过大尹,教你寺中受累!"唬得长老慌了,道:"告观察! 本寺僧都
是明白的,不是妖僧。若不信时,都叫出来交观察一一点过。"温殿直道:
"最好!"长老即时鸣钟聚集本寺百来僧众,教温殿直点视。温殿直同做
公的看时,都叫不是。温殿直道:"长老! 我亲自赶入你寺里来,如何便
不见了? 须是教我们搜一搜一看!"长老道:"贫僧引路,教观察搜便了。"
从僧房里到厨下,净头①,库堂,都搜不见。转身到佛殿上,见塑着一尊六
神佛,三个头一似三座青山,六只臂膊一似六条峻岭,托着六件法宝。温
殿直道:"寺内不塑佛像,却缘何塑哪吒太子?"长老道:"哪吒太子是不动
尊王佛,以善恶化人。"温殿直与众人见殿上空荡荡地,只见哪吒。一行
人正出殿门,只听得佛殿上有人叫道:"温殿直! 包大尹教你来捉贫僧,
见了贫僧如何不捉?"温殿直与众人回头看时,却是那哪吒太子则声。众
人看那哪吒,泥龛塑就,五彩妆成,约有一丈五尺来高;六只臂膊捍捍地
动,三颗头中间这颗头张开口,血泼泼地露出四个獠牙,叫道:"温殿直!
你来捉我去!"唬得长老和众人大惊,道:"作怪! 作怪?"众人要来捉哪
吒,却又是泥塑的,如何捉得他去! 那哪吒又叫道:"怎的不教人来捉我
去?"众人商议道:"莫不是泥塑的哪吒成了器,出来恼人么? 如今去禀复
大尹,须把哪吒来打坏了,便不出来恼人。"长老道:"观察,这个使不得!
妆塑的工本大,将他坏了,日后难得成就。"温殿直道:"今日不祛除了,恐
成后患!"众僧中一个有德行的和尚,合掌向佛前道:"龙天三宝,可以护
法,逐遣妖僧出来,不则恐妄坏了神像。"祷祝已毕,只听得外面有人拍着
手呵呵大笑道:"观察! 我在这里,何劳费力?"一行做公的见了,正是和
尚。发声喊,都来捉妖僧。只争得十来步远,只是赶不上。那和尚引着一
行人,出了相国寺,径奔出大街来,经纪人都做不得买卖,推翻了架子,撞
倒了台床,看的人越多了。赶来赶去,直赶出了城。过了接官厅,将到市
稍头,那和尚叫道:"你众人不要来赶了,我贫僧自归去了罢!"看着汴河
里涌身一跳,只听得腾地一声响,和尚蹿入水里去了。众做公的道:"今
番好了! 得他自死在水里,也省了许多气力。"那汴河水滴溜溜也似紧

① 净头——佛教僧职,管清洁工作。

的,众人都道:"他的尸首不知洐①到那里做住!"温殿直只得回去禀复大尹,正值大尹在厅上打断公事,温殿直唱了喏,把捉妖僧的事从头说了一遍。包大尹听了,道:"叵耐这厮,恼得我也没奈他何,得他自跳在水里死了也罢!"

说由未了,只听得阶下有妇人声叫屈,大尹问道:"为甚事叫屈?"妇人道:"告相公! 丈夫李二为因首告②妖僧,已经捉获到官,仅将我丈夫拘禁。于今妇人也不愿支赏钱,只要放丈夫回家,趁口③度日,出赐相公台旨。"大尹道:"李二首告得实,合给赏钱与他,如何把他监禁了?"温殿直道:"不曾监禁他,朝夕管待他酒饭,留在使臣房里,伺候相公台旨。"大尹教叫他出来,温殿直即时到使臣房里,叫出李二到厅下。大尹道:"既出榜文在先,合给赏钱一千贯与他。"当时东京一贯钱值银一两,李二是个穷经纪人,平白得了一千贯钱,非细的好了。李二夫妻两个当厅领了赏钱,谢了大尹,出府门回到店里。

古往今来,说话的总是一般;没钱便罢休,有了钱便有沈待诏来撺掇,张博士来相帮。李二去相国寺前典了一所屋子,门前开一个大果子铺;夫妻二人,丰衣足食。时遇冬天,当日有晌午前后,生着一炉栗炭火,安排了几杯酒,夫妻两正向火吃酒之间,只见一个人走入来,叫声:"李二郎! 有细果买些个!"夫妻二人却认得是和尚,惊得木呆了。和尚道:"李二郎! 你不因贫僧,如何得有今日快活? 我特来问你求一斋。"他夫妻两个有一个会事的,就出来拜谢了这和尚,便斋他一斋打什么紧,终不成他真个要你的斋吃? 他来试探你也未见得。或者把几句好言语指断他,教他离了我家便了。李二夫妻却没有这般见识,千不合,万不合,起个念头道:"你这妖僧! 说你被做公的赶捉,跳在汴河水里死了,你却因何又来我家引惹是非? 你若会事,快快走去,若少迟延,我这里叫一声,当地巡军来捉你去吃官司不要怨我!"和尚道:"若奈何得我时,捉了我多日了。你首我吃官司,我又周全你请了一千贯赏钱,教你夫妻二人快活受用。我来见你,你合当谢我;倒发恶念头,要叫做公的捉我。你这汉子甚不近道理,教你受

---

① 洐(tǔn)——漂,浮。

② 首告——告发。

③ 趁口——糊口;混饭吃。

些疼痛!"用手一指,喝声道:"疾!"只见那李二向的火盆飞起来,望李二脸上只一掀,李二大叫一声,忽然倒地。浑家慌忙来救,扶起来看时,栗炭火烧得脸上都是潦浆泡①,看那和尚时,不见了。

李二被火烧得疼痛不可当,没钱时也只得自受休了。因有了这几贯钱,便请医人救治。敷上药,越疼得紧。叫了三日三夜,烦恼得浑家没措置处。只见门前一个道人,青巾黄袍,走到柜边,叫声:"抄化!"李二嫂道:"我家没事时,便与你两三个钱打什么紧,这里人命交加,却没工夫与你。"先生道:"娘子!你家中有甚事!"李二嫂道:"好教先生得知,被一个妖僧把我丈夫泼了一脸火,烧起许多潦浆泡,敷上药越疼。叫了三日三夜,只怕要死。"先生道:"娘子!贫道收得些汤火药,敷上便不疼,疮屦②便脱落。屡试屡验,救了许多人。"李二嫂道:"休言便好,只止得疼痛时,自当重重相谢。"先生道:"你去请他出来,就取些水来。"李二嫂入去扶出李二,把碗水递与先生。先生把一个药包儿抖些药放在水里,用鹅毛蘸了敷在疮上,李二喜欢道:"好妙药!就似铺冰散雪的便不疼了。"先生道:"这个不为奇妙,即时下落疮屦教你无事,你意下如何?"李二道:"若得恁地,感谢先生!"先生道:"此乃热毒之气,你可出外面风凉处吹着,疮屦即便脱落。"李二依先生口出街上来。先生教李二坐在凳上,先生看着李二道:"你叫三声'疮屦落',这疮屦便落下来。"李二听得好喜欢,尽性命叫了三声,只见那李二坐的凳子望空便起,去那相国寺十丈长的幡竿顶上,不歪不偏,端端正正搁一个住。街上人见了,发起喊来。李二嫂出来看见,吃了一惊,道:"苦也!苦也!先生!我丈夫如何得下来?"先生道:"不要慌!我教他下来,教你认得我则个。"那先生脱了黄袍,除了青巾,李二嫂仔细看了一看,唬得叫声苦,不知高低;原来却是妖僧。那和尚道:"你丈夫不近道理,一心只要害我,却又害我不得。我且教他在幡竿上受些惊恐!"街上人闹闹哄哄都来看,内中有做公的看见道:"见今官司明张榜文,堆垛赏钱要捉妖人。这和尚又在这里逞妖作怪,须要带累我们。"做公的与当坊里甲一起来捉这和尚,那和尚望人丛里一躲便不见了。众人道:"自不曾见这般蹊跷作怪的事!"那李二紧紧地坐在幡竿顶上,下又

---

① 潦浆泡——火烧或水烫而引起的脓、泡之类。
② 屦——疑应作"瘢"或"痂"。

下来不得，众人商议救他，又没有这般长的梯子。惊动了满城军民，都道："这和尚却也厉害，这个人如何得下来？"

　　却说当坊巡军，飞也似来报包大尹。包大尹即时坐轿来到相国寺里，下轿，排开交椅，坐在殿前，抬起头来看时，见李二坐在幡竿顶上凳子上，高声叫救人。包大尹寻思没个道理救他下来，教叫他妻子来问他。李二嫂向前拜了，包大尹问道："你丈夫为何缘故得在上头？可对我实说。"李二嫂把和尚投斋泼火的事，道人敷药的话，一一说了。包大尹道："叵耐妖僧恁般无理，若今次捉住，断然不与干休！"说由未了，佛殿上一壁厢走出一个和尚来，到大尹面前唱个喏。包大尹睁着眼问道："和尚！你有甚事来见我？"和尚道："贫僧有个道理教李二下来。"包大尹道："吾师若救得李二下来，当以斋供相谢。"只见这和尚轻轻地溜上幡竿，双手抱着李二，高叫道："包龙图！你是清正的官，我贫僧不敢来恼你，我自问善王太尉化得三千贯钱，干你甚事，你却要来捉我？我无可报答你，还你一个李二！"从空中把李二直撺下来。众人发声喊，看那李二时，正是：

　　　　身如五鼓衔山月，命似三更油尽灯！

毕竟李二性命如何？且听下回分解。

# 第 十 三 回

## 永儿卖泥烛诱王则　圣姑姑教王则谋反

诗曰：

　　妖邪法术果通灵，赛过仙家智略深。

　　且看永儿泥蜡烛，黄昏直点到天明。

　　这李二不合为这一千贯钱首告那和尚，既得了赏钱做资本开个果子店，和尚来投斋，理合将恩报恩，反把言语来恶了他。当日被那和尚从幡竿顶上直撺下来，正在包龙图面前。龙图看时，只见李二头在下，脚在上，把头直撞入腔子里去，呜呼哀哉，伏惟①尚飨②！李二嫂大哭起来，免不得教人扛抬尸首回去殡殓，不在话下。

　　却说那和尚在幡竿顶上凳子高处坐着，看的人，人山人海，越多了。许多人喧嚷起来，手下人禁约不住。龙图看了，没个意志捉他。待要使刀斧砍断这幡竿，诸处寺院里幡竿都是木头做的，唯有这相国寺幡竿是铜铸的，不知当初怎地铸得这十丈长的。原来相国寺里有三件胜迹：佛殿前一口井，有三十丈深，头发打成的索子，黑漆吊桶，朱红字写着"大相国寺公用"。忽一日断了索子，没寻吊桶处。以后有人泛海回来，到相国寺说道："我为客在东洋大海船上，只见水面上浮着一个吊桶，水手捞起来看时，朱红字写着'大相国寺公用'。正看之间，风浪大作，几乎覆船。随即许了送还吊桶，风浪即时平息。因此来还吊桶愿心。"方知那口井直通着东洋大海。相国寺门前有条桥，叫做延安桥。在桥上看着那座寺如在井里一般，及至佛殿上看着那条桥，比寺基又低十数丈。并这条幡竿是铜铸的，截不得，锯不得。共是三件胜迹。只见那和尚在幡竿顶上将言语调戏着包大尹，包大尹甚是焦躁，没奈何他处。猛然思量得，教去营中唤一百名弓弩手来，听差的即时叫到。包大尹教围了幡竿射上去，那弓弩手内中

---

① 伏惟——下对上陈述时的表敬之词。

② 尚飨——希望死者来享用祭品。亦作尚享。旧时祭文，常用作结语。

有射好的,射到和尚身边,和尚将褊衫袖子遮了。包大尹正没做理会处,只见一个道人来参见龙图相公。包大尹见了,问道:"先生有何见谕?"道人道:"贫道见妖僧恼人,特来献一计捉他。"包大尹道:"先生有何道理?"道人道:"他是妖僧,可将猪羊二血,马尿,大蒜,蘸在箭头上射去,那妖僧的邪法便使不得了。"说罢,长揖而去。包大尹命取猪羊二血及马尿、大蒜,手下人分头取来,包大尹教将来搅和了,教一伯弓弩手蘸在箭头上,一声梆子响,众弩齐发。不射时万事俱休,一百箭齐射上去,只见寺内寺外有一二千人发声喊,见这和尚从虚空里连凳子跌将下来。众人都道:"这和尚不死也残疾了。"那佛殿西边却有一个水池,这和尚不偏、不侧、不歪、不斜跌在水池里。众做公的即时拖扯起来,就池子边将一桶猪羊血望和尚光头上便浇,把条索子绑缚了。包大尹便坐轿回府升厅,教押那和尚过来当面①。包大尹道:"叵耐你这妖僧,敢来帝辇之下使妖术搅害军民,今日被吾捉获,有何理说?"叫取第一等枷过来,将和尚枷了,教押下右军巡院,勘问乡贯、姓氏。恐有余党,须要审究明白,一并拿治。大尹吩咐了,自去歇息。

这和尚满身都是尿血搪住了,使不得妖法,被一行做公的押出府门,到右军巡院里,将大尹的话对推官②说了。推官道:"我奉大尹台旨,勘问你这妖僧踪迹。你必然有寺院安歇,同行共有几人?却也好,问你不得!"教狱卒拖翻拷打,狱卒把和尚两脚吊在枷稍上,且是挣挫不得,着实打了三伯棍子。和尚不则一声,也不叫疼,推官低头仔细看时,只见和尚鼾鼾地睡着。推官道:"却不作怪!"教狱卒且监在狱中,稍停再带出来勘问。一日三次拷打,狱卒打得无气力,这和尚一如无物,只是不则声;若打他时,他便睡着了。推官勘问了十来日,无可奈何,只得来禀龙图道:"蒙台旨勘问妖僧,今经数日,每日三次拷打,但打时便睡着了。这般妖僧,实难勘问,若停留狱中,恐有后患。谨取台旨。"包大尹道:"似此妖僧,停留则甚?"即时文书下来,将妖僧拟定条法,推出市曹处斩。推官教押那和尚出来,径奔市曹,犯由牌上写道:"不合故杀李二,又不合于东京兴妖作怪,扰害军民。依律处斩犯人一名弹子和尚。"京城内外住的人,听得说

---

①　当面——上堂见官。

②　推官——官名。掌勘问刑狱。

出妖僧，经纪人不做买卖都来看。只见犯由牌前引，棍棒后随，刽子手押着妖僧，离了右军巡院，看的人挨挤不开。

且说一行人押那和尚，看看来到市心里不远，和尚立住了脚。刽子手道："前头去做好人，如何不行？"和尚道："众位在上！贫僧一时不合搅扰大尹，有此果报。告上下！前面酒店里有酒，讨一碗与贫僧吃了弃世①也罢！"刽子手没奈何，只得去酒店里讨了一碗酒，把木勺盛了交他吃。和尚将口去木勺内吃了大半，众人拥着了行。将次到法场上，原来和尚噙着一口酒，望空一喷，只见青天白日，风雨不知从何处而来。一阵风起，黑气罩了法场，瓦石从人头上打将来，看的人都走了。不多时风过，黑气散了，狱卒、刽子手并监斩官一行人看那和尚时，迸断了索子不见了，四下里搜寻却没有。上至监斩官，下至狱卒、刽子手都烦恼："走了这和尚，恐怕大尹见罪，我们这一行人都要受苦！"免不得回开封府报知大尹。龙图闻报，即时升厅。监斩官带着一行人请罪。此时龙图明知道妖人出现，朝廷要动刀兵，不肯教人胡乱吃官事，发放一行人自去。星夜写表申奏朝廷，教就小时还好治理，若日久妖人聚得多时，恐难剿捕。朝廷降下圣旨，遍行诸路乡村巡检，可用心缉访剿捕。

文书行到河北贝州，州衙前悬挂榜文，那个去处甚是热闹。有一个妇人戴着孝，手内提个篮儿，在州衙前走来走去五七遭。这妇人若还生得不好时，也没有跟着看；她不十分打扮，大有颜色。到处有这般闲汉，问道："姐姐！我见你走来走去有五七遭，为着甚事？"妇人道："实不相瞒哥哥说，媳妇因殁②了丈夫，无可度日，有一件本事要卖三五百钱，把来做盘缠。"那人又问道："姐姐！你有甚本事得卖？"妇人道："无甚空地，卖不得，若有个空地才好卖。"那人与他赶起了吹的扑的道："这里好，也曾有人在这里打野火儿过。在这里做好。"那妇人盘膝在地上坐了，看的人一来看见这妇人生得好，二来见妇人打野火儿的，便有二三十人围住着，都道："不知她卖什么？"只见妇人去篮里取出一只碗来，看着一伙人道："众位在上！媳妇不是路岐③，也不会卖药打卦，因殁了丈夫，无计奈何，只得

---

① 弃世——死的婉称，即离开人世。

② 殁（mò）——死。

③ 路岐——旧时对民间艺人的俗称。

自出来赚三二十文钱使。那个哥哥替我将碗去讨碗水来?"有个小厮道:"我替你去讨!"不多时,讨将一碗水来。看的人道:"不知她卖甚东西,讨水何用?"妇人揭起篮儿,明晃晃拿出一把刀来。看的人道:"莫不这妇人会行法?"只见妇人把刀尖去地上掘些土起来,搜得松松地,倾下半碗水在土内,用水和成一块。篮内取几条竹棒儿出来,捏一块泥,把一条竹棒儿捏成一支蜡烛安在地上。又捏一块泥,再把一条竹棒儿捏成一支蜡烛。霎时间做了十来支,都安在地上。看的人相挨相挤,冷笑道:"没来由!我们倒吃这妇人家耍了。引了这半日,又没甚花巧;烈烈缺缺的捏这几支泥蜡烛,要她何用!"有的人道:"你们且闭嘴! 看她必有个道理。"只见妇人将剩的半碗水洗了手,揩干净了,看着一伙人道:"媳妇因无了丈夫,无可度日,不敢贪多,只要卖三文钱一支,这里十支,要卖三十文足钱。每一支烛,就上灯前点起,直点到天明。"看的人都笑道:"这姐姐把我贝州人取笑! 泥做的蜡烛,方才做的兀自未干,如何点得着? 分明是取笑人!"没个人来买。妇人见没人来买,又道:"你贝州人好不信事,只道媳妇脱空骗你三文钱! 那个哥哥替我取些火来?"有一个没安死尸处专一帮闲的沈待诏,替她去茶坊里讨些火种,把与妇人。那妇人去篮儿内取出一片硫黄发烛儿,在火上淬着,去泥蜡烛上从头点着。一伙看的人都喝彩道:"好妙剧术! 一支湿的泥蜡烛便点得着,又只要得三文钱一支,哪里不使了三文钱!"有好事的取三文钱把与妇人,妇人收了钱,拿一支过来,吹灭了递与买的。霎时间十支烛都卖了。妇人抬起身来,收拾了刀和碗入篮内,与众人道个万福,便去了。

到明日,妇人又来空地上来,人都簇着了看。妇人道:"昨日生受卖得三十文钱,过了一日。今日又来相恼。"众人道:"真个作怪! 昨日三文钱买了一支泥蜡烛,却好点了一夜。比点灯又明亮,倒省了十文钱油!"妇人在场子上讨些水,掘些泥,又做十支泥蜡烛,众人道:"不须点了。"都争着买了去。妇人又卖得三十文钱,自收拾去了。已后逐日来卖,做不落手便有人买去了。每日只卖十支。卖了半个月,闹动了贝州一州人,都说道:"有一个妇人在州衙前卖泥蜡烛,且是耐点,又明亮。"

当日这妇人正摊场,做得一半,州衙里走出一个人来,众人看时,却是个有请有分的人,姓王名则,见做本衙排军。是日五更入衙画卯①,干办完了执事出来,见州衙前一伙人围着看。王则掂起脚来望一望,见一个着孝的妇人坐在地上。仔细看那妇人时,但见:

> 身穿缟素,腰系孝裙。不施脂粉,自然体态妖娆;懒染铅华②,生定天姿秀丽。云鬟半整,有沉鱼落雁之容;星眼含情,有闭月羞花之貌。恰似嫦娥离月殿,浑如织女下瑶池。

王则便问跟随的人道:"这妇人在此做甚的?"跟随人道:"告都排,这妇人在此卖泥蜡烛。"王则道:"我日逐在官府忙,也听得说多日了,道是一个妇人卖泥蜡烛。我那一般当官执事的人说,他曾买来点,且是明亮。我便是要问,怎地唤做泥蜡烛?"跟随人道:"说起来且是惊人。那妇人在地上掘起泥来,把水和了,捏在竹棒上,似蜡烛一般,淬着灯便着。从上灯时点起,直点到天明。"王则听了,心里思忖道:"却也作怪!我从来好些剧法术,这一件却又惊人。"乃挨身入人丛中,看那妇人都做完了,把水洗了手,道:"我这蜡烛卖三文钱一支。"人人都争抢要买,王则道:"且住,你们都不要买!"人都认得王则是有请的人,他叫声不要买,人都不敢买。妇人抬起头来,看见王则,便起身来叫声万福,王则还了礼。王则道:"你把泥来做蜡烛,如何点得着?"妇人道:"都排在上!媳妇在此卖了半个月日了,若点不着时,人却不来问我买。每日做十支,只是没得卖。"王则道:"不要耍我。"扯起衣襟,在便袋内取出三十文钱,都买了。妇人将蜡烛递与王则,王则道:"且住!买将去点不着时,枉费了钱。不是我不信事,真个不曾见;且点一支交我看看。"妇人道:"这个容易,都排教人去讨火种来。"王则教跟随的去讨个火种,递与妇人。妇人炙着发烛儿,将十支泥蜡烛都点与王则看,王则看了喝彩道:"好!果然真个惊人!这十支蜡烛我又不要,你们要的都将了去。"众人都拿了去。妇人起身收拾了刀碗,安在篮里,向众人道个万福,自去了。

王则打发了跟随人先回,自己信步随着那妇人。王则口里不说,心下思量道:"这妇人不是我贝州人,想是在草市③里住的,且随到她家,用些

---

① 画卯——犹今之"签到",指衙役等上下班时画个标记作为凭证。

② 铅华——女子搽脸的粉。

③ 草市——城外的集市。

钱学得这件法术也好。"只见那妇人出了西门，过了草市，只顾行去。王则道："这妇人既不在草市里，不知在哪里住?"又行了十来里，不认得这个去处。王则道:这妇人是个跷蹊作怪的人！我且回去，待明日看那妇人来卖时，问她住处便了。转身却待取路回来，看时，不是来时的旧路。只见漫天峭壁峰峦，高山挡住来路，归去不得，又没人行走。正慌之间，只见那妇人在前头高声叫道："王都排！不容易得你到这里，如何便要回去?"唬得王则战战兢兢，向前道："娘子！你是谁?"妇人道："都排！圣姑姑使我来请你议论大事，你不要疑忌，我和你同去则个。"王则道："却不作怪?"欲要回去，叵耐迷失了路，只得且随她去。同行入松林里，良久转过林子，见一座庄院。王则问道："这里是什么去处?"妇人道："这里是圣姑姑所在，等都排久矣。"

王则到得庄前，庄里走出两个青衣女童来，叫道："此位是王都排么?"妇人道："便是。"青衣女童道："仙姑等你久矣!"引着王则径到厅下，禀道："王都排请到了!"王则见一个婆婆头戴星冠，身穿鹤氅，坐在厅上。妇人道："此乃仙姑，何不施礼?"王则就厅下参拜了。仙姑教请王则上厅，三位坐定，教点茶来，茶罢，仙姑教女童置酒管待王都排。王则心局志气，甚是欢喜，对仙姑道："王则有缘，今日得遇仙姑，不知仙姑有何见教?"仙姑道："且一面饮酒，与你商议。如今气数到了，你上应天数，合当发迹。河北三十六州，有分教你独霸。"王则道："仙姑莫出此言，官中耳目较近，王则是贝州一个军健，岂敢为三十六州之主?"仙姑道："你若无这福分时，我须不着人来请你。只恐你错过了机会，可惜了。更有一事，恐你只身无人相助成事。"指着卖泥蜡烛的妇人道："吾有此女，小字永儿，尚是女身，与你是五百年姻眷;今嫁此女与你为妻，助你成事，你意下如何?"王则心中不胜欢喜，思忖道："我的浑家去年死了，今日仙姑把这美妇人与我，岂不是天缘奇遇。"王则道："感谢仙姑厚意，焉敢推阻。王则数年前遇着一个异人，也曾说道我久后必然发迹，替我背上刺一个'福'字。今日蒙仙姑抬举，果应其言。只是一件，叵耐贝州知州，央及王则取办一应金银彩帛物件，俱不肯还铺行钱钞，害尽诸行百业，哪一个不怨恨唾骂。近日本州两营官军，过了三个月，要关支①一个月请受②，他也不肯。欲待与他争竞，他朝中势力大，和他争竞不得。与王则一般一辈的人，不知吃他苦害了多少。我们要祛除一个虐民官，尚且无力量，如何干得大事？"仙姑笑道："你独自一个，如何行得？必须仗你的浑家，他手下有十万人马相助你，你须反得成。"王则笑道："我闻行军一日，日费千金；暂歇暂停，江湖绝流。若有这许多军马，须用若干粮食草料。庄院能有多少大，这十万人马安在那里？"仙姑笑道："我这里人马不用粮草，亦不须屯扎。有急用便用，不用便收了。"王则道："怎地时却好！"仙姑道："我且教你看我的人马则个。"仙姑交永儿入去掇出两只小笼儿来，一笼儿是豆，一笼儿是剪的稻草。永儿撮一把豆，撮一把稻草，把来一撒，喝声道："疾！"就变做二百来骑军马在厅前。王则看了，喝彩道："既有这剪草为马，撒豆成兵的本事，何忧大事不成！"

正说之间，只听得庄外有人高声叫道："你们在这里好做作！官司见今出榜捕捉妖人，你们却在此剪草为马，撒豆成兵，待要举事谋反！"唬得王则大惊，如分开八片顶阳骨，倾下半桶冰雪来。真所谓机谋未就，怎知窗外人听；计策才施，却早萧墙祸起。正是：

> 会施天上无穷计，难避隔窗人窃听。

毕竟哪里来的是谁？且听下回分解。

---

① 关支——发出。
② 请受——俸禄。

# 第 十 四 回

## 左瘸师散钱米招军　王则被官司拿下狱

诗曰：

　　人言左道非真术，只恐其中未得传。

　　若是得传心地正，何须方外学神仙。

　　那王则正在草厅上看军马，说话之间，只听得有人高叫道："你们在此举事谋反么？"王则惊得心慌胆落。抬头看时，只见一个人，生得清奇古怪，头戴铁冠，脚穿草履，身上着皂沿绯袍，面如噀血①，目似怪星，骑着一匹大虫，径入庄来。仙姑道："张先生！我与王都排在此议事，你来便来，何须大惊小怪。"先生跳下大虫，喝声："退！"那大虫望门外去了。先生与仙姑施礼，王则向先生唱了喏，先生还了礼，坐定。仙姑道："张先生！这个便是贝州王都排，后五日你们皆为他辅助。"先生对王则道："贫道姓张名鸾，常与仙姑说都排可以独霸一方。贫道几次欲要与都排相见，恐不领诺，不敢拜问。仙姑如何得王都排到此？"仙姑道："我使永儿去贝州衙前用些小术，引得都排到此。方欲议事，却遇你来。"先生道："不知都排几时举事？"仙姑道："只在旦夕。待等军心变动，一时发作，你们都来相助举事。"道由未了，只见庄门外走一个异兽入来。王则看时，却是一个狮子，直至草厅上盘旋哮吼。王则见了又惊又喜，道："此乃天兽，如何凡间也有？必定我有缘得见。"方欲动问仙姑，仙姑喝道："这厮既来相助都排，何必作怪，可收了神通！"狮子将头摇一摇，不见了狮子，却是一个人。王则问仙姑道："此人是谁？"仙姑道："这人姓卜名吉。"教卜吉与王则相见，礼毕，就在草厅上坐定。仙姑道："王都排！你见张鸾、卜吉的本事么？"王则道："二人如此奢遮②，不怕大事不成。"仙姑道："须更得一人来，教你成事。"王则道："又有何人？"正说之间，只见从空中飞下一只

---

①　噀（xùn）血——比喻殷红色。

②　奢遮——出众；了不起；非一般。

仙鹤来,到草厅上立地了,背上跳下一个人来,张鸾、卜吉和永儿都起身来与那人施礼。王则看那人时,身材不过四尺,戴一顶破头巾,着领粗布衫,行缠碎破,穿一双断耳麻鞋,将些皂带系着腰。王则见了他这般模样,也不动身,心里道:"不知是甚人?"仙姑道:"王都排!这里吾儿左黜。得他来时,你的大事济矣。如何不起身迎接?"王则听得说,慌忙起身施礼。左黜上草厅来,与仙姑唱个喏,便坐在众人肩下,问仙姑道:"告婆婆!王都排的事成也未?"仙姑道:"孩儿!论事非早即晚,专待你来,这事便成。"左黜道:"今日晚了,且教王都排回去。"吩咐王则道:"我明日和张鸾、卜吉入贝州来替你举事。"王则谢了圣姑姑和众人,胡永儿领着王则离了庄院出林子来,指一条路教他回去。王则回头看时,不见了永儿。行不多几步,早到贝州城门头。王则吃了一惊,道:"却不作怪!适间行了半日到得仙姑庄上,如今行不得数十步早到了城门头。原来这一行人是异人,都会法术,来扶助我,我必是有分发迹。"

　　王则当晚进城到家,一夜无话。次日是下班的日分,天明起来,吃了一惊,心里道:"又是作怪的事!如何家里桌凳都不见了?这一屋米从何而来?"道由未了,只见三个人从外面入来,王明看时,正是左黜和张鸾、卜吉。四个叙礼已毕,王则道:"众位先生至此,合当拜茶,奈王则家下乏人,三位肯到间壁酒肆中饮数杯么?"左黜道:"休言数杯,尽醉方休!"王则道:"今日是个下班日分,正好久坐。"四个人酒店楼上靠窗坐定,正饮酒之间,只见楼下官旗成群曳队走过。王则道:"今日不是该操日分,如何两营官军尽数出来?"左黜道:"王都排!你下去问看是何缘故?"

　　王则下楼来出门前看时,人人都认得王则,齐来唱喏。王则道:"你们众人去哪里去来?"管营的道:"都排,知州苦杀我们有请的也!我们役过了三个月日,如今一个月钱米也不肯关与①我们。我们今日到仓前,只顾赶打我们回来。"王则道:"若是恁地,却怎的好?"管营的道:"如明日再不肯关支,众人须要反也!"管营的和众人自去,王则上楼来,把管营的说话对左黜说了一遍。左黜起身来道:"你快去赶上管营,教他们回来,请支一个月钱米与他们,教这两营军心都归顺你。"王则道:"先生!哪里有这许多钱米?"左黜道:"你只教他们回来,我自有措置。"

---

　　① 关与——发放。

　　王则当时来赶见管营,教他叫住许多人且不要行,都转来与你们一个月钱米。管营听得说,叫转许多人都到王则门首,只见王则家里山也似堆起米来。左黜道:"你们有请的众人,如有气力的,搬一石两石不打紧,只是不要啰唣。"那有请的三三五五来搬,也有驮得一石五斗的,也有驮得两石的。王则道:"这米只有百来石,两营共有六千人,如何支散得遍?"左黜道:"你休管,我包你都教他有米便了。"众人从早饭前后搬起,直搬到晌午时候,何止搬有一万余石,家中尚剩下四五石。管营和若干人都来谢王则。左黜道:"王都排! 今日尚早里,你和管营说,教他去营里告报众人,就今日来请一个月钱。"管营见说,不胜欢喜,飞也似去报众人来领钱。王则道:"先生! 散了许多米了,如今钱在哪里?"左黜道:"我自有。"教张鸾、卜吉入里面驮将出来;一千贯做一堆,堆得满屋里都是钱。堆尚未了,只见有请的都在门前,王则教他们入来搬去,搬到晚,恰好两营人都有了。这六千人和老小,哪一个不称赞道:"好个王都排! 谁人肯将自己的钱米任意教人搬去? 但有手脚快有气力的,关了三个月钱米安在家里,烦恼甚的!"当日左黜、张鸾、卜吉散完了钱米,别了王则自去,约到明日又来。

　　王则次日正该上班日分,五更三点人州衙前伺候知州升厅。这个知州姓张名德,满郡人骂道:

　　　绮罗裹定真禽兽,百味珍馐①养畜生!

这知州每日不理正事,只是要钱。当日坐在厅上,便唤军健王则。王则在厅下唱喏道:"请相公台旨。"知州道:"王则! 我闻你直恁地豪富,昨日替我散了六千人请受钱米,似此散与他们,何不献来与我?"王则不敢说是他三人变化出来的,只得勉强应诺。方欲动身,只见阶下两个人,身穿紫祆,腰系勒帛,唱个喏,禀道:"告相公! 仓里不动封锁,不见了一廒②米!"那知州吃了一惊,正没理会处,只见管库的出来禀道:"告相公! 库里不动封锁,不见了一库钱!"知州道:"是了! 是了! 王则! 我仓里失去了米,库里失去了钱,你家又没仓库,如何散得六千人钱米?"交狱卒取一面长枷来,当厅把王则枷了,教送下狱去与司理院好生勘问。这张大尹只因

――――――――

　①　馐(xiū)——滋味好的食物。

　②　廒(áo)——贮藏粮食等的仓库。

把王则下狱，有分教：自己身首异处，连累一家老小死于非命，贝州百姓不得安生。直待朝廷起兵发马，剪除妖孽，克复州郡。正是：

　　　　贪污酷吏当刑戮，假手妖人早灭亡。

毕竟知州惹出甚祸事来？且听下回分解。

# 第 十 五 回

## 瘸师救王则禁诸人  刘彦威领兵收王则

诗曰：

妄言天子容易做，十个反的败九个。

会施天上无穷法，难免目前灾与祸。

当日知州不胜焦躁，将王则枷了，送司理院如法勘问报来。这勘官姓王名浆，问王则道："说你昨日散了两营请受，你家能有多少大，如何堆放得六千人钱米？今日州里不见了一库钱，仓里不见了一廒米，你如何将了出来？"王则初时抵赖，后来吃拷打不过，只得供称道："昨日是王则下班日期，在家里闲坐，只见那许多有请的从王则门前过，都怨怅道：役了三个月，要关支一个月钱米也不能得。又有三个人不知从何处来。不由王则分辩，借王则屋里散了六千人钱米。那三个人自去了，实不知是甚人。"勘官道："岂有不识姓名的人，你不询问他来历，遂容他在家里散请受？"教狱卒拖翻王则，着力好生夹起再打。王则受不过苦楚，只得供说："一个姓张名鸾，一个姓卜名吉，一个唤做瘸师左黜。"勘官教王则押了招状，依旧监禁狱中。即时复了知州，出榜捉拿那三人，不在话下。

却说两营六千人和老小，都得知王则因借支钱米与我们，知州将他罪过，把他送下狱中受苦。人人都在茶坊酒店里说，没一个不骂知州不近道理。说由未了，只见左黜走来营前，拍手高叫道："营中有请的官人们听者！王都排不合把钱米散与你们众人，被知州禁在狱中，你们可报他的恩，救他则个！"众人道："王都排好意支散钱米与我们，如今知州反把他罪过，禁在狱中。只是我们力量不加，又没一个头脑，如何救得他出来？"左黜道："官人们也说得是，必然要一个为首的。我与你们为首，众官人肯相助也不？"众人看了左黜，口里不说，心下思量道："看他这一些儿大，又瘸着脚，便跳入人的咽喉里也刺不杀人，随他去恐不了事，倒妆幌子。"左黜见众人不则声，问众人道："你们因甚不则声？莫不是欺我身小力微，奈何不得人？我变了教你们看看！"左黜喝声道："疾"！将身显出神通,不见了那四尺来长的瘸师,只见朱红头发,碧绿眼睛,青脸獠牙一个大鬼。唬得众人见了便拜道:"我们有眼不识泰山,原来是天神。可知道昨日王都排家里不甚宽大散了六千人钱米!"众人拜罢起来看时,端的只是个瘸师。瘸师道:"管营的!你去吩咐众人,教他们在此整顿器械。我如今独自一个去救王都排,坏了贝州知州,你们就来接应。辅助得王都排,教你们丰衣足食,快活下半世!"众人听得说,都应道:"我们就来相助!"

左黜离了营前,迤逦径奔入州衙里来。正值知州坐在厅上,左黜入去时,并无一个人看见。左黜走到厅上,高声叫道:"大尹!我左黜特来拜见!"厅上厅下众人道:"这里正出榜捉他,他却来将头套枷!"知州见他身材短小,不将他为意,乃问道:"你便是左黜么?"教左右拿下,取长枷来将左黜枷了,送下狱中,与王则对证钱米来还。狱卒把左黜押下狱来,就勘事厅前拽出王则来。见了左黜,王则道:"你为何也来到这里?"左黜道:"不是我来,如何救得你出去?"司理院王浆问道:"你这汉子从实供说,仓里一廒米,州里一库钱,怎的样摄了去?"左黜道:"勘官!连你也不理会得,知州愚蠢,月钱月米俱不肯放支与他们,教两营人切齿怨恨,我替知州散了有何不可?"王浆焦躁,喝令狱卒着力拷打。狱卒提起杖子,拖翻左黜,打得身上寸寸的破了。左黜呵呵大笑,喝声:"疾!"把自己身上和王则身上的索子,就如烂葱也似都断了,枷自开了。唬得王浆道:"这汉子是个妖人!"忙教狱卒并众人向前来捉,那左黜用手一指,禁住了许多人的脚,一似生根的一般,一步也移不动。左黜和王则直到厅下,知州正在厅上比较①钱粮,只见左黜喝道:"张大尹!你害尽贝州人,报应只在今日。我今日不为贝州人除害,非大丈夫也!"知州见他两个来得恶,掇身望屏风背后便走。只见后堂内抢出两个人来,却正是张鸾、卜吉,各仗一口刀。卜吉向前揪住知州,张鸾向知州一刀,连肩卸臂,断颡分尸,把知州杀了。唬得厅上厅下的人都麻木了,转动不得。王则道:"你众人听我说!你们内中有一大半是被他害的,今日我替你们去了祸胎,教一州人都得快活。你们吃他苦的,随我入衙里来,抢掳些金银,教你们富贵。"众人见说,都来帮助王则。两营有请的却好到州衙前,听得说王则杀了知州,一起抢入来,将知州老小尽数杀净。左黜和张鸾、卜吉带领着一班军人,

---

① 比较——追究。

把知州平素心腹及司理院王浆等官并一行做公的，都搜寻杀了；打开狱门，把罪人都放了；到知州宅里，搬出金银钱宝，绫罗段匹，在阶下堆积如山。王则道："这许多财物，我分文不要，计算与有请的。若有余剩，散与穷经纪人，教他安心做道路①。"王则据住州衙，出榜抚安百姓。令两营军人整齐兵器，顶盔挂甲，分布四门，紧守城池。

　　如今做一回话儿说过去。那其间老大一场事，当时只走了两个官：一个是通判董元春，一个是提点②田京。两个收了印信，弃了老小，奔上东京，奏知朝廷。仁宗天子闻奏，即便传下圣旨，令冀州太守速领本部军马，径往贝州收复王则。这太守姓刘名彦威，乃将门之子，文武双全，接了敕书，即点起本部五千军马，杀奔贝州来。只因此起，有分教：王则自称王位，大闹贝州，做出许多蹊跷奇异的事，屈害了数千人命。正是：

　　　　只因半万貔貅③骑，惹起妖邪法术人。

毕竟刘彦威胜负如何？且听下回分解。

---

　　①　做道路——做沿街叫卖的小生意。
　　②　提点——官名。掌习法、刑狱及河渠等事。
　　③　貔貅(pí xiū)——古书上说的一种猛兽。比喻勇猛的军队。

# 第 十 六 回

## 王则领众贝州造反　永儿率兵掳掠郡邑

诗曰：

伪立为王不忖量，将何才德效尧唐。

一朝事败汤浇雪，乱剑分尸自灭亡。

却说贝州报子探听得刘彦威起兵，飞马来报王则，贝州一州人都慌。王则惊得手足无措，急请左黜、张鸾、卜吉商议。左黜道："打听得他那里有多少军马？"王则道："有五千人马，惊得我也怕起来，如何处置？"左黜道："且不要慌！我这里只消三千人马迎敌，看我左黜本事。"当日点了三千人马，犒赏已毕，吩咐来日对阵。

过了一夜，次日整齐军马，出贝州城排个阵势。刘彦威全副披挂，使一条镔铁枪，骑一匹追风马，来到阵前。这三千人见他军容雄壮，都各丧胆亡魂。刘彦威把枪指着道："贝州有会事的，将王则绑缚了来献与朝廷，免你一城人屠戮！"□□□□□不敢则声。左黜穿领破布衫，仗一口剑，将剑尖儿指着刘彦威道："你会事时，领了人马速回冀州，免你残生。若稍迟延，教你一行人都死于我手！"刘彦威道："你这厮是助王则的逆党。看你身上衣甲皆无，敢和我厮杀，我把你前心一枪，后心透出头来！"左黜道："我不与你斗口，教你看我手段则个！"刘彦威在阵前施逞枪法欺敌左黜，被左黜用剑尖一指，门旗开处，冲出一队虎豹来。刘彦威的马见了惊得跳起来，将刘彦威掀翻在地，众军向前急救上马。人马见了异兽，都抛戈弃鼓，各自逃生。王则带领三千人马乘势赶杀，刘彦威大败输亏，折了一半人马，自归冀州，不在话下。

却说王则赢了一阵，心安胆壮。一州人见王则杀败官军，各各尽心归顺。手下人见瘸师有手段，都放心扶助。王则领贝州人马打附近州县，胡永儿领妖兵掳掠郡邑乡村；招降人马，多得钱粮，变得势力大了。东京卖肉的张琪，卖炊饼的任迁，卖面的吴三郎，打听得胡永儿是王则的浑家，都到贝州投奔王则。王则见人心归顺，乃自立为东平郡王。册封胡永儿为皇后,左黜为军师,弹子和尚为国师,张鸾为丞相,卜吉为大将军,以下众人都挂印封官,其势越大。

　　却说附近州县,各具告急表文,申奏朝廷。仁宗天子览表大惊,遂问两班文武:"贝州反了王则,聚集妖人数多,附近州县皆被掳掠,冀州刘彦威又被杀败,如此失利,朕心甚忧。不知谁人可为大将收伏王则?"只见左丞相吕顺执简出班奏道:"臣举一人,乃河东汾州人氏,姓文名彦博,昔曾征讨西夏有功,今弃职闲居,见在西京居住。若招此人为将,必能克复贝州,剪除王则。"仁宗天子问道:"卿不举别人,缘何只举文彦博?"吕顺奏道:"臣昨日闻报,思想王则如此大逆,无计可擒;夜至三更,忽思'贝'字着一'文'字,是一个'败'字,故只有文彦博可用。臣特坐以待旦面奏,愿以全家保举文彦博为将。"仁宗天子闻奏甚喜,即时降诏,令使命往西京宣召文彦博还朝,使命领敕,星夜到西京,文彦博并本州大小官员出郭迎接圣旨。至州衙里开读罢,各官望阙起身谢恩。文彦博领了诏令,别了家眷,随即赴朝。只□□□□□□来收服,有分教:一干兴妖作孽之人,死得不如《五代史》李存孝,《汉书》中彭越。正是:

　　　　鞭稍指处狼烟灭,马蹄到处妖孽亡。

毕竟文彦博领兵胜负如何? 且听下回分解。

# 第 十 七 回

## 文彦博领兵下贝州　曹招讨血筒破妖法

诗曰：

> 雄师十万贝州来，妖术军兵命合衰。
>
> 天差三遂①同收服，任你英雄化作灰。

却说文彦博自接了敕旨，兼程来到东京，官员都在接官厅伺候，迎接入城。次日早朝，随班见帝。怎见得早朝，但见：

> 祥云迷凤阁，瑞气罩龙楼。含烟御柳拂旌旗，带露宫花迎剑戟。
>
> 天香影里，玉簪朱履聚丹墀②；仙乐声中，绣袄锦衣扶御驾。珍珠帘
>
> 卷，黄金殿上现金舆；凤羽扇开，白玉阶前停玉辇。隐隐净鞭③三下
>
> 响，层层文武两班齐。

当日仁宗天子宣文彦博至面前，圣旨道："河北贝州王则造反，今命卿为将领，收服妖贼，当用人马几何，副将几人？任卿便宜酌处。"文彦博奏道："臣闻王则一党尽是妖人，若人马少，恐不能取胜。臣愿保举一人为副将，请十万人马，可以克敌。"仁宗天子道："军马依卿所奏，但不知卿保何人为副将？"文彦博奏道："臣乞曹伟为副将。"仁宗天子道："这曹伟莫非是下江南第一有功，封王的曹彬的子孙么？"文彦博道："正是曹彬嫡孙。"仁宗闻奏，龙颜大喜，命宣曹伟见驾。仁宗当殿封文彦博为统兵招讨使，曹伟为副招讨。拨赐内帑④金银钱帛，犒赏三军。二人谢恩出朝，便去各营点兵发马，即日离京上路，渡黄河直抵河北界上，军马就于冀州驻扎。

冀州太守刘彦威迎接二招讨入城，备说王则妖法难敌。文彦博与

---

① 三遂——指诸葛遂、马遂、李遂。

② 丹墀——宫殿前的红色台阶及台阶上面的空地。

③ 净鞭——帝王仪仗的一种，鞭形，振之作响，令人肃静。

④ 内帑(tǎng)——国库里的钱财。

曹伟商议道:"目今要下贝州,不知招讨有何神策,用何计谋可以破贼?"曹招讨道:"曹伟系副将,安敢僭越①计谋,主帅有命,一听指挥。"文招讨道:"不然,招讨乃名将之子孙,曾与先皇建立边功。彦博虽为主将,终是书生,全仗招讨共成王事,不必谦逊踌躇②也。"曹招讨应诺道:"据曹伟愚意,不若把人马分做三路,作长蛇之阵去攻贝州,若一路有失,两路必相救应。"文招讨道:"贝州乃一洼之地,令人打听,他兵不满万,我这里有大兵十万,更得招讨奇谋,破贼如反掌矣。"曹招讨道:"曹伟亦探听得,王则等辈虽不能用武施文,尽行妖法。日前刘彦威去收服时,被王则用了妖法,是以损兵大败而回。伟欲主帅将四万人作中军,以三万人与曹伟作左辅,以三万人与总管王信为右弼,令先锋孙辅各营巡视。今王则兵不满万,只可敌我一路。我军若胜,则三路并取贝州;若有少亏,则两路必来救应。此必胜之策也。"文招讨见说,大喜道:"招讨如此用兵,何愁贝州不破!"次日文招讨分三路人马来取贝州,不在话下。

却说王则探听得文彦博领十万人马来取贝州,遂聚集左黜等一班儿妖人计议。弹子和尚道:"前日冀州刘彦威领兵来,只一阵杀得他片甲不回。今文彦博虽有大兵十万,吾何惧哉?某请一万人马,当取文彦博之头于麾下。"王则大喜,即选一万人马出战。当日早间,开城门靠城摆列阵势。文招讨将兵分做三路,出于阵前,与王则搭话。王则见文招讨出马,唱个喏道:"王则为因张大尹没道理,我杀了他替百姓除害,众人推尊我暂领贝州一隅之地,朝廷何必兴兵到此?"文招讨大喝道:"汝乃一州之军,敢坏一州之主,又占据贝州,杀伤各路官兵,罪恶弥天。今我大军到此,理合开门投降,辄敢引兵迎敌?"王则拍手笑道:"招讨虽有人马十万,如何收服得我!"文招讨交播鼓,先锋孙辅挺枪指人马抢城捉王则。王则见鼓响人马抢来,就取所佩之剑在手一指,却早阵门开处,走出弹子和尚、左黜、张鸾、卜吉等辈,在阵前叩齿作法,只见乌风猛雨,雷声闪电,火块乱滚,就兵马队里卷起一阵黄沙来,罩得天昏地暗,黄沙内尽是神头鬼脸之人,引着许多豺狼虎豹前来冲阵。众军只斗得

---

① 僭(jiàn)越——越礼;超越本分。

② 踌躇(chóu chú)——徘徊;犹豫不决。

人，如何斗得神鬼猛兽？战马惊得乱蹿，把鞍上将都颠将下来。王则见文招讨阵脚乱动，乘机趁势驱人马一掩，文招讨同先锋孙辅大败而走，王则领人马随后追赶。副招讨曹伟，总管王信，见文招讨兵败，各引本部军马前来救应。王则见两路军马齐来，唯恐有失，急下令收军马入城。

文招讨将本部军马离城三十里下寨，计点人马，杀伤并自相践踏，死者无数。文、曹二招讨及总管王信，三人共议攻城之策。文招讨道："我与西番戎兵大小也曾战数十阵，不曾见王则这般阵势，可知道各路军马都输与这贼。这贼阵里暗藏着神头鬼脸、雷电火块、猛兽，乱滚将来，惊得战马跳动，乱了阵脚，被贼众乘势赶来，不能抵敌。若非招讨与总管救应，必致多折人马。似此丧败，如之奈何？"曹招讨道："闻得贝州除了王则四五人外，余者俱不会妖邪术法。然这妖邪术法，曹伟有个道理可破，贝州可得，王则可擒。"文招讨听了，欢喜道："敢问招讨，有何妙计可破妖法？"曹招讨道："王则这家法术，和尚家唤做'金刚禅'，道士家唤做'左道术'。若是两家法都会，唤做'二会子'。皆是邪法。只怕的是猪羊二血及马尿，大粪，大蒜；若滴一点在他身上，就变不成神鬼，弄不得邪法。"文招讨大喜，吩咐军士，但交战时，刀枪头上都要蘸血。曹招讨交做三百个唧筒①，都盛猪羊二血。选三百个身长力大的军人做唧筒手，交战时，若见神鬼、异兽，便唧将去。文招讨犒赏了军士，至次日摆布军马，依先分作三队，离城三里排列阵势。

王则见文招讨兵临城下，对众人道："昨日被我杀了一阵，兀自不怕，今日又来和我厮杀，这番把文彦博一发②捉了，定教他寸草不留！"点起一万人马，出城迎敌。两阵对圆，旗鼓相望，鼓声震地，喊杀连天，弩箭如雨，射住了阵脚。王则手下无甚英雄好汉，厮杀全仗妖法，屡屡取胜，不把文招讨许多军马在意。却说文招讨下令教金鼓齐鸣，先锋孙辅仗长枪去敌上首，曹伟架双刀去敌下首，文招讨指挥中军，三路人马一起杀来。王则见了将剑尖一指，门旗开处，又驱出许多神鬼、异兽出来。文招讨喝开阵门，放出三百个唧筒手，一起射去。只见王则的神鬼、异兽见了秽物猪羊

---

① 唧筒——一种水力喷射筒。
② 一发——索性。

二血,破了那法,望本阵便走。文招讨招人马乘势掩杀将来,王则大败落荒而走,枪刀尽弃,人马踏做肉泥。只因此阵败,有分教:奸邪逆党俱遭刀剑分尸,妖法妇人推出市心斩首。正是:

　　　　欲将妖法害正人,正人有福神灵护。

毕竟王则败走如何? 且听下回分解。

# 第 十 八 回

## 左瘸师飞磨打潞公　多目神救潞公献策

诗曰:

瘸师妖法得年深,合败今朝遇血筒。

马遂李遂诸葛遂,三遂平妖万古闻。

却说文招讨喝开阵门,放出三伯个唧筒手和弓弩手,一起上看着神头鬼脸、猛兽便射,唧筒血匹脸便唧,只见许多怪物都是纸剪草做的,射死军人不计其数。众军见胜一□□□停军马,被文招讨杀了二停。王则大败输亏,急急引兵入城,拽起吊桥,将城门紧闭不出。文招讨得胜收军,离城不远下寨,虎视着城中,指日可破。将士得功者上了功劳簿,当日十万大军倍增喜气。文招讨传下将令,令五伯军上山砍伐木植①,做造打城器械。云梯、炮石、天桥、火箭,一二日间俱各齐备。文招讨令傍城剿战,众军士直到城濠边攻打。

却说王则输了这一阵,正是刀添三个□,人减七分威。令军士弓弩上弦,紧守城铺,却不出战。王则在贝州厅上教请左黚、张鸾、卜吉、弹子和尚、任迁、张琪、吴三郎,一班妖人团团坐下。王则道:"诸位在此,今文彦博识破我法,折了许多军士,我今不敢出城交兵,他又直来城下搦战,如何是好?"说由未了,只见探事人来报道:"文招讨令军士做造云梯、炮石、天桥、适前②逼近城下,见在打城!"王则慌道:"若如此紧急,这一城老小如之奈何?"只见左瘸师起身向王则道:"大王何必忧虑,我左黚能千变万化,也不消得厮杀,只教文招讨在城外死于非命,他十万军马没了主将,不战而自散,好么?"王则道:"贤卿有甚妙术,安排得他死,散得他十万人马,解我贝州之围?"左黚道:"容易!"遂吩咐手下人,去磨坊里取一块大磨盘来。不多时,只见十来个人扛一块大磨盘来到厅下。左黚下厅来,将

---

① 木植——木材。

② 适前——应为"火箭"二字。

银朱笔书一道符在磨盘上,披发跣足①,右手仗一口剑,左手持一钵盂水,口中念念有词,噙一口水,看着磨盘上只一喷,喝声道:"疾!"只见磨盘漾漾的望空便起,径往城外飞将去。王则和众人见了,无不喝彩。

　　却说文招讨,正升帐请副招讨曹伟,总管王信,先锋孙辅,到帐中议论攻城之策,只见空中飞下一个磨盘来望着文招讨顶门上便落。一声响,震天动地,众人惊得面如土色,只道打死了文招讨。却说文招讨正坐在交椅上,蓦被一人拦腰抱过一边,离交椅有五七步路。那磨盘下来,打不着文招讨,却把交椅打做粉碎,地上打一二尺一个深凹。众将见文招讨无事,俱各大喜。文招讨吃那一惊不小,别取交椅坐定。问道:"适来抱我者是何人?"说由未了,只见一个人来到面前唱喏。其人生得身材长大,面貌丑恶。众人看时,都不认得;又不是亲随人,又不是帐前士卒。文招讨问道:"你是何人来救我一命? 乞道其详,自当重报!"那个人道:"我不是军中人。今贝州王则使妖法将磨盘来压死你,我特来救你之命,报你向日一饭之恩。"文招讨见说,大喜道:"感谢你来救我,不知我文彦博施恩在于何处? 愿求姓名!"那人道:"口说恐招讨失忘了,可借银盆笔砚来。"手下人取银盆笔砚排列棹上,那人道:"乞退左右。"文招讨喝退了左右,那人提起笔来写罢,将银盆覆在地上,大跨步走出帐外去了。文招讨即时使人去赶时,便不见了。文招讨道:"却又作怪!"教人揭起银盆来看时,中间写着"多目神"三个大字,众人皆不晓其意。文招讨沉吟了半晌,方才想得起来,对众将道:"文彦博未及第时,曾于一馆驿中宿歇,驿吏告道:'此处有鬼魅,在此房宿者,常多损人。'比时文彦博不信此言,乃明点灯烛,置酒驿房独酌。夜至三更,忽然起一阵狂风,风过处见一人披发至案前,低头叉手,呼我为相,觅我酒食。文彦博问道:'你是何人? 如何不见面貌?'他道:'我生得面貌丑恶,凡人见者皆被惊死,故不敢以面貌相见。'文彦博不信其说,其人分开头发,只见青脸上霍霍眨眨有十二只眼。文彦博见了亦惊骇,遂与他酒饭,其人吃罢,便道:'公相异日有大难,我必来相救!'言罢,隐然而去。今想道,适来救我者,必多目神也。"众人见说,皆去看银盆时,只见边旁又有七个小字道:"逢三遂,可破贝州。"文招讨仔细看了,大喜道:"不想多目神救了我性命,又教我破王则之策。但不

_____

　　① 跣足——赤脚。

知何谓'三遂',甚不晓其意,诸位可想其意么?"众人都道:"不解其意。"各归本寨细想,不在话下。

却说贝州王则等一班妖人,升厅置酒与左瘸师作贺,一面差人打听阵上动静来报。只见探事的来报道:"文招讨军容严肃,队伍整齐,依然无事。"王则与众人说道:"若那边没了主将,便不整齐,无心恋战。今文彦博阵上没一些动静,不知磨盘曾害得他也不?"左黜道:"我行这家法术,百发百中,没人解得,必然压死了。"王则道:"若是要知虚实,可教人去下战书,便知端的。"众人道:"大王见得是。"即时写下战书,差一个的当①的军士,直至文招讨帐前去下。文招讨见说是下战书的,教唤至帐下。左右接了书安在桌上,文招讨展开看了,便解王则之意,思忖道:"他只道使妖法把磨盘压死了我,谁知我安然无事,见我这里没些动静,故以下战书为由,来看虚实。"当时文招讨当面批回:"来日交战。"与下书人回来。王则看了批回,问下书人道:"你曾到文招讨帐下么?"下书人道:"告大王!文招讨并无疑忌,直唤小人到帐下,亲自写了批回,打发小人回来。"王则听说文招讨无事,心下忧慌,连夜请左黜等一班妖人商议对敌之策。左黜道:"磨盘既压他不死……"与王则附耳低言道:"来日交战,必须恁地,恁地。"当日计议已定,次日天晓,王则整点一万人马,开城门放下吊桥,排成阵势,良久,两阵对圆。文招讨依旧带了唧筒手并猪羊二血,使人高叫王则打话②。王则不出阵前,只在阵里,披发跣足,不穿衣甲,裸形仗一口剑,牵着一匹白马。左瘸师叩齿作法,脚下步魁罡③,口中念念有词,喝声道:"疾!"把剑尖刺着白马的头,刺出血来,嚼口血水,出到阵前一喷。不喷时天青日朗,喷了时只见乌风猛雨,霹雳交加,飞沙走石。那阵风吹得黑魆魆地,对面不相见,伸手不见掌,惊得军士枪刀尽弃,各自逃生。只因如此,有分教:东京宰相翻为失路之人,正直文公偶遇平妖之客。正是:

　　　　有缘千里能相会,无缘对面不相逢。

毕竟文招讨性命如何?且听下回分解。

---

①　的当(dí dàng)——恰当,合适。

②　打话——答话;对话。

③　魁罡——星名,指河魁与天罡。

# 第 十 九 回

## 文彦博偶遇诸葛遂　李鱼羹献计擒王则

诗曰：

    立功献策与图谋，要将妖贼尽平收。

    皇王洪福千千岁，奸贪邪佞一起休。

且说文招讨若没有丞相福分之时，几乎丧了性命。霎时被风吹沙石乱打，落阵逃走，回头看时，并没一个人跟随，独自骑着匹马，好生慌张愁闷。正似：

    凤落荒坡，尽脱浑身羽翼；龙居浅水，失却颌下明珠。蜀王春恨啼红①，宋玉悲秋②怨绿。吕虔亡所佩之刀③，雷焕失丰城之剑④。

    好似蛟龙缺云雨，犹如舟楫少波涛。

当日文招讨正行之间，只见前面是山林树木，不知是哪里去处。勒马转过山嘴，见一条幡竿，又听得钟声响，看时是一座寺院。文招讨道："到此无奈，只得到寺里寻人问条归寨的路，又作区处。"来到寺前，下马入寺里来，见一个行者，文招讨对行者道要见长老。行者入方丈报与长老，长老出来，见文招讨戎衣甲马，不是以下将士打扮，必然是个主将。慌忙向前问讯，教行者牵了马，请入方丈坐定。长老情知道饥渴了，忙吩咐厨下办斋，先教讨茶来吃。茶罢，长老问道："将军高姓，因何到此？"文招讨道："下官姓文名彦博。"长老道："莫非便是征西夏有功的

---

①  蜀王春恨啼红——传说周末蜀王杜宇，号望帝，后失国死去，其魂化为杜鹃鸟，日夜悲啼，泪尽继以血。

②  宋玉悲秋——宋玉，战国时楚国词赋家，他在《九辩》中用萧条的秋景来比喻自己不得志的愁苦心情。

③  吕虔亡所佩之刀——晋书记载：吕虔有宝刀一口，有人对他说，能登三公者，才可佩带此刀，吕虔便把刀送了王祥。

④  雷焕失丰城之剑——雷焕，西晋人，在作丰城县令时，找到"龙泉"、"太阿"两口剑。"龙泉"送与张华，"太阿"自佩。雷焕卒，二剑入水化龙而去。

文招讨么?"文招讨道:"然也。"长老道:"闻名久矣,今日山门多幸,得招讨到此。如何无随从之人?"文招讨道:"贝州王则谋反,朝廷起十万人马,命下官为将,收伏此贼。今早与贼对阵,不意大败,逃难至此。"长老见说,大惊道:"以招讨为将,又有十万大兵,贝州乃一洼之地,能有多少人马,如何却输与他?"文招讨道:"若论战,敌必不能取胜于我。今贝州王则一班贼党,皆会妖法。但交战之时,他阵内便放出神头鬼脸、猛兽怪物来,军马见了,俱各惊走。副招讨曹伟献计,用猪羊二血,马尿、大蒜、唧筒,赢得他一阵,贼兵数日不敢出城。日前下官升帐,与诸将议攻城之策,不期妖人使邪法,将磨盘从空压将下来,幸得多目神救了性命。早间与贼兵见阵,不提防王则阵里起一阵恶风,雷声闪电,霹雳交加,飞沙走石,打得阵势散乱,下官独自迷路至此,望乞吾师指引归路,到寨却当重谢。"长老听说罢,离坐拍手大怒道:"当今乃尧舜之世,君圣臣贤。此一等妖人辄敢恼乱朝廷,请招讨免忧,看贫僧与招讨出力,破其邪法,扫除逆党。"文招讨闻言,大喜道:"不敢拜问吾师高姓?"长老道:"贫僧复姓诸葛,名遂智。"文招讨听罢,欢喜道:"多目神曾写七个字道:'逢三遂,可破贝州。'众人晓夜参详,全然不解其意。今日天教遇着吾师,若吾师肯去,破得贝州,下官奏过朝廷,官赏功劳不小。"长老道:"贫僧是空门中人,岂贪富贵爵赏。但今清平世界,不可容此妖人,贫僧当效犬马微劳,助招讨荡平妖逆。今晚请招讨寺中权宿一宵,明早五更同往大寨。"文招讨卸了衣甲,吃了晚斋,和长老讲论了半夜。睡到五更起来,洗漱罢,吃些饭食,长老教行者,寺中有马牵出来,和文招讨上了马,带三个行者,明点火把,离寺迤逦来到寨前。众将与军士见了文招讨,不胜欢喜,迎接至中军。曹招讨等都来动问①道:"主帅一夜不回,众将皆忧慌无措,不知落阵走到那里,缘何同这个和尚回来?"文招讨道:"昨日被王则使邪法,一阵恶风吹得我迷踪失路,到一寺中,偶遇此圣僧,说能破邪法。我想正应多目神之言。"乃去曹招讨耳边低低说道:"这个和尚叫做诸葛遂智。"曹招讨大喜,屏退左右,问和尚道:"吾师有何神术,能破妖邪?"长老道:"贫僧曾遇异人传授五雷天心正法,凡遇金刚禅、左道一应邪术,贫僧见了,念动真言,即能反邪从正。

---

①　动问——下级向上级,卑者向尊者询问。

招讨如不信,来日对阵便见分晓。"当日文招讨留和尚与行者在中军,即修战书一封,教军士去贝州投下,约在来日交战。王则见了,批回战书,打发军士自回。乃对众妖人商议道:"前日一阵,被我杀得大败而走,今日尚敢又来勒战,必须再用前日之法,直杀到界分①,教他十万人马不留一个!"话休烦絮,两边各自整点人马,只等来日厮杀。

次日,王则领军马出贝州城,排一个阵势,两阵对冲,旗鼓相望。门旗影里,又见王则披发跣足仗剑,牵着白马在前,口中念念有词,把剑尖刺着白马,嗑口血水,只一喷,只见王则阵上恶风急起,沙石雨雹,看看来到文招讨阵前。诸葛遂智在军中见了,摇动铃杵②,口念真言,把铃杵一指,可霎作怪!那阵恶风沙石雨雹。转风望王则阵里打将入来!王则见风势不好,慌忙招军马急急转身,文招讨鞭稍一指,大小三军一起掩杀过去,王则人亡马倒,折其大半,赶落城濠死者不计其数。王则急急收拾些少败残人马,奔入贝州,拽起吊桥,关上城门,紧守不出。

却说文招讨三军杀到城下,割人头耳鼻,夺金鼓旗幡,文招讨令鸣金收军,离贝州城下不远下寨。文招讨请诸葛遂智上坐,躬身谢道:"这一阵皆吾师之力也。若如此,贼兵指日可破。"诸葛遂智道:"贫僧以正破邪,无往不利。若是有贫僧在阵中,何惧王则一行妖法之人!"文招讨闻言甚喜,道:"王则今日输了一阵,越守得城子紧了。"传下将令,教军士并力攻城。只见贝州乌云黑雾罩了城子,虚空中现出神头鬼脸、毒蛇猛兽,军士都打不得城,反伤了许多人马,打了两三日,只是打不下。文招讨交十万人马围了贝州城,擂鼓发喊,王则只不出来。文招讨只得教军士离了贝州城下寨,依先提铃喝号,递箭传更,与曹招讨计议道:"彦博同招讨领这十万人马,一日费了朝廷许多钱粮,到此将及有两个月日破不得贝州,如何是好?"曹招讨道:"主帅且请宽心,容曹伟再思良策。"当日曹招讨别了,自归本营。文招讨在帐中忧虑,不觉天色夜深。但见:

　　银河耿耿,玉漏迢迢。穿营斜月映寒光,透帐凉风吹夜气。雁声

---

①　界分——分界处;地界。
②　铃杵——一种有柄的铃。

嘹亮,孤眠才子梦魂惊;蛩韵①凄凉,独宿佳人情绪苦。军中战鼓,一
更未尽一更敲;远处寒砧,千捣将残千捣起。画檐间丁当铁马,敲碎
士女情怀;旗幡上闪烁青灯,偏照征人长叹。妖邪贼侣心如蝎,忠义
英雄气似虹。

当夜文招讨在帐中翻来覆去睡不着,至三更前后,听寨外时静悄悄地。文
招讨起来,离了寨房听时,正打三更,见一个军士打着梆子来交更,口里低
低唱只曲儿,把那梆子打着板。文招讨听得,便回帐房睡了。

　　到了次日天明,众将士都到帐下声喏,文招讨升帐,众将官来唱喏了,
摆立两边。文招讨发放军事已毕,叫左右唤昨夜打三更的军士来,不多时
左右挨问叫到。文招讨问道:"你便是昨夜打三更唱曲儿的么?"军士道:
"告招讨,小人恐怕打磕睡误了更次,把这曲儿来唱,便不打磕睡。"文招
讨道:"胡说!乱我军法,即当斩首!"叫刀斧手:"推出斩讫报来!"那军士
道:"告招讨!饶小人之罪,小人能斩王则首级,献与招讨。"文招讨交且
押他过来,问道:"你这厮乱道!我领了十万大军,在此两个月破不得贝
州,你独自一个,却如何斩得王则首级?"那军士道:"王则与我小人同乡,
自幼结为兄弟。"文招讨问道:"你姓甚名谁?"那军士道:"小人姓马名
遂。"文招讨听了,暗喜道:"想其人必应多目神之言。这汉子去,必能了
事。"文招讨道:"你有何计策能斩王则?"马遂直走到文招讨身边,附耳低
言说道:"小人去如此,如此,必斩王则。"文招讨听罢大怒,喝交:"左右拿
下!叵耐这厮,我奉朝廷命领十万大军为招讨使,尚且无计克复贝州,你
是何等人,辄敢多言乱我军法!不斩你首,难以服众!"刀斧手把马遂捉
下,众将官都跪下告道:"马遂罪合当诛,但于军不利,望招讨宽恕,权且
寄罪②。待破了王则,问罪未迟。"文招讨愤气不息,众将官苦苦哀告。文
招讨道:"若不看众将面皮,决斩你首。既犯吾令,难以全免!"令左右杖
一百,以正其罪。左右拖翻马遂,打了五十棍,众将官又告饶,文招讨起身
道:"且寄下五十!"恨声不绝,怒入帐中。众将官各自归寨。马遂在寨里
道:"我直恁地晦气!不合唱了个曲儿,恶了文招讨,要斩我,又得众将官
讨饶,只打得五十棍!"对众人叹了一口气。当夜马遂悄悄地出帐,径到

① 蛩(qióng)韵——蛩,蟋蟀。蛩韵,蟋蟀的鸣叫声。
② 寄罪——指犯过错后当时不罚,待过一段时间再处罚。

贝州城下，隔着城河高声叫道："城上人！我有机密大事来报你主将，可
开城门放我入城！"那守城军听说，禀了守门官，开城门用小船过河来，渡
马遂上岸，少不得细细搜检，并无夹带寸铁。众军人见有棒疮，也不缚他，
看守到天明，押来见王则。

　　王则认得马遂是同乡兄弟，便道："多时不见你，原来你在文彦博军
中，今日有何事却来见我？"马遂道："告大王！马遂不才，失身在军伍之
中，不敢来见大王。因前日夜间该马遂巡三更，恐怕打磕睡，不合唱个曲
儿，文招讨道我搅乱军心，要斩我，幸得众将官告饶，打了五十脊杖①。今
日特来投顺大王，望大王收留在帐下做一走卒，当以犬马相报！"就脱下
衣裳来与王则看。王则看了，好不忍见，便教马遂穿了衣裳，请上厅来坐
定。马遂道："大王是三十六州之主，小人得蒙大王收留，执鞭坠镫足矣，
安敢预坐！"王则道："我与你是同乡人，又是从小兄弟，与别人不同。"马
遂只得坐了。王则教安排酒来，一面请马遂吃酒，一面问文招讨军中虚
实。马遂道："文招讨只有五万人马，诈称十万。前日又输了几阵，折了
一万多人马，如今不上四万实数。昨日计点粮看，听得说只可关支十日。
今大王用心守把，不过十余日，文招讨之军不战而自退矣。"王则听马遂
说了，十分欢喜，就留他在州衙里宿歇。又唤医人医治，逐日好酒好食管
待他。看看马遂将息得棒疮好了，王则并不疑他是行苦肉计的。马遂要
杀王则，又下不得手。

　　文招讨见马遂去了许多时没些动静，传下令来，教军士近城擂鼓发
喊勒战。王则带领一班妖人，连马遂都上城来，王则靠着悬空扳，按住
木栏干，看那城下军士搬打城的器械，近城来打城。这里瘸师等一班妖
人叩齿作法，王则也念咒语，就现出许多神头鬼脸、毒蛇猛兽，惊得那打
城的军士倒退了，不敢近城。马遂立在王则身边，思量道："这里不下
手，更等何时？"看他身边，左右都执着刀斧器械，摆立两旁。马遂心内
欲夺刀来杀王则，又怕不了事，乃捏得拳头没缝。王则正念咒语，被马
遂一拳打中嘴上，打落当门两个牙齿来，绽②了嘴唇，跌倒在城楼上。
马遂就夺左右的刀来砍，却被王则身边一个心腹贼将唤做石庆，腰里拔

―――――――――――

①　脊杖——在犯人脊背上施的杖刑。

②　绽(zhàn)——裂开。

出刀来，手起刀落，把马遂剁落一只胳膊来。众人一起向前，捉了马遂，救起王则。王则大怒，教左右斩讫报来。马遂大骂道："我为无刀在手，不能斩贼之头与万民除害，我死必为厉鬼杀你矣！"众人推马遂去斩了，不在话下。

却说王则被马遂打绽了嘴唇，声也则不得，酒食也吃不得。众人皆忧，又恐官军打城，俱各面面相觑，一面教医人调治。王则疼得烦闷，无可消遣，平日最喜欢一个扮副净的乐人，叫做李鱼羹，王则交唤他来解闷。当日李鱼羹来到王则面前，闭着口只不则声。王则问道："李鱼羹！你为何不则声，心下有甚烦恼？"李鱼羹道："大王尚且烦恼，小人怎地不烦恼？小人与大王都是做私的，今日在城上，看看城外又添了许多军马，并力攻打城池，双日不着单日着，终久被他捉了。"王则道："叵耐这厮不伏事我，反把言语来伤触我！"喝教左右拿下，手下人把李鱼羹捉了。王则交把他缚了手脚，吊在炮稍上，就城上打出去，跌做骨酱肉泥。众人缚了李鱼羹，吊在炮稍上，拽动炮架，一声炮响，把李鱼羹打出城外。可煞作怪，恰好打落在城濠边河里。

文招讨在寨中见城上炮打出一个人来，即时教军士去看，众军士将挠钩搭上岸来，还是活的。随即解了索子，押到帐下。文招讨问道："你这汉子是什么样人？姓甚名谁？为甚事打出城来？"李鱼羹道："告招讨！小人是贝州乐人，名唤做李鱼羹。一时不合劝谏王则归顺招讨，王则大怒，把小人做炮稍打出城来，要跌小人做骨酱肉泥，天幸不死，得见招讨。"文招讨道："你是个乐人，如何的劝谏王则？"李鱼羹道："王则被一个马遂一拳打落了当门两个牙齿，绽了嘴唇，念不得咒语，行不得妖法，叫小人解闷。小人乘着躁头，劝他归顺；不然时，旦夕之间必被招讨捉了。岂知此贼不醒，反怪小人。"文招讨见说，喜不自胜，道："你虽然是个乐人，却识进退。"教左右赏他酒饭。李鱼羹吃了酒饭，文招讨又问道："你既是个乐人，必然在贝州久了，定知城内虚实。"李鱼羹道："告招讨！贼首王则被打绽了嘴唇，念不得咒语，已无用了。有一个军师最厉害，跛着一只脚，唤做左黜。又有一个国师，唤做弹子和尚。又有一个张鸾，一个卜吉。又有三个，叫做张琪、任迁、吴三郎。还有王则的浑家胡永儿，极会使妖法。王则全靠这一班妖人，手下军人虽有万数，尽是乌合之众，不足为道。"文招讨又问："城中有多少百姓？坊巷、河道、衙门怎地模样？"李鱼羹一一都说了。文招讨道:"天使此人泄露虚实,王则可斩矣!"文招讨正说之间,只见帐下走出一员将官来,道:"告招讨! 小将能生擒王则来见招讨。"文招讨见这个人出来甚喜,道:"正应多目神之言,'逢三遂,可破贝州'。"原来这个将官姓李名遂;先前诸葛遂智曾破法,杀了一阵;次后马遂打绽了嘴唇,念不得咒语,行不得妖法;今又逢李遂,却好三遂;因此文招讨喜欢。文招讨问李遂道:"你有何计策可擒王则?"李遂道:"小将手下见管着五百名窟子军;今得李鱼羹说破城里虚实,地里坊巷一应去处图画阔狭,容小将再一一仔细问他端的;对图本度量地面远近相同,只须带五百名窟子手,在城北打一个地洞,直入贝州城内,到王则帐前捉了一行妖人,然后开城门放大军入城,有何不可?"文招讨大喜,赏李鱼羹、李遂各人衣服一套,就金补李鱼羹为帐前虞侯。教李鱼羹细说城内衙门地面坊巷虚实,即令浮寨官相度画了个图本,把与李遂。李遂看了,计算远近虚实,阔狭方向,禀复文招讨道:"这事须密切,亦不是一时一霎之事。望招讨整顿军旅,时刻打通。就好接应。就要带李鱼羹去做眼。"文招讨道:"你可仔细用心,如拿得王则,克复贝州,奏闻朝廷,你的功劳不小。"随唤五百窟子军,都赏赐发放了。李遂正要起身,只见诸葛遂智向前道:"告招讨! 李将军虽打得地洞入城,恐不能擒捉王则。"文招讨道:"吾师何以知之?"诸葛遂智道:"那贝州城中,王则左右一班俱是妖人。若李将军打地洞入去,他那里知觉了,行起妖法,非但不能擒捉王则,李将军反为他所害。"文招讨道:"若如此,何时能灭此贼?"诸葛遂智道:"不必招讨忧心,贫僧当同去,以正破邪,教他使不得妖法,尽皆擒捉便了。"文招讨见说,大喜道:"若吾师肯去,大事济矣!"诸葛遂智交备下猪羊二血、马尿、大蒜之类,随身即同李遂出帐来。

却说李遂带同李鱼羹看了图本,到城北计算了地里,和诸葛遂智指挥窟子手,穿地洞打入贝州来。打到一个去处,李遂约莫是州衙左侧,教窟子手从这里打出去。窟子手打通了,问李鱼羹道:"这是哪里?"李鱼羹看时,正是王□□□□①。此时有四更时分,李鱼羹前面引路,李遂和众人发一声喊,径奔入王则卧房里来。却说王则日间自思量道:"我这里有左师、弹子和尚、张鸾、卜吉等一班儿扶助着,文招讨虽有十万人马围在城

———————————

①　□□□□——所空四字疑是"则堂门前"。

外,看他怎地入得城来奈何得我!"不以为事。当夜正放心和胡永儿在床上快活行云雨之事,蓦听得堂里喊杀连天,惊得魂不赴体。只因众人奔入房里来捉,有分教:从前作过事,没兴一起来。正是:

　　　　饶君走到焰摩天,脚下腾云须赶上。

毕竟王则、胡永儿性命如何?且听下回分解。

# 第 二 十 回 [①]

## 贝州城碎剐众妖人　文招讨平妖转东京

诗曰：

神器从来不可干,僭王称帝讵[②]能安?

潞公当日擒王则,留与妖邪做样看。

当夜李遂和李鱼羹引着一行人众杀到王则卧房门前,王则听得有人杀来,慌对胡永儿道："姐姐! 你苦了我也!"王则急要念咒语,却被马遂打绽了嘴唇,落了当门两个牙齿,要念念不得。胡永儿也心慌,一时念不迭隐身法,两个赤条条地在床上没做手脚处,每人只扯得一件小衣服穿了,李遂与众人一起上把两条麻索就床上绑了。早被诸葛遂智先念了禁法,一行男女的咒都念不得了。众军士又把猪羊二血、马尿、大蒜看着王则和胡永儿劈头便浇。李遂使群刀手簇拥着王则、胡永儿,大军一半都从地洞入城来。从军将各自去杀守城军士,大开了贝州城门,放下吊桥,文招讨即时入城,到州衙里厅上坐定。李遂解王则、胡永儿到面前,文招讨交牢固看守监候。一面分头捕捉□□妖人,使李鱼羹做眼。李鱼羹都知道这几个下落,霎时间都被擒拿绑缚了。这几个尽是了得有法术的妖人,因何此际一筹不展,都吃[③]捉了? 原来诸葛遂智以正破邪,以□□□□□的,都用猪羊二血,马尿、大蒜劈头浇了,□□□□□□动不得。

内中只不见了瘸师左黜,却待各处□□,只见一个军士飞也似来报总管王信,道："告将军! 瘸师被众军赶入一家碓坊里去了!"王信见说,即

----

① 此回仅存回首的文字(包括回次、回目、回首诗)四行,正文三页(两个整页,两个半页),插图一页(由两个半页合成),共四页又四行。原书板片残损,字迹残失较甚。今仅据冯补本(得月楼本,清刻八卷本)第四十回校读,由整理者张荣起先生暂为写定。

② 讵——岂。

③ 吃——被。

时带了军士径奔入碓坊人家,教军士把前后门围了,亲自入去搜捉。这个人家吃了一惊,问道:"我家有什么事,如此大惊小怪?"众军道:"有妖人左黜走入你家,会事时放他出来,免得连累!"这主人家道:"告将军!即不曾有人入来躲在我家。"王信教军士屋里细细搜捉不见,只见诸葛遂智来道:"等我入去看一看,便知他在也不在。"诸葛遂智入碓房周围看了,道:"可知你们没寻左黜处,他却变做一物在这里了!"王信道:"却也作怪!"诸葛遂智叫其人家问道:"这个碓嘴是你家物也不是?"主人家看了,道:"我家不曾有这个闲碓嘴。"诸葛遂智道:"左黜虽会变幻,难逃我诸葛之手!"教左右取索来,叫军士扛去州衙里去。王信笑道:"这碓嘴扛他去做甚?"诸葛遂智道:"这个碓嘴正是左黜。他就是千变万化也瞒贫僧不过!"教将猪羊二血、马尿、大蒜看着石碓嘴上便浇。不浇时是个石碓嘴,方才浇下时。(原书以下残失一页,计三百六十字。)

……适被其煽惑,落于机阱之中,实不干众百姓之事。□必欲洗荡,不唯罪及无辜,抑且有伤天地好生之仁。须求招讨方便,再为奏请,救此一方愚民。"文招讨听曹招讨之言,即将百姓无辜,被妖人煽惑之情,写表再奏朝廷。一面大书榜文,张挂通衢各门,晓谕百姓:罪只王则等一干有名妖人,其余妖党及满城百姓,俱各申奏赦宥①。一应军民人等安心职业,不必惊慌等情。因此,百姓见了榜文俱各放心,朝夕焚香祝天,专待赦书恩宥。不数日间,朝廷降下圣旨,道:"依卿所奏。"当时文招讨请过圣旨,取出一行妖人,写了犯由牌②,推上木驴,文招讨判了剐字,推出州衙。王则和胡永儿与一行妖人都各眼中流泪,面面相觑,做声不得。贝州看的人压肩叠背。但见:

　　两声破鼓响,一棒碎锣鸣。皂纛③旗招展如云,柳叶枪交加似雪。犯由牌高贴,人言此去几时回;白纸花双摇,都道这番难再活。长休饭,喉内难吞;永别酒,□中怎咽。高头马上,破法长老胜似活阎罗;刀剑林中,行刑刽子犹如追命鬼。□□(以下缺失)。

---

①　赦宥——赦免罪犯,予以饶恕。

②　犯由牌——处决犯人时宣布罪状的告示牌。

③　纛(dào)——军队中的大旗。

# 铁冠图

# 《忠烈奇书》序

　　汉之高祖,明之太祖,皆以布衣而得承天运。在七国之余,纷争五百秋,岁无宁日。汉高承秦苛改六国之后,项氏出而合立楚义帝。项羽强横而弑其君,汉高入关与父老约法,议除秦弊政,后与项羽纷争,不五载而灭之垓下。是借文武智略以混归一统,以不嗜杀人而得之。项羽不强乎?唯强暴而败,是可鉴也。明太祖亦以淮右布衣而兴。慨然有安天下之志,救拯生民之心。倡大义入濠,一时豪客云集,定都于金陵。命将出师,一举而平西汉,再战而灭东吴,三驾而克先都。不数载遂成帝业,的是王者之师。所至者皆以民为重,故以得之易。且享国久,是恩泽洽于民深也。岂若此闯、献二贼,为盗之初即以劫掠。初劫边民,后残暴蹂州踹府无遗类。剖腹剜心、挖目刖足、割耳切鼻。堆薪以焚尸,剖人腹以暖马足,钩人耳以马饮血。攻城五六日不下,城陷之日,必尽屠戮。城将陷,以兵围外濠,缒城者杀之。故一城之陷,残杀过多,岂体上苍好生之德者,是闯与献终于贼焉。至于承天门是入,御座是升,亦云得矣,何至升座辄得目眩头晕?铸永昌钱不成,铸洪基钱又不成者何哉?盖失其民者失天下,得其民斯得天下。故为渊驱鱼者獭,为丛驱雀者鹯①,为汤武驱民者桀纣,圣贤之训,千古不忽之则。故秦楚为汉高祖之獭鹯,汉吴又为明太祖之獭鹯。然则令之闯献又为大清圣主之獭鹯。癸乎是以为之序云。

---

　① 鹯(zhān)——一种猛兽。

# 目　　录

# 第 一 回

## 遣杀星魔王降世　埋活父李闯灭伦

歌曰：

> 东也流，西也流，流到天南有尽头；
>
> 张也败，李也败，败出一个好世界。

此歌系明初铁冠道人所作。道人即张子华，名冲。好戴铁冠，极有道术。太祖命他入宫，问其国祚①长短。道人答道："陛下国祚长久，传至万子万孙才尽。尽头事迹，与我这图画一般。"随把手中图画三张，进呈御览。太祖看罢，命藏之金柜，亲笔封写："子孙无故不得擅开！"后来果应其言，传至万历，子孙亡国。

万历乃明朝十三代皇帝。帝虽聪明，专好逸乐，不理朝政，又多杀无辜，以致上天震怒，命杀星降世，夺其江山。三十四年元旦，天星乱坠，如雨又雪，地上有无数巨迹兽蹄。帝坐朝未久，即龙归沧海，传子太昌。登位一月驾崩。太子天启嗣位，宠信奸监魏忠贤及保姆客氏，卖官鬻爵②，结党害民，民心思乱。幸帝在位未久，驾崩绝嗣。御弟信王登基，年号崇祯，即万历之孙，明朝亡国之贤君也。自古亡国之君，未有如帝之勤政爱民，英明果决。坐朝不满一月，即把魏党收除。自后不敢轻信大臣，多用一班新进。天下悦服，人人指望太平。无奈祖宗把朝纲坏了，把元气伤了。朝内无亲臣，库内无余粮。况且杀星降世多年，合当扫除劫运，以待清时。故虽有这位贤明之君，难挽衰绝的国运。初登位日，空中闻有哭声，识音者知是上天垂象，乃亡国之兆。迨③后妖孽屡兴，连年饥馑。

河南有个矮道人，自负非凡，算知明朝当败，想做开国军师，扮作相命先生，四处访寻真主。一日来到陕西延安府米脂县，见个大汉立在驿馆门

---

① 国祚(zuò)——国家政权；国家命运。也指帝位。

② 卖官鬻(yù)爵——出卖官职爵位，以聚敛财物。

③ 迨——等到。

前,相貌非凡。惊疑之间,听见他叫:"先生,与我看相算命。"矮子行到跟前,把他细看,说道:"此处不是讲话之所,烦寻个僻静地方,然后细说。"

大汉就引他人马到庙中。矮子四顾无人,即时双膝跪下,口呼"万岁"。大汉嫌他狂呼惹祸,忙将他赶逐出门。矮子不肯去,说道:"真主,我看你龙行虎步,是个帝王之相。贫道千山万水,访寻真主,今幸相逢,岂肯当面错过!求真主把八字说出,待臣一算,便知何年发达了。"大汉道:"我是万历三十四年正月初一日丑时生的。"这个八字,分明是头一位杀星降世之时,不是真龙出世之命。矮子只管奉承,赞他虎啸龙吟,又是极贵之命,来年杀运当逢,必成大事。大汉被他说得心动,叫声:"仙长,此言果真么?"矮子道:"贫道阴阳有准,眼法无差。今相命同参,确是真命天子之贵。但不知祖坟风水何如?求引贫道一观。"

大汉欢喜,即携矮道人出东门外,去乱葬坟堆看祖坟。矮子看罢道:"不好,不好!一点生气全无。贫道曾择得一段龙穴,只在城南披云山中,何不齐去一看。"大汉大喜,即跟着矮子同去观看。果见聚气藏风,与别处不同。矮子就指明何处葬祖,何处葬父。大汉道:"多蒙仙长指示。请问高姓大名,家乡何处?"矮子道:"在下姓宋,名炯,字献策,混名地丁娃。河南归德府人。幼时曾遇异人传授天文地理、相法兵机,算定本朝当败,故此四方访求真主。望气得知在此,今日会面,三生有幸了。敢问真主高姓大名?哪里人氏?"大汉道:"姓李,名闯,字自成。本县广义乡人。"话犹未完,宋炯点头道:"是了,是了!图谶①有云'十八孩儿当主神器'。若姓李字,正应十八子之兆。但真龙降世,与众不同,有无异样佳兆呢?"李闯道:"我父名十戈,母亲石氏。晚年得子,常说我将生时,梦见黑气罩住一个大汉,闯进房来,故名叫做闯。自幼勇力过人,无人敢犯。不好读书,专好结交豪杰。现在驿丞②当书办③,识尽一县的好汉。今据先生说我有帝王之贵,日后得志,封你做护国军师。"宋炯连忙跪下叩头谢恩。李闯意欲留他回家同住,宋炯道:"贫道还要去别处访求英雄,真主倘有不测,贫道定来相助。但只一件,真主若信贫道之言,要将祖宗父

---

① 图谶(chèn)——古代预言、预兆类书籍。

② 驿丞——此处应为驿馆。

③ 书办——文书;秘书。

母同时合葬,免得日后动土泄气,兴发更快。"说完,拜别而去。

李闯转回驿馆,暗想:"宋炯之言果验,我便是一朝天子了,何不趁父母目下有病,设法催他归阴,以便早登大位,岂不是好?"这贼子痴心太重,不顾天伦,即买毒药回家,与父母食了。可怜李十戈夫妇食了毒药,登时七窍流血而死。李闯假哭一场,即时买棺收殓,抬至披云山中,再迁祖枢,一齐照式葬下,完了贼子一场心愿。父母死后,无人管束,越横行起来,交结凶徒,犯法害民之事,无所不为。

一日,携友在娼楼闹酒,忽见两个县差到来,叫声:"李大哥,恭喜了!你累我寻得好苦。新官差我来请你,寻访多时,原来在此,快些起程,太爷坐堂立等。"众人闻言,一齐起身,惊问何事?答道:"请列尊安坐,且听在下慢慢分解。"

# 第 二 回

## 李自成初受官刑　米脂县先罹①杀运

话说县差奉命来请李闯入衙,众人问他何事?差人答道:"只因新任阎太爷革了刑房,众房科保荐李大哥上去,说大哥办事能干。太爷听信,专等你当堂一见,就顶刑房身役了。"众友一齐贺喜,劝他速去。李闯信以为真,跟差人来见知县。知县阎法见李闯跪下叩头,就问:"你是驿书李闯么?"答道:"小人就是李闯。"阎爷把案一拍,道:"咄,你这该死的奴才!本县未上任之先,访察得你结党窝赃,包娼揽讼。你既为公门中人,为何知法犯法,扰害地方?"即撤签叫推下重打四十。李闯被打四十大板,哀声不止,血肉淋漓。阎爷吩咐收监,再发火签②严拿余党。

李闯在监捱苦,举目无亲,幸得聘妻周二姐胞兄周超——诨名满天星——携酒肉探监。一见李闯问道:"妹夫,此事因何而起?"李闯抹泪道:"大舅,我时运不通,遇着这个瘟官,无故拿我。我有出监之日,誓杀这个瘟官报仇!"周超劝他忍气,调养棒疮③。随进酒肉解闷,二人一边饮食,一边大骂瘟官。惊动一个牢头出来,此人叫做王千子,诨名一丈青。原犯了盗案,收监多年。今听见新犯有酒饮,进入房来,满面笑容道:"你两人讲的我听见了。何不大家反监出去,杀他一流水,岂不好过在此等受罪?"李闯拉他饮酒,便道:"王大哥,你若肯拔刀相助,合伙反监,感恩不浅。"王千子道:"你要反监,必通知外边朋友,约定日期,里应外合,算妥方好动手。"李闯道:"我朋友甚多,写字出去知会他们,必成大事。"王千子即取纸笔墨砚交李闯。李闯写了一封书,即吩咐周超,先送与老回回孙昂观看,然后请齐八友商议。哪八个呢?

小红娘褚大江,龙江水贺全,扮山虎麦黑子,格子眼盛来正,草上

---

① 罹(lí)——遭遇。
② 火签——差役办理紧急公务的凭证。
③ 棒疮——指受棒刑处的伤口。

飞刘久，穿山甲郝小泉，一条棍徐万，不沾垢赵胜。

叫他们八月十五日起更时候，暗带兵器，埋伏县衙左右，专听衙中响动，一齐下手。但现今隔中秋还有半个多月，目下瘟官严拿余党，叫他们暂时散去远避，到期才来，免至张扬滋事。大舅可设法暗运兵器到来，是时料我棒疮痊愈，可以协力反监。大舅千祈依计而行，不可有误。周超一一应承，收拾酒器，辞别出去，依计行事。

此时，米脂县内匪徒四散，太平无事。一到中秋佳节，家家赏月，处处弦歌。衙门中，不独太爷在花园与师爷赋诗饮酒，即使在监里当差的人，亦酌酒猜拳痛饮。饮至定更时候，王千子见禁子们个个醉睡，忙把监门扭了锁，先放出李闯，再放出众囚犯，分给兵器，趁月光一齐发喊动手，把那些禁子狱卒尽行杀却，又率众犯杀出，刚遇周超、孙昂同八友从外面闻声杀入，合在一处，同奔库房，砍死库卒，把库银抢尽，杀入内宅来。李闯大叫："兄弟们！先拿住阎知县，与我报仇！"众人答应一声，拥入后堂，逢人便杀。杀到花园，把这个师爷一刀两断。看见不是阎知县，又四处搜寻。寻至酒肴桌下，搜出一个仆人。李闯究问他太爷去向？答道："太爷闻声，跳墙逃走了，乞饶小人性命。"李闯把他一刀杀了，统众奔入寝室。幸得阎知县家眷未来，免遭毒手。众贼撬开箱笼，把这个穷官的十几件衣服、几吊铜钱、十多两银子搜扒净尽。忽闻人马喊杀入来，众贼大惊杀出。刚刚出到丹墀①，原来遇着典史带领一班弓兵，入衙捉贼。贼子性凶拼命，那些弓兵怎敌得过，一个个同典史尽节捐躯。贼众杀出县衙，来至十字街，分兵把守城门，分路打劫人家，城厢内外，被他奸淫妇女，抢劫金银，把个米脂县搅得倒海翻江。搅到天明，又在县衙聚会，抢得金银衣物，堆积如山。

李闯心中畅快，想趁此好时候与周二姐完婚。将此意对孙昂说知。孙昂通知周超，周超欢喜应承，先到家中对妻说知。未久，花轿到门，叫妻打发妹子上轿，一派鼓乐送入县堂。李闯簪花挂红，与新人共拜天地，同入洞房。一夜欢娱，成了百年好事。次早，李闯出堂，备办喜筵，与众兄弟庆饮，撇下周二姐。周二姐年少贪淫，嫁着这个好色健儿，遂了平生之愿。只虑豪华之人，未免有纳妾夺爱之患。正在这里思量，忽听见外头妇哭儿

---

①　丹墀（chí）——台阶或台阶上面的空地。

啼,人声嘈杂。正欲差丫环查问,忽见李闯携着两个童男少女,笑嘻嘻走入后堂,叫声:"夫人,你好造化,有这美婢俊仆使唤了。"周二姐问其来历?李闯道:"你问这两个小孩子便知详细,我要与众兄弟欢饮,该事不得奉陪了。"说完便抽身出去。周二姐见幼童年约八九岁,美如冠玉;那少女年约十五六岁,貌比鲜花。两人啼哭不止。周二姐用好言抚慰,细问来因。正是:要知心腹事,但听口中言。

# 第 三 回

## 死黄堂烈妇捐躯　惊坐马小姐认父

话说少女见周二姐盘问，忍怒诉道："奴家姓阎，名蕊英。这个胞弟名玉哥。河南开封府祥符县人。父亲阎法，母亲陈氏，生我姐弟二人。父亲今年中了进士，即选米脂县正堂。上任之后，即寄家书，催取家眷到任。今早来到东门，先着家人通报，不见夫马出来迎接，但见两人来说道，老爷不喜排场，只爱素净，故不打执事出来，但叫我两人迎接夫人入衙相见。我们信以为真，跟到县堂。谁知不见父亲之面，只见众人在堂上饮酒。家人问其端的，方知此地遭了大变，悔恨自投罗网。母亲见父被害，烈性发作，高声骂座。座上一人叫开刀斩首，旁座一人劝住，这人突起邪心，逼勒母亲。我母亲系总兵之女，县令之妻，堂堂诰命，怎肯受人污辱？痛骂一番，登时撞死在石栏杆下。我姐弟一见，哭昏在地。先前这位大王，不许我们啼哭，要收我姐弟做奴仆，故带入此处来见夫人。望夫人大发慈悲，超生我姐弟二人，足感大德。"说罢，痛哭不止。周二姐见蕊英貌美，妒心发现，暗想："李自成这个色鬼，见这样美女，怎放得过她？有了她美的，必把我作贱，我何不将她收除，以绝后患。"想定主意，便道："小孩子，你不用啼哭，我是食斋念佛的人，不比他们刻毒。我今着人带你回家。"叫梅香①快请虎十叔，暗从夹道进来，我有要话商议，不得泄露！梅香领命而去。

不多时，虎十到来，问侄女有何吩咐？周二姐见蕊英姐弟在旁，不便讲话，叫丫环带他们下厨食饭。周二姐见左右无人，与虎十附耳低言，说了几句，虎十点头应承。周二姐大喜，送他元宝一锭，随叫蕊英姐弟出来。丫环带到跟前说："他二人不食东西，只管啼哭。"周二姐道："你们不要啼哭了，我如今行个方便，着人带你回家。你二人可跟着这个善人静静出去，不要使人知觉。"公子小姐信以为真，跟着虎十从夹道出去。

---

① 梅香——婢女。旧时多以"梅香"为婢女的名字。

行到西门，那守门的喽啰认得虎十，不敢拦阻。公子小姐忍住泪痕，出了城门，带水拖泥，姐弟携着手乱走。走到山前，两人脚倦想歇，虎十道："你两个跟我打这山口过去，雇一辆小车，送你回家。"姐弟闻言，你扶我，我扶你，行一步，跌一步。步到深山涧边，小姐金莲窄痛，坐下难行。见虎十拔刀相向，吓得魂不附体。回思周二姐先前的说话，原来食斋念佛的人，立心行善，却惨过食人的猛虎。盖猛虎食人，亦有时合天理顺人心的。方才虎十把玉哥拉住，一刀劈来，岂知日后玉带横腰的贵人，不死于无名之地。一阵狂风，跳出一只白额猛虎，把虎十咬去。这个娉娉婷婷的小姐，一寸芳心，怎受得两重惊吓？立脚不住，被这狂风吹得许久方苏，睁眼见四面荒凉，不是田地，又不见先时杀人的凶徒，大叫玉哥数声，绝无影响①。低头看见满地血迹，只道玉哥被杀，哭得气死还生。怎晓得系虎食恶人血迹，特令小姐见的。小姐半晌抖过气来，哭一声兄弟，叫一声爹娘，思量一家惨死，倚靠无门，纵留这条苦命无用，不如及早归阴，还得骨肉聚会。左思右想，大哭数回，随解下罗带，系在身侧松树自缢。刚刚把粉颈套将上去，谁知救星从那边走来。有个老樵夫从此经过，举头看见一个少年美女自缢，忙放下柴担，急上前解救。待她苏醒，细问缘由。小姐见也是个老成②，便把根由哭诉。樵夫道："原来本县老爷的小姐。我家离此不远，若不嫌弃，可到我家中，同我老婆子住下，待有官兵来剿贼时，把小姐送到上司，必然有个着落，岂不好过做了无主之鬼？"小姐含泪道："老人家，你有此善心，真个重生父母了。只怕无故打搅了，于心不安。"樵夫道："我是老爷的子民，怎说打搅二字？小姐快随我来。"小姐大喜，束好罗带，缠紧弓鞋，跟着他柴担，强步下山。不上半里，樵夫歇担拍门，老婆开门接入。三人坐下，细说原因。婆子点头嗟叹，忙取茶饭与小姐充饥。虽然淡饭粗茶，两老十分恭敬。小姐幸得在此安身，但思骨肉分离，日夜愁叹，两老百般开解。

一日，两老携小姐步出门前散闷。时值暮秋天气，严霜杀草，只剩晚节黄花。见景伤情，不觉泪下。老樵将欲开言安慰，忽见一位长髯的官长，骑匹无鞍马远远跑来。刚刚跑到门前，那马把官长掀翻在地，叫声：

---

① 影响——音信、消息。
② 老成——阅历多而练达世事，或年高有德。

"哎哟！跌死我也。"老樵上前把他扶起。是时小姐企立门边，被他一眼窥见，大叫一声："我儿！你怎么来到这里？你母亲兄弟今在何处？"小姐抬头一看，见是父亲，忙上前跪下，哭道："爹爹呀！只因母亲得接家书，携我姐弟到任，指望同享荣华。谁知进入枉死城中一般，被那强盗骗进衙内，贼起歹心，逼勒母亲。母亲守节不从，撞死在石栏杆下。众家人一齐丧命，单留我姐弟二人，要充做奴婢，照侍贼妇。谁知妇女更毒，叫人骗我姐弟入山，谋害性命。幸天纲不漏，凶人被虎咬去，我二人惊死在地，醒来不见玉哥，苦命女儿欲寻自尽，幸得这位恩人带我回家安身。只道今生不见父亲之面，谁知也有今日。"诉完，泪如雨下。阎法听罢，心如刀割，泪如泉涌。自思贼陷城池，一家惨死，上负君恩，下累妻儿，有何面目偷生人世？不如早赴幽冥更好。看见前头有一口深井，抽衣急步往前一跳。老樵夫妇及小姐等追之不及，不知阎爷性命如何，且听下回分解。

# 第　四　回

## 阎知县脱灾遇难　左副戎救舅得亲

话说蕊英小姐看着父亲投井，尾追不及。刚刚遇着一个将官，带领数将飞马到来，恰见阎法投井，一把拦住。小姐赶到跟前，拜谢救父之恩，兼问姓名，为何来得这般凑巧？将官道："本镇姓向，名进宝，现做延绥总兵。因你父亲在米脂县逃难出来，到本镇衙门请兵剿贼，现领一千五百兵来到山前。将欲过岭，前军报说阎爷惊了坐马，许久不见回来。本镇放心不下，押住三军，特寻到此。老亲翁为何寻此短见？"阎法满眼流泪，把前情诉说一番。总爷道："老亲翁，不可错了念头，令正夫人虽然枉死，留下贞烈美名。令郎虽然失散，岂无相逢之日？劝你将令爱依旧寄此安身，待平贼之后，再作商议。"阎法被他提醒，说道："大人言之有理。"随把蕊英附寄老樵，彼此洒泪而别。

向爷领了一千五百人马，来到米脂县城，指望捉贼献功，谁知城内空虚。访问居民，方知贼众闻风逃走，护着财帛家眷，拥出北门去了。阎爷重入典衙，殓葬死难的尸骸，奠祭亡妻。又差衙役迎接小姐及老樵夫妇到衙居住。再遣向总爷速追贼寇。向爷即传令三军起马，望北进发。追了数里，不见贼寇踪迹。访问居民，但说今早有七八十个大汉，手执兵器，护着许多财帛妇女，在此经过，奔走如飞。刚才出了村口，撞遇数千人马，闻说是抚标①铁甲军，因抚院耿如杞克减军粮，为首的老管队高迎祥，纠众鼓噪，杀了营主反出来的，与那些大汉合伙，同往正西而去了。向爷即传令往正西追赶，只见前面一座高山，怪石参天，上面有无数旗杆陈列。又见一队男女哭奔下来，总爷吩咐拿住盘问。这男女跪诉："小的们系这座松山上大松堡居民，叛贼占据房屋，逃难至此，望爷爷超生。"向爷吩咐将他们释放，传令上山擒贼献功。大队人马杀上山去，忽闻山上锣响，众贼发喊，有无数大石滚将下来。三军死伤甚多，难以招架，向爷鸣金收兵，悔

---

① 抚标——称巡抚所直辖的绿营兵为抚标。

恨来迟。彼贼据险，料难攻打，即刻带兵回衙，修了表章，差官进京，请添兵剿贼。差官去了半个多月，才得钦差领圣旨前来，方知圣上大怒，切责①向进宝行军肆慢，以致强寇漏网，降级留任。着跟随山西雁门关兵备道②洪承畴，往松山剿贼，戴罪立功。阎法失守封疆，例应问斩，姑念妻死贞烈，着免死罪，发配岭南充军。洪承畴得知这个消息，即修书一封，具备盘费银一百两，差人送与阎法。阎法拆书观看，长叹一声，感激不尽，把银子收了，写个谢禀，打发来人回去。转入后堂，对女儿说："现今圣旨到，着我岭南充军，明日解差就来催速起程。"阎爷叫小姐收拾行装，老樵夫妇自愿跟随。四人即骑了牲口，同着两名解差，往岭南而去。

夜宿晓行，一日来到江西吉安府。将过梅岭，忽闻响箭一声，引出一队流贼。这贼正系陕西张献忠，诨名八大王，乃天上第二位杀星转世的。因妻与父通奸，杀父逃走，走到湖广，勾引饥民，各处打劫，人人称他做流贼。流来流去，流到此处，窥见蕊英小姐貌美，想拦途截抢。阎法跌下马来，哭诉苦情，哀求释放。流贼哪里肯从，正要动手，只听旁边一声呐喊，飞出一员少年虎将，领兵前来，大喝："流贼！不得放肆！老爷正要拿你。"张献忠见他来到跟前，一枪刺来，急用双刀拨开。一往一来，战了数十回合，不分胜负。虎将佯败而走，随取铜鞭在手，待贼追近，举鞭一打。张贼闪避不及，被他打得甲片乱飞，口吐鲜血，双手抱鞍败走。虎将挥兵追杀，死伤甚多，追出界外，然后鸣金收兵。

阎法等六人，见虎将杀退流贼，从林中走出来，将欲向马前叩谢救命之恩。谁想虎将滚下马来，跪在阎爷跟前，口称："母舅，愚甥搭救来迟，望乞恕罪！"阎爷一看，原来是外甥左良玉，用手扶起道："贤甥呀，苦杀我也！"良玉惊问："何故？"阎法曰："一言难尽。"便把前事诉说，良玉洒泪感伤。阎法又说："老夫正求搭救，我父女等性命难保，贤甥为何来得这般凑巧？"良玉道："愚甥现任江西吉安府营副将之职，因巡捕流贼，不料甥舅在此相逢。家母时常思念，请母舅同表妹到衙中住上几日，再作商量。"阎爷大喜，一齐同进城来。

左良玉带阎爷父女入到后堂，与母亲相见。老年姐弟相逢，悲喜交

---

① 切责——严词责备。

② 兵备道——明朝于各省重要地方设整饬兵备之道员。

集。又见阎法诉出一段苦情,不觉痛哭起来。蕊英拜见姑娘,又与表兄见礼。姑娘命丫环带入里头款待,又吩咐摆酒。姐弟叙谈,席中说及岭南烟瘴①之地,凡落役到此,九死一生。况且蕊英年幼,怎受得这样风霜?可怜小小女儿,也遭这般磨难。说到此处,不觉下泪痛哭。左太太想起良玉,虽做了官,东剿西征,年已二十岁,尚未择配;蕊英年已长成,中表②为婚,自古皆有,何不使他兄妹为婚,两家终身有个着落?即将此意对阎爷说知。阎爷大喜道:"若得如此,我女终身有靠,也免我一宗挂虑。"左太太即令趁时择吉成亲。他二人中表兄妹变做夫妻,女欢男爱,可想这洞房的景象,如胶似漆。不知后事如何,且看下回分解。

---

① 烟瘴——旧指我国西南边远地方;亦指南方山林中湿热蒸郁致人生病的瘴气。
② 中表——中,姨舅之子女;表,姑母之子女。中表,跟姑母、姨父、舅父的子女之间的关系,互称中表。

# 第 五 回

## 认外祖玉哥得生　困松山流寇私遁

　　话说蕊英小姐与左良玉成亲，大家饮了两日喜酒，解差催速登程。左太太挽留不住，就命摆酒送行，又赠许多衣物盘费，说道："贤弟，此去岭南，须要保重。蕊英在此，不必挂心。"阎爷道："多蒙姐姐周全，倘皇天保佑，姐弟或有重逢之日。老年最要调养，莫为小弟担愁。"又吩咐蕊英谨守妇道，孝顺姑娘，留老樵两口儿在此，赡养终身，以报大德。蕊英道："爹爹呀！母亲枉死，弟又不知存亡，单剩父女二人，目下又要分离，叫我怎能割舍？"阎法道："此行天数已定，孩儿不用挂牵。"又对良玉道："贤婿，你前途远大，我女她幸托终身，甥舅之亲变做翁婿，愈觉亲密。只恨我骨肉分离，贼仇未报，何日忘怀？"说罢，泪下如雨。良玉道："岳丈不必悲伤。闻得皇上命兵备道洪承畴及总戎向进宝领兵往延绥剿贼，待小婿动了一角文书，带兵前去协剿，与岳丈一家报仇。"阎法道："若得如此，生者感恩，死者瞑目了。"说罢，大家洒泪拜别而去。左良玉远送一程，回来即写公文，申报上司，愿出兵协同剿贼。上司批准，左良玉即传令起兵。

　　一日，来到越州大路，撞遇一队官兵，两家挤拥争嚷起来，左良玉上前喝住。又见那边一支大旗，写着"汴梁总镇"四字。又见旗下一个主将弹压众军，命军校请左将军相见。良玉行到跟前，打恭道："不知老大人尊姓大名，唤卑职有何吩咐？"主将道："老夫姓陈，名永福。昌平州人。原任总兵，告老归田。今蒙圣上起用，升补河南开封府总镇，带兵赴任。途中遇着麾下的军兵，问及始知是将军带兵征陕。但老夫与将军有些瓜葛，小婿阎法，可是将军的母舅么？可怜他一家骨肉，丧在贼手，将军可曾知否？"左良玉闻言，即下马拜倒在地。口称外孙婿不知尊长在此，有失迎接，望乞恕罪。陈爷下马扶起，叫声："高亲，为何如此称呼？"良玉随将前情禀白。陈爷闻言喜道："原来如此，亲上加亲。你的小舅也在此间。"良玉闻言，急请玉哥相见。中表兄弟，又是郎舅之亲，一见抱头大哭。良玉又把阎爷发配岭南充军，自己动了文书，愿领兵协剿反贼报仇的话说知。

又问贤舅一向在何处安身,你姐日夜思念得很。玉哥道:"小弟自从与阿姐分离,被拐子卖与太监钊三公家使唤,不敢说出真名。前月跟随钊公,到昌平赴九陵提督之任,偶遇外祖请钊饮酒,酒席中幸得祖孙相认。"良玉听罢,又悲又喜。陈爷道:"外孙婿此去,必须努力剿贼,报你岳母之仇。若有音信回家,可说玉哥随我赴任,免他姐姐挂心。"左良玉一一答应,陈爷又道:"老夫朝命在身,克期①赴任,不得久停了。"登时拜别上马,各分东西而去。

左良玉催动三军,日夜趱行。到了雁门关,参见兵备道洪承畴。洪爷大喜,即传令三军起行。司道向进宝提兵到来,合在一处,共计精兵一万三千,浩浩荡荡,杀奔松山而来。

那山上的喽啰飞报盘龙寨主,寨主李闯即命高迎祥带领人马,下山迎敌。左良玉出马当先,手执钢枪,当心便刺。高贼用叉拨开,即速相还,战数十合,高迎祥究竟不是良玉敌手,大败奔逃。良玉挥动三军追杀,高迎祥奔上山寨。手下的贼兵,被官兵杀死生擒,不计其数,幸得头目一个不曾损伤。洪爷传令把松山围困,困了十余日,盘龙寨上内无粮草,外无救兵,贼众敛手待毙。谁知成事在天,人力难挽。恰有一队逃难的山民,被贼拿住,问他意欲何往?齐声答道:"因官兵围困绝粮,想从山后石洞钻将出去。此洞约有三十里路,出了洞口,就是窟窿山大路。这条洞路,除了我们,外人不知晓。"李闯闻言大喜,叫他引路。暗暗通知众兄弟,丢下众喽啰,带齐家眷,跟着山民悄悄遁去。

出了洞口,果是窟窿山地方。李闯吩咐,将那队百姓尽杀灭口。高迎祥带领众贼,逃至雕窝堡地方,投入高如岳家中躲避。那个高如岳,系高迎祥相识的连宗兄弟,诨名"闯塌天",性好交结江湖,极有义气。家中有个地窖,可容得百余人。今见高迎祥带领众好汉来投,问明来历,不胜欢喜。即引贼众男女进入草房,揭开山板,共入窖内。只见里面宽广,一切什物俱全,上头透通气眼。这地乃是祖上造下,以避祸乱的,外人并不知晓。众贼在此安身,满心欢喜,只以为避乱的桃源,岂知又是天罗地网。要知后事如何,且听下回分解。

---

① 克期——限定日期。

# 第 六 回
## 蚩尤①旗漏网遭擒　勾绞星破财救盗

话说李闯同众人在高如岳家中地窖安身,心中大喜。回思在松山逃命至此,绝处逢生,比前日反监之事更险,莫非果应宋炯之言,真命天子有百灵扶助?但目下屈居此地,虽则安然,哪有出头之日?宋炯临行还说访求英雄,救我不测。如今他又不知去向,术士之言究竟不可尽信。

谁知李闯在这里左思右想之时,正是宋炯在那里东搅西扰之日。自别李闯,一路打算,想道:"欲成大事,必要兵精粮足。如今各处谷米腾贵,饥民遍地,流贼满山,招兵极易,粮草难求。闻得河南有个已故的户部尚书李际之子李岩,家极豪富,性爱结交江湖朋友,又好算命看相,这等人必非甘居人下之流。何不去到他庄上,见景生情,说他入港②,大事易成了。"主意已定,仍扮相命先生,来到李公子门前,扬声高叫:"相命同参。"往往来来,果见家僮请入算命。宋炯跟进书房,一见李岩,就把他上下左右细看,开言道:"足下就是李户部的公子么?贫道走遍天下,寻访贵人,谁知就在这里,我宋炯的时运到了。"李岩闻言起身道:"你就是宋献策先生么?久仰大名,请坐。"吩咐奉茶,茶罢问道:"先生,你看我相貌有些贵气么?但不知八字相符否?"随把八字说出求算。宋炯用指掐算一番,说道:"此乃位极人臣之命,除了陕西一友,并无别个比得上了。"李岩道:"此人比小弟何如?"宋炯道:"他乃帝王之命,公子乃诸侯之贵。但他现行厄运,公子何不趁时将他极力扶持,做个患难朋友?不久运转时来,夺了大明天下,与你共掌山河,此时方信我宋铁嘴之言不错。"李岩问:"此人是谁?现居何处?"宋炯道:"此人姓李,名闯,字自成。米脂县人氏。我算他现今必有大难,单用一点金星,可以解脱。公子若信贫道之言,可速办一注大财,将他救脱,共谋大事,不可失此机会。"李岩闻言大喜,一

---

① 蚩尤——神话中人物。据《山海经》记载:蚩尤建造兵器攻伐黄帝的故事。
② 入港——谈话深入,意气相投。

面吩咐家人摆酒款待,一面自办财帛行装,叫仆人打成驮子,抬到跟前,说道:"宋先生,这一万两银子,十颗明珠,烦先生引进拜访此人何如?"宋炯欢喜应承,就日起程。命仆担着财帛行李,同宋炯向陕西进发。

一日,行到陕西境内,只见一队人押住五辆囚车而走。宋炯望见内中一个,相貌极似李闯,心中惊疑,赶上前头,拉住车后一个少年问道:"请问小哥高姓大名,这些囚犯哪里解来的?"少年答道:"小弟姓王,名十九。这囚犯系米脂县反监强盗,为首的叫做李闯。后来反于松山,被官兵围困,得便逃脱,投至我姐夫高如岳家藏匿。我因欠人赌债,姐夫不肯相借,怀恨在心,瞒着母亲,投报保正,报官捉拿。如今一齐拿住,解去西安耿抚台处献功。"宋炯一闻此言,转来对李岩说知。李岩叫宋炯设法救他。宋炯道:"这个不妨。我闻耿如杞最贪赃,公子可拿些金宝前去打点,只求他解京正法,然后招集饥民,中途截抢,救出他们。然后攻打州县,共扶李闯为主,必成大功。"李岩大喜,即将银子五千,明珠十颗,交宋炯前去军门①打点。

宋炯去了数日,即转回来。李岩问:"事情若何?"宋炯道:"事情已经妥当了。公子还要速些召集好汉,去打劫囚车。"李岩问:"如今先生哪里召集好汉?"宋炯道:"金锁关外有座金锁山,山上有一伙好汉,为首的有五位:

　　第一位,一盏灯王嘉印;第二位,破甲锥席元景;第三位,乡里人
　马飞;第四位,豁地草马武;第五位,显道神②郅兴。
手下有数千喽兵,公子可速办厚礼,聘请他们。再召些流民入伙,才好做这宗大事。"李岩道:"还求先生去走走,小弟在此打听囚车起解日期,一路跟来才好,大家知会行事。"宋炯点头称是,即带财宝与几个仆人,同往金锁山去了。李岩自在旅店,打听消息。

一日,宋炯差仆寄书回来,书内说:"五位好汉已经受礼应承。现召得饥民三千六百余名。公子可访实囚车起解日期,从那条路过,飞报上山。待贫道设下计谋,包管成事。"若问什么计谋,书不尽言,且看后来便晓。

---

　①　军门——营门;衙署。
　②　显道神——出殡时在前引行的开路神。旧小说常借作人物绰号。

# 第　七　回

## 鸡宝山官兵中毒　金锁岭流贼会盟

话说李岩见了宋炯回书，即往军门，打听得耿如杞受了贿赂，全不审问贼众口供，一齐收监。即发公文令箭，通知洪承畴等说："李闯等贼，虽然漏网，今幸被获解京，可将松山兵马调回，免费粮饷。"洪承畴等得令，即上松山烧毁贼寨，带兵回营。洪爷对众将道："李闯这伙反贼既被拿住，就该登时斩首，为何转解①北京？其中定有私弊。你等将人马撤回，本道如今亲往军门面讲。"众将即时散去，洪爷星夜赶到西安，参见耿如杞。问及："反贼被拿，何不立决？大人定要解京何意？倘中途漏网，获罪不小。"耿爷受了赃赂，哪里肯依？倒说造反重犯，理应解京献将，况有兵马押解，万无一失。纵有差池，本院一力担承，与贵道无干。洪爷见他如此，料难扳转，即向耿爷索取无事文书作据。耿爷即吩咐写了一张无事文书，打了印信，交与洪承畴。洪爷得这文书，拜别而去。耿如杞即写一道邀功请赏的表章，说自己拿住反贼，将王十九的功劳抹去，只赏他两锭元宝。王十九见赏得太少，悔恨枉做恶人。又怕归见母姐，进退两难。转了念头，随带这盘费跟囚车进京，妄想做一番世界。王十九领银去了，耿如杞即差委员②，带三千人马，明日起解囚车。李岩打听得明白，回店整备行李，一路跟来。访实囚车定在鸡宝山经过，即飞奔上金锁山通报去了。

过了四五日，三千官兵果然押着囚车，来至鸡宝山下。是时天气暑热，军士走得气喘口枯。望见树荫之下，搭着无数蓬案，摆卖酸浆③茶粥，人马在此歇息乘凉，争抢买食。那委员也坐下喝了两盅好茶，然后吩咐三

---

①　解(jiè)——押送。

②　委员——派人；委派。

③　酸浆——一种多年生或一年生植物，俗称"挂金灯"。果实可入药，有清热化痰的功用。

军起行。只见军兵纷纷跌倒,那委员亦立脚不住,跌倒在地。忽听一声炮响,埋伏的贼众杀将出来,那三千官兵逃得脱的也不多了。众贼把五辆囚车砍开,将李闯等救上山去。

反贼脱罗网,如醉如痴。忽见一个矮子走到李闯跟前,叫声:"李大哥,认得小弟么?"李闯一看,原来就是宋炯。便道:"宋先生,你从何处带得这些人马来救我们?"宋炯便把前时如何交结李公子,得他仗义疏财,打点军门后,又如何聘请这伙豪杰,众豪杰见官兵势大,难以抵敌,被小弟略施小计,叫喽啰扮卖茶汤,将蒙药放在里面,把官兵迷倒。幸借洪福,侥幸成功。李闯等闻言,如梦初醒,一齐向众好汉拜谢,各通姓名,共三十个好汉。大家商议把八字排开,歃血①结盟,共推李闯为首,欢天喜地,吩咐喽啰宰牛杀马,大排筵席畅饮。饮至数巡,宋炯忽然想起一件惊天动地的事情,要即刻辞别下山。李闯道:"我们蒙众兄弟搭救得回生命。勇凭众位,智赖先生,先生若去,我等如船无舵,鱼无水,先生怎能去得?"宋炯道:"我算大哥厄运已过,好运将来。我今付下锦囊两个,待至某日拆开一个,依计而行,先取金锁关为根本。然后再开第二个锦囊,依计攻取别处城池。我虽暂别,后会有期,天机不能尽泄了。"众人不能强留,各举杯饯别。宋炯一一领饮,拜别而行。不知锦囊里面写着什么机关,且听下回分解。

---

① 歃(shà)血——嘴唇涂上牲畜的血,以示诚意。

# 第 八 回

## 出峻岭溃毒万姓　幸重丧巧救孤忠

　　话说李岩见宋炯去后，心下想："我花费了数万资财，救了这伙人的性命，原为贪图日后的爵禄①，未知宋炯之言准与不准。如今虽然做了这样事情，我又舍不得家业，不若别了他们回家。李闯果然日后有帝王福分，成了大事，必不忘我救命之恩，封王封侯，别人夺不去了。"主意已定，明日来到顺天堂，辞别众人说："小弟想暂别兄弟回家，把家事处置停当，倘有机会，搬齐家眷到来。"众人闻言大喜，吩咐摆酒送行。李岩收拾行李，即拜别而去。是时，金锁山上去了一个谋主，一个财主，渐渐粮草不敷。虽日日下山打劫，但慌乱之世，本处百姓逃亡，城门禁闭，这伙贼人专向近地求食，终无济于事。

　　一日，孙昂携众头目入顺天堂来见李闯商议，想夺取金锁关。李闯即取出锦囊一看说，原来如此，即命王嘉印假造一道陕西军门牌票②，交与高迎祥，命他多带金银，挑选三百人马，扮作抚标官兵，骗入城中。倘得参将王廉中计，必须如此如此。但闻空中铜铃声响，就从城内放火，乘势开门接应，不可有误。高迎祥领命而去。李闯又命孙昂统领全队人马，在金锁关左右林中埋伏，但闻铜铃声响，一齐杀入城中。孙昂领命而去。

　　却说金锁关参将王廉，坐在衙中，思想金锁山强寇逼近城池，城中人马不满一千。现虽闭关紧守，只怕守之不住。正在纳闷，忽军校跪报："今有陕西军门调抚标三百人马到来防守，现有牌票为凭，请大人看验。"王廉一看大喜，不分真假，即传令开城门放入，分拨在四门把守。定更时候，忽闻外边喊杀连天。王廉只道是官兵因事鼓噪，不及穿戴盔甲，忙出来弹压。只见火光烛天，满街都是人马，左冲右突，弹压不住。哪里知道这些人马，系高迎祥带来的三百流贼，假扮官兵，骗入城中。又将财帛买

----

① 爵禄——爵位和俸禄。
② 牌票——传票；下行公事的凭证。

转城内的人心,尽入贼党。是晚听见空中铃响,知是外兵到来,放铃鸽为号。遂一齐动手,放火杀人,开门放入贼党。李闯、孙昂等统众杀入城中,把王廉围住,刀枪并举。可怜王参将身无寸铁,霎时间被贼砍为肉酱。手下家丁也都阵亡,官兵尽降流贼。居民被贼抢劫。抢到天明,李闯传令鸣金止杀,俱归参将府聚会。将抢掠的财帛妇女,依次分赏。又命头目上山,搬取家眷入关居住,大排筵席,连日庆饮。李闯对众道:"我们如今依宋先生锦囊妙计,得了此关,粮足兵精,可为根本。该开第二个锦囊,去攻打别处的时候了。"众贼齐声称是。李闯即取出锦囊拆看,原来教李闯、孙昂、王嘉印、高迎祥四人,作四路总管。李闯统领周超、刘久、麦黑子、王千子四人,带了一万人马,去取东北一路;孙昂统领贺金、赵胜、徐万①、高如岳四人,带了一万人马,去取东南一路;至若正南一路,系王嘉印分得,席元长、马武、马飞、盛永正四人跟随;中路系高迎祥分得,郅兴、裕大江、徐万、郝小泉四人跟随。各带人马一万,二十个头目,共领人马四万,去四路分抢,打劫州县。那些饥民,游民投入贼伙,越滚越多,多至十数万众。各处告急的表章,纷如雪片。天子大怒,只道是洪承畴纵贼误国,钦差东厂②太监,带领校尉去雁门关拿问。

　　不一日,拿到东厂衙门严审。洪承畴上到大堂,见正面供着圣旨,太监坐在两旁公案,即向中跪下,三呼万岁。太监开口,责洪承畴纵贼误国,勒招口供。洪爷把前后真情禀白一番,直说纵贼之事,系耿如杞一力担承,与犯官无涉,已经立下一张无事文书作据,现存衙中,忙速未曾带来,恳太府差人取来看验。谁知太监受耿如杞重贿,口虽应承去取,究竟取之不来,糊涂缴旨,把放纵流贼,失误封疆③的罪名尽归洪承畴身上。皇上大怒,命立刻处斩。将传圣旨立决,刚遇五太子染了危急险症,闻信即退入宫。明日传旨:五太子归天。颁文武军民挂孝。这位太子系西宫万娘娘所生。娘娘见太子薨④了,忆成一病。这位贤君虽在忧愁之中,也在宫中灯下看本。正宫周后见帝看了表章,龙颜大怒,细问缘由。万岁道:

---

①　徐万——前后有两个徐万,疑为重复。

②　东厂——明代由宦官掌管的特务机关。

③　封疆——疆界;守卫之地。

④　薨(hōng)——君主时代称诸侯或大官死。

"此乃山陕告急本章,皆因兵备道洪承畴,纵贼误国所致。朕因这几日忧愁烦闷,未及传旨正法,因此心中大怒。"周后道:"兵备道纵贼,上司就该参拿,为何至今不见军门的参本? 其中必有缘故,我皇还当亲审。"万岁道:"已经命东厂审实定罪了。不速斩此人,难消朕恨。"哪知承畴命不该绝,就有人来替他告御状伸冤。不知告御状的果是何人,且看下回分解。

# 第 九 回

## 脱缧绁①承畴剿贼　绞绒缨遇吉成婚

话说告御状的人非别人,乃高如岳小舅王十九。自从出首②李闯这伙反贼,恼恨耿如杞抹他功劳,只命府里一个内司赏银百两。王十九得了这些微财,事后思量,不胜悔恨。不独归家难见母姐,更虑反贼寻杀报仇,不得已走到京中来想另寻机会。又闻耿如杞把纵贼之罪,推在洪爷身上,心中愈恼。

一日,偶在酒店与军门这个内司相认,谈及前事,把耿如杞怨恨一番。内司教他告御状,自己肯做干证③。王十九问他姓名,试他真假。内司道:"我姓马,名元。前在耿军门处办事,被这赃官因小事屈打,一时愤恨,弃了身役逃出。当日耿如杞受贼赃时,我在府中眼见许传宣亲手过交,故此肯做干证。若将他告倒,救了洪爷,岂不天下传名?"王十九见他说出真情,心中大喜。但忧庶民难见天子,怎能告得御状?二人正在踌躇,忽见对席坐下三人,一个老者对二人说及,要雇人当差,扛抬万娘娘梓宫④,尚少两名。马元听到这句,与王十九低声商议,定了主意,走到老者跟前,自荐愿当抬枢身役。老者大喜,携见校尉,应名刚刚派在头层,故此得到御前告状。皇上闻叫"冤枉",即命驾前官将他绑住,搜出状词。皇上一看,原来是告耿如杞受赃纵贼之事。便问王十九干证安在?王十九道:"干证马元,也在这里抬灵。"万岁即时传旨,宣马元见驾。马元听见太监传唤,即分开众人,进到里圈跪下见驾。万岁问:"你莫非洪承畴之使,与王十九伙告伙证么?快把真情诉来。"马元叩了头,随把松山如何困贼,李闯等如何逃匿高如岳家,被王十九出首起解西安,耿军门的传宣

---

① 缧绁(léi xiè)——捆绑犯人的黑绳索。引申为牢狱、刑法。
② 出首——告发。
③ 干证——诉讼双方的有关证人。
④ 梓(zǐ)宫——皇帝的棺材。用梓木做成。

官如何传赃,珠宝白银多少,述了一遍,面无惧色。皇上见他滔滔说来,理直气壮,定是真情。随传旨松了王十九的绑,连马元交与锦衣卫看守。文武百官,依次从驾前去送殡。驾转回朝,即时传旨,把洪承畴提到五凤楼前审问。

洪承畴见驾,便把耿如杞如何拒谏解贼,致贼漏网横行,臣现有无事文书一张在衙存据,东厂太监不肯代取看验,乞恩遣取御览,便知真假。皇上准奏,驾转回宫,把洪承畴交锦衣卫看守。洪爷在卫衙候旨,专望脱去灾殃。若得这个名将脱去灾殃,便是流贼的灾殃将到了。只因是时流贼四处猖獗,占据城池。一盏灯王嘉印夺了阳城;老回回孙昂夺了临洮①;老管队高迎祥在山西攻打;贼首李闯夺了葭州②。

却说李闯正在城中与周超等议事,忽见喽啰跪报:"王嘉印将差王自用带领人马到来。"李闯等大惊,急叫请入相见。王自用一见李闯等大哭失声。众人问:"贤侄如何这样悲伤?"王自用抹泪道:"众位伯父,不好了,只因我们前在雕窝堡被捉,蒙李岩、宋炯把财宝打点军门,得脱网罗,横行天下。皇上大怒,把洪承畴拿问,耿如杞买嘱承审官,把纵敌误国之罪,推归洪承畴身上拟斩。后被一个军门内司马元挑唆王十九,告起御状来。皇上审出真情,把承审官处斩,加封洪承畴陕西军门,统兵征剿。又封王十九、马元为三品都司,随洪承畴军前效力。着洪承畴一到任,把耿如杞先斩后奏,即调四路总兵分剿我们。王国栋征河西一路,郭大豹征临洮,贺如虎把守潼关,曹文诏攻打阳城。我父在阳城与曹文诏交战,不幸阵亡。小侄料想阳城难保,故带领残军到此。"李闯听罢,大哭道:"我那好汉兄弟呵!你今死了,分明损我一条右臂,我们几路人马也保不住了!"即与众商议,传命把孙昂、高迎祥人马一齐调来,速奔河南,投入张献忠伙内,以图后举。不一日,把两处人马调回,即刻起程,弃城而走。到潼关,被洪承畴领兵追杀,追出山西商州界外,然后收兵。洪爷又移文与山西抚院③,加意提防,又出示悬赏招人捕贼献功。

果然重赏之下,必有勇夫。一日洪爷坐堂,闻报有两个汉子捉贼前来

---

①　临洮——今甘肃岷县,以临洮水得名。

②　葭(jiā)州——旧县名,在陕西省北部,1964年改名佳县。

③　抚院——清制巡抚例兼都察院右副都御史衔,故称。

报功。你道此人是谁？一个叫做白凯，剑山村人；一个叫做周遇吉，山西大同府人，系已故的辽阳总镇之子。因年荒米贵，携母去商州姑娘①家就食。又见姑娘家不甚富厚，凭着自己一身武艺，终日游山打猎，以帮家用。偶遇白凯之妹玉贞，带领几个健婢亦在此山打猎，两家相争死兽。白玉贞见这男子是个美貌少年，欲试他本事，把双刀劈来。周遇吉见这女子是个英勇美女，只管招架，不忍相伤，把枪拨开双刀，向她中间护心镜一枪刺来，被玉贞双刀夹紧，扯之不出。只见遇吉的黑枪缨与玉贞的红刀绒缠结一处，两人气喘喘地尽力抽扯不脱，随身的健婢大笑起来。玉贞满面通红，把刀丢了便走。遇吉欲追究她之来历，拍马赶上。刚遇白凯到来，拦住劝和，因见遇吉才貌双全，与妹年纪相当，特邀遇吉归家款待。英雄相遇，分外投机。白凯又与母亲赵氏商议，想把玉贞招赘，将此情对遇吉说知。遇吉大喜，归家禀白母亲，择日入赘成亲。

过了数日，刚遇李闯等流贼来劫，周遇吉与白凯、玉贞三人，带领庄丁，分头埋伏，前后夹攻。贼众虽多，但前在潼关已经破胆，至此又出其不意；况且抢得财物太多，首尾不能相顾，无心恋战，各自逃生，故被周遇吉大败，生擒贼党，解到军门。不知所擒之贼系何人，且听下回分解。

---

① 姑娘——姑母。

# 第 十 回

## 剑山口豪杰立功  汴梁城虎将破敌

话说洪承畴见周遇吉、白凯擒贼献功,满心欣喜,即刻开堂,审问贼人口供。一个是豁地草马武,一个是乡里人马飞。贼眷里面,一个是贼首李闯妻周氏,一个是满天星妻柳氏,一个是老回回妻巴氏。这周氏怀着一个孩儿,系李闯在金锁山生的贼种。其余都是丫环、使女。洪爷见周遇吉二人生擒得贼首二名,贼眷一伙,又夺得财物如山,尽归军饷,一毫不取。白衣立此大功,赞他义勇双全。即将众贼斩首,连夜修两道本章进京。一道是周遇吉、白凯擒贼有功,理当重赏;一道是李闯贼党去扰乱河南,保荐左良玉挂印剿贼。又吩咐周遇吉二人在西安候旨。未久,钦差赍①旨到来。周遇吉升潼关参将,白凯升固原参将。二人叩谢洪爷荐拔之恩,各去上任。又一道旨意去江西,升调左良玉做河南总兵,节制湖广、山西扫荡流寇,准便宜行事。左良玉谢恩,即领十万雄兵,前去征剿张献忠。

谁知张献忠此时招聚得贼兵三十万众,屠城洗县,杀人如豚②。打探得汴梁总兵陈永福,出城去剿杞县土贼,乘虚把汴梁围困。守城副将差人报急,陈永福闻报大惊,不顾土贼的余党,即撤兵而回。离城五里,扎下大营,望见汴梁城外立起十二个连营,贼兵约有十六万众,四面八方围得水泄不通。官兵只有三千,欲进踩贼营,因怕全军覆没;欲退保营寨,又怕失守封疆。正在进退两难,转思为臣尽忠,怎顾得许多利害?纵死在沙场,亦是分内之事。主意已定,即出马踩营,却被蛤蜊眼贺一龙打败而回,身受重伤。调理半月有余,心里正在焦愁,忽报新任河南总兵左良玉,奉旨统兵到来剿贼。陈爷大喜,即上前迎接见礼。两人坐下,略述寒暄,即共登北邙山③,观望贼营。只见汴梁城外,布满贼兵。左良玉对陈爷道:“你

---

① 赍(jī)——携带。

② 豚(tún)——小猪,泛指猪。

③ 北邙(máng)山——山名,在河南洛阳。

看贼兵众多,难以力敌,只可计取。"陈爷道:"我想贼兵势重,何不今夜前去劫营?"左良玉道:"黑里劫营,虽兵家常事,倘被贼识破机关,反为不美。不若依孙婿一条新样妙计,方保无虞。"说罢,二人下山回营坐下,陈爷问:"良玉用何计破贼?"左良玉道:"命各府州县采办颜色纸料,及快驴西狗。吩咐纸札工匠多造假人,披甲持戈,绑在驴狗背上,把桐油、硝磺,装在驴狗尾。挑选一千二百军校,每人身藏铜铃一串,待夜静时,牵驴狗到贼营,把铃挂在驴狗身上,但闻号炮声响,用火烧着驴狗尾巴,赶打往贼营里去,急抽身而回,贼营必然有乱,然后再用别计取胜。"陈爷听罢大喜,即着人采买各物,依法备办停当。

待至三更时候,闻号炮声响,各军校依计而行。这驴狗被烧被打,驮着纸人,向贼营乱跑,铃声震耳。贼在梦中惊醒,只道官兵劫营,一齐喊杀连天,前营人马去救后营,后营人马去救前营;左营杀往右,右营杀往左。逢着驴狗当战马,逢着纸人当官兵。自相乱杀,杀至天明,伤了数万人马。只见满地死驴、死狗、踩烂的纸糊假人,并无一个官兵,方知中计。张献忠传令,自后倘有这些古怪东西进营,只宜镇静,不可理他。

且说是晚左良玉在北邙山听了号炮一声,就知贼人中计,回营重赏军校。次晚又照式备办假人、假马依计而行。听见贼营里面安然不动。到第三晚,左良玉传令三军卷旗息鼓,拔寨向汴梁城而来,逼近贼寨,扎下大营。到三更后传令三千人马,身穿白衣为号,齐去四面踩营。又令前路三四里远四面埋伏。调度停当,即发号炮一声,那些官兵分四面杀奔贼营,砍开鹿角①,杀入重围。贼人只道是前晚驴狗的故事,任从官兵乱杀,遵令不敢动弹。左良玉带三千人马,直踩张献忠大营。贼虽惊觉,无计可施,十二座连营乱成一处,各寻战马保命逃奔。四面埋伏的一万官兵,一齐掩杀追赶。杀至天明,鸣金收兵。这场交战,官兵只有一万三千,杀死流贼二十七万,生擒了三万余名,夺下的金银财物无数。守城的文武官员,领着饿不死的军民出城迎接。陈爷欲留左良玉进城筵宴,犒赏三军,左良玉追贼心急,不敢久停,就在马上告辞,传令火速追赶张献忠。

是时,张献忠奔到黄州,剩下五万人马,闻左良玉在后追来,胆战心

---

①　鹿角——为阻止敌军前进而设置的树枝,荆棘之类的障碍物。形似鹿角。

寒,往山西投奔老曹操罗汝才去了。左良玉将三万人马,分在黄州、蕲①州、襄阳三处把守,自领余军,四下搜寻。指望太平无事,岂知天数已定,燎原之火将熄,粒星之火又焚山林。杞县剿不尽的两个土贼,又做出一段惊天动地的买卖,致有骡子在公堂出首的奇事。且听下回分解。

---

① 蕲(qí)。

# 第 十 一 回

## 贩木耳贼星照命　顺天心骡子鸣冤

话说陈永福得左良玉用计破贼，不致失守封疆。自后紧守城池，非比前时去杞县剿贼的轻举了。唯是前者杞县剿不尽的土贼，走脱两个头目。一个叫做苗人凤，诨名一斗谷；一个叫做冯林，诨名叫做瓦罐子。两个躲在小苍山，隐姓埋名，欺压山中贩木耳的客人，霸充经纪，大秤私抽。一日，有个客人采买木耳，被这两人欺负太甚，不觉大声喝道："咄！大胆的囚徒，恃强凌弱，独不认得我系天下驰名汴梁城的李公子么？江湖好汉，哪个不让我三分？"二贼闻言笑道："你若真系汴梁李公子，可相识混天猴么？"客人道："你问这个混天猴，系姓苗名六么？他是我结拜好友，现在我家。"二贼道："如此说，尊驾真是李公子。多有得罪，请到我们住处置酒赔礼。"说罢，三人同到一间草房坐下，吩咐献茶。通了姓名，李公子因问："二位怎么认得混天猴苗六呢？"苗人凤道："苗六系我族弟，时常称赞公子肯提拔江湖朋友，故久仰大名。我们兄弟前在杞县啸聚①，被官兵冲散。我与这位冯兄躲在此处，做这个经纪度日，方才冲撞公子。久闻公子有百万家财，为何来做这宗买卖？"李公子道："实不相瞒，我当日原有些家业，只因听信宋炯之言，搭救李闯，花费了数万银子。后来又被张献忠劫个精光，幸得杞县还有先代置下的房舍，故迁在此间居住。闻得近来天旱，木耳甚贵，因招主顾得了几百两银子，来做这般买卖，生些利息，慢慢起家。"冯林道："公子，你做过一场财主，这些针鼻削铁的生涯，怎能兴复得家业？现有一注天赐的大财来到眼前，不知公子有意取否？"李岩急问其故，冯林答道："近闻山东押解粮饷十五万，往湖广左良玉军前应用。我们何不做回填口生涯？招集饥民，往石榴沟截抢，包管登时复做财主。"李岩大喜道："兄弟，自古道'人无横财不富'，高见果然不差。现有八百两货银在此，可速去招兵行事。"说罢告辞。苗人凤道："公子暂留在

---

①　啸聚——指集结起来反叛。

此,待我往山后请个文韬武略的牛金星来,与公子会面。冯兄弟,你可将现在的木耳急卖凑银应用,以便行事。"冯林大喜,即收了李岩的银子,又出去卖了木耳,凑成银一千余两,到山场各处,招聚了五百多人,个个都是年壮力强的穷汉。苗人凤又把牛金星请到,与李公子相见。两人都是天降的凶杀,所以一见如故。李岩将劫饷之事,与他商议,又想置办兵器马匹。牛金星道:"事有凑巧,前者张献忠败阵,从我山后经过,弃了无数战马刀枪。我叫村中子弟收取,以备防御流贼。现在各家收藏,置办极易。"李岩即叫苗人凤交银五百,与牛金星置办马匹、兵器。不多时,一齐取来分给众人。李岩辞别众人,单骑归家,打听饷银将到,叫混天猴苗六扮作家丁,跟上小苍山。牛金星即叫齐众人到来,吩咐先去石榴沟两旁埋伏。只听锣响,一齐杀出,不可怯敌。众人领命,前往石榴沟分头埋伏去了。

牛金星同李岩走在高处观风。黄昏后,果见两员守备①,四员把总②,带千余名骗③粮食的老弱残兵,护着骡子驮着的银鞘,进了石榴沟内。牛、李二人看得明白,"哨"的一声锣响,贼众两旁杀出。官兵吓得魂不附体,各自逃生。霎时间,尸横两岸,血流满渠。混天猴苗六把在沟口,将骡夫尽杀,夺了十五万横财,一齐走上山场,依次均分。牛金星叫苗人凤将五万银子,装在木草篓内,用骡子驮送公子家中。李公子拜别而行。

且说护饷的官兵有数十人逃脱,即奔该管的杞县衙门,先报与知县,然后申禀上司。知县孔治中闻报失惊,立刻带齐衙役,前往踏勘。见死尸满地,又见二十名骡夫尸身有护牌,写着姓名、年貌、并骡子毛色。孔爷命取回衙中,以便尸亲④来验。即刻签差缉贼,写了文书,申报各上司。上司勒限追拿,孔爷严比⑤差役,限期缉贼。差役踩缉无踪,三日一小比,五日一大比,受刑不起,不得已向城隍神祷告。

有一日,孔知县坐堂,突有白骡一只,跑上堂来,跪下哀鸣。孔爷见他

---

①　守备——明代于总兵下设守备驻守城哨,地位次于游击将军,无定员。
②　把总——镇守某地的武官。
③　骗——此处应为押运。
④　尸亲——死者的亲属。
⑤　严比——严惩。

来得怪异,想起一事,吩咐取骡夫腰牌对看。见内中一面写着骡子毛色,与此骡相符。孔爷道:"骡子,你若是来报冤的,可把头连点三点。"骡子听说,果然把头三点。孔爷大喜道:"你既知强盗踪迹,待我差人跟你前去缉拿,你且先行。"骡子回身往外慢走,孔爷即命差役跟寻此骡去向,速来报知。差役去不多时,转来禀报:"此骡跑入李岩家中,再跟小人到此。"孔爷即命差役把李岩拿来。众差役不敢怠慢,一齐出了衙门,来至班房商议。差头说道:"众兄弟,我想李公子家深院大,家人又多,怎能下手?"副役答道:"不须忧虑,我有个表弟曹七,常借李岩私债,如今烦他走走,只说交还利钱,把李岩骗将出来,邀他到酒楼吃酒,我们一齐上去捉拿,岂不省事?"众人齐声道:"妙计!妙计!"副役即抽身去寻曹七行事。此去不知果拿得李公子否,且听下回分解。

# 第 十 二 回

## 李闯王狭路添兵　孔治中全家尽节

　　话说孔知县坐堂，见差役捉拿李岩到案前缴签。孔知县叫声："李岩，闻得你是个有名财主，又是官宦子孙，为何勾连响马①，打劫饷银？左右与我推下，重打四十大板。"两边皂隶上前，把李岩推在地，打得昏去复苏，连叫："冤哉！冤哉！无赃无证，故陷良民做贼，我与你有甚仇恨？"孔爷道："你要证据么？"叫把骡牵来。左右答应一声，把白骡牵到跟前，又把骡夫腰牌丢下，说道："这就是你的赃证了！细看得来，快些招认，免受刑苦。"李岩拾起，把骡子对看，心中明白，知是喂养之人，自不小心，被他跑出，这是我的冤孽，不如供招，免致受夹。不得已从头招认，写了口供。

　　孔爷把李岩收监，吩咐差役前去起赃，又命干役带领一百弓兵，前去小苍山捉拿贼党。干役跪禀："小苍山不属本县所管，例无越境拿人。况贼党众多，捉拿不易，这宗差役，万万不能。"孔爷见说，正在踌躇，忽有人来报："上司左总戎差副将倪勇，带三千人马，前来防守地方，缉捕劫粮饷的强寇。"孔爷连忙接入公馆。叙礼毕，倪勇问及劫饷一案，贵县可办清否？孔爷道："现把李岩捉获收监，起了赃银五万，还有小苍山戎伙，难以擒拿。"倪勇道："小苍山既有大伙强盗，事不宜迟，就此领兵去吧。"一句话未曾说完，"咯"的一声，吐了一口酸水。只因天时暑热，在路上受了暑气，百忙里得了个霍乱症，上吐下泻，把个孔爷急得手忙脚乱，延医调治。

　　等待倪勇病好，那小苍山的强寇已闻风避走。走了三四日，只见前面沙尘滚滚，杀气腾腾，大队人马到来。贼众大惊，只道是官兵追来。牛金星上前一看，见旗上写着一个"闯"字，对众摆手道："众兄弟，不用慌忙，这必是李闯的人马，我们如今何不投顺于他？"众贼齐声称是。牛金星拍马上前查问，果是李闯人马。只因李闯在剑山被周遇吉大杀一阵，弃了家小，想投奔河南。正在调着人马向前奔走，只见前队喽啰报道："前面有

---

　　①　响马——旧时称路上抢劫的强盗，因抢劫前先放响箭得名。

伙人马阻路,口称愿来投降。"李闯吩咐,请头人前来相见。

牛金星来到跟前,见了礼。李闯问他姓名、住址、因甚来降?牛金星便把自己及三个兄弟的姓名通报,又把石榴沟劫饷,李岩被捉之事说出。又道:"现今左良玉遣将带兵来剿,无奈弃了巢穴,逃奔至此。若肯收留,愿随鞭蹬。"李闯闻言失惊道:"怎么李岩被禁监牢?老牛,你请起来,待我统众前去,打破杞县城,救出公子,以报前时活命之恩。"众贼齐声道:"大哥言之有理,请发令起行。"牛金星连忙止住,道:"众位好汉,且莫性急,一来杞县坚固难攻,二来有倪勇人马在此屯扎。依小弟愚见,料得倪勇人马定进小苍山去,我们将他困住,再差好汉私入城中,夜间举火为号,里应外合,杞县城可唾手而得。"李闯大喜道:"老牛高见,不出宋献策先生之下。自今以后,休离我左右。准你兄弟投降,快请来相见。"牛金星即呼一斗谷苗人凤、瓦罐子冯林、混天猴苗六一齐下马参见,与李闯合兵一处。李闯即拔令箭一支,命苗人凤带领郝小泉、麦黑子、褚大江、贺全四个头目,五千喽啰,前去小苍山埋伏。待官兵到山,将他围困,速来报知。苗人凤得令,带兵而去。李闯又拔令箭四支,命刘久、赵胜、周超、盛永正四个头目,带领一百喽啰,扮作士农工商,九流三教,各藏兵器,暗进杞城。但闻城外号炮三声,斩开四门,里应外合,先把住监牢,救出李公子,不得有违。四人得令,带兵而去。李闯又吩咐众将操练人马,只等苗人凤捷音一到,前去攻城。

过了四五日,苗人凤差人来报:"倪勇带兵三千来小苍山,我们将他围住了。"李闯即带众人,三更时候,来至杞县城。发了三声号炮,只见四门火起,城门大开,领了大队人马一拥而入。孔知县闻警,统三百弓兵,与贼交战大败。幸得倪勇在小苍山后逃回,杀入城中,左冲右突,杀入重围,将孔知县救出。又被苗人凤这支人马杀到,兵少贼多,倪勇战死,孔知县被绑入衙。李岩又把孔爷的家眷一齐绑住,李闯叫将他斩首,牛金星拦住,苦口劝孔爷投降。谁知孔治中乃不怕死的忠臣,母亲妻子都同一心,将贼毒骂,一齐尽节而亡。众贼叹息一番。

李闯统领众将出外掳掠,只听得一声响亮,县门前崩塌了一个深坑,坑里现出石碑,高八九尺,碑面写着二十八个大字:

伯温留下万年碑,吩咐后人切莫推。

　　木子①若然推得倒，一场霸业总成灰。

李闯见碑文说刘伯温留下，只许李姓人推，我若推倒此碑，内中必有缘故。试叫喽啰用力齐推，推之不倒，自己忙把袍袖卷起，跳下坑里，伸手一推，倒在地下，跌得粉碎。却又作怪，里面有通小碑，原封不动，写着几行小字。要知此字云何，且看下回分解。

① 木子——指姓李之人。

# 第 十 三 回

## 宋炯混说碣石语　李闯独探汴梁城

　　话说李闯推倒石碑,碑内写着数行小字,叫人抬上大堂同看,原来系虫书①大篆。众人一字不识,正在踌躇,忽报地丁娃宋炯到来。李闯、李岩等大喜,迎入大堂,与新入伙的头目相见,各通姓名,大家谈及前事。李闯道:"宋先生来得凑巧,这碑系刘伯温留下,我亲手在坑内推跌出来。这字众人不识,想先生博学多能,必然识得,烦读与我们听听。"宋炯将碑一看,眉头一皱,计上心来,道:"此乃神碑,非同儿戏。今天晚了,待我明早斋戒沐浴,才好当天宣读。"李闯道:"既然如此,我也不摆下马宴,待明日读碑之后,设筵庆贺罢。"大家坐谈,至晚而散。

　　次早,众贼请宋先生到堂焚香,宣读神碑。宋炯眼看碑文,口中说出:

　　　　弃职归山刘伯温,亲手留下这碑文。

　　　　他年专等兴隆者,石碑出现见分明。

　　　　换帝转朝更国号,纵横四海定乾坤。

　　　　若知真主名和姓,就是亲手推碑人。

　　　　抖起威风兴人马,休要错过好光阴。

　　　　护国军师先聘定,必须神机妙算人。

　　　　有人不信碑上语,天降悲灾化为尘。

众人听了大喜。李闯道:"刘伯温有先见之明,预知我有帝王之分。但不知众兄弟们肯信服否?"众贼齐声道:"神仙之言,谁敢不信? 但如今哪里请个军师来好?"李岩道:"眼前现放着一个军师,还要去哪里请来? 宋先生通晓天文地理,阴阳有准,祸福无差,正好扶助大哥,共成大事。"李闯道:"公子言之有理,就把宋先生做军师罢。"宋炯道:"贫道才疏学浅,只怕难胜重任。"李闯道:"我们主意已定,先生不必过谦。"牛金星道:"既拜宋先生为军师,必要行个登坛拜将的大礼,才得众军贴服。我们推尊李大

---

　　①　虫书——即"鸟虫书"。篆书的一种变体,字体像鸟虫之形,故名。

哥为王,亦要尊称一个徽号,使四方豪杰知名来投。"李闯大喜道:"我小名闯,就称做闯王罢。"又吩咐高搭坛台,整备停当,然后请宋先生戴九梁冠,穿八卦袍,手执麈尾①,高坐台中。李闯亲交剑印及花名册,命他节制众军。又令众人一齐跪下叩头,高称军师三声。宋军师在台上也还一礼,说:"闯王请起,列位请分列两旁,听候点名。"随按着册上的花名,一一点过,通共兵马八万三千余名。点毕,开言道:"炯本一介书生,毫无本领,今蒙闯王不弃,各位军师,赏功罚罪,决不徇情②,诸公须要自慎。"众人齐声答应。又对李闯道:"大王欲成大事,要兵多将广,这数万人马不够调度。不若趁今遍地饥荒,宜命人多带金银,往各处招集流民入伙,十万军兵,可唾手而得。"李闯道:"自从剑山一败,不独家小固不能自保,即金银辎重尽弃中途,后得杞县库银,不过五七万钱粮,不能接济。"牛金星道:"大王不必踌躇。前日我们打劫的饷银,虽然各自瓜分,至今花费无多,自愿尽情奉献,以帮军需。"说毕,将自己分下二万余两银子先献,苗人凤兄弟及冯林又一齐拿来献上。李岩又将几万家财,尽情取出。并官库之银,通共凑成十八万八千余两。李闯大喜道:"老牛,你不独足智多谋,兼且疏财仗义,倡率众人,如今封你做领兵丞相。"牛金星跪下谢恩。

宋炯见放着许多银子,即差牛金星、李岩、苗人凤、苗六、冯林五人带领喽啰,驮着银子,分开五路去招取饥民。不上数日,共招得民兵十二万,齐到杞县。宋炯传令前去小苍山山场操演。不消半个月,李闯见那些民兵弓马纯熟,阵法精通,便问宋炯,宜先往何处攻打? 宋炯道:"河南据天下之中,汴梁乃省会之地,宜先向汴梁攻取。"李闯大喜道:"军师之言,正合我意。"宋炯即传令移营。众头目得令,拔寨出山。一路杀人夺货,所过之处,尽洗一空。

不多几日,来到汴梁城界内,离城十里,在黄河北岸安营。李闯欲亲自渡河,窥探城中消息,宋炯力劝他不可轻身,宜命人前去便是。李闯道:"命人打听,怕难得的确。此去又非交锋打仗,何怕轻身?"宋炯见李闯决意要去,私对孙昂道:"我的六壬数③屡次皆验,今行兵虽利,但大王此去,

---

① 麈(zhǔ)尾——拂尘。用麈(动物名)尾制成。

② 徇(xùn)情——讲私情。

③ 六壬数——星相占卜吉凶、祸福。

必有目下之灾,无奈定数难逃,忠言不听,将若之何?"孙昂见他如此说,急向李闯拦阻道:"军师劝大王不可渡河,想必有些妨碍,大王不可不听。"李闯道:"我不过闲走一遭,有什么妨碍? 这事我偏不依他,待有第二件事再依他罢。众兄弟有愿去的,跟我走走。"只见座上有五人高声愿往。视之乃系孙昂、高迎祥、麦黑子、贺全、周超。李闯大喜,即同五人持刀上马,带着十余个喽啰,竟奔黄河口,拨了一只渡船,一齐过河登岸。吩咐众喽卒守定船只,不可远离。六个贼鞭起坐马,从幽僻小路,悄悄竟奔汴梁城而来。要知此去管教李闯仇人相遇,路险难回,眼中流血,心内成灰。且听下回分解。

# 第 十 四 回

## 报大仇唯酬一箭　掘岔口自灌孤城

话说李闯的仇人阎玉哥，改名阎如玉，跟随外祖陈永福镇守汴梁城。是时长成十六岁，练习得弓马纯熟，武艺精通。一日，在书房闲看兵书，家僮来报："陕西闯贼带了十余万人马犯界，破了杞县。现今来到黄河北岸，离城不远。我家老爷，现在城上调度文武官员，四门把守。"阎如玉闻言，即戎装披挂，登城陪着外祖，在垛口巡视。只见有几个大汉，从北岸渡河上马，从幽僻小路而来。陈永福料他系窥探城池的奸细，断不是来攻城的。即吩咐城门加锁，城上之人暗藏垛口，不可露身。祖孙二人看着几个贼寇动静。

不多时，见这六个贼人，来至城脚，在马上仰面观看，口讲手指。陈爷叫快发大炮！阎如玉低声道："外祖，这个戴雁翎帽，帽上有赤金顶子的人，正是逼死我母亲那个闯贼。且莫放炮，外孙有誓在先，必要亲手杀此仇人，方消我恨。"陈爷道："你有多大年纪，欲匹马出战，不是他对手；欲带兵出城，又怕有埋伏。快些放炮为是。"阎如玉道："外祖放心，我自有杀贼的手段。"说完，取弓箭在手，向天暗祝道："皇天保佑，这根箭若射死闯贼，一来为国除害，二来报我大仇。"即对准贼喉一箭射去，正中李闯左目，带箭而逃，五个贼跟走如飞。陈爷忙叫发炮打去，谁知贼不该绝，空费许多火药。欲待开城追赶，贼又远走了，随起身往各处巡逻。过了七八日，只见众贼用船连作浮桥，欲过河攻打。陈爷忙令放炮打去，贼不敢前，只在船上用炮打上城来。两家俱打不着，费了数日火药。

一日，见贼兵用藤牌滚过来，陈爷不动声色，暗叫兵丁预备檑石、滚木、泥水、石灰、药囊火箭等物，待贼来近城边，一齐滚将下去。贼众虽有藤牌遮盖，怎遮得住，伤了无数牌手。贼不敢近，亦不肯退。陈爷又命人从城内暗开地洞，开到黄河岸边，却运大炮对近贼营打去，死伤贼兵无数。搅得这个独眼贼无计可施，退避二十里扎寨。是时，陈爷已经差人星夜进京求救。皇上览了急本，即调南京布政①，姓朱，名丕祥，升河南巡抚，带兵前来上任。陈永福闻报，即同文武官员出城迎接。这个信息传入贼营，李闯等心中惊慌，即同宋炯、牛金星商议。宋炯道："大王不须忧虑，我料这个巡抚到来，汴梁城必然失守。"李闯问其缘故，宋炯道："这个新巡抚，系绍兴萧山人。此人平素愚而好自用。况且名字甚是不利。我想汴梁首县名祥符，丕字转声，其音类劈。岂不是来劈祥符县么？叫探马打听他用何计谋，速来报知，贫道自有调度。"李闯等听见此言，忧心才稍放下，专听探子回报。

一日，探子报道："那边军民百姓各带锹锄出了西门，前去黄河岔口挖掘。"李闯问这个是何缘故？牛金星道："必是新巡抚计谋，想决河灌我营寨。"李闯闻言大惊道："常言水火无情，他把黄河掘开，大水冲来，我们岂不尽变鱼鳖？如今城内出了能人，请军师发令拔营走罢。"宋炯道："大王说掘河的是个能人，我说他是个废物。将欲谋人，必先顾自己。我们营盘地势甚高，汴梁城反在低洼之处，引水冲来，乃是自招其祸。"牛金星道："军师言之有理，但他们掘的正西岔河口，地势略略高出，何不趁此机会，挑选几百喽啰，扮作百姓，混入他队里，暗暗开斜些。再差人在正北掘下几个大沟，直射城下，会合岔河冲来之水，尽归正北，灌入汴梁城中，更出万全无弊。"宋炯大喜，即命一丈青王千子，带领三百喽卒，扮作良民，各持锹锄，五鼓暗渡过河，混入汴梁军民队中。军民掘正西，喽卒又掘正北。

掘了三日，陈永福只因感冒风寒，未曾上城。到了这一日，抖起精神，上城督兵防守。望见正面河口，有许多军民锄掘，又往正北一看，亦有人在那里锄掘，心中自思："巡抚不听我谏，偏要锄掘西河，决水灌营，已是为患。未曾闻他叫掘正北，为何这对城一路，亦挖掘起来？其中必有缘故。"吩咐家人，快叫下面开城，待本镇亲自出城问个端的。一句话未说得完，只听见城外喊声乱叫道："不好了！大水来了！"只见两岸登时冲塌，霎时大水冲来，直过垛口，把一座汴梁城竟成汪洋大海。巡抚立法自毙，死不足惜。但不知陈永福、阎如玉的性命如何，且听下回分解。

---

① 布政——官名，一省最高官职。

# 第 十 五 回

## 宋炳计设分龙会　李闯伙并老曹操

　　话说黄河之水灌入汴梁城中,不独房屋尽被淹没,可怜数十万生灵尽见龙王,以应劫运。先时陈永福见巡抚用此拙计,苦口谏阻不从,即时命阎如玉预备竹排木筏,临时撑上城来,载了家人往外逃走。李贼在河北高处,望见汴梁城失凶,报了一箭之仇,大赞军师、丞相妙计。宋炳叫趁着此时,快些前去攻掠,若得了河南八府县,他处亦不为难了。众贼大喜,立刻拔寨起程。先攻归德府城,城内官员闻风弃城逃走。贼众进入城中,打开府库,因为年岁歉收,粮米甚少。李闯传令放抢,宋炳急止住道:“大王,这处是贫道家乡,乞赐体面,免遭残害。待我向本处几个财主劝捐,一来贫道颜面有光,二来大王的财帛依然不失,岂不两全其美?”李闯听从其言。

　　宋炳即时上马,前呼后拥,摆道回家,谒祖祭坟,摆酒唱戏。故友亲朋,乡绅财主,齐来拜贺,各恳军师照顾,免受凌辱。你送一万,我送五千,至少也有一千八百。每人给令箭一支,插门为号,以免流贼骚扰。宋炳尽将这财帛献与李闯。

　　过了两三日,一日分队别府,沿途抢掠。又招得流氓多至数十万众。李闯心中大喜,忽见远探的喽卒来报:“今有湖广八大王张献忠,听见我们得了河南,就勾连老曹操罗汝才,还有一员勇将蛤蜊眼贺一龙,三路分兵,前来与大王争夺地方,现到河南界内了。”李闯大惊,对众道:“我闻张献忠人强马壮,又搭上老曹操,手下有三十万雄兵,加以蛤蜊眼有万夫不当之勇,我们不是他敌手,不如缩回陕西家里去罢。”牛金星道:“大王差见了! 河南八府,半属我们,岂可前功尽弃? 张献忠虽难力敌,尽可计取。”宋炳道:“我闻张献忠为人极好奉承。如今先在孟津设下二龙大会,大王前去请他到来赴会,各分地方,留他多住几日,那时见机而行,贫道自有妙策。”李闯大喜,问:“何人可以同去?”宋炳道:“这宗重任,非牛丞相不能。”李闯即叫牛金星同去请张献忠。

且说张献忠自从被左良玉大败之后,领着蛤蜊眼贺一龙等数百残兵,投到山西老曹操罗汝才贼营,拜罗汝才为义父。分领贼兵五千,由河南抢掠江圻一带地方。来到湖广后,闻左良玉移镇湖广,望风而逃。复走襄阳,焚死襄王,杀了吕李王。贼势又炽,兵有三十多万。拔了陨阳城,把军民屠尽。又流入南京,被总兵周文邠①杀败,脱网逃回,沿江而走。又招集了十万饥民,复抢入河南界内,会合罗汝才,欲攻打汴梁、归德一带。想并吞李闯地段,统了三十万大军,来到归德路口,扎下营寨,探听李闯动静。

忽见喽卒通报:"李闯带着数人前来迎接大王。"张献忠传令李闯进营相见。李闯把牛金星一拉,问道:"我进去见他如何行礼? 怎样说话才好?"牛金星道:"相见时须要小心下气,行个庭参大礼。须说我等因在陕西失机,无处栖身,特来河南投奔大王。谁知大王又往湖广,只得在此暂屯,与大王看守地方。今幸大王到来,特在孟津设下粗筵,邀请大王赴会,以尽一点孝敬之心。纵然张献忠叫大王执鞭牵马,亦要应承。"李闯闻言,沉吟不语。牛金星道:"此乃用柔制刚的妙策。若骗得张贼到来,必中我们牢笼之计。"李闯大喜,即携牛金星进营依计而行。

牛金星见张献忠听了李闯甜言,骗得肯来赴会,即撇下李闯先归,与军师商议道:"为今之计,必须令他们自相吞噬。军师有何妙策?"宋炯道:"贫道已经算定了。"随向牛金星附耳低声道:"必须如此,如此……"牛金星拍掌称赞,只待张献忠到来。

那日探听得张献忠大军到前头扎住三军,宋炯等即出营迎接。只见罗汝才居中,张献忠与贺一龙分为左右,并马当先,李闯在后,垂头丧气,执着纛②跟随众头目两边围着,一齐进了闯营下马。李闯把这竿坐纛递与喽啰,鞠躬垂手,请三个贼首进入中军大帐,张献忠抬头看见张灯结彩,摆设三席。正中挂一面金字红匾,写着"分龙大会"四字。开言问李闯,这四字怎解? 宋炯见李闯对答不来,忙上前打一恭道:"大王,这四字乃神人所赐,内藏机关,大概言大王是个真龙,我家兵主是个假龙,我们与大王看守这带地方,如今大王一到,自古真龙出现,假龙藏形,我们从此交代卸

---

①  邠(bīn)。

②  纛(dào)——古时军队或仪仗队的大旗。

手,故设此分龙大会。"张献忠大喜道:"言之有理。我闻闯营有个矮军师
宋炯,打卦极灵,莫非就是你么?"答道:"贫道就是宋炯。"张献忠道:"你
与我打一卦,看几时做皇帝?"宋炯即把卦板取出一抛,随口造出四句卦
讴道:

　　　赴了分龙会,皇帝在手内。

　　　最怕破器声,阻滞又破碎。

"好卦好卦! 上上大吉,不久就登帝位了。但今日席上最怕毁坏一件器
皿,这帝位就阻滞了三年五载。"张献忠闻言,拔剑大声说道:"今日席上,
各自小心,倘有毁坏器皿者斩!"主人吩咐奏乐,开席行酒。忽听得右席
一声响,原来贺一龙酒盅落地,打得粉碎。宋炯一见,便高声道:"不大吉
利,大王曾吩咐小心,偏偏遇着这个破绽,大王的帝位又要阻滞三年了。"
张献忠大怒,喝把贺一龙绑了。两边头目面面相看,不敢下手。张献忠本
性猛烈,要杀人从无一毫宛转①,即使知心的故友,宠爱的姬妾,要杀就
杀,这时愤怒如雷,手执宝剑,跑到贺一龙跟前。贺一龙忙拔剑相迎,措手
不及,头已落地,尸骸跌倒。献忠怒犹未息,忽有喽啰来报:"大王,不好
了! 今有左良玉带领人马,前往山西湖广,捣我们的巢穴。"献忠闻报失
惊,即分兵一半屯住河南,与李闯相伴。自己领兵一半,先回湖广保守巢
穴。临行又吩咐李闯,小心服侍我的义父,保守河南,待我破了左家人马,
回来把河南地方分一半与你。李闯应承,即时送出营门。望见人马去远,
再回营中,与罗汝才饮酒,至二更方散。

　　原来先时贺一龙酒盅落地,是宋炯诡计,将酒盅煮热,故贺一龙接盅
失手。又先造出几句卦语,使他二人自相吞噬。张献忠去后,又日日请罗
汝才饮酒。又着牛金星与贺一龙手下头目结交,说要与他兵主报仇,共杀
罗汝才。

　　安排已定,恰有探子报说:洪承畴调任三边,周遇吉升宁武关总兵,白
凯升潼关将军。李闯心慌,与众商议,要回陕西保守根本之地。宋炯道:
"必须并了罗汝才的大伙,才得妥当。"李闯大喜。宋炯即命牛金星邀齐
贺一龙的旧人,定下计谋,再去请罗汝才等饮酒。酒中下了蒙药,将他们
灌倒,一齐结果性命。复叫贺一龙的旧将招降。一时间李闯就添了几十

————————————

　　① 宛转——指因顾及情面而犹豫。

万人马，十个有名头目。你道哪十个呢？

九条龙钟进，扫天王许兴邦，刮地王宋回，

混十方贾泰言，格子眼何有，过山藤鲍老高，

推天动袁本，独头虎苟全安，入队虎余尽许。

这十个俱是能征惯战的，从此贼势大振。李闯统领三十万众，杀奔陕西而来。分兵十万与义子红孩儿李双喜，去攻打黄陂县城。自带二十万人马去攻西安。这西安乃陕西省会，有位亲王在此镇守，历代袭封福王之位。那日王爷听得李贼犯界，急修本章进京求救。不知请得救兵来否，且听下回分解。

# 第 十 六 回
## 任三边带病立功　探七盘用谋擒贼

话说崇祯皇帝早朝,看了福王告急本章,对众臣道:"如今流贼又寇①西安,朕已调离洪承畴往山海关去了。现今无人统略三边,卿等保荐何人,可当此任?"兵部尚书陈寅保奏侍郎孙传廷可挂帅前往。大学士范景文奏道:"孙传廷年近七十,现告病在衙调理,若使他挂帅,恐防有误。"陈寅奏道:"孙传廷老成练达,才过孙吴②。臣昨见他病势已好,足当三边经略之任。"皇上准奏,即命陈寅赍圣旨,加封孙传廷兵部尚书,兼三边督师万寇将军,提调七省兵马,征讨流寇。

孙传廷带病接旨。夫人邹氏及公子继英,见他有病在身,劝他上朝辞职。谁知孙爷见朝廷多事之秋,正想尽忠报国,妻子之言,哪里肯从? 即接了圣旨,辞了祖先,又打发家眷快回浙江原籍,即日祭旗,兴师昼夜兼行。

不一日,来到潼关歇马,即拔令箭四支,命差官前去提取四镇总兵,各带兵马一千,限日飞赴行营听调。哪四镇呢?

> 潼关总兵白凯,蓟辽总兵卜从善,
> 四川总兵秦冀明,荆湖总兵牛成虎。

孙传廷在关歇了一夜,次早起兵,望西安而来。来到离贼营百里之遥,扎下人马,专等四镇到来,然后发兵。

是晚,孙爷叫家将出去,唤个熟识路径的户长到来,命他引路登山观望贼营。户长即引孙传廷上最高的万松冈上。只见月色如银,望见几十里瓦砾尘土。户长说:"是贼将李双喜攻破黄陂县城,杀个寸草不留,铲为平地的。李贼破城,都是这般的。"孙爷叹息一番,又指问那边是谁高防,为何掘破? 户长道:"这是本朝的皇陵。只因钦天监杨成裕降贼,指

---

① 寇——敌人来侵略,入侵。
② 孙吴——指孙武和吴起。两人都是古代杰出的兵法家。

使李闯发掘皇陵,要破朝廷风水。谁知先帝有灵,霎时地震,把流贼跌下山来,死伤无数。宫殿树木,全然不塌,里面梓宫却不曾动。"孙爷闻言,垂泪下马,向圣陵叩了几个头,起来再上山顶瞧望。户长便指那里就是贼营了。孙爷一看,果见旌旗遍野,戈戟森严。又见几处高堆,烟火冲霄。户长说:"是贼营打亮①,乃是杀的百姓尸首,把尸堆起烧着,照得营中如同白昼,尽他们饮酒取乐。还把生人割开胸膛,挖去五脏,当做马槽喂马。又凿穿人耳,取血和水饮马。贼寇的恶处,也难尽说。大老爷,你看高竿上摇动的东西,是绑住小儿当做箭靶子来较射的。真真令人切齿。"孙爷听了,叹道:"可谓凶暴之极! 苍天,苍天! 百姓何辜,遭此惨毒!"又指着一山问道:"这是什么山?"户长道:"这是七盘山。前通潼关,后通蓝关。白茫茫的是汜水。这边是陕西,那边是河南。中间这条曲折的山径,名叫双龙峡。这一边是伏虎岭,俱各险阻难行。"孙爷闻言,大喜道:"有这险阻之处,闯贼不难擒了。"即同家将及户长下山回营。

孙传廷劳碌一夜,受了雾水风寒,旧病复发,日里不能出帐理事。是时,潼关总兵白凯,会齐三镇总兵卜从善、秦冀明、牛成虎等,星夜赶到行营禀见。只见日高三丈,那勤政的元帅,还未出帐发放军情,个个疑惑起来。忽见一个家人,手执令箭,传中军官进入后帐。未久,只见中军官传潼关总兵白凯进见。白凯即跟中军官进了后帐,参见了孙元帅。孙传廷命坐下,吩咐道:"老夫明日与贼交锋,将军可与贼战时,许败不许胜,须引他入七盘山,可放了号炮,老夫自有计策。将军可领人马抄出小路,挡住隘口,擒拿逃散的贼兵,不得违误泄露。"白凯遵令告辞出营。众人问道:"白翁见了元帅,有何话说?"白凯道:"元帅传下密计,不敢泄露。列位在此,不敢久陪了。"白凯去后,中军官照旧逐个将总兵传入,各受密计而去。

到了次日,白凯全身披挂,带兵前往贼营讨伐。李闯见有救兵来了,便亲带众头目出营会敌。一见白凯,就催马拧枪刺将过来,想报妻子之仇。白凯忙用枪架过,急刺相还,战在一处,有七八个回合。李闯不是白凯敌手,众头目见李闯招架有些费力,便一齐拍马上前,把白凯围住。白凯与贼众混战一场,心中想起元帅有令,许输不许赢。便一马闯出,诈败

---

① 打亮——放射出光亮。

而走。李闯催动三军，随后赶来。白凯亲自断后，且战且走。走到七盘山，李闯一来恃路径熟，二来欺白凯兵少，想生擒他，以报当日剑山杀妻子之仇，便一齐赶入七盘山去。正是：

　　　无心撞入天罗网，要想出山却费难。

不知李闯进山去如何，且听下回分解。

# 第 十 七 回

## 成虎误擒假李闯　传廷身故失西安

话说李闯追入七盘山来，不见白凯人马。忽闻一声炮响，喊声四起。情知中计，抽转马头，传令退出山口。行不上半里，突见白凯人马挡路，及退得兵时，又被白凯后面追杀，贼众大败。斜穿小路，想走出潼关，将近双龙峡，又遇秦冀明一支人马截杀，唬得李闯魂不附体。孙昂、高迎祥等拼命保着李闯，往前夺路而走。

过了双龙峡，路险难行。正值午日烘天，军士汗流口渴，忽见一股清泉绕山，各自下马饮水。却被官兵决了上流，大水涌来，势如山倒，人马半被冲沉。那拼性命的，上到山腰，石如雨点抛下，倒毙了大半，只得下山从夹路而走。又遇卜从善的伏兵，乱箭射来，死伤无数。孙昂等死命保主逃出险地。望见山口之处旌旗招展，喊声震天。贼惧不敢向前，又怕别路亦有兵守，商议想向对面高山爬出河南界去。李闯又怕有伏兵兜擒，只得解下黄金甲、雁翎帽，交与一个头目换着，叫他们先爬上去，自己穿了头目的衣服，与高迎祥等在后爬来。适值明月东升，树阴掩映，众贼弃了马，陆续爬上。上到半腰，忽闻数声锣响，拥出无数挠钩手来，先把穿黄金甲的擒去。李闯遂心慌手软，滚下山来，跌得皮损血流。又闻山上三声炮响，只道官兵下来搜寻，无奈聚埋深草堆中，敛手待毙。谁知山上炮声，乃牛成虎收兵的号炮。只道擒了李闯，招齐各处伏兵，望西安献功而去。

孙传廷闻报大喜，命大小官员出城接人，设宴庆贺。及至开堂审问，始知误捉假李闯。人人扫兴，孙传廷呼天长叹，吐血不止。牛成虎跪下请罪，孙传廷安慰他一番，即打发三位总兵回镇，单留白凯在此镇守几日，再回潼关。诸将退出，各自嗟叹而回。

是晚，这个孙传廷乐极生悲，恼成一病。那个李自成绝处逢生，出了七盘山，连夜奔往李双喜营中而去，与宋军师等商议起兵。宋炯打听得孙传廷病重，守城军士无人管束，懒惰偷安。虽有一个白凯勤劳办公，哪里能处处如此，故尔终无济于事。即与牛金星商议，教李闯用个美人局的妙计,不独西安城可唾手而得,兼令孙传廷死无葬身之地。

且说孙传廷果然病重,不能巡城,派一员武弁①,领三百军士在城外要路屯扎,以备盘诘奸细。这三百军士,日在近村饮酒取乐,偶遇七八十个逃难美女,手执包袱,声说前被贼捉,因贼败走,丢下我们,无处安身,求将爷们收留,慢慢访寻亲人,愿把财物一并相送。这个武弁,贪财好色,即拣选几个自己受用,其余分赏军士。大家不分日夜,闹酒轮奸。有甚闲暇巡更守望。及至李闯大兵一到,尽做风流之鬼。即守城的兵将,又得恃城外的营兵做耳目,可以放心夜眠。李贼拥众到城,竖起云梯,鱼贯而上②。砍开城门,一拥而入,放火杀人,尸横遍野。

白凯巡城方回未寝,闻贼入城,即奔帅府,直闯入寝室,想救出孙元帅。谁知元帅孙传廷病势沉重,闻报贼已入城,单吩咐将军快奔福王府中拯救王爷,老夫虽死何足惜?话未说完,浊痰涌上,大喊一声,登时气绝。白凯忙哭拜毕,命家人草草收殓,埋在后花园中,即时飞奔福王府。谁知救驾来迟,福王夫妻,亦已双双死于贼手。白凯被贼围住,大杀一场,用尽平生本事,单人匹马杀出重围,竟奔淮南史可法那里去。后来与黄德功等保扶宏光帝,尽忠于明朝。

再说贼见白凯逃出,也不追赶。天明聚集王府,搜得金银宝贝不计其数。李闯再欲抢掠居民,李岩劝他早登大位,然后抢上北京,则四海九州的财帛,尽属大王,何必向居民掳掠,做此小器之事?众贼齐声劝进。李闯即叫宋炳试占吉凶。宋炳随占一卦,开口奉承道:"恭喜大王,此乃大顺之卦。"李闯大喜道:"既得承顺之卦,就改国号为大顺罢了。但目下宫殿全无,冠服不备,如何做得?"牛金星道:"这个不难,方才福王剩下的衣冠,虽是个王爷服色,暂且穿戴起来。把福王这座银安殿当做金銮殿,待登了龙位后,慢慢制造不迟。"李闯依言,把王府的衣箱打开,戴上交毬冠,穿上四爪龙袍,腰裹玉带,脚着茉莉靴。穿戴已毕,众贼拥他到银安殿登上御座,坐在四爪盘龙椅上。正欲朝贺行礼,忽见满殿冤魂,把李闯扑将下来,侍卫忙喊道:"驾要崩了!驾要崩了!"众贼大惊!不知李闯性命如何,且听下回分解。

---

① 武弁(biàn)——武官;武夫。

② 鱼贯而上——像游鱼一样挨个接连着上去。

# 第 十 八 回

## 西安城杀星僭位<sup>①</sup>　贺兰山魔寇伏诛

话说李闯从殿上跌下御座来，众贼上前扶起。许久醒来，叫左右急把龙袍除去，免得身如针刺；把王冠脱了，免得头被压箍。果然脱去冠服，这会头不昏，眼不花了。手指军师埋怨道："你方才说是大顺之卦，为何穿上这件东西，就头昏眼花，满殿都是冤鬼索命？想我无皇帝的福分了。"宋炯道："大王不必忧虑，只因我主是真命皇帝，应穿戴冲天冠，赭黄袍。这件王爷的冠服，不该穿的。故有此怪异。"李闯道："军师说得有理。如今且换回旧服，待到北京，再接皇帝位罢了。"牛金星道："此事且放过一边，但如今我们得了陕西省会之地，还有七府未曾归降。延绥乃我王的家乡，现存两个好汉，在这处铁魔岭啸聚：一个叫做钻天哨郝鸣；一个叫做开山斧屈龙，手下有数万人马。何不修书，差人前去，勾连他下山，打破延安，保住我主的祖居坟墓，然后再作商议？"李闯依言，即修书差王千子前去。

王千子藏好书信，扮作柴夫绕着山僻小路而走。经过米脂县，怕人认识，想避入林中，待夜才走。忽闻后面有头锣喝道之声，回头一看，知是官府经过，急急避入松林。这位官员乃是米脂县边大绶，因下乡催科在此经过，在轿窥见这个樵夫神色不同，叫左右拿他出来查问。拿到跟前，果见他相貌凶恶，言语糊涂，叫差役脱衣搜身。见他外面衣服褴褛，贴身尽是锦绣，腰间藏着金银珠宝。边知县道："你分明是个强盗，这衣服从何处劫得？从实招来，免受刑苦。"王千子道："这是小人打柴拾得的。"边知县道："胡说！不打不招，与我捺翻，先打四十大板。"皂隶应声上前，把发一抽，网巾落地，露出一封书信，皂隶执书呈上。知县拆开一看，心下着惊道："原来闯贼的奸细，勾连铁魔岭土寇，欲劫延安府。今幸败露，还不招承，与我把他夹起来！"王千子听见用刑，知难隐讳，无奈把姓名说出，从

---

① 僭（jiàn）位——超越本分，登上高位。

实招认。边知县把他带回衙中，连夜亲解延绥镇密禀。总兵陈奇瑜教他将计就计，把王千子立斩。一面把李闯的原书封好，差个心腹家将杜能，扮做李贼喽啰，持书往铁魔岭骗土贼来攻延安；一面发令叫延安知府拨民夫一千，在贺兰山下掘个陷坑，上面用芦席浮泥盖好，专等杜能回音。

不一日，杜能回报，土寇果然中计，起八万三千贼兵下山来了。陈奇瑜闻报，即连夜点兵往贺兰山屯扎。及至土寇到来，看见贺兰山下有官兵挡路，打听得延安参将张应昌领兵在此，郝鸣惧他威名，欲寻别路而行，屈龙道："大哥，不必换路而行，谅他几百官兵，怎挡得我们八万余众。何不今夜劫营，趁其不备？"郝鸣点头称善。

等到三更时候，果然统众前来，拔开鹿角，放声号炮，一齐杀入。张应昌见贼劫营，黑夜之间，不敢混战，传令全军退走。贼怕前有伏兵，不敢穷追，就在张营歇息一夜。次日，率领贼众前来挑战。张应昌披挂出马，两个贼首将他夹攻，张爷败走，即弃了营盘，直认那洒白灰的路逃走，引贼追来。刚引入两夹山口，只听得大炮轰天，上面的檑木滚下，如雨打来。贼知中计，传令退兵，无奈路窄人多，拥挤难出，急往右边空阔处躲避，谁知踏着陷坑，连人带马跌将下去。两个贼首带领残军，急寻生路，突遇张应昌的人马，从左边逼来。陈奇瑜、边大绶的人马，从后面杀到。箭炮齐发，铁魔岭这八万三千人马，竟无一个出得贺兰山。陈爷等趁势往铁魔岭剿灭余寇，把山寨烧为平地，得胜回城，犒赏三军，上本报捷。

边大绶告辞回县，一路行来，想起李闯书上曾托土寇保守祖坟，不知他的风水如何，何不妨查在何处，将他发掘。不觉回到衙中，把烟户册①查看，即发火签，把李闯族人拿来，勒令供出李贼祖坟何在。那族人上日被这反贼拖累，受尽刑苦，幸得逢赦了事。今见知县查问，直把李闯祖坟说出。边大绶即命他引路，去到披云山中，看验明白，即叫几十个民夫，一齐发掘，挖了棺柩上来。砍开看，谁知内有奇样怪物，一见令人唬杀。欲知奇事，且看下回。

----

①　烟户册——指户口册。

# 第 十 九 回
## 边大绥披云掘墓　蔡懋①德太原鏖兵②

话说边大绥颇识风水，看见李闯的祖坟葬在青龙背上，点头道："点穴之人确有眼法，若非今日看破，必成大事了。"急命民夫把三棺掘将起来。撬开一棺，见尸身不坏，遍体黄毛。开第二棺，见枯骨上截黄鳞密布，下截色黑如漆，手足皆成爪形。开第三棺，见黄气四出，内有小金龙一条，黄气直冲而起。众人把小龙打死，仍跌落棺中。边爷吩咐用火烧了，再叫民夫把青龙背上的来脉掘断，然后回衙做了一角文书，申报上司。

这个信息传到了西安，李闯闻知，即捶胸大哭，贼众咬牙切齿。军师传令，尽起大军，离了西安，复出潼关，望山西蒲州一路而来。将近太原，早有探马飞报，太原城外十里有官兵把守。李闯闻报，传令在此扎下大营，打听什么官员在此驻扎。原来系太原巡帅蔡懋德，闻闯贼犯界，与副将牛勇、朱大烈，中军应时中等商议说："贼兵势大，我兵只有八千，为今之计，须要预筹善策，若到被贼兵将城围困之时，那时只有防守之功，并无进攻制胜之力了，又且惊扰百姓，不若带兵出城，在要路扎下三个营寨，分为掎角之势，得以彼此救应，又可作两肋的伏兵。"众将称善。即同见巡按汪直，托他谨守城池，即带兵出城，定下计谋以败流贼。

贼首李闯闻蔡懋德系太原名将，兼之牛勇、朱大烈勇冠三军，即命小红娘褚大江，挑选五百精兵，前去挑战。只见他营门紧闭，人马无声，一连骂战三日，都不见营里动静。回报军师，军师料他用计，传令今夜带甲坐守，以防劫营。守了一夜，并无兵到。次日，李闯亲统大军，前去踹营。来到营前，仍见他旌旗不展，金鼓无声。李闯心中好生疑惑，即与众头目压住后阵，催兵进入营中。只听一声响，平地塌了陷坑，把前队人马跌将下去，后队立脚不住，随跌下来。闯贼带领几个头目拍马而逃，又被左右两

---

①　懋(mào)。

②　鏖(áo)兵——激战。

营兵夹攻,贼大败退走。突遇蔡懋德中营兵来截杀,李闯等死战得脱,飞马奔回营中。宋炯急令营门设下弓弩、火炮,以防官兵踹营。安排已定,官兵刚刚追到,见贼营有备,打得胜鼓而回,差人入城报捷。诸将见李贼败去,才放下愁心。蔡懋德道:"流贼虽贼,我想宋炯乃足智多谋之人,必猜我们得胜而骄,定无防备,今夜决来劫营。"当即传令各营,加意提防,不得解甲安寝。谁知在上的将官传下令来,在下的军兵终不放在心上,以为流贼连败破胆,今夜怎敢复来? 主帅忒心多了,依旧解甲而睡。

至三更时,蔡懋德亲自出营巡视,望见左营火起,忙传令中营不可妄劝,差人飞报右营,叫牛勇提防贼来劫营。再差一个千总①,带兵二百前去左营救应,只可虚张声势,搭救自己人马,不可近前,以防自己混战。待中营救兵到来,然后杀贼。就差应时中带兵二百,以为后应,自己营中只剩一百兵丁。

忽见帐后火起,蔡懋德知中了贼计。贼人之计,乃声东击西之法。劫左营的不过八九十人,虚张声势,呐喊放火而已。见救兵一到,早已走了。大队人马,全攻中营。蔡懋德见贼兵势大,一百官兵如何敌得八千流贼?即传令退归右营。刚遇右营副将牛勇,见中营火起,带兵来救。闯贼的追兵且战且走,李双喜拍马而到,牛勇兜转马头接战。战了几个回合,却被李双喜挑下马来,举刀就砍,幸得左营副将朱大烈赶到,把枪架住,与李双喜厮杀。牛勇急忙上马,保住蔡懋德杀出重围。朱大烈与李双喜酣战,不分胜负,刚遇闯贼大队人马赶来,围住朱大烈,乱箭射死。蔡懋德得脱重围,及至天明,带着残兵,竟奔太原府而来。进入城中,与汪直商议守城之策。随修表章,想进京求救,然后与诸将上城守御。只见闯贼带领全队人马到来,把四门围得铁壁相似,不知这座城池能守得住否,且听下回分解。

① 千总——官名。掌兵千人。

# 第 二 十 回

## 中军府一门死节　武帝庙二臣尽忠

　　话说蔡懋德望见城外贼营两边排开一群头目，拥着李闯来近吊桥，传请兵主上城打话。蔡爷闻言，来至垛口，用护牌遮住，通了姓名。李闯用好言劝他投降，蔡爷道："若要我投降，须要依我一件事。"李闯叫他不妨说出，依你就是。蔡爷道："此乃心腹之言，请大王行近城濠，我有私书呈上。"李闯大喜，催马上前。刚到濠边，被城上一箭射来，正中李闯肩窝，即翻身落马。城门大开，飞出两员大将，来取李贼首级，却被贼党救回。李双喜、高迎祥见应时中、牛勇赶来，二人即时上前抵敌。后面贼众一齐杀来，把牛、应二将围住。二将不敢恋战，夺路而走。蔡懋德亲自出兵接应入城。

　　流贼退回营中，看视李闯箭疮。只见皮黑如墨、痛彻骨髓。宋炯忙叫人去后帐，快请老神仙来医治。那老神仙系河南人，幼时遇异人传授秘方，此要用孕妇之胎及处子阴户炼药为引，百发百灵，能续斩断的肢体，故此军中称他做老神仙。一看李闯疮口，知箭伤有毒，用药医了三月痊愈。即传令把城围得水泄不通。又命李岩领了一百铳手，前去要路埋伏，以防救兵。

　　蔡懋德恐孤城难保，即命牛勇冲围进京求救，吩咐但能杀出重围，即放响箭一支为号，以安众心。牛勇忙上马提枪，出东门而去。贼将周超奎、贾秦言闻报有人踹营，急差人去大营奔报，然后率众上前厮杀。怎挡得牛勇左冲右突，杀得贼众纷纷落马。周超奎见贾秦言阵亡，心慌退走。牛勇拍马赶来，忽见阵角晃动，喊杀连天，知大军杀来，不敢恋战，杀出一条血路，跑出重围，即向空射了响箭一支，拍马望大路奔走。忽听得两边大炮如雨打来，可怜一个好汉，死于非命。李岩割了首级，回营报功。李闯把这首级挂示营门，宋炯急止住道："不可！不可！若把首级悬挂，只怕城中死守难攻。不若将他埋了，慢慢想条破城之计。"老神仙道："城内有个参将张雄，系我心腹朋友，恨不能修书前去，叫他献城。"宋炯道："这个不难,贫道自有计策来。"李闯问:"用何计?"宋炯道:"为今之计,须要退兵,去攻近处城池,然后如此如此,这般这般……"老神仙允诺。李闯大喜,即传令拔寨退兵。

蔡懋德见贼军退去,只道李闯惧怕牛勇去请救兵前来攻打,故此引兵远去。未晓得牛勇阵亡,流贼用计。于是放下愁心,开了城门。任民担买柴草,但各给信牌,出入对验,以防奸细。

忽一日,有队百姓拖男带女前来,声说其县被贼攻破,想入城中避难。守城官报知蔡巡抚,巡抚吩咐,城内有人认识,方许放入。是时老神仙杂在百姓队中,得张雄认识,领入府中。两个定下计谋,又给信牌一面,叫老神仙回报宋炯。宋炯约定后三夜大风起时,从城内放火,便可里应外合,不得有误。一面打发老神仙前去通报,一面暗移大营,来到附近的山林屯扎等候。

到第三夜四更时候,果然翻起大风,刮得飞沙走石。蔡巡抚闻报按院火起,忙披挂上马,想调兵防御。又闻报流贼入城,汪巡抚被杀,忙奔中军府而来。忽见中军府火光烛天,只道被流贼烧了,急拨转马头,自寻生路。谁知此系应时中自己放火烧的。只因应时中闻贼入城,按院被火①,自知大事已去,立定尽节念头。又恐家小堕入贼手,尽驱家眷投入池中,放火烧了衙门,然后奋力与贼巷战,杀了数员贼将。见贼大队人马杀来,自知寡不敌众,恐力竭被擒,只得卸下盔甲,杂在百姓队中逃走,四处寻访蔡巡抚。忽见前边一队人马,喊杀到来。应时中想走入武帝庙中躲避,暗想:"我应时中今日死也不算独死了,只是蔡老爷不知下落。"

正在纳闷,只见一群贼绑住蔡老爷进入庙中,想审问口辞。应时中忙提剑在手,上前把头目杀了。众喽啰见他来得厉害,发声喊逃出庙门外走了。应时中也不追赶,把蔡懋德解了绑,抱头大哭道:"不料我二人还有见面之时。"应时中又把放火烧衙之事告诉一番,转问老爷今欲何往? 蔡爷道:"事势至此,有死而已。"应时中见他说出此话,正与自己同心,一齐与蔡懋德向北跪辞万岁,又拜了帝君,忙解下丝带,在梁上自缢。不知他二人有救星否,且听下回分解。

---

①　被火——被火所遮盖。

# 第二十一回

## 女帅连败两贼兵　贤君大封四伯爵

话说李闯取了太原，重赏老神仙，又封了张雄做个大头目。闻蔡懋德、应时中在武帝庙尽节，赞他忠义，吩咐备棺收殓。即传令起兵，杀回陕西，克日到米脂县，誓杀边大绥，以泄掘坟之恨。即分兵十二万与孙昂、李双喜等十个头目带领，先往潼关远远扎住。自己亲统了三十三万贼兵，直奔米脂县而来。

行至中途，只见前面沙尘滚滚，喊杀连天。登高一望，见坐纛上绣着"良玉"二字。只道左家兵来，唬得胆战心寒，急传令退走。谁知这支兵，不是左良玉的人马，统兵的乃是一个女主。只因当日张献忠自分龙会上离了河南，转回湖广，救取家眷。谁知贼眷早被左良玉拿住，解往军门，把贼巢烧为白地。又会合陈宏范的兵马，阻住隘口。张献忠被他截杀一阵，大败而逃。收集败残的人马，分做七队，暗从山径小路，进了四川，攻打夔州①等处。那告急的本章，纷纷进京求救。朝廷颁下诏书，征取四川附近的兵马救应。那石柱城里，有一洞苗兵女主，姓秦名良玉。袭父男爵，人马十分厉害，奉诏出兵，解了夔州之围，又会合夔州副将方元吉兵马，追赶张献忠。献忠见纛绣"良玉"字样，不敢会战，忙带贼众往小路奔逃。官兵赶了几百里，不见踪迹，商议分兵追赶。方元吉领兵赶东北一路，秦良玉领兵赶东南一路。东南一带多是高山险路，幸亏苗兵轻捷，能走险如飞。过了一座高山，到了大路，撞遇一支人马，喊杀前来，只见大纛写"闯王"二字。秦良玉挥兵闯入贼阵，直向李闯赶来。高迎祥等望见大纛，误认是左良玉的强兵，不敢上前对敌，只保着李闯落荒而走。女帅见路途不熟，不敢穷追，就近往延绥歇马。把前后擒的流贼，拖延绥总兵陈奇瑜上本献俘，然后带兵复回四川苗洞镇守去了。

李闯带领头目逃出数百里外，方放心扎住。打听良玉兵进延绥，不

---

① 夔（kuí）州——旧府名，府治在今四川奉节县。

敢向陕西进发,复转回太原旧路,想从此处抢上北京。只见正南上尘土飞天,一支兵马飞奔而来。闯贼大惊,忙叫探子打听,方知张献忠的人马,也被良玉赶下来的。李闯恐他怀恨前时并吞的旧仇,前来截杀,意欲退兵。牛金星道:"我料张献忠败阵望救,断无报仇相杀之事。大王与他相见合兵,岂不一举两得?"李闯闻言,带了几个头目,上前迎接。那张献忠一来不知李闯并吞了他的人马,二来巴不得要人帮手,三来见他手下的头目英勇异常,不敢把李闯欺侮,随叫声:"李兵主,快把人马合来,后面追兵来得近了。"李闯即传令与张献忠的人马合在一起,刚刚方元吉追兵来到,见贼兵势大,即收兵回夔①州去了。张、李二贼见官兵退去,即商议分兵两路攻打北京。两家折箭盟誓,约平分天下。张献忠领兵一支,从河南一路进取;李闯领兵一支,往潼关会齐孙昂、李双喜等,从山西一路进取。

　　破了几县,各处告急的本章,纷纷奏上崇祯皇帝。皇帝看了各本,方知各处瘟疫流行,京城内人鬼相混,天上日色如血,月色昏惨,晴天白日亦要点灯,交冬之后有雷震,遍地饥荒,烹人而食。流贼抢掠各处,官兵望风投降。凤阳府太祖皇陵,被贼焚掘。孙传廷命丧西安,福王被贼烹杀。李闯攻破太原,蔡懋德等自尽。河南一路俱陷,绛州现在被围。皇上看本未完,不觉掩面大哭。收泪再看一本,是陈奇瑜代奏秦良玉得胜的本章,解贼头目五名来京献俘,龙心稍安。又看一本,是左良玉奏河南、湖广流贼往返扰乱,军民绝食,请各省调兵借粮接济。皇上看罢本章,长叹数声,暗想:李建泰前奏招天下雄兵,只有一个苗洞女主,应诏赶贼。如今贼势又炽,秦良玉已回守封疆,这一支兵纵然不回,亦不济事。今欲尽发京城的四卫兵马,又是老弱难用;欲放粮饷,又仓库空虚。龙心焦躁起来,问各大臣有何高见。刘从周奏道:"流贼猖獗,必须挑选良将,把守扼要的隘口,按地征剿,贼势自然剪灭。"万岁道:"卿家所奏不差。"即传旨封左良玉为宁南伯;封黄德功为靖南伯;封吴三桂为平西伯;封周遇吉为定西伯。各赐金珠宝贝,玉带蟒袍。

　　四伯之中,单说周遇吉接旨之后,闻闯贼复入山西,连破了河东、平阳等处,招集贼兵八十多万,一路上到处归降。即传集众将分路屯扎,竭力

---

①　夔(kuí)。

保守宁武关。此关乃北京咽喉之地,过了此关,就是大同府。

　　大同府离京不过七百余里,李闯畏惧周遇吉威名,不敢向宁武关进取,自愿走平阳一带,多绕了几府,多行三千余里。牛金星道:"大王不必舍近求远。周遇吉虽勇,依臣一计,不用交兵,宁武关可唾手而得。"李闯问用何计? 牛金星详细说来,一看下面便见。

# 第二十二回

## 说总镇解三丧命　舍平阳宁武交兵

话说李闯问牛金星破关之计，牛金星道："依臣愚见，莫若修书一封，差几个能言善辩之人，暗进关中，说周遇吉投降。一来我主先得了一员上将，二来免得另走平阳，岂不两全其美？"李闯依言，即修书一封，高声对两边头目道："哪一个会讲话的，去说周遇吉投降，重重有赏。"只见一个头目应声愿往。李闯认得是解三，诨名油嘴娃。李闯道："解三，你愿进宁武关做说客，但闻得那关门有个杨把总严查出入，你怎能去得？"解三道："我当日曾在宁武关做个铸磨匠，住过几年，杨把总认得我。况关内我有个师兄王虎，现在周府食粮当铸磨手，可以担任进城。到其间随机应变，包管不误。"李闯听了，遂把书递与解三。解三即时扮作铸磨匠，携着家伙进关，去说周遇吉。

周遇吉一日在府闲坐，命左右取出竹节鞭来，叫铸磨匠王虎摩擦。王虎声说竹节鞭最难摩擦，现有一师弟昨日到此，手艺高过小人，恳求老爷试用。周遇吉即命王虎把他带到跟前，细问姓名、住址，答道："小人姓解名三，系陕西人氏，原在这宁武关内做工，回家探望母亲。只因流寇作乱，又遇饥荒，谁知小人的母亲前年病故，小人虚走一遭。回来又遇饥荒贼乱，闻得师兄王虎，在老爷营内食粮，昨日投奔到此，望老爷收留，感恩不浅。"周老爷见他一头说，一头两眼垂泪，遂信以为真，便问："解三，你从陕西一路而来，可知道闯贼动静如何？兵马多少？"解三道："老爷若是不问，小人也不敢说。小人今年春里，来到潼关，被流贼看见小人手持这些家伙，逼我磨了几日工，贼营的事情哪件不知？他现有雄兵百万，勇将千员，那三十六个头目，俱是文武双全的。宋军师有子牙的才，牛丞相有周公之德。兼之闯王赏罚分明，爱民如子，是以各处投降。更有两句说话，小心听见，只是不敢说，恐怕老爷嗔怪。"周遇吉道："你只管说来，本县并不怪你。"解三道："小人听见贼营中，个个都赞老爷是个英雄好汉，若得老爷献了此关，他们情愿结为兄弟，平分一半江山。"周遇吉听见他说到此句,即带他入书房,挥退左右,低声说道:"解三,我看你像闯营差来通密信的,你有甚言语,不妨说出。"解三大喜道:"老爷的眼力果然不差。"随把李闯书信呈上。周遇吉拆开,见书内写着:

> 闯王书达周将军麾下。孤家替天行道,爱民如子,不忍无故加兵,自河东一路而来,尽皆投顺。将军既是英雄,岂不知天命?若献高关,昔日剑山的仇恨,就一笔勾销,封将军为王,平分天下,誓不失信。

周遇吉看毕大怒,即呼家将齐来,把他绑住,大骂一番,剥了衣服,将朱笔在他背脊写字两行:

> 威镇宁武关定西伯周,示谕闯贼知悉:昔者剑山将你妻子拿解军门,凌迟处死,恨被你漏网遗恶,以致如此猖獗。既知我厉害,尚不及早归顺,以延残喘!

又将解三割去耳鼻,赶出城去。

解三满身鲜血,跑回营中,跪倒李闯跟前,哭诉前情。李闯把背上朱字读了,大怒道:"阐①遇吉,你好逞强!把我妻子断送了性命,还敢直说出来,又将我来人羞辱,我与你誓无两立!"即吩咐众头目,整备人马,去攻打宁武关。命义子李双喜做前部先锋,叫牛金星与他改名叫做李洪基。洪基领了五千人马,连夜向宁武关进发。

这个信息传入关内,周遇吉急差家将,护送母亲去四川安置。然后夫妻二人,放心保守此关。过了数日,见一个守城的兵丁,入帅府报道:"流贼到了关前,指名要老爷出战。"周遇吉闻报,忙披挂上马,提戟出关。只见一员小将,年约十七八岁,生得英伟异常,手执点钢枪,身骑赤兔马,在阵前骂战。周遇吉喝声道:"贼子何名?敢来讨死!"李洪基道:"瞎了狗眼,还不识闯王东宫太子李洪基在此!你前在剑山,害了父王的宫眷,不思逃匿,还敢在此耀武扬威,不要走。"便挺枪跃马,冲杀过来。周遇吉用戟架过,火速忙还,战在一处。约有几十个回合,两军齐声呐喊,擂鼓助威。周遇吉见李洪基枪疾马快,诈败引他追来。等他来近,忙调转马头,一箭向李洪基的咽喉射去。不知李洪基性命如何,且听下回分解。

---

① 阐(àn)——同暗。此指糊涂,不明白。

# 第二十三回

## 红孩儿好胜遭擒　李闯王恃强败阵

话说红孩儿李洪基追赶周遇吉，将将赶到，忽听弓弦响处，说声："不好！"侧身向左一偏，刚刚躲过，吓了一惊，急兜转马头，往营中跑去。周遇吉见天色已晚，也不追赶，乘势收兵。

次早，复领兵直抵贼营，指名要李洪基出来受死。李洪基闻报，飞马出来会战。并不答话，举枪刺来，周遇吉急架忙还。战了数十个回合，周遇吉用戟当头一打，洪基忙把枪杆来迎。谁知周爷力大，几乎把他虎口震裂。洪基急拖枪而走，那赤兔马走得极快，周爷追赶不上，随挥动三军，一齐进踩贼营。望见贼营后面尘土大起，知李闯全队到来，即传令收兵。

次日，李洪基进帐见闯王，便道："今日出阵，必要步战，生擒周遇吉。"闯贼大喜，吩咐王儿小心。李洪基领了五百精兵，飞到关前挑战。一见周爷出马，便提枪上前，力战数十回合。见周遇吉武艺高强，马战纯熟，便用枪架住戟道："周遇吉，你我在马上本领一样，你敢与我下马步战么？"周遇吉闻言大喜，暗想："这贼子马快难擒，今肯步战，正中我怀。"大笑道："本镇与你步战，分个胜负。"遂两家喝退后军，不许擅用暗箭。两人下了马，俱用短兵相接。周爷用的是竹节鞭，李贼用的是银装锏①，各走脚势，如龙争虎斗一般。酣战之间，周遇吉暗向自己队上一步步退将下去。李洪基好胜心高，渐渐跟来。周遇吉见离贼军渐远，故意招架慢些，只等他银锏来的切近，尽力将鞭一格。洪基手臂着了一伤，提不住双锏，把身子一闪。周爷抢到他身边，把洪基牵倒在地，一脚踏住，众将上前捆绑。贼兵望见，跑来搭救，被周遇吉上前敌住。贼兵无主，只得败回营中去了。

周遇吉打得胜鼓，押着李洪基入城。李闯见败兵回报李洪基被擒，气得死去复苏，忙吩咐备马，带着众头目来到城边，想奋力攻城。望见城上

---

① 锏（jiǎn）——古代兵器。

用挡箭牌护住无数官员，中间帅字旗下绑着李洪基。随大声喝道："周遇吉，你好把孤家太子放出便罢，倘若迟疑，攻破城池，不留寸草。"周遇吉一见，把李闯怒骂一番，又指着李洪基道："贼子，你若不劝父归降，立将你千刀万剐。"李洪基便望着李闯，哭叫父王救儿性命。李闯低头正在踌躇，众贼一齐鼓噪起来道："纵然我家大王降你，我众人也不归降。"周遇吉见李闯垂泪无言，即时吩咐开刀。一声炮响，把李洪基一刀两段。李闯一见，晕倒马下。众贼扶上马，飞奔回营。周遇吉乘势带兵出城，直踩贼营。贼营大乱，被官兵杀得尸横遍野。众头目保住李闯逃走。官兵追杀数里，然后收兵。

李闯败走五六十里，扎下营寨，点聚残兵，伤亡数万人马。李闯顿足仰天长叹道："罢了，罢了！官兵如此势大，这座宁武关万万不可过去。我们且上河南，会合张献忠人马，同上北京，休要惹这周遇吉罢！"牛金星道："我主不必心灰意懒，况且河南决不能去得。"李闯问："为何去不得河南？"牛金星道："当日我主曾与张献忠约定，分路去攻北京。由那条南路进京极远，由我这里西路进京极近，不过一个月工夫，可以就到，先得了京都。此时我主先到为君，那张献忠后到自然为臣。若与他一起进京，只怕这金銮的龙位轮不到我主，所谓'只碗难放双匙'了。"李闯问宋炯道："军师之意如何？"宋炯道："丞相之言，确有至理。大王不过畏惧周遇吉，我想他不过是个武夫，要过此关，尽可计取。"李闯又问："当用何计？"宋炯道："只用一条反间之计，一条缓兵之计。大王可差人多带财宝进京，嘱买朝内权臣妄奏一本，把周遇吉的兵权削去，此乃反间之计。再命人带书一封去河南，约定张献忠明年五月内两路人马同进北京。目下还有九个月工夫，叫他只在河南一带抢掠。我们若能打破宁武关，不过三五个月可以先到北京。大王龙意若何？"李闯闻言大喜，吩咐依计而行。不知这两条计如何摆布，验与不验，且听下回分解。

# 第二十四回

## 上皇都贿买监军　赴新任骄轻总帅

话说张献忠驻扎河南，常想去湖广劫掠。见了李闯书信，约定明年五月进京，还有八个多月工夫，且到湖广混乱一番，然后进攻皇城未迟。即通知众头目拔寨，前去湖广骚扰。

是时宁南伯左良玉虽在湖广镇守，却与军门熊文灿不和。左家的军心懈怠，所以被张献忠任意纵横，河南、湖广一带尽遭残害。这是明朝国运该衰。况且朝廷又中了贼人反间之计，有些疑忌周遇吉，故此钦差一个东厂太监杜勋，去宁武关监军。宁武关闻得钦差监军到来，大小官员出城迎接。杜勋见周遇吉不到，只命一个旗牌官来迎，心中大怒，把旗牌官打了二十板杀风棒，然后上任。上任之日，周遇吉领着大小官员进监军府，跪听宣读敕书。听毕，周遇吉坐在一张虎皮交椅，不言不语，杜勋开言大骂："周遇吉，你倚着定西伯的身份，藐视监军，既不出城亲接，还敢大模大样，在我这公堂稳坐。你好大胆！"周遇吉大怒，离坐走上前来喝道："杜勋，你这个朝廷的奴仆，倚仗钦差，无故把我家丁毒打，你看这件东西饶得你么？"说着将拳头向上一举，把杜勋吓个半死，朝后一仰，连人带椅跌倒在地。周遇吉一拳把公案打碎，说道："奴才，你好把定主意，若犯在我手中，以此公案为例。"说罢，转出府门，打道回衙。

杜勋被他羞辱一场，密叫李忠设计，将周遇吉谋害。那李忠原来系贼将草上飞刘友，前领李闯之命，带了财宝进京，改名换姓，夤缘钻刺①，投入杜太监府中，做个心腹家人。今见杜太监问计，便叫他私通闯王，献了宁武关，一来报此仇恨，二来富贵不小。杜勋道："我久有此心，只是难得一个通信的人。"刘友见他真心肯降，便把前情直说出来，即向身上取出闯王的礼物呈上。杜勋见了无数珠宝，满心欢喜，即给他令箭一支，命他假探军情，去回报李闯。

---

① 夤（yín）缘钻刺——巴结奉承，投机钻营。

李闯大喜,即与宋炯商议计策。宋炯教李闯明日亲身出战,诈败引周遇吉入马耳山。山中埋伏人马,将他困住。一面差刘友去通知杜勋,叫他如此如此进军。刘友领命,复转入关面会杜勋。杜勋得了宋炯密计,即亲到周遇吉衙中请罪。周遇吉是个光明磊落的丈夫,就不念他的旧恶,以客礼相待。明日又亲到监军府回拜,杜勋殷勤置酒款待。正饮酒间,只见探子来报:"流贼犯界,李闯亲自带兵攻城,请元帅快发人马。"话犹未完,听得城外大炮惊天,喊声震地。杜勋吩咐撤席,快传家将跟我出城掠阵。周遇吉怕他失了锐气,便道:"不劳尊驾出马,待本帅临敌,亲擒贼首。"杜勋故意道:"怎么,元帅正要当先? 也罢,待我同去看贼势如何。"周遇吉即命家将抬了盔甲、兵器到来,当堂披挂,提枪上马,带领五百精兵,四十员家将,杜勋也带了那些长随内司,一齐出了关前。

周遇吉看见李闯在对面耀武扬威,即时跃马提枪,直取李闯。两人战了几个回合,众贼围将上来。周遇吉抖起威风,把贼众杀得纷纷退后。周遇吉认定李闯,跑马赶去,李闯且战且走。周遇吉紧追了十余里,后面众将齐劝:"元帅不可穷追,恐中贼人伏兵之计。"周爷正欲生擒李闯,这些话哪里肯听? 只说:"你们若怕有失,可着一二人回去,催杜太府发兵接应。"众将闻言,有三四个回马,抢回关前,高叫:"杜老爷,前面有埋伏,快发一支人马帮助。"杜太监道:"你等不必惊慌,大约无事。我若发兵前去,岂不混越你家元帅的功劳? 凭他追赶去罢。"说完,即收兵入城。众将着急,只得催马前来,同元帅一齐赶贼,直赶入马耳山中。不知胜败如何,且听下回分解。

# 第二十五回
## 马耳山四面伏兵　总帅府一夫报信

话说周遇吉带领众将，追李闯入马耳山中。刚到两山夹路，不见了李闯。只听得一声炮响，伏兵四起，把东西南北四个山口塞断，周遇吉等被围得水泄不通。有一牧童赶着一群羊，也被困住，仰天大哭。周遇吉传他到来，盘问一番，方知这里地方，除了四个山口，并无别路可出。叫他把这羊群借烹充饥，以待救兵。谁知外面救兵是等不来的，只因杜勋见周遇吉穷追李闯，知他中计，一面差人去马耳山打听，一面放了流贼的奸细入城。又暗传军令，不许到元帅府走漏风声，免他妻子知道。

是日，白氏夫人见老爷去杜府赴席未回，恐有什么歹意，忧愁了一夜。次早，即命家人到监军府打听消息。不久，来人回报："老爷昨日在杜府饮酒，撤席后即命家将抬了包裹，披挂出城，巡察烟墩寨堡，三日之后方回。临行时吩咐，叫夫人不必挂心。"白夫人信以为真，放下愁肠。

谁知这三日内，杜勋差了四名长随，往马耳山打听消息，只见三个回来报说："周遇吉中计被困。"杜勋大喜。又问："你们四人同去，为何少了一人回来？"众人道："那个刘茂好酒，回来饮醉，怎敢来见老爷。"杜勋大怒，即命人拿他到来，打了四十大棍，革去身役，赶出辕门。刘茂怀恨在心，即走去周府通报消息。一见白氏夫人，便诉说杜勋这个奸贼，私通流寇，一心要害元帅，并与流贼约定，引元帅出城追赶，困入马耳山中。白夫人隔帘问道："刘茂，你既系杜府家人，为何来我府中泄露他奸谋？你莫非有诈？"刘茂道："夫人不必多疑。小人因去马耳山打听来迟，被奸贼重责革职。现有棒疮为证。"白夫人见他说出真情，不觉眼中垂泪，怒气填胸。即时改换戎装，结束停当，命刘茂引路，挑选五十名能征惯战的女兵，一齐提刀上马。先扑到监军府前，叫门上小卒通报你家杜老爷说，周夫人亲来问话："我家老爷到底是巡边去了，还是赶贼去了？"里边的总管正在门前，听见此言，就答道："不用进去通禀，杜府老爷预先吩咐说：总镇监军，各管其事。周老爷的去向，老爷怎能知晓？你们若不放心，只管四处找寻，不必在此搅扰。"白夫人闻言喝道："你这该斩的奴才，同城的官员怎说各管其事？我家老爷赶贼，被困马耳山中，为何推故不知？叫太监快快发兵，跟我前去解围便罢，倘有差池，狗命难保。"总管听见话头厉害，忙进去通禀。不久，出来说道："我家老爷说，多多拜上夫人。周老爷有万夫不当之勇，纵然被困，可以杀得出来，何必前去费力？这里守城的兵马无多，哪敢擅离城郭？夫人请回，不要在此惑乱军心，怕有不便"。

　　白夫人闻言，指着辕门①大骂奸贼一番，即催马出了西门。刘茂引路，飞奔马耳山前。望见东山口的贼营，刘茂道："这就是贼将高迎祥的营寨。他手下有三万人马。也是流贼中有名的头目，与他对敌，须要小心。"夫人听了，把双刀向后一摆。五十名女兵，一齐发喊，跟白夫人飞临军阵。流贼看见，一齐喝道："哪里来的，是大顺兵马，还是大明的兵马？快快说明。"夫人听见，便一声喝道："流贼听真，我乃威镇宁武关总镇定西伯周老爷的夫人，前来解围的，早叫贼首出来受死。"高迎祥听见此话，对众贼道："周遇吉的婆子不是好惹的，你等须要小心。"说罢，提叉上马，带领四十个头目，五百喽啰，出了营前，说道："女将慢来，你的丈夫不在这里，快往别处寻找罢。"夫人闻言骂道："万剐的贼囚，定西伯明明从东山口进去，还敢说话糊涂。"即提刀拍马上前，照高迎祥顶门一劈。不知高迎祥性命如何，且听下回分解。

---

　　①　辕门——古时军营的门或官署的外门。

# 第二十六回

## 白夫人怒踩连营　周元帅雪夜追寇

话说高迎祥被白夫人双刀劈来,忙用叉架过,火速忙还,战在一处,有四十多个回合。高迎祥渐渐招架不住,勒马望营门而走。白夫人率众追来,将近营门,只见贼营乱箭发来,把女军射退,即时紧闭营门,周围布满铁蒺藜、绊马索,人马不能前进。此时,天已晚了。夫人传令退兵,择一座高岗扎下营寨。

歇了一夜,东方渐明,夫人叫声:"刘茂,你看东山口防备甚严,难冲过去,还当引路,再闯北山口,且看何如。"刘茂领命,即刻拔寨起程。赶到北山口,现出一座贼营。那贼营昨晚已得了东山口的信息,预备大炮。见女将踩营,一齐放炮轰打。女军连忙退避二三里。歇了片时,夫人又传令再攻贼营,一连几次,俱被大炮打回。看看日已西沉,只得埋锅造饭。夫人对刘茂说道:"老爷入山已经五日,吉凶难料,万万不能耽搁。何不今夜借月光,另去西山口进兵,试看何如。"刘茂应允,即催马当先,引着女兵走了一夜,才到西山口,天色渐明,周夫人在马上隐隐望见贼营,心急救夫,不辞劳苦,挥动女兵,就踩西营。西营主将周超,闻报忙提枪上马,出营接战。一见白夫人,便说了几句招降的胡言,讲了几句恐吓的大话,激得白夫人怒气填胸,忙拍马举双刀砍来。夫人虽是女流,勇力不小。周超用枪来架,觉得甚是沉重。用尽平生之力,紧紧托开。夫人左手的刀,早已横掠过来。周超招架不住,右膀的甲片被刀尖划开到骨,几乎跌下马来,不敢复战,跑马回营。众贼见女将追紧周超,一齐上前拼命,救了主将入营,乱箭射住阵脚,夫人不敢上前。这贼也精猾不过,但见夫人退后,就收弓藏矢;见夫人进前,就搭箭张弦。夫人无可奈何,只得叫刘茂又引去南山口。相离一里之远,就闻大炮震天,虽离得远,亦被火炮的余力,打伤几个女兵马脚,连人带马掀翻在地。夫人一见,忙传令退下,在马上长叹一声,眼中流泪,想道:"我连踩四路,俱被箭炮打回。老爷被困山中,外无救兵,内无粮草,岂不活活饿死?我要这性命何用,不如先寻自尽罢!"

便吩咐刘茂与女兵道:"你们速速回去,奔至岱州,报与老太太说,老爷被困马耳山,夫人连踩四路山口不能进入,已在南山口自刎,不必挂念。"说完,就想用左手刀在颈上割来,早有女兵上前把夫人的手格住①。刘茂忙劝道:"夫人不可如此。我们慢慢用计,偷过贼营。夫人一死,老爷必不能生。纵然老爷难出重围,有夫人在,或可报仇;若一时短见,岂不两误。"刘茂与女兵正在苦劝,忽然乌云满天,霎时间大雨倾盆。刘茂叫夫人快趁雨踩营,贼人不能放炮,包管成功。白夫人大喜,一齐冒雨踩营,贼兵大乱,各自逃生。剩下的残兵,同跪水地乞命。夫人叫他们搬开山口的木石,登时路途已通。太阳复现,夫人自己把住山口,命刘茂等去寻老爷出来。周遇吉出了山口,夫妻相见,各叙衷情。周遇吉长叹一声道:"据夫人说来,目下宁武关就难保了。"回头望着刘茂道:"今日之事,多亏好汉。待贼破后,荐拔你做个高官。"刘茂跪下说道:"小人不愿为官,自愿跟随老爷做个内丁。"

正谈论间,只见两山万马奔腾,原来是李闯调齐四路人马,来追周遇吉。周遇吉夫妻挥动众军,奋勇上前迎敌,杀伤流贼不计其数。周遇吉叫夫人回关,以防奸贼。我今再要杀入贼队,务取闯贼首级。夫妻二人垂泪分手。周遇吉见夫人去了,把手中戟一挥,直撞入贼队,往来冲杀百万军中,如入无人之境,单向李闯追杀。众贼左右保护,败将下去。周爷挥众拍马紧追,追过岔口,不见贼人影响,心中疑惑。怎晓得系宋炯用计,从旁边小路转回宁武关,叫杜勋献城。刚刚来到关前,天色已晚。宋炯写了一条字,缠在响箭射入城内,刚被草上飞刘友拾得,走入监军府,递与杜勋。杜勋看了,就同刘友等一伙奸细,竟扑西门而来,等候三更行事。不知后事如何,且听下回分解。

---

① 格住——格,阻碍。格住,挡住,限制住。

# 第二十七回

## 宁武关玉贞尽节　岱州城遇吉冲围

话说杜勋与草上飞刘友,带领一班奸细挺近西门。三更时候,听见外边响箭射来,知李闯入马已到,忙把守城的兵丁拿了,砍开城门,尽把流贼放入。李闯与众头目进入监军府歇马。宋炯道:"事不宜迟,总帅府中现放着一个周遇吉妻白氏,倘若被她得知,逃了出城,会着周遇吉,如虎添翼,就难制了。需要趁她不备,设法擒拿,以绝后患。"李闯答道:"有理。"即传令众头目,听军师调度,去擒白氏。

白氏自得马耳山踩营回来,劳苦过度,卸下戎装,睡在床上。睡至半夜,忽见侍女入报流贼进城。夫人闻言,吓出一身冷汗。即传令家将女兵,披挂上阵,想一同杀出西门,去找寻老爷。刚出了辕门,遇着高迎祥的围兵。混杀一阵,不敢恋战,夺路往西门而走。又撞遇扒山虎麦黑子领兵拦路,乱箭射来。白夫人说声:"不好!你等家将,退后亦死,上前亦死。与其死在后面,孰若①死在前头。倘或杀得出去,寻得老爷,自有生路。你等跟随我来。"便拍马舞刀,向箭林中直扑,杀出血路,冲出重围,攻开城池逃去。回顾家将女兵,得生无几。后面贼兵紧追上来。过了城濠,闻一声炮响震天,被宋炯拦住。第三队贼兵冲杀上来,约有雄兵三万,勇将百员,把白氏夫人等一齐围住,鸟枪弓箭,四路打来。可怜白夫人身中带病,又战了半夜,力尽筋酥,两口刀似有千斤多重,近身兵将只有几人,身上又中了数箭,自知不免,仰天大叫一声:"婆婆,老爷!妾身不能相见了。"说罢,把刀向颈一割,正是:

　　　　可怜一阵东风过,吹落桃花满地红。

剩下家将女兵,见夫人自刎落马,同大喊一声,一个个拔刀自杀。

流贼上前取了夫人首级,回关报功。李闯大喜,除了一患,只虑周遇吉回来大杀,就命这得胜之兵,连夜出城,在西门外百里之地埋伏。又点

---

　①　孰若——不若;还不如。

了几千兵在后接应,又调两支兵在护城濠畔把守。然后,自己同宋炯等在城楼上观敌,专等周遇吉到来,将他生擒。

且说周遇吉先时追敌,直追至交界地方,不见敌人踪迹,只得带兵回来,指望保守宁武关。不料来到关前百里,一声炮响,两边伏兵冲杀出来。周遇吉暗想:"我只道李闯逃出界外,谁知还在这里地方。"即拍马拧枪,竟踩贼营大队,犹如猛虎一般,把贼兵枪挑鞭打,纷纷落马。贼兵见他厉害,渐渐不敢近。剩下四名家将,跟着周遇吉,并力大杀一阵,冲出重围,加鞭飞奔宁武关而来。接近城边,望见城上并无兵将,一支大旗随风飘展,隐隐露出一个"顺"字。四门紧闭,冷冷清清,心中大疑,叫家将齐过吊桥,用声高叫:"守城的军士,快快开城,你老爷回来了。"只听一声炮响,周围竖起"大顺"旗号。杜勋在城上高叫:"周遇吉,你来迟了!快快下马投顺闯王,免致夫妻同做刀头之鬼。"周遇吉见是杜勋,大骂他欺君卖国奸贼,天地不容,还敢劝伯爷投顺。一面说,一面弯弓搭箭,想将他射死。奸贼眼快,忙下城催动贼兵杀出。周遇吉带四名家将,冲入贼队,拼命乱杀,如入无人之境。李贼在城上看见,即传令二十名头目,一万贼兵,出城接应,把周遇吉团团围住。又杀了多时,周遇吉见家将尽亡,只剩单人匹马,奋勇杀开一条血路,飞奔岱州城,去见母亲、王爷。

这位王爷乃是金枝玉叶,世袭岱王之爵,镇守大同一带地方。突然见周遇吉独自一人,从宁武关而来,情知不好。及见他说出杜勋卖城,宁武失守之事,忙传齐文武上城守御,叫周遇吉暂回私宅看视,速来相帮。周遇吉领命回府,拜见母亲。正诉说宁武失守,白氏不知生死存亡之事。忽见家人来禀,贼兵四面攻城甚紧,岱王爷差人相请。周遇吉忙叫母亲快快收拾,待儿保母出城。老夫人道:"我儿,你速去帮守城池,不必在此留恋。自古尽忠难以尽孝,你难道不知为娘自有主意,快快去罢!"遇吉从命,别母出门。先进王府,与岱王商议,忽有军校来报:"周老爷,不好了!赵氏老夫人举火焚府,府内男女家口共二十六人,一齐尽节①了。"周老爷闻言,大喊一声,气死在地。岱王叫左右将他救醒,说道:"将军不必悲伤,且待退了流贼,请旨追封罢了。"

————————

① 尽节——指死亡。

说罢，即点五十名御林军，跟周遇吉同去守城。周遇吉来近城边，又有一人飞报前来，说王爷将姬妾锁在楼中，亲自放火，自己缢死在偏殿了。周遇吉闻言，伤心垂泪，自思："料想此城难保，不若先从此门杀出，投奔宣府请救。"即对众军说知，一马当先，齐出北城口，踩贼大营，被贼重重围住。五十名御林军死里逃生，无不一以当百，跟住周爷冲突，所到之处，只见人头滚滚落地。不知周老爷杀得出重围否，且听下回分解。

# 第二十八回

## 全忠烈周家独占　抱贞节张宅流芳

话说周遇吉带着御林家，踩进贼队，杀了一层又一层，但五十名御林军怎敌得八万贼众？纵使杀人如切菜，亦有歇手的时候，可怜一个个尽丧沙场。周遇吉此时画戟已经砍折，手提钢鞭往来冲突。所到之处，无不靡溃①。宋炯望见，忙吩咐弓箭手一齐放箭。周遇吉手无兵器，又知鞭短不能拨箭，坐下的马又中箭倒地。遇吉周身中了数箭，看见后面贼兵追得近了，大喊一声："臣力尽矣！"即望北叩头，拔剑自刎而亡。后人有诗赞曰：

男既忠兮女又烈，成仁取义题名节。

夫妻视死果如归，万古英魂同日月。

李闯吩咐将周遇吉尸首抬回宁武关，与白氏的尸首合葬，在城上号令。即带兵进了岱州城歇马。

宋炯就叫杜勋前来，吩咐了几句，叫他往复北京。杜勋即离了岱州城，进京见了万岁，妄奏周遇吉不听劝告，以致丧师失守，自己如何逃脱，方得回朝。皇上信以为真，误留这奸贼在朝，做司礼监②之职。杜勋谢了恩，回到私第，把带来的金银宝贝交给朝内大臣，以为日后内助，此乃宋炯教他的奸计。

宋炯自从打发杜勋去后，与李闯等商议，择日起兵攻打宣府。宣府的文武官员，闻得这个消息，吓得面色如土，会齐商议，俱以投降为是。随吩咐百姓备办花红酒礼③，等候闯王兵到，出城迎接。是时李闯接得献城的表文，心中大喜。传令麦黑子为头队，进城安抚百姓，大兵随后而来。麦黑子带领五百喽啰兵来到城下，只见城门大开，百姓们一队队头顶香花，

---

① 靡（mǐ）溃——一片溃败。

② 司礼监——官署名。明代设置，有提督、掌印、秉笔、随堂等太监。

③ 花红酒礼——指绸缎、食物、酒等各种礼品。

或执花红羊酒。那些乡绅耆老①，跪捧酒杯道："蒙大王不杀之恩，备酒礼奉敬。"麦黑子大喜，下马接杯。有个乡绅手举大杯道：大王海量，请饮三盅。"麦黑子接杯饮酒，不及提防，被这乡绅扳倒劈死。

这乡绅系进士张自完，为人忠正，妻李氏极贤。所生三子：长子友凤，丙午科举人；次子起凤，现做福建参将；三子附凤，现任翰林。那日张自完闻得各官想投降，曾到各大员跟前苦劝，协力守城，尽心报国。见各官俱贪生怕死，不肯听从，自思世受皇恩，怎生随众投贼？忙叫家丁邀齐邻近百姓，劝以大义，各愿舍命杀贼。张自完带了这些家丁义民，约百余人，杂在百姓队中，把贼行刺尽义。众义民见贼首被杀，遂一齐动手。贼众措手不及，多被杀死，忙跑出城外逃命。众人一齐鼓噪，随后赶来。早有贼兵飞报大队，闯贼忙传令铁骑前来救应，一齐飞马上前。张乡绅与众义民知难抵敌，一起自刎而死。李闯传令，不论文武官员军民人等，一并屠杀。可笑那贪生的官员，竟无一个得生。

此时，已有人报到张乡绅家，李夫人听见丈夫身死，哭个死去活来，一家大小，俱各痛哭。只闻外面街市之上，乱纷纷都是流贼，也有吆喝献出财帛的，也有吆喝叫女子出来陪酒，免他汉子过刀②的。说着说着，北大门打得声响。李夫人把尽节免辱的话对他们说知，果然忠义出于一门，婆媳同心，一齐装扮起来，行至堂前，拜别祖宗，又拜了婆婆。此时娘儿们心如刀割，抱头大哭一场。哭到伤情之处，听见家人报道："不好了！贼把大门打开了。如今在那里劈二门，夫人奶奶快快寻躲避之处。"李夫人叫声："媳妇们，快跟我来！"三个媳妇跟着婆婆出了后门，进入文庙，一齐跳落泮池③。

流贼刚赶到来，一齐乱嚷道："可惜这四个好女娘投水去了！"吩咐喽啰把挠钩捞上来。众将欲下钩，一阵阴风从水面卷起，把贼首邱四吹倒，登时七窍流血而死。众贼心慌逃走，自后一个贼不敢进来。

先时，张府有个家人在短墙躲避，暗中见众夫人投水，阴魂杀贼。贼去后，忙跑回府找寻躲避过的亲邻说知，齐到文庙泮池边。果见贼死在

①　耆(qí)老——六十岁以上的人为耆。此指老年人。

②　过刀——指被杀。

③　泮(pàn)池——古代学宫前的水池，形如半月。

地,口鼻血染。人人切齿,拿石块乱打。内中有位年老的道:"众位不必打了,且把夫人的尸首捞起,殡殓要紧。"就有几个会水的跳下池去,即时摸着,抬上岸来。原来婆媳四人紧紧抱在一起,面色如生。大众看了,即时与张自完的尸首,一齐买棺收殓,停在张府。及至贼兵离了宣府,然后抬至霍家庄张家坟上,依次安葬。立下碑记,题写"张氏忠烈之墓"。后来把霍家庄改做"五烈庄",至今美名不朽。有诗为证:

　　　　五烈庄前张氏坟,内埋五烈尽忠魂。

　　　　夫因报国遭兵劫,妻为全贞赴水溢①。

　　　　更有捐生三媳妇,心无惧死半毫分。

　　　　虽然后世留名姓,更入歌词千载闻。

张乡绅合家尽节,尸首埋葬停妥,人心稍慰了。但不知那周遇吉夫妻尸首,被贼拿去宁武关,究竟不知怎样归结。若无下回分解,怎能释得人心。

---

① 溢(shì)——水边。

# 第二十九回

## 报知己义举葬尸　自相残争功反目

　　话说宁武关被流贼残破，百姓四处逃走。打听得贼众远去，只留下一个头目独眼龙，领三百喽啰在此守城，难民渐渐转回家乡。只见城头上高挂着周遇吉夫妻首级号令，人人嗟叹，只惧贼党，不敢收尸埋葬。内中有个乞丐对众耆老道："周老爷当日在此做官何如?"耆老道："真绝好的老爷，爱国惜民，乃国家擎天柱石。可怜为国尽忠，夫妻惨死，尸首暴露，真真可伤!"说到其间，无一不落泪的。乞丐道："众位高年，既知周老爷是个忠臣，何不把他尸首收殓，也见得我们百姓有此义气。"耆老道："朋友，你不可多言，只怕惹祸。难道不怕城中这三百贼兵吗?"乞丐道："列位若有义气，漫讲三百贼兵，就是一千也不惧他。"众人就问明白："你口出大言，莫非有些武艺? 只怕虽有武艺，一人怎敌得三百贼兵? 况且我们百姓又是杀破胆的，莫说疯话罢了。"乞丐道："我武艺虽然有限，倒有一个计策，不用刀兵打他，只需要那些肥犬牛羊，几坛好酒，便叫这些贼子去见阎王。我们放胆收尸，才算好计。"内有个老者道："想必将这牛酒犒劳贼兵，暗下毒药，把他们毒死么?"乞丐道："正是此计。"老者道："此非善计，三百贼兵怎能一齐毒死?"乞丐道："虽未必个个尽能毒死，趁他慌乱之时，我们四下放火，有胆的进营杀贼，无胆的呐喊助威，赶散贼兵，便可从容行事。"众人闻言大喜道："此计极妙! 请问朋友高姓大名?"乞丐道："我乃当日引周夫人去马耳山解围的刘茂便是。因周老爷夫妻尽节之后，自己扮作乞丐，跟随难民逃走往来的。"众人闻言，越加欢喜。

　　各人备办酒肉，犒劳贼兵。独眼龙见百姓如此盛情，吩咐喽啰开怀畅饮，重赏百姓，打发出营。刘茂等去之不远，听见营中叫天喊地，乱嗥起来，知贼中毒。即时四面放火，喊杀入营。杀得贼人彼此不能相顾，急向营后逃奔。刘茂领着百姓在后面追杀，追出城外九里。然后回关，把周遇吉夫妻的尸首解下，备棺收殓，葬在西门外高岗，立了一道碑记，写着：

　　**义男忠烈威镇宁武关周定西伯夫妻之神墓。**

刘茂安葬周遇吉夫妻完事，报了知己之恩。自思杀了九百流贼，贼众现在宣府歇马，闻知必不肯干休，不如投奔别处安身，以免后患。想罢，辞别众人，竟去南京，投在黄得功营内。

且说那黄得功与左良玉同做河南总兵。左良玉援剿西路，兼管湖北等处；黄得功援剿东路，兼管南京凤阳等处。闻得八大王张献忠差了一员勇将史金刚，带贼兵三万，前去攻抢江南一带地方，好与闯贼会合。已经把安徽之地俱已抢遍，将离凤阳不远。黄得功自思，凤阳乃皇陵重地，当年曾被流贼骚扰，皇上把文武官员一齐问罪。如今此地系本镇带管，倘若失陷，其罪难逃。即吩咐传令挑选五万精兵，连夜起程，去护守皇陵。

这黄得功系辽东人，少时嫖赌无赖，困于饥寒，曾做驴夫①，杀死截抢的响马贼，报功在郝总爷标下听用。为人身长六尺，腰阔六围，浑身有千斤膂力②，屡屡杀贼有功，连升总兵，加封靖西伯之职，正是当时有数的勇将。史金刚虽勇，究竟不是黄得功的对手。所以两军在陶金店的地方对垒，被黄得功打败，逃奔河南。黄得功直追到汴梁交界地方。汴梁总兵陈永福闻贼败阵逃来，暗传军令，假扮渔船，渡贼到黄河中间。一声梆子响，众水手往腰间取出刀斧，把渔船砍穿，放水入船，把贼沉在水中。史金刚在水中挣命，纵有天大本事也用不着了。这里的军士都是会水的，各伸挠钩拽上岸来，一拥上前，把史金刚等捆绑，丢在水中丧命了。其生擒的一百四十名，即修本章，差遣副将朱英，参将那希，带领五百人马，押着囚车，上京报捷。两员将官接了本章，挑选五百人马，押着囚车，渡过黄河。进了芦荻港，忽见两边草苇丛中，抄出两支兵马，在前呐喊，拦住去路，大纛上绣着一个"黄"字。二将一齐催马上前，喝道："我乃汴梁陈总兵标下官兵，奉令押解流贼进京，你们何处军兵，不得在此阻路。"只见旗门分开，拥着一员主将出来，说道："你认认我本镇黄得功在此。我且问你，囚车里面是哪里的罪囚，如今解往何处？"二将道："这是凤阳败下的流贼史金刚等，被我们陈总镇用计拿下，差末将解京报功的。"黄得功大喝道："胡说！分明是陈永福恃主欺客，承受现成功劳，岂是他用计擒的？你速把囚车放下便罢，不然性命难保。"二将见黄得功厉害，难与他对敌。即刻放

---

① 驴夫——旧时专为人牵驴，伺候人的人。

② 膂(lǚ)力——体力。

下囚车,带人马跑回汴梁报信。

陈永福闻报大怒,吩咐备马,待本镇与他见个高低。游击①鲍永忠谏道:"不可! 黄得功将勇兵强,难以取胜。依末将愚见,他既然抢去囚车,一定备本命将解京。趁他还未去远,老爷把本章交与末将,带领一支人马,抄出小路,赶至前途,把囚车依旧夺下,不分日夜,先入京报捷。这件功劳,还是老爷承受,岂不好过亲自与他动粗?"陈永福道:"鲍将军言之有理,孙将军快把背上的本章脱下来,交给与他。"只见一人抢步上前,连声:"不可。若差人前途夺回囚车,他日圣上闻知,夺功相杀,岂不罪同一体? 现有一条上策,为何不行呢?"不知此人是谁,所献何策,且听下回分解。

---

① 游击——武官名。

# 第 三 十 回

## 两总镇目无王章<sup>①</sup>　一阁臣戏任军旅

话说献策之人，正是阎公子。陈爷问道："依外孙有何妙策?"阎如玉道："外祖可将黄得功抢囚冒功等情，具本入奏，朝廷自有公论。"陈爷道："我何尝不思上本辨明？只是东厂太监当权，倘黄得功将银买转了太监，则我反得冒功之罪。不如且夺囚车，亲解进京，纵然黄得功弄手脚，现囚车是我献上，彼此料难互赖。"说罢，即命鲍游击带领人马，速去前途截抢。倘得成功，速来报知。鲍永忠得令而去。

过了数日，有小军来报，黄得功差遣大将王杰带兵解贼，被鲍将军杀死，夺回囚车，解京去了。陈爷大喜，专望京报的好音。

谁知京上的消息，李闯早已先知。因他常有奸细在京打听，闻得陈、黄二将夺功的本章，同进京中。皇上发下刑部，把贼囚史金刚等严审口供，以定何人擒获。

有个刑部主事王文，此系王杰儿子，闻父亲被陈家兵抢囚时杀死，现有此案，可以报仇。暗叫狱官买嘱史金刚，教他临审时，只说被黄总兵拿住，陈总兵劫夺进京，约定劫牢反狱，大闹京城。果然三司<sup>②</sup>会审时，史金刚就依狱官之言供出。承审官依此口词，写本奏上。圣上大怒，着该省巡抚并江南总兵黄得功，并力擒拿陈永福，立刻处斩。

李闯在宣府闻得此信，喜对军师道："若得汴梁陈永福一死，南路一带尽属孤家了。"宋炯道："陈永福纵然丧命，还有左良玉、黄得功两支人马厉害。不如趁此机会，大王写下一道旨意，招降陈永福，叫他从南路抢入北京。"李闯就依军师主意，修书差牛金星、苗人凤等八名头目，领兵三万，从山西抄上河南，招陈永福归顺。一同会兵，约定明年三月中取齐。

牛金星等得令而去，不久抢到河南。河南总兵陈永福闻报，有一伙流

---

① 　王章——犹王法。

② 　三司——明清两代指刑部、都察院、大理寺。重大案件，三个部门会审。

贼在对面安营,现差一个头目,来辕门投书。陈爷叫众将当面拆书同看,以免疑心,只见书上写着:

> 闯王李某,拜上汴梁老总戎陈大人麾下。尝闻良禽择木而栖,岂贤人不择主而事?今明朝气运已尽,天下半属孤家。且将军目下有杀身之祸,黄得功奏你夺功杀将,谏催辨明,何不改志来降,不止得生,而且富贵无穷也。希为早裁。

陈爷看罢,一声大喝道:"下书的贼寇叫什么名字?"答道:"小将就是苗人凤。"陈爷道:"左右与我绑去杀了。"两旁刀斧手即将苗人凤绑住,往外推拥而走。

忽有军校慌慌张张地来跪下,道:"大老爷,不好了!万岁发下一道旨意,说老爷通贼劫囚,着熊抚院会同黄得功,前来拿老爷正法了。"众将闻言,一个个面如土色,齐劝陈爷降贼保命,免受千古不白之冤。说得陈永福心动,正欲允从,座后忽转出阎公子,放声大笑道:"今日之事,真是天定。孙儿若从外祖举兵背主,却又污了我家清白门风;意欲拦阻,怎思外祖蒙冤枉死,不若孙儿去黄泉奉侍母亲罢了。"拔剑就要自刎,众将一齐夺下。陈爷吩咐将他扶进后帐。阎公子就收拾行李,不辞而行,竟奔广东找寻父亲去了。陈永福即传令拔寨,改转大顺旗号,渡过黄河,与李闯合在一处去了。

黄得功闻得陈永福降贼,即会同熊抚台提兵追赶。追之不及,只得撤兵回营。登时修成本章,星夜飞报北京。皇帝览了表章,甚是焦闷,与朝臣商议退贼良谋。众臣请帝出榜招贤,挂帅剿贼。万岁道:"目下贼势迫近京城,招贤迟不济事,况且兵权岂容易与人,倘有一失,其祸不小。不若尽起倾国之兵,待朕明日亲自领兵征剿。"只见阁臣李建太出班奏道:"现今民穷财尽,仓库空虚,御驾岂能亲征?必要先得粮草,然后选兵,方为上策。"万岁道:"为今之计,粮草从何而得?"李建太道:"国饷虽空,可向群臣借贷。请我主发一道旨意出去,按品级大小,或借三万二万,或借三千五千,暂作军需。待国饷有余之时,照数赐足。"万岁听罢大喜,即写了一道借饷的圣旨,就命李建太奉去劝签。李建太退回相府,请齐王亲国戚、王公侯伯到来,唯有周皇亲诈病不到。李建太开言对众臣道:"列位世辅，只因流贼猖獗，迫近京城，万岁想调天下兵马勤王①，奈仓库空虚，传旨暂借俸银，以助兵饷，事平后加倍归还。"各官闻言，踌躇半晌，俱托言近来贫困，祭田②失收，实在不能助饷。李阁老听了众臣之言，就把急话发出来道："列位世受皇恩，家家享用，应晓恩从何处得来。如今贼将犯境，还推挡不肯借饷，倘贼破京城，且看列位的家财保得住否？"众人听见他言语厉害，背后商议一番，齐声道："既有圣旨，为臣岂有不遵？老先生不必急，待我们变卖家私，共助兵饷就是。但要事平之后，照数赐还，不可失信。"李建太应允，即依官爵品级均派，逐一开列，贴在朝房。可笑那勋戚③大臣，也有假装变卖家产的，也有出账变卖奴婢的。明明家里拿得起的，亦先交一半，其余陆续慢慢向户部交清。共收银二十余万，将报单送至内阁。

　　李建太就委兵部出榜招兵，旬日间招得八万七千余名。李建太亲往御较场操演，然后奏闻圣上。虽是他忠心为相，怎奈他原是个白面书生，军务中的事体，一些不晓。哪知道所招的，尽是些游手好闲无用之辈。但见盔甲鲜明，旗镳招展，便心中欢喜，即奏明圣上，自愿领兵出征。龙颜大悦，即赐尚方宝剑一口，不论文武官员，不遵号召者，先斩后奏。再挑选四卫营兵，共成十万。又加封李建太为天下招讨兵马大元帅。克日④出师，御驾亲自出郭饯行。目送人马去远，然后回朝。一路上龙心甚喜，以为建太必然扫尽流寇，成了大功。究竟胜败如何，且听下回分解。

---

①　勤王——出兵救援王室。
②　祭田——将田间收入专用于祭祀的田地。
③　勋戚——有功勋的皇戚。
④　克日——限定日期。

# 第三十一回
## 李建太无意交兵　宋献策解说谣谶

　　话说李建太领着十万大兵，夜宿早行，出了卢沟桥，来至窦店地方。天色已晚，扎下营寨，住了一宵。明日有钦差赍圣旨到来，李建太跪听宣读，说道："朕昨日接到两处飞报，李闯在宣府歇马，不日就要兴兵前来。陈永福投降流寇，骚扰河南，将近北京交界。卿家须要从紫荆关直抵宣府，挡住贼兵。先灭李闯，然后再征南路。"李建太接旨，打发钦差去后，暗想："从紫荆关往宣府一带西路，尽是山僻险路，难以行走。况且南路亦有流寇，何不往南大路而去？先发一道火牌，叫紫荆关总兵带领人马，前去挡御宣府。我仍征剿南路，两下俱不耽搁。"主意已定，登时就发火牌，差官前往紫荆关去。着令该处总兵征剿宣府，又差十名探子前往河南，打听流贼信息。

　　到了次日，拔寨向南进发。过了涿州，到旅风坡就安营下寨，一日仅走三四十里。从此挨延了九日，才到保定府安营歇马，等候南路贼兵的消息。等了三日，探子回报："陈永福带兵，将近到大名府。又有李岩带领一股贼兵，从山西一带抢过河南，与陈永福会合，并力攻打彰德城，声言务要拿住湘王做当头①，然后抢上北京，与李闯约定三月十五日同到京都聚会。"李建太闻报暗想："流贼还在河南抢掠，我如今欲待催兵前去，一来那里现有左良玉、黄得功两营人马前去征剿，二来路远风尘。此去得胜还好，若是打败，劳而无功，枉受一场辛苦。如今进退两难，不如就在这保定府屯兵，一则离京不远，打听皇城紧慢，也好前去救应，二则此处乃总路要口，可以挡住南来的流贼。"定了主意，即传令三军人马驻扎各门上，多拨军兵巡逻，以为万全之策。

　　独不思李闯自从得了宣府，就想前来攻打北京。但看地图，见宣府离京虽只有三百里远，唯有中间一座居庸关，甚是险阻难过，即对军师道：

---

　　①　当头——人质。

"孤家欲往北京,看这地图,真有此费力。滚石檑木及那些大炮,不是玩耍的。看将起来,要上北京,也是虚想了。军师有何计策呢?"宋炯道:"我主但请放心,自然有个进京的时候。"李闯道:"既有进京的时候,想必不走居庸关,莫非另有别路么?"宋炯道:"依臣的主意,趁今陈永福与牛金星现在合兵骚扰河南,不如再差几员头目,领几万人马前去河南,攻破怀庆,拿住湘王。得了这个王爷做当头,到一处,降一处,得了河南全省,张献忠也不敢犯界。然后与陈永福分兵,约定日期,从南路抢至北京。大王的人马,又从北路进京。此时两军会合,共破皇城,夺了大明的社稷,有了根本之地。山陕河南,又是我们先占住,要取江南一带,易如反掌。一统江山,尽属我主,只令张献忠袖手旁观,何足惧哉!"李闯道:"军师的计尽通,但只一件,孤家从北路进京,有居庸关挡住要路,怎能依期到得京都,岂不耽误了日子?这条北路,到底有些难走。"宋炯道:"不难,不能,要过居庸关,应在四句谣言上面。"李闯问:"是哪四句谣言?"宋炯道:"大王岂不闻近日满街孩童唱道:

  猪要休,八百细狗闹幽州;

   过居庸,还得去撞老王钟。"

李闯问这几句谣言怎解,宋炯道:"'猪'字与'朱'同音,系明朝国姓。'幽州'乃是北京。如今只要八百属狗的成命军士,暗进北京打听,多用财帛买嘱奸臣,里外勾连,共成大事。这是应头二句话言。后二句就应在赴居庸的话了。'钟'字与'忠'字同音,访得居庸关新任一个监军太监,叫做王忠,极肯贪财。就叫那上京的细作①,在他衙门钻刺②打点,多送他金银宝贝,先许他一个大大的前程,自然把居庸关奉献。要过居庸,除非去撞这个老王忠,其余万万不能。"

  李闯大喜,极赞军师解得的确。即吩咐把花名册呈上军师。军师照册挑八百名成命属狗的军士,内有两名头目,系草上飞刘友、不沾泥赵胜,叫他多带金银珠宝,前去打点。刘友、赵胜领着一班细作,扮做百般生理③的人,爬山越岭,望北而去。宋炯命李岩、高迎祥、褚大江、贺全带领

---

① 细作——打探消息的人。

② 钻刺——钻谋;私下活动。

③ 生理——做生意。

五万人马，前往河南，攻打怀庆，拿住湘王，与陈永福合兵。只等孤家旨意一到，就往北京，一路掳掠。约定日子，好与孤家会齐。四个头目领命，各去挑选人马，从山西一带，前往河南而去。

李闯又与宋烱商议道："军师虽然打发那些细作前去，若有北京的消息，居庸关道路不通，孤家怎能知道？"宋烱道："这有何难？我们如今把大兵留在宣府，着令几员头目掌管军营，大王带领人马，臣等保驾，前往平定州驻扎，此处与北京路通，又与河南相近，两处信息，俱可往来不绝。"李闯依言，把人马交与周超等一班头目掌管，自己带领八百名头目，一万精兵，同宋烱等上平定州驻扎，专候北京、河南两处消息。究竟不知消息如何，且听下回分解。

# 第三十二回

## 流贼兵围怀庆府　李岩计算鲍三刚

话说李岩与高迎祥等带着五万流贼,从宣府起身,转往西南,达到平阳,一直径奔怀庆府而来。逢店便抢,逢村便劫。所到之处,连地皮都卷尽。可怜这些百姓不能安生,张献忠的人马刚才过去,李闯的人马又来。劫得十室九空,鸡犬都无一只。

这个消息传到了湘王府中,这位湘王乃是万历皇帝的皇孙,崇祯皇帝的嫡派御弟,名由朴。原封在河南开封府,食亲王的俸禄。只因前者水淹汴梁,王爷宫眷在木排上逃脱,来到怀庆居住。今闻流贼犯界,连忙传齐知府副将,同到王府,大家商议。府官姓刘名民敬,副将姓鲍名三刚。鲍三刚带领军校,刘民敬拨派民夫上城防守,四面城门紧闭。流贼来至城下,分拨人马,周围安营下寨,围得水泄不通。困了三日三夜,城上防备十分严紧,攻打不开。

李岩心下踌躇,叫人把乡村里的百姓,拿了几个带到营中,问道:"你们这怀庆府的知府、副将,平日做人如何?"百姓齐道:"鲍副爷为人忠正无私,爱惜百姓,拘管营兵。张献忠曾修书前来,劝他归顺,鲍副爷坚执不肯,所以才保得这城池。知府刘太爷虽则清廉,性带小气,行事多疑,时常屈打百姓。"李岩听罢,将这几个乡民放了去。低头寻思,忽然心生一计:"我如今用反间之计,使他文武不和,内里自乱,这城池必然难保。况查得鲍三刚系陕西榆林人,与老管队高迎祥同县,此计就容易施了。"即把高迎祥请到营中,道:"高将军府上祖居榆林,可知道有个武探花鲍三刚否?你若晓得他的家下事情,告与小弟知道。"高迎祥道:"公子,你问鲍三刚有何话说?"李岩道:"鲍三刚就是这城内的副将。小弟问一问此人品性如何,去招他归降。"高迎祥闻言摆手道:"不中用!论起这个废人,系小弟姑母外甥。自幼读书时习武,满腹文章,绝好弓箭。后来中了探花,回家祭祖,小弟写书教他投降闯王,谁想他把书扯破,又把来人打了一顿。若说叫他归顺,万万不能!"李岩道:"我早已知此人难以归顺,无非问问他家里事情,好用反间之计。"高迎祥道:"他家中事势,小弟尽知。他父亲叫鲍文,母亲王氏,系我姑母的小姑,如今俱各现在。若要写什么假书假信,尽可做得。"李岩道:"这个自然。"取过笔砚,登时写了一封假书,绑在一支箭竿上,携弓骑马,带了数名流贼,拍马出营。

绕着城外观看,只见北门城头上一把黄伞,一把蓝伞。黄伞是知府的,蓝伞是知县的,必定文官在此分守。那鲍副将必然另在一处,正好把书射将上去。即时弯弓搭箭,嗖的一声,把这封书射上城去。城上守垛口的都是民兵,城楼上就是知府知县。这些百姓见射上一支箭来,乱嚷道:"不好了! 外边有流贼放箭了! 大家往墩下躲避才好。"有大胆的从垛口观看,见城外有几个马上的流贼忽然去了,回头对众人说道:"你们不用惊慌,流贼只射了一支箭,怕我们人多,都跑去了。"众人把箭拾起,见绑着一封书。一齐拿上城楼,跪呈知府。刘知府接书,见皮面写道:"平安家信,报孩儿鲍三刚开拆。"刘民敬拆开一看,见写着:

> 父字,寄男鲍三刚知悉:前者临行时,我曾吩咐你须要审度时宜,得便献城于闯王,以为进身之功。今带兵来围怀庆,那兵主系你姑娘外甥高迎祥。若事能凑手,杀了知府等官,出城迎接;若不得手,可先差精细心腹之人来营报知,得为外应。至紧,至紧! 某月某日,父鲍文字。

刘知府看罢书信,吓得面如土色。把书递与知县道:"年翁你看看,原来贼兵犯境,我说鲍三刚不去出战何故? 谁知都是他勾引来的。早去启奏王爷,先把这个奸贼拿下要紧。"这个知县姓包名希,为官清廉谨慎。听见知府这话,忙拦阻道:"老大人,卑职细看此书,疑是假的。父亲与儿子书,岂有下名字之理? 老大人,事要三思,莫中了贼人之计。"刘知府道:"贵县哪里晓得,若他父亲不下名字,恐怕鲍三刚不信,这是他父亲的名号。况且老管队高迎祥,是李闯营中有名的头目,常听人说,系鲍三刚的亲戚,还有一说李闯是陕西人。如今流贼尽是山陕两省之人,乡亲护乡亲,岂有不顺流贼之理? 此书千真万确,若不早擒此贼,你我性命就难保了。贵县不必拦阻,跟随本府同见王爷。"

不由分说,忙催轿来至王府,同知县一齐禀见跪诉:"鲍副将通贼卖城,现有他父亲寄来的书信为凭,请王爷一看便知明白。"说罢,将假书信呈上。湘王接来,从头至尾看了。不知王爷肯信否,且听下回分解。

# 第三十三回

## 刘知府信敌害良　包县令替主报贼

话说湘王看了这封书,吓得面目变色,半晌方才开言道:"贵府,此书是何处得来的?"刘民敬道:"卑职与包知县正在守城,忽见流贼在城外射上来的。百姓拾着与臣观看,才晓得鲍三刚勾通流贼,卖国求荣,想害我们君臣之命。"王爷道:"这种事情,若依贵府主意便怎样处?"刘知府道:"殿下为何倒问卑职? 常言先下手为强,后下手遭殃,我如今可将反贼治罪。他是武将,兵权在手。他若知此事,统领人马,鼓噪起来,我君臣怎样招架得住呢? 臣等性命不足紧要,千岁倘有差池,金枝玉叶落在贼手,岂不贻笑①天下? 趁他尚未知机,把他诱进王府,预先埋伏刀斧手,出其不意,拿住杀了此贼,方保无事。"湘王闻言道:"贵府言之有理。"登时传了四五十名御林军,埋伏在两廊之下,约定但闻咳嗽为号,一齐出来动手。

御林军领命埋伏停当,湘王即差官去召鲍三刚到来议事,包知县忙上前谏道:"千岁,凡事须三思而行,莫中了贼人之计。"刘民敬在旁叫句:"包知县,你三番两次苦苦上前拦阻,莫非系一党同谋么? 若再多言,先就拿你!"包知县纵然清廉,若值太平时候还不怕人。如今离乱之时,强者必胜,孤身一人有些差池,白白送了性命,有屈无处去伸。听见知府言语厉害,只得哑口无言。

不多时,鲍三刚跟着差官进王府,想朝上打恭,湘王一声咳嗽,两廊伏兵齐出动手,不由分说,把鲍三刚捆绑。鲍三刚大叫:"千岁你今拿我何故? 乞说个明白,微臣死得瞑目。"湘王冷笑道:"鲍三刚,主上待你不薄,为何卖主求荣,私通流贼? 你自作自受,还要问明么?"刘民敬接口骂道:"鲍三刚,你这欺心背主的奸贼! 你与李闯都是陕西人氏,那个贼将高迎祥又是你姑母的外甥 ,待本府与你一个凭据。"说罢,把那封假书拿到他眼前观看。鲍三刚看了,高叫:"王爷,这是一封假书,不要冤屈了人!"包

---

① 贻(yí)笑——让人耻笑。

知县忙插口道:"果然是假,快些分辩要紧。"刘民敬大怒,望着包知县把眼一丢,包知县就不敢多言。湘王就问:"现放着真正书信,怎么说是假的?"鲍三刚道:"王爷,细看此书,一来不是臣父笔迹,二来父与子书,岂有写了名字之理? 三来既要射与微臣,何不射往城南? 此分明是计,千岁还要参详①,赦放微臣才是。"刘民敬道:"鲍三刚不要强辩了。你的父亲笔迹,王爷何曾见过? 书上写名,正是你父子的暗号。况且你是武官,自然守城。贼在外,如何知有本府兼管。幸亏是本府拾得此书,若落在你手,慢讲是本府性命难保,这时候连王爷也坐不住这银安殿了。"鲍三刚道:"刘知府,我且问你,鲍某若通同流贼,前日贼兵一到,兵权现在我手,大开城门,把怀庆府献将出去,你等其奈我何? 若有反心,怎等到今日?况且此书是流贼射进来的,如何轻易信他? 你也是科甲出身,莫要中了贼计。"刘民敬道:"谁听你巧言舌辩!"叫声王爷,还不早除其害,等到何时?湘王道:"贵府言之有理。"即吩咐御林军推出斩首。鲍老爷被推出辕门,一路上大叫道:"怀庆子民听真,我鲍三刚今中贼计,被刘民敬谗言,王爷将我处斩,你等须要保守城池,切不可以我枉死,便生旁心。若有仗义的,得便带一书信去榆林,安慰我父母妻子。我死在九泉之下,也沾你们的恩了。"那些街巷铺户百姓,听见鲍老爷之言,无不落泪,立刻罢市。

这个消息传到了贼营,李岩乘马带领众头目到城下观看,果见鲍副将的首级在城上高挂示众。垛口的官兵喝道:"城下流贼,你们还看什么? 这就是鲍三刚的首级。如今内患已除,谅你们亦难攻破此城,知道好歹的,趁早撤兵回去。"李岩闻言,大笑道:"城上狗官听真,那封原是假书,今日杀了鲍三刚,中了吾的妙计。城中没有主将,谅你们几个文官,亦不济事。若知厉害,快把湘王献出来便罢,少迟延,攻破城池,老少不留。"

是时,包知县在城上对刘知府道:"老大人,你听见了么? 我说是封假书,你执意不信,果中贼计,屈杀良将,只怕此城有些难保。"刘民敬此时心中悔恨,低头无言,暗想:"我枉读诗书,想做个好人,今见理不明,屈杀了鲍副将,惹得千载被人笑骂。目下城池难保,谅我怎能服得他手下军士。倘有差池,岂不白丧性命?"左思右想,大喊一声:"鲍三刚,我刘民敬屈杀你了,你在阴司不必怨恨,等我一等,我跟你来了。"说毕将身一纵,

----

① 参详——仔细研究,参酌详审。

倒撞城下。可怜一位黄堂①太守，竟成一个肉饼。

包知县救之不及，忙下城跑进王府，参见湘王道："王爷不好了，中了贼人反间之计了！那封书果真是假的，刘知府自恨屈杀忠臣，坠城身死。如今流贼口口声声叫把千岁献出，才肯退兵。"湘王闻言，急得两泪交流，叫声："孤不听你的忠言，屈害良将。想此城难以保守，不如孤家亲自出去，任贼剐杀，以救城中百姓。"包知县道："王爷不必悲伤，微臣倒有一计。一来王爷不落贼手，二来可保城内黎民。"湘王喜问何计？包知县道："微臣貌似王爷，改作王爷妆扮，叫几个军民，把微臣送到贼营。骗得贼兵去后，王爷改装，携宫眷逃奔归德府潞王爷那里安身，再作道理。"湘王闻言，连忙跪下，叫声："救命恩人，你果救孤性命，兼救一城百姓，真是千古忠义之人。但孤家心中，怎忍先生惨死？"包知县连忙跪下，口称："千岁请起，我想流贼要把王爷献出，不过要做当头，好去攻打别处，谅着不伤性命。王爷只管放心，快把衣服冠带与微臣换着。"

湘王大喜，立刻与包知县改换妆扮，即转回后宫，打点行李，将合府家人扮作庶民，吩咐太监、宫官，须要谨言。又叫承奉官过来，附耳低言，叫他如此如此行事。承奉官即传了几个军营头目，八名御林军跟随包知县。包知县坐在暖轿，众人簇拥出来，与城中的乡绅耆老把轿送到贼营。不知后事如何，且听下回分解。

---

① 黄堂——古代太守衙门的正堂，也称太守为黄堂。

# 第三十四回

## 姜参谋用计破贼　黄总帅提兵索粮

话说知县包希假扮湘王投到贼营，贼将李岩留在营中，有了当头。正要会合陈永福前去侵占河南全省，忽有闯王令箭到来，叫他进兵。南北两路人马，约定三月十五日准在北京会齐，待等登基之日，然后再取各省。

李岩得令，忙拔寨起程，离了怀庆。人马来至中途，会着陈永福的人马，合兵一处，从河南一路往北京而来。一连攻破真定，大名等处。可怜一路上，那些忠臣义士，节妇烈女，自尽的不计其数，鉴史①上俱已表明，不必细讲。

单讲援剿总兵黄得功，正在湖广与张献忠等流贼终日打仗厮杀，连日接得急报，李闯贼兵入了北京交界，真定、大名俱已失陷。即点齐兵马去勤王救急，丢下张献忠不剿，直往北京追赶李贼。不分昼夜望北京奔走，过了汝南大路，来到剪子坡。忽前哨来报，前面有贼兵扎营阻路。黄得功暗想："张献忠现在湖广，李闯纵到北京，离此极远，一时难以知道这一支贼兵从何而来。"忙传令扎下大营，自己备马提刀，带领众将出到营前观看。只见对面一员贼将，十分凶恶。黄得功一声喝道："贼子，通名受死。"贼将答道："黄得功，你问我姓名么？吾乃蕉山寨大王，姓熊名彪，诨名青眼狼。奉八大王张献忠聘请，在此等你截杀。若不下马投降，难求生路！"黄得功大怒，提刀砍来，熊彪用刀架过，火速忙还，战在一起。战不上三四十合，被黄得功杀得马仰人翻。这贼料想敌他不过，虚砍一刀，败将下去，跑回营中。黄得功追到营前，被他火炮打回，无奈收兵，埋锅造饭。

定更后，带领几个家将戴月巡营。自思我黄得功今欲上京勤王，恨不得一时到了北京，偏遇这贼把要路挡住。左思右想，无计可施，不知不觉，巡过营盘，三次望见贼营内灯光渐渐暗下。正在踌躇，忽见贼营火光大

---

①　鉴史——历史；史书。

起,内中喊杀连天。黄得功忙回营中,传齐人马出营伺候,以防贼兵劫营,自己带了五十名家将,直奔贼营。在月光之下,望见贼兵乱窜。黄得功吩咐左右不可近前,只在远远的截杀。那些贼兵避得过营里兵火,又逃不过外面的官兵,直乱到天明。

黄得功在马上看见一支官兵,不过百人,有一员小将,素巾软服。手舞双剑,领众兵追杀那落荒逃走的流贼。你道这支官兵是哪里来的?原来淮阳经略①史可法差来的。因史可法与黄得功虽未会面,肝胆相照。闻黄得功在湖广截杀张献忠,恐他手下乏人,特荐一个谋士来,此人姓姜名宪,善晓天文地理,兵械武艺件件精通。史可法又恐沿途有贼拦阻,差一百兵马护送。刚来到剪子坡,姜宪见有贼营,料知不是李闯定是张献忠,就与手下兵丁商议,夜劫贼营。青眼狼死于乱军之中。直杀至天明,姜宪仍带着兵马,四下追赶流贼。只见前面站着一员威风勇将,后面跟着几十个军兵。姜宪知道不是贼人,便用声招呼道:"马上那位将军,莫非是黄总么?"黄得功答道:"是也。请问将军是何处人马,立此大功?"姜宪闻言,就滚鞍下马,拖地打了一个恭道:"下士姜宪,乃淮阳经略史老爷麾下谋士。今有史老爷书信呈上。"黄得功忙下马接书道:"请先生到敝营叙谈。这些余贼不必追杀了。"随携手步行,回到营中。传令三军,归队卸甲。

二人入中军帐坐下,黄得功拆书看了一遍道:"既蒙不弃寒微,千里而来,诸事相求指教。"姜宪连声:"不敢!请问老总戎②,如今带兵何往?"黄得功就把提兵勤王,急欲北上的事细述一遍。又道:"敢问先生,我想张献忠现在湖广骚扰,巴不得我这支人马过他眼前,以便放肆,何故请兵拦路,这是何意?"姜宪道:"这个意思,恐怕李闯一败,自己势孤,所以请这支贼兵前来拦阻,使帅爷不能成功。如今贼兵虽败,后面必有追兵,暗来攻我之后。速差人前去探访,便知分晓。"黄得功道:"先生高见不差。"即吩咐探子前去探访,随排下筵席,与姜先生庆功。

人马歇了一宵。明日探子来报,二百里外并无贼兵。姜宪心终放不下,恐怕夜晚有流贼前来侵犯。是晚,与黄得功亲自出营巡察,带领十余

---

① 经略——治理的官员。

② 总戎——主将;统帅。

名长随①，周围走了一遍，一头行路，一头讲话。黄得功口称："姜先生，今日史大人书内，极言先生善晓天文，趁今满天星斗，你看看，明朝的气数何如？"姜宪道："天文深彻，学生不过略晓一二，说来休要见笑。"说罢，仰天指道："本朝以火德旺，运气应在南方，你看帝宫星辰昏暗暗，又有贼星犯度，只怕不出三月之内，国家就有大变了。学生与帅爷难做功臣，只做义士而已。"说毕，又向东北指道："你看东北艮位，星光皎洁，旺气应在辽东，必出真命圣主。只怕大明的天下，眼前就属新出的天子。"一句话未完，忽见一颗扫星，从西南而来。刚到头顶之上，化一道白气，直冲本营。吓得姜宪毛骨悚然。黄得功问："这是什么应兆，先生为何着惊？"姜宪道："此事非同小可，快请回营慢讲。"黄得功闻言，即带众回营坐下，细问其故。姜宪道："方才这个扫星，从西南而来，化白气冲在本营，今夜定主流贼劫营，须要防备。"

黄得功闻言，就传令各营将官听点。众将齐集，即拔令箭四支，差四员副将，各带本部人马，四面埋伏，以备贼来劫营。只看信火飞空，便向中营杀来，不得有误。众将得令去了。又拔令箭一支，命中军副将白凯，带领本部人马，跟随元帅，往东南角树林中等候。贼人进了空营，便放信火，一齐奋勇截杀。调度已毕，即提刀上马，丢下空营，带兵往东南角林中埋伏，专等张献忠中计。

是时，张献忠闻探子报说，黄得功人马离此只有三百里远，定知他在剪子坡被青眼狼拦阻，在此安营。即传令三军，限二更起马。三更时候，要劫官营。众贼得令，一个个衔枚②疾走。走到三更时候，来到剪子坡。只见官兵营盘并无更鼓，张献忠笑黄得功军令不严，无用之辈，率兵一齐踹进大营。先扑中军帐，只见静幽幽的，并无人影，却是一座空营。张贼方知中计，忙传令退兵，里边先得令的往外而奔，外边未闻令的向里而进。自相冲撞，挤拥难行。黄得功在树林中听得人马嘈乱之声，知贼来劫大营，吩咐把信火点着。唰的一声，飞上半空。四下炮声响动，喊杀连天。众贼慌乱，彼此不能相顾，被官兵混杀一场。及至天明，见伏兵如山，四面裹来。贼兵虽多，此时心忙手软，被官兵杀得如汤泼雪一般。张献忠拼命

---

① 长随——随身使唤的仆人。

② 衔枚——枚，形如筷子，系于颈子。衔枚是防止出声之用。

逃出重围,领着几个头目,数百残兵,向西南落荒而走。黄得功飞马追拿,谁料一阵狂风大雨,两目难睁,无奈收兵回营。极口称赞姜先生妙算如神,独恨天不从人,被张献忠逃脱。姜宪道:"亦非天公之意,还是万民的劫数未满。"一句却被姜宪说着了,后来张献忠骚扰四川,伤残数万生灵,直到顺治年间才死于一箭之下。这是后话。

且说黄得功勤王心急,即传令拔寨北上,日夜奔驰。过了黄河,到通口镇扎下营寨。有催粮官进营禀报:"军中缺少粮草,请令定夺。"黄得功闻言,即向姜宪求计。姜宪道:"主帅带兵勤王,原为国家起见。各省粮草,俱是朝廷的。军中缺少粮草,所到之处,该地方理当接济。何不速发一道火牌①,差官往彰德府,催取数日行粮。进了直隶交界,再作道理。"黄得功依言,即写牌差官前往催取三日行粮,解到军前,然后各部销算。差官领命而去。不知此行果取得粮草回来否,且听下回分解。

---

① 火牌——凭证的一种。凡兵丁到各处传达命令,皆给火牌一面,沿途凭牌向各驿站支领口粮。

# 第三十五回

## 左良玉夺粮丧心　黄得功勤王无济

　　话说黄得功差官去河南彰德府,催取三日行粮。府官不敢抗违,行牌各县催取。先打发差官回报,随后解来。早有人将此事报知河南总镇左良玉。良玉自思:"我在河南镇守,年岁饥荒,军粮常催不足,被黄得功的官兵取去,我的人马食甚东西? 倘他得粮北上,勤王有功,显出我左良玉无用。况他当日逼反陈永福,弄得阎公子不知去向,此恨难消。不如先把这粮草催夺过来,令他兵马无粮自退,不能成功。北直①以南,单显我左良玉,岂不是好?"立刻写了催粮的火牌,差官去各府州县,硬把那备下送黄营的粮草,尽转解到左营,该营官怎敢不遵。

　　那黄得功等候三四日不见送来,再差官催取。空手回报,方知左良玉把粮草夺去,怒气冲天,把左良玉大骂一番,即欲上马提刀,与他拼个死活。姜宪上前拦住,连声:"不可,不可! 我想元帅虽则勤王,未奉圣旨,官兵谁肯接济? 况主意原为勤王,岂好因此小事,致二虎相斗? 左良玉胜了元帅,谁去勤王? 若元帅胜了左良玉,亦有个私自兴兵,擅杀大臣之罪。"黄得功道:"目下人马缺少粮草,若依先生高见,便怎么处?"姜宪道:"若依愚见,不如与左良玉权且取和,把粮草均分,合意同心,齐去勤王,以保社稷,好过空争闲气。"黄得功道:"先生金玉之言,就烦先生去走一遭。"

　　姜宪领命而去,果将此意对左良玉说出。左良玉暗思李闯势大难剿,又虑纵然成功,必留任朝堂,受人管束,怎似如今逍遥自在,不如把假话答他便了。想罢,开言道:"勤王虽好,但本处盗贼太多,兵马一离,怕有失守封疆之患。现今天下兵马大元帅李建太在保定驻扎,须要向他请命,然后同进北京未迟,先生请回,多多拜上黄将军,等候几日,军令一到,即刻兴兵。至若军中缺粮,本镇自当接济。"姜宪听罢,只得告辞,回营禀复。

　　① 北直——即北直隶,直隶北京的地区。

　　黄得功信以为真，又问姜宪有何计策，救济目前之急。姜宪教他调兵扫灭黑山寨余党，必得他蓄积的粮草。黄得功大喜，即命副将白凯，带兵一千，与姜先生同去汝宁，灭贼取粮。姜宪临行，又再三劝黄得功忍气，不可与左良玉做对。

　　谁知左良玉自打发姜宪去后，自思如今不若差人，星夜往李建太军前请令，顺便带一封私书，求他发一道不许擅离封疆的牌票，交与黄得功。使黄得功撤兵而去，然后打听北京信息。流贼若败，我这里即去追赶，岂不独立大功？流贼若胜，此时我又随风驶船，别有一个主意。算计已定，即写了一道请令的文书，又修了一封私书，差两名家将去保定投递。李建太见了私书，正合自己的主意，只怕外省人马上京勤王，僭越自己的功劳，即发一道军令，叫黄得功、左良玉不许擅离封疆，违令者斩。

　　黄得功得了这道火牌，气得怒发冲冠，把牌丢在地下。大骂李建太匹夫误国，即欲抗他军令，进京杀退流贼，然后与他面圣。就传令三军，拔营向北京进发。三军得了将令，正在忙乱间，刚遇姜宪灭贼，得了十数辆粮车回营。黄得功一见，大加称奖。姜宪就问："元帅提兵今欲何往？"黄得功便将前情说知。姜宪道："元帅若抗令进兵，千祈不可。岂不闻皇上重用李建太，节制天下兵马。不论文武官员，公侯国戚，许他先斩后奏。若抗他军令，任性而动，只怕圣上不说元帅为国忠心，倒加反叛二字，那时有口也难分辩了。况李建太按着各府不发粮草，岂不进退两难？元帅还要遵令退兵为是。"黄得功听罢，仰天长叹。自思身受皇恩，不遂报国之志，怎忍见社稷危亡，即欲拔剑自刎。姜宪忙上前夺剑道："元帅不可自寻短见，纵然不能勤王，还要看守封疆为是。且自回去，尽杀张贼，以剪李闯的羽翼。纵北京有失，元帅仍可会合各省勤王人马，起兵中兴天下。"黄得功叫声："先生虽言之有理，可惜我一片丹心①，尽付之东流，也说不得了，听天由命罢了！"即吩咐拔寨回兵。到后来这位忠臣，果然扶助弘光，尽忠于国，至今美名犹在。不比那李建太庸才误国，不独遗臭万年，终归死无葬身之地。

　　李建太嫌黄得功勤王灭贼，僭越自己功劳，令他撤兵而回，以便自己在保定坐享荣华。谁知自黄得功退后，南路的流贼李岩等，放胆北行，无

————————

　　① 丹心——喻忠心。

人拦阻,攻破许多城池,残害无数百姓。情知李建太无用,直把保定府重重围住,一齐攻打,火炮连天,云梯高架,一个个蚁附①上城。守城的兵丁难以堵挡,城门开放,官民四散奔逃。李建太闻报,说声:"不好了!"连椅翻倒在地下。未知后事如何,且听下回分解。

---

① 蚁附——如蚂蚁附壁而上。

# 第三十六回

## 丧全师马踏建太　设空城箭射唐通

话说李建太闻贼进城，急跨马奔逃，不顾随从的人，想向北方而走。岂知误出西门，正撞遇贼兵，心惊坠马。流贼一拥而入，把这个天下兵马大元帅踩为肉酱，尸首全无。城内军民逃命的逃命，顺贼的顺贼。李建太聚下许多粮草，尽属流贼受用。

李岩写本到宣府报捷。李闯大喜。正与宋炯商量，忽有居庸关提督太监王进忠打密书来。李闯看罢，对宋炯道："军师，今王进忠真心归顺，情愿献关，就此发兵罢。"三声炮响，率领贼兵离了宣府，望鸡鸣驿大路而进。连攻破沙城、怀来等处。兵到榆林，总兵自知难守，自刎而亡。

不多几日，贼兵到了八达岭，扎下大营。这八达岭乃上北京咽喉要路，有上下两关。上关两旁高山壁立，兼围数丈高墙，内有边军防守，多设滚木擂石，灰瓶火炮。山下有座小城，十分坚固，东西两边，靠着高山。出北门外向东一条小路，通延庆州、永宁县等处。向西一条大路，名为岔道，通保安、大同、宣府要路。出南门只有一条山路，十五里至居庸关，又十五里出了南口，乃是往北京大路。

这八达岭乃天下头等险阻之处。内有一个守备，姓于名希祖，乃少保[1]于谦之后。同着居庸关总兵马岱，在此防御流贼。一夜，于希祖亲到马岱行署禀见，马岱问："守府夜至，有何见教？"于希祖把银子一锭，书信一封呈上说："总爷观书便知端的。"马岱接书一看，知是王进忠私书，买嘱于希祖，叫他暗害马岱，献了八达岭，以便闯王直上北京。马岱大惊道："如此怎的？"于希祖离座，向马岱附耳低声："如此如此。"马岱大喜道："全仗守备。"于希祖告辞回府。

次日，马岱请于希祖到来，即传齐八百军兵，在辕门听令。又叫各队长上堂，然后把五百锭元宝摆在案上，开言道："此银乃提督监军王进忠

---

① 少保——官员。历代多沿置，与少师、少傅合称三少。

送与于守备，要买通八达岭，放贼过关。另有一封密书，教他暗害本镇。昨晚蒙于守备尽忠为国，将银子、书信交与本镇过目。本镇细想，国家恩养我等数十年，原为守土而设，岂可做此欺君卖放①之事？今将此银拿出，与尔等均分，各宜尽心把守此关。又先把岭上南关紧闭，使王进忠不能接济流贼。本镇连夜修本，进京求援。待大兵一到，拿住这奸贼，固守此关，挡住流贼。一面先差人去延庆，到唐将军那里，请救兵前来，抄袭流贼之后，以分其势。若保守得住这里咽喉之地，待大兵一到，除退流贼，大家功劳不小。列位须要同心合意，本镇当与你等结为生死弟兄。"说罢，与于希祖一齐离位，朝向众人一揖。众将一见，齐跪下道："二位老爷只管放心，卑职等身受皇恩，又蒙抬举，唯有舍命相报。"说罢，一齐到辕门外，各对管下的兵丁说知。众兵应声如雷，都愿尽忠报国。众将上堂禀明，说大小军士俱愿死守，并无二心。马、于二位闻言大喜，登时把银子散给众军。众军欢跃散去。

　　一日有探马飞报，流贼已过了岔道，离八达岭不远了。马、于二位忙吩咐紧闭城门，带兵上城防守。便差一个能干的家将，扮作王进忠的内司，去骗闯贼夜进城中，令他中计。家将领命去了。再吩咐打开城门，在八达岭西门内埋伏，安下一个大炮，堆下木石。只听城上梆响，一齐放炮。自己亲在城上垛口，埋伏瞭望。

　　二更时候，果见大队贼兵从西而来，离城只有一箭之路，急发梆放炮。谁料天意不从，大炮不响。是时李闯、宋炯正在头队，听闻梆响，就见霉药光天，情知中计，被炮打来。急转马倒跑，自相践踏，又被檑木滚石打伤无数。李贼将过了山口，忽闻大炮轰天，后队贼兵势如山倒。李闯与众头目拼命跑出岔口，又撞遇唐通一支救兵杀来。众贼已经丧胆，谁敢抵敌，各自逃命，望宣府而去。李闯查点残兵，只剩五万人马。

　　只道王进忠设此毒计，急向军师求计报仇。宋炯道："唐通尽提延庆之兵，来救八达岭。延庆城内，必然空虚。我主速宜带兵，掩袭他城池，必然一鼓而下。"李闯依计而行，暗暗带兵，望延庆而来，攻其无备。果然夺了城池，将城内百姓尽杀。宋炯忙又定了计策，屯兵在城外，等候唐通带兵入城之时，一齐把他杀绝，不许走漏一人。

---

　　①　卖放——收贿而放脱。

过了几日，果见唐通带兵杀回。两军在城外混战，唐通奋勇杀开一条血路来，将近城边，只见城上无人，城门紧闭，急命前军叫开城门，拍马进城。忽见千斤钢闸放将下来，把马头闸断，自己跌落城濠，被贼乱箭射来。可怜一位有名的勇将，变成箭蹲①一般。正是：

　　　瓦罐不离井上破，

　　　将军难免阵中亡。

李闯把唐通乱箭射死，三军无一不弃甲抛戈，下马投降。李闯也不进延庆养兵，忙传令城内的喽啰，与各营大小头目，一齐拔营，复奔八达岭而来，不敢迫近山脚，只在远远的下寨。早有探子报进关中，说流贼攻破延庆，参将唐通中箭身亡，今贼又来山下扎下营盘了。马、于二人闻报，俱各垂泪，忙吩咐兵丁看守城池，等待救兵到来，然后破贼。未知后事如何，且听下回分解。

---

① 箭蹲——身上的箭多的像刺猬身上的刺一般。

# 第三十七回
## 尤固才亡义下书　于希祖被愚中箭

话说王进忠闻闯王复攻八达岭下关，前者与闯王约定三月十三日献关，今日已是十二了，心下着忙。急差几个长随内丁，诈作出关去打探军情，知会李闯，好去亲自迎接。谁知这几个内丁，带怒回报，说去到上关，叫关不开，被城上的官兵把老爷指名毒骂一番。王进忠闻言大怒，想即刻提兵去攻上关，被一个幕宾张邦贤拦阻劝道："太府若提兵去攻八达岭上关，非一两日攻得破的。倘北京救兵一到，太府置身何地？"王进忠道："在相公主意若何？"张邦贤道："现有一计，不用攻打，此关就开。闻得这里城中，有个通判①尤固才，系于希祖乡亲好友。何不传他到衙，把重财买转他心肠，叫他写书去骗于希祖，说太府通贼谋泄，如今设计绑住，解进北京。北京的来兵不日就到，可以大破流贼。于希祖若信以为真，必有回音，然后发兵前去，假称北京救兵，骗开上关。得了上关，再进下关。若下关不开，用大炮攻打。闯王听见，定必并力夹攻，何愁八达岭这条道路不通，何愁马岱、于希祖不死。无人阻挡，闯王人马便可连日进京了。"王进忠闻言，大称妙计，只怕尤固才不肯。张邦贤道："尤通判这个小小官儿，仗势贪财，太府托他一件，岂敢不遵？"王进忠点头大喜，即叫差人去请尤通判到衙，写书去骗于希祖。

于希祖与马岱正在八达岭把守关隘，忽有南门守兵飞到跟前跪禀："今有通判尤老爷，在城下私报王进忠通贼献关，被手下泄露机关。我与副将把奸贼骗进衙中，登时拿住，押解北京。目下北京就有救兵到了，特来通知，以便大家同杀流贼。现有书信呈上。"于希祖接书，拆开与马岱共读，只见书内写着：

　　自别芝颜②，倏经半载。知兄忧国忧民，可欣可美。今王进忠背

---

① 通判——明时指掌水利、粮适事务的官员。
② 芝颜——敬辞。容颜；面容。

主降贼,幸有人泄彼奸谋。弟得鼓舞军民,导以忠义,上赖圣上鸿福,下恃民心犹古,一呼尽起,计设筵席骗贼赴宴,已经拿获,即时解京。并请救兵协保高关,不日必到。仁兄切不可自惰,当以国家为念。弟尤固才顿首。

马岱问道:"尤固才是足下何人?书可信真否?"于希祖道:"卑职同乡好友。这书系他笔迹,事情真假,还望元戎参详。"马岱道:"既系厚交,不必动疑。参府你速写回书,然后再差人前去打听。"于希祖亦信以为实,忙写回书差人带去,吩咐说:"家爷多多拜上,待救兵到时,再出关相会。此时必要尤老爷亲来叫关,才许开门,谨记,谨记!"

差官领命,带书上到南城楼,将书吊下,交与尤通判。并说救兵到时,务要尤老爷亲叫关门乃开。尤固才在马上拆书一看,知于希祖中计,跑向居庸关对王进忠说知。王进忠道:"事情妥当九分了,唯有一件,于希祖虽许临时开关,方才有一道圣旨到来,叫我探听闯王贼情。若是犯了居庸关的交界,北京就发救兵。如今怎样回音?"尤固才道:"这有何难,只说探听得闯王人马还在宣府,不久就回陕西去了,乞龙意万安。照此话修本进京,骗过此时,待等老太府献了居庸关,那时北京纵发救兵,也无中用。"王进忠依言,一面修本进京,一面传令三军,向八达岭进发。

尤固才一马当先,来近城濠,向城上高叫:"北京救兵到了,快些开关。"城上军兵忙去通报。于希祖上城望见,果是尤固才,便问:"贤弟,北京的救兵到了么?"尤固才答道:"到了,到了,快些开关。"于希祖又问:"领兵主帅是谁?"尤固才一时不及打点,只得随口说道:"是个、是个司礼太监杜大人。"于希祖闻言暗想:杜秩亨是个庸才,怎能提兵调将?且天色已晚,难以识认。况人心难测,倘有疏虞①,一时难以抵挡。不如叫他暂在城外扎营暂住,待明早开关未迟。便扶住垛口道:"尤贤弟,你且叫杜大人在外扎营,暂住一夜,明日再开关门。"那时奸党率众,已到城濠边。见于希祖动疑,便暗取弓搭箭,对准希祖咽喉,唰的一箭射上,正中前心。于希祖未曾披挂,中箭撞下城来。城上的军卒见于守备中箭身亡,一时乱将起来。王进忠的兵已越过护城濠边,竖起云梯,一队一队鱼贯而上,一齐动手。未知后事如何,且听下回分解。

————————

① 疏虞(yú)——疏忽;差错。

# 第三十八回

## 效荆轲勇士丧元　通李闯奸臣殒命

话说王进忠的兵一拥上城，两军混战。上关的兵不满一百，王进忠的兵竟有一千，寡不敌众。内中几个有胆识的坠城逃脱，急去下关奔报。马岱闻得于守备中箭身亡，上关失守，料这下关难保，掩面大哭，即欲拔剑自刎。左右上前劝住道："大老爷还要以国事为重。于老爷已死，不能复生。如今不是哭的时候，还望大老爷起兵，与于守备报仇才是。"马岱闻言低头一想道："有了，我如今何不如此如此！"忙传令叫这五百兵留下三百守城，自带二百出城埋伏。只等王进忠到来，杀他一个措手不及。

是时，王进忠得了上关，带着月色，连夜飞奔下关而来。来近城边，只听得一声锣响，两边闪出二百官兵，冲入队来，乱砍乱杀。王进忠叫那个将弁①党三杰督促后队进来，把二百官兵团团围住厮杀。那个党三杰不是马岱对手，战不数合，被马岱用枪一挑，连甲带袍穿透。往上一挑，用力太猛，把死尸挑出圈外，照王进忠的马首压着，把进忠翻跌在地下，左右相扶上马。马岱杀到面前，进忠大惊，忙回马逃走。马岱追来，只因月色朦胧，进忠又是军卒打扮，故马岱也不上前追赶，混战一场，即收兵进关。查点兵丁，损了四分之一，那王进忠人马，损了十分之七。进忠就与尤固才商议，想把人马撤回居庸关。尤固才道："不可，好容易得此上关，为今之计，莫若差人回关，调取兵马，多带大炮军器等物，前来攻打下关。闯王在外听见，必然两下夹攻。城小人稀，何难攻破？"王进忠点头称是。即差人回关催兵，带齐器具到来攻城。

城上的官兵，望见人马一队队挨将上来，忙发炮向城下打去。城下的兵用挡牌遮住。又把大炮向城上打来，喊震天地。关外流贼闻声，知有内应，连忙架起火炮攻来。马岱在城上一往一来，督兵死守。众军兵奋勇，不敢偷安。箭似飞蝗骤雨，炮如乱洒流星，一连斗了三日三夜，马岱不曾

---

① 将弁（biàn）——武职官的名称。

合眼，闻报火药净尽，箭竿射完，定知此城难保，仰天长叹一声道："臣力已竭，难保危城，不如一死报国罢了！"吩咐众兵各自逃命，想拔剑自刎。左右一齐上前劝道："老爷不可轻生，我等并无二心，愿死守此关，以待救兵。"马岱道："我岂不知你们忠义？但恐城破遭拿，不如自尽。"众人又道："老爷既要尽忠，岂可白死？老爷还要参详。"马岱闻言，想了一想道："好汉言之有理，我等岂肯白白的死于贼人之手，何不假意降贼，骗贼入城，暗暗闪在一旁，待闯贼到门，突出把他杀却，为天下除了大患，我们虽死甘心。"众兵闻言，欢喜愿从。马岱就命几个到跟前，低声吩咐几句，即去贼营诈降。

一见李闯，便假说马总兵差小人们来投降献关。从前闭关拒敌，皆系王进忠主意。今主将情愿自开城门，真心投顺。宋炯道："你们诡计多端，信你不过，可叫你主将马岱亲自到营进呈降表，然后准你们投降。"

众人闻言，忙奔回下关，将此话对马岱说知。马岱无奈，亲自出关，叫众人乘机逃走。众人不肯散去，都愿一齐跟随，同进贼营。马岱见众兵人人身藏利刃，结束①跟随，不觉流了几点英雄眼泪，也不言语，率众飞奔贼营。

贼营里面传令出来，只许马岱一人进见，余人不得擅入，众人只得站住。马岱跟着那个传令的喽卒进帐，又见几个流贼出来，声说奉命把马岱搜身。马岱情知不好，即拔剑在手，把近身的贼杀了。只见众贼提兵呐喊上前，把马岱围住。马岱奋勇刺翻几人，竟奔内帐向李闯刺来。是时李闯已有准备，牛金星忙叫二百名长枪手，从两旁夹攻。剑短枪长，难近李闯身边。马岱把剑向李闯掷去不中，自己赤手空拳，情知不免，且身上中了重伤，欲上前拾剑自刎，却被众贼赶上，刀枪并举，可怜一位忠臣，死在贼营之内。正是：

　　　　智力难挽天，愿步秦庭士②。
　　　　一死奚惜哉，浩气留天地。

外面的义兵听见主将身死，行刺不成，各拔刀在手，一齐尽节死亡。

---

① 结束——指打扮。
② 秦庭士——典出《史记·刺客列传》。战国末期，荆轲奉燕国太子丹之命，借庭堂上献图之机，刺杀秦王（秦始皇），结果不中，被杀死。

李闯心中大怒,忙传令抢进关中,开刀尽杀,谁知城内空虚,军民尽行逃散。只气得李闯怪声如雷,传令把北门与我拆了,才出了这口恶气。然后大开南门。外面王进忠的人马,看见南门大开,就知闯王人马入关,把人马两边分开。王进忠一马上前叫道:"你们好汉快去通报,说王进忠带兵前来接驾。"贼兵忙去报知李闯。李闯吩咐快叫他进城来见我。不多时,把王进忠与尤固才等带入守备府,一齐跪下,口呼:"万岁,臣等接驾来迟,望乞恕罪。"李闯一见,忙叫左右上前,把这些奸贼乱刀砍死。可叹那王进忠这两个卖国奸贼,正想求荣求禄,谁知倒惹祸上身。

李闯即令人马起身,离了八达岭,穿过上关,望居庸关而来。早有居庸关的官员,出关十里迎接入城。闯贼传令,今日还要赶到昌平,然后歇马。一声炮响,大队离了居庸关,望龙虎合、雪山墩而来。这里沿途俱有探望的官兵,一见闯王兵到,俱投降接驾。闯王在马上哈哈大笑,一句话也没得说。大队赶到昌平地方,早有李岩、陈永福一支贼兵迎接,会在一处,同进大帐。慰劳已毕,排宴犒赏。把湘王留在后营。早有北京远探的官兵,飞报入京,报上崇祯皇帝。

皇帝一日早朝,才升了龙座,只见桌上放着一角公文,上边无封口,也无年月日期,只写着"公文"二字。万岁心中想道:"龙案上面,只可放着奏章,那公文乃文武官员的移文,如何也放在这里?值殿官就有不谨①之罪了。"随把公文拆开一看。这公文不看犹可,一看真有天翻地覆之惊,难忍电击雷轰之怒。且听下回分解。

———————————

① 不谨——不谨慎;不小心。

# 第三十九回

## 得妖书玉阙①惊帝　励荫袭襄城督师

话说崇祯皇帝在龙案上见放着一角公文,拆出来一看,乃是一张大黄纸,写着数十个碗口大的字:

大顺永昌皇帝传知文武官员,军民人等:

准于三月十九日,至北京下马。

后面又赘一笔:"此角公文至会同馆缴。"

崇祯皇帝看了这角公文,龙颜大怒,责问殿头官。殿头官声言不知,随把收本官宣来问道:"你既管收本章,为何不自检点,把流贼的文书来戏朕躬,该当何罪?"收本官奏道:"臣昨晚只收了三道本章:一道是黄得功勤王不遂,兵回江南;一道是左良玉缺少军粮,请旨接济;一道是王进忠探听流贼还在宣府。这三道本章,俱各送进宫中,万岁已经览过。今日并未接本,这公文不知从何而来?微臣岂敢妄接!殿头官又岂敢放在龙案,还求我主明察。"帝闻奏想了一想道:"卿且退。"遂对左右大臣道:"这角公文从何而来?忽在龙案上,大是怪事。所谓国家将亡,必有妖孽。"即交与众臣观看。一个个面面相看,如聋似哑。忽见朝门官飞奔上殿跪奏:"启万岁,今有远探来报,流贼人马已到昌平州,沿途俱是贼寇,离京城不远了。"帝闻奏大惊道:"朕昨日才览王进忠的本章,还说流贼现在宣府。今隔一夜,为何又报到了昌平?况有居庸、八达几处险关,纵贼会飞,也无这般急速。难道探子妄奏不成?哪一位卿家肯亲去确探回报?"只见九门提督杜勋愿往。万岁道:"卿去探听贼情,谁人代守皇城?"杜勋即举荐杜秩亨思诚勤慎,可以代管。帝即准奏,着令兵部挑选三千人马,交杜勋去探贼情。

杜勋这个奸监,前在宁武关已经降贼,约定回京暗做内应,故举同党杜秩亨代管九门,以便献城接贼。自己领着三千人马,与那些属狗的奸

---

① 玉阙(quē)——皇宫;宝座。

细,齐出了德胜门,飞奔昌平。见了闯王说:"皇城并无强兵勇将,可以趁早破都。"李贼欢喜,与杜勋合兵,就传令今晚起马,明早围困京城。杜勋随差心腹内司回京,假报杜勋兵到昌平,遇贼战死,人马四散。皇帝信以为真,反把奸贼追赠官职。帝见事已危急,升殿与朝臣商议。文武诸臣议论纷纷,也有说弃了京城,出巡南京的;也有说把东宫太子托与周国丈,叫他保着千岁投奔他省,调兵取救,倘有不测,可以中兴的。万岁听了这些言语,低头沉吟未决。忽闻城外喊声大起,大炮惊天。朝门官慌慌张张前来启奏:"我主,不好了! 流贼已困皇城,快请发兵防守。"万岁闻言,大惊失色,急叫众卿回府,尽拨家将与朕保守城池。众大臣面面相看,无言可答。只有襄城伯李国桢跪奏:"臣愿带领御林军,及各家荫袭舍人,上城防守。"皇上大喜,准奏散朝。

李国桢督率众军上德胜门挡贼。只见贼营布满教场,把皇城围得铁桶相似。流贼拼死命扒城,被李国桢打断云梯,又架起大炮,对正李闯打去。谁知天意不从,瞄高了半寸,这铳弹恰在李闯头上过去,把他的帐房打得稀烂,又伤了无数流贼。李闯心慌,意欲退兵。宋炳道:"万岁不必着忙,待叫杜勋问明,再作道理。"李闯即传杜勋入帐,问道:"你昨说城中已有内应,城上又无强兵,为何遇此劲敌难攻? 莫非你这奴才说谎骗我。左右,与我拿去杀了!"杜勋心慌,连忙叩头道:"奴婢怎敢假话欺主,求大王把奴婢放出营去,去到城边,查看何人守城,再作商议。"宋炳请李闯放他去打听,回来再作主意。李闯依言,叫他速去速回,免误孤家大事。

杜勋领命而去。去不多时,回来报道:"奴婢到城边,假说兵败,独自逃回,叫开城门,好去金銮见驾。那城上军士说:敌困城池,门不敢擅开,待禀襄城伯请令,才敢开门放入。我想襄城伯李国桢在此德胜门把守,怪得有这样严紧。这个人又难以与他讲话。依奴婢愚见,且把人马退回二里,远扎营寨,待我绕到平则门去,倘遇着杜秋亨,便好行事。要破京都,全在此人身上。"李闯依言,即传令移营远扎,叫周超、苗人凤带领五千人马,同杜勋前去西直、平则两门围困,以便打听里边信息。三人得令,带兵把两门围困。杜勋先到西直门探访,知是京营团练副将王金禄在此防守。杜勋晓得这个难以讲话,转到平则门去打听,知是杜秋亨在此防守。遂写私书一封,命一头目用箭射上城去。不久,头目回来,杜勋一见便问:"可有回书没有?"头目道:"城上也射下一封书来。"就把此书呈上。杜勋与

周超、苗人凤拆开同看,见上面写着:

> 宗弟来书,我已明白。新主驾到,自然里应外合。但只一件,未开里罗城①,必须先攻外罗城。外罗城一破,里边自然大乱。只看平则门旗杆上有三盏白灯笼为号,头一盏休动人马;第二盏且慢进兵;第三盏一齐扯起,那时大开城门,迎接御驾。还有一件,城上打炮,炮内并无铁弹,说与城外大兵,不要害怕。

杜勋与周超等大喜,忙拿书信,连夜报知李闯。李闯对军师道:"果然城里有了内应,大明的江山,稳在孤家掌中。"就吩咐南路的大兵,同这些属狗的喽啰,围困外罗城,攻打彰义门,限十九日一齐破都,不得有误。

霎时间,流贼把外罗城围得铁桶相似。李闯王亲自督兵,又把东直门围住,四面放炮攻打。城内官民人等,意乱心慌。早有兵马司入朝报与宫官,求他转奏万岁。万岁闻报心慌,连忙写了一道调兵的旨意,命宫官发与阁臣范景文,命他差人先到山海关,调取吴三桂兵来护城,再调王永安、黄得功、刘宗泽、左良玉领兵前来勤王,不得有误。宫官领旨,才出了宫门,又有报事的宫官进来报说,流贼已破彰义门外罗城了。万岁闻言,长叹一声道:"大势去矣!"即入昭阳正宫,与周娘娘商议救急良策。不知良策若何,且听下回分解。

---

① 罗城——内城外边的大城。

# 第 四 十 回

## 庆千秋周奎[①]欺主　献百雉杜勋卖城

　　话说崇祯皇帝对周娘娘道:"孤承宗祖掌管山河,誓死社稷。唯是皇儿年幼,朕欲托孤与周国丈,保住太子,杀出重围,投奔外省,以待日后中兴,朕死无恨。"周国母闻言流泪道:"臣父才智全孤,更兼贪生怕死,托孤大事,决难担当。望我主将皇儿另托能臣,以保社稷要紧。"万岁道:"国丈虽无胆识,但他系皇亲,必然忧戚相关。"待朕挑选几员武将,拨些人马,保住幼子闯出重围,往江南取救。朕待国丈极厚,必不负朕所托。若用别人,难以放心。"娘娘道:"既然龙意已定,可宣妾父到宫。"万岁道:"事宜机密,待朕亲到他家商议,方保万全。"便叫司礼太监王承恩,掌灯跟随。

　　君臣改装,行到周奎门外。只听得里面一派笙歌管弦之音,猜枚闹酒之声,透出户外。皇上只道自己神思恍惚,错认悲苦之声,当做音乐之声,急叫王承恩敲门,说有紧急军情来报。只听见里面有人传话出来,说道:"朋友,你错敲门了,这是国丈周府,不理军情。况今日是老爷的寿诞,各官庆祝千秋,纵有紧急事情,都不敢妄报。快请转回,免致不便。"帝闻此言,气得切齿皱眉,叫王承恩说,奉旨宣他入宫。王承恩不敢怠慢,便吆喝道:"不独有紧急军情,还有圣旨,召你家国丈入朝议事,快些接旨。"只听见那个家人从里面复转出来说,我家老爷吩咐,现染重病,不能接旨。待病愈入朝见驾,不得开门。王承恩大怒道:"大胆的奴才!方才里面歌酌[②]声喧,怎说有病? 还不开门接旨!"里边的人道:"老爷吩咐,慢讲是口传的旨意,即使万岁亲自到此,断不开门。"帝闻此言,几乎气倒,大骂周奎忘恩负义,贼破城后,看你往哪里躲得? 里边的人任你毒骂,全不做声。

　　君臣无奈,转回登上五凤楼一观。只见四面火焰冲天,炮声震地。王

---

① 奎(kuí)。
② 歌酌——唱歌饮酒。

承恩道:"万岁,试听外边吵闹不止,这声音是吃紧了,如何是好?"万岁闻言,急得搓手低头。想了多时,并无一策。叫王承恩:"你且把朝钟撞将起来,传集群臣,看他们有何说话,再作道理。"王承恩领旨,去把朝钟撞得大响,文武百官,并无一个到来。皇帝见此光景,叹道:"我朱由检掌管山河一十七载,并无失德。今日如此,也是天命了。"君臣二人,相对而哭。忽听见楼下三呼"万岁",原来是襄城伯李国桢闻钟见驾。帝手扶起,叫声:"卿家,今外罗城已破,里城定然难保,如何是好?"襄城伯朝上叩头道:"皇城虽危,待附近救兵到来,共灭流贼,以保社稷。请我主暂且宽怀,回宫保重。守城之事,自有微臣料理。"万岁道:"卿家虽有忠心,料想天命难挽了。卿且守城,孤家回宫去罢。"李国桢望见帝去已远,然后提枪上马,回到自己府中,打点资财招犒军兵,连夫人头面首饰俱各搜尽,带出奖励军兵。无奈人心已去,枉费一片忠诚。那个奸贼杜勋,勾连杜秋亨,要把都城献与流贼。先献彰义门,待等外罗城军民大乱,乘势打劫,然后再献平则门。两下都看白灯笼为号,便是开门时候,好叫流贼进城。即发令箭一支,叫外甥刘孝去守彰义门。

　　是晚,刘孝即吩咐城上军卒,在旗杆上扯起三盏灯笼,果然贼兵一齐拥近城边。城上大炮向天空打了几声,下面城门大开。南路的流贼李岩、牛金星、高迎祥、陈永福等一齐发喊,拥入城来,放火杀人,哀声震天。杜秋亨在平则门上,看见正南火光冲天,喊声不止,就知流贼进了外罗城了。又听得内罗城的百姓乱喊,心中大喜,吩咐把三盏白灯笼扯起。李闯在城外看见,传令大队人马预备入城。前队的喽啰,一齐呐喊摇旗,来到城边。城上的军兵,都是杜秋亨买通的,故意空放大炮,却坠下绳索、筐箩,把几十个流贼扯上城来。个个手持板斧,下城砍开内城门锁闸。内有千斤铜闸隔住,外门难开。再上城楼,大家动手扯闸,用力扯之不起。忽见一员文官,带着八十名军兵,抢入城楼内。众军兵见贼动手,就一齐跑了去,只剩这员官拼命杀了两三个流贼。贼众齐上,将他斩成肉酱。这一员官,乃巡城御史王章也。

　　众贼把王老爷砍死,再复大家动手绞闸,仍绞之不上,又去寻那些官兵帮手。谁知一个个俱跑,自顾家眷了。找寻一会,偶在城楼后垛口下,把杜秋亨找着,只见他心惊胆战道:"众位好汉,王御史的兵马哪里去了?"众贼笑道:"王御史变成王御酱了。你既要献城,又把这个千斤铜闸挡住,叫我们用尽气力,都扯不上来。那些官兵一个也不见了,你又怕死,躲在这里,不知你什么主意?"说着说着,有个手快的,一巴掌照面打来,奸贼"哎哟"一声道:"好汉们且息怒,待我去叫几个军兵来帮绞就是。"说罢,往东一寻,往西一找,哪里有个官兵的人影,奸贼情知难以回复众人,悄悄的走进一间古庙,钻入神台下躲避,静听外边消息。

外边李闯人马,等候多时不见开门,疑杜秩亨用计哄骗,放心不下。宋炯道:"万岁不要性急,此时才交二鼓,还是十八的日子,我原算定十九日进城,走马登基,还有一阵雨来,以助龙威。况且如今满天月色,天未曾阴,不是进城的时候,越迟越好,不必焦躁。"李闯听罢,只得勒马等候。等了一时,只见有几个喽啰坠城出来,走到马前跪禀道:"里门虽开,中隔铜闸,绞之不上,难开外门,请令定夺。"李闯闻言,即拨几个会绞闸的扯上城去。里边点齐灯笼、火把,一齐动手,不消两个时辰,把千斤铜闸绞起。东方刚刚大亮,忽然稠云密布,下了一阵细雨,此乃是上天痛惜大明贤君之泪也。要知后事如何,且听下回分解。

# 第四十一回

## 李国桢竭力难堵　崇祯帝有志散宫

话说平则门开放,宋炯把手中令旗一摆道:"时辰到了,大兵快些进城。"闯贼人马一拥而入。虽有官兵,谁来堵挡,个个走匿无踪。可怜那些志士烈女,服毒自刎,投井悬梁,不计其数。

是时李国桢正在城头防贼,忽见那跟随王御史的手下来报,说流贼已进平则门了。李国桢闻言,吓得魂不附体。情知里面有人卖城,忙叫家将飞马入朝,报知司礼监王公,说贼破平则门,我在这里堵挡贼兵,叫他快保驾逃难。家将领命,飞马来到内西华门,不许入城,遂将襄城伯的言语禀上。守门的宫官转禀司礼监,司礼监王承恩闻报,急进内殿跪奏万岁。万岁闻言,面目变色道:"流贼进城,空有许多文武官员,全不替国家出力,这便如何是好?"王承恩劝帝快寻生路逃走。帝意欲回宫,嘱咐娘娘几句,再走不迟。行了几步,复歇脚一想道:"凭她去吧。"翻转身来出了宫院,王承恩紧紧跟随。出了东华门,穿街过巷,一路上问王承恩道:"我君臣二人,往哪里去好?"王承恩道:"圣上不必先定地方,但求闯得出城,便可投奔别处。"一面说着,已奔至东城齐化门了。王承恩对守门官史呈庆说道:"有紧急军情,快开城调兵取救。"守门官索取令箭为凭,若无令箭,虽皇帝亲到也不敢开。万岁无奈,叫王承恩上前直说。王承恩即对史呈庆说道:"这是当今圣驾,还不快开城门!"史呈庆说:"王老爷,你越发糊涂了,卑职从未见过万岁的金面。况这位官长,不是皇帝妆扮,如今流贼破城,龙蛇混杂,真假难分,此门决不开的。"王承恩大怒,拔出宝剑,史呈庆一见逃去。君臣二人,急得没法,不得已往北循墙而行。到了东直门,谁知守门的都受了奸贼买嘱,依旧不肯开放。君臣无奈,又奔安定门来,仍复一样,不能出城。崇祯皇帝道:"如今暂且回宫,再作商议罢!"

王承恩领旨,随驾回宫。娘娘、太子、公主俱面带泪痕。周娘娘问道:"万岁,外边流贼消息如何?我主还要早寻出路,以免临时落难。太子、公主俱各年幼,还要替他寻个着落。"万岁闻言下泪道:"御妻,贼破京城,大事去了。不料祖宗传下的锦绣山河，一旦失在朕手。国亡君死，理之当然。御妻你平日深明大义，必有一个主意。"娘娘道："妾为万民之母，理当殉国，怎敢贪生？"说毕，流泪叩头道："妾不能奉侍左右了，愿我主早奔外省，以图恢复江山。妾死在九泉，也得瞑目。"万岁连忙扶起，大哭失声。太子、公主见娘娘举步起行，一齐扯住，哭做一堆。娘娘恐怕恩爱牵连，有误终身大事，用力挣脱，进了宫门，闭户自缢。

宫娥回报，万岁大哭一番。回头见太子、公主滚地乱哭。皇上一见，痛上加痛，心下暗想："皇儿年幼，到底是个男子，或者投奔外省，可以安身。"遂指着公主道："唯是这个孽障，逃又不能逃，留之反为不美。"思想一番，不如早下毒手，以绝后患。拔剑在手，咬齿皱眉，一剑斩中公主左臂，跌倒在地。太子一见，向后宫跑去。宫娥们一齐四散，万岁心伤手软，剑脱在地。忽见四五十个宫官，跑入跪报："万岁还不快走！襄城伯李国桢在西江米巷与贼交战，杀了贼将高迎祥、陈永福，谁知贼多兵少，失机逃走。如今流贼围困大明门。将进里城来了，乞我主早寻脱身之计。"万岁闻言，吩咐宫娥太监，各自逃生，免落贼手。说罢，出了皇宫而去。

王承恩看见宫内无人，只剩一个带伤公主，在地大哭。自己不觉泪如泉涌，急得无计可施。恰见一个内监高时明自外跑来，找寻万岁。王承恩就叫他把公主背将出去，寻个安身之所，休要落贼人之手。完了一宗心事，然后自己跑出，寻着主上。主上就问："宫里的人可散尽了么？"答道："宫人俱各散尽，连公主交付高时明背去了。"皇上点头道："凭他们去罢。只有一件，朕今日要遁他方，必须抛离祖业，你跟朕到太庙辞别宗祖，然后再寻脱身之计。"随过了五凤楼，君臣们出了午门，入了太庙，走上奉先殿，洗手拈香，跪在太祖神位前，眼含痛泪，暗暗祝告了一回。又从太祖以下，挨着神位，俱各拈香。叩拜已毕，对王承恩道："朕祖宗何等英雄，何等兴旺！今日传至朕躬，把万里山河一旦送与贼人之手，叫朕死后有何面目见祖宗于地下？"忽然想到流贼，不觉龙眉倒竖，心中暗想："流贼这回攻破城池，必然焚毁朕的太庙。如今何不将宫殿、仓库先自烧了，大家不得，岂不是好。"又转思："如今朕若一烧宫库，流贼得个空城，必然大怒，动手杀害百姓，众百姓岂不含怨于朕？不如留下宫殿、仓库，叫他留下朕的太庙，休杀朕的子民。"即命王承恩取笔砚过来，叫磨浓墨，提笔走向墙上，写下四句大字：

朕与你留宫殿,你与朕留太庙。

朕与你留仓库,你与朕留百姓。

写罢,眼望外边,叫声:"李自成,你若依朕言语,朕死亦瞑目!"忽闻喊声渐近,知道紫禁城难保,连忙出了太庙。王承恩领着龙驾,望东掖①门而走。

是时,忽有一群逃难的人,嚎哭乱跑。万岁一见,只道是一伙流贼,转身就走,说:"不好了,流贼来了!"那些人把君臣二人一冲,彼此不能相顾。万岁跌倒在地,忙挣扎起来。雁翎帽早已跌失,意乱心忙,披发向前急走。走到一道城门口,定神一看,才认得是小南门。僻静无人,城门紧闭,用石打锁不开,只得循墙而走。走到正南门上,也是如此。绕到东门,仍复一样。走了多时,两股觉得酸麻,没奈何坐在街地上。心里想道:"王承恩不知去向,叫朕一个往哪里去走?"意欲回去与贼拼个死活,又恐落贼手,求死不得,反为不美。左思右想,终无善计。仰天长叹道:"朕不必多虑了,就在此处归天罢!"转盼间,忽见一个人慌慌张张,东望西望,从北向南,奔走而来。不知此人是谁,且听下回分解。

---

① 掖(yè)。

# 第四十二回

## 李自成率众搜宫　王承恩只身保主

话说崇祯帝独坐街心，见一人慌忙跑来，认得是王承恩，便叫声："王承恩，你往哪里去？"承恩抬头，见是万岁，忙走到跟前道："方才我君臣被逃难之人冲散，四处找寻，方得见驾，此后就死也死在一处，不可各自乱奔了。万岁因何这个模样？"万岁便把先时冲散，跌倒失帽之事，说了一遍。王承恩一面听讲，一面与帝整发，把头上大帽脱下，与帝戴好，扶帝起来，慢慢而走。城外喊声震耳，里面倒也清静。过了御河桥，来至东华门，一连经过几处城门，俱无一人，门锁紧闭，用石敲打不开。又闻外边人马嘈杂之声，情知这座城门难以出去，君臣商议，同往后宰门而来。刚到骑河楼边，忽起一阵鬼头风，把万岁头上的帽刮入河中流去，合该崇祯皇帝要披发归天的。君臣二人又走了一回，刚到煤山之下，听见喊声震耳，望见后宰门上只是贼兵旗号。又向正北一望，只见沙尘滚滚，人马喊杀前来。君臣们急跳过短墙里面暂避，听得外边人马渐近，王承恩低声说道："主上，外边虽有贼寇，只顾去别处抢劫。这山脚僻静，并无人物可抢，流贼必不到此。我君臣们只宜安心在此躲避，以待救兵杀退流贼报仇。"哪知此话不过忠臣慰主之言，分明此时正系闯贼得志之日。

闯贼攻破了大明门，上了金水桥，来到承天门。勒住马首，举头看见匾额写着"承天门"三个金字，回头叫声："众卿，孤家攻破皇都，来到此处，天下已入吾掌中。我要占个吉凶，一箭朝匾额之上射去，若中'天'字中心，江山得稳；若射不中，只怕这个天下不得长久。"这个贼无因无由，忽起这个念头。弯弓搭箭，向准"天"字射去。一声响，却钉在"天"字下面。李闯心中不悦，丢弓在地说道："我今射'天'字不中，这江山必然不稳了。"牛金星上前道："射中'天'字之下，正是得天下之吉兆也。"李闯闻言，才转忧为喜，拍马入了承天门。

不多时，又到午门，遂对宋炯道："军师，你看看登基的时辰好不好？"

宋炯道："主公若等不得，就走马登基，也可以使得。宜改国号做大顺，年号永昌。"李闯闻言，就传旨走马帝座，面南登基，不必另择吉期。遂率众入了午门，进了金狮子门，走金阶，踏玉路，至皇极殿前下马，叫人打开龙衣库，把冠袍、履带取将出来。这单眼贼戴上九琉冠①，穿上滚龙袍，摇摇摆摆，走将上去，坐在九龙墩。两边擂鼓撞钟，文有牛金星领班，武有孙昂为首，一齐往上朝参见礼，口呼"万岁"三声。李贼受了众人拜跪，刚说得一个"众"字出来，突见九龙墩的那九条龙，一齐张牙舞爪，扑将上来。又见殿角下有无数鬼怪，吓得失魂，大喊一声，跌落九龙墩下，不省人事②。牛金星、孙昂忙扶起，拥下殿来，歇了半晌，方才苏醒，埋怨军师不择时辰登位，致令见鬼见神。宋炯道："走马登基，微臣倒也算之不错，只是我主到承天门上，不该射那个'天'字。人若欺天，鬼神不容，所以有这些阻滞。不如改了日期，再择良辰登位。"李闯道："军师所奏不差，就将此意传谕文武，如今且打开宝藏库，看有几多宝贝。又进里面去看皇宫内院，是什么景象。"说罢，起身率领众贼，齐到昭阳正院。

直入寝宫，竟无一人。只听得里面有个女子哭声，李闯叫李岩入去看个明白。李岩领命，叫开了门，查看明白，来至李闯跟前报道："这是一座寝宫，崇祯的周皇后吊死在里面，有一个美女，自称公主，在这里面啼哭。"李闯叫把公主带出来，李岩听说，走将入去，把这个美女带到李闯跟前。这个美女，原来不是公主，乃系周娘娘贴身宫娥。姓费，名贵贞。年方十七。看见皇后尽节，伴死不逃，是她的仁义处。今在流贼跟前冒名公主，是她智谋处。李闯见她满眼垂泪，犹如雨打桃花，叫声："公主，你不用悲伤，孤把你配与先前进去见你的那位公子，也不算在人之下了。"就叫李岩领去为婚。李岩大喜，上前叩谢，领了假公主，出朝而去。

李闯与宋炯商议道："孤家自入皇城，找寻崇祯皇帝，不见下落。据军师说，昨夜他出皇城，军师可设法找寻，方才放心。"宋炯便教李闯传下一道旨意："各门严密盘诘巡缉，不论军民人等，有能将崇祯皇帝或生身、或死尸献出者，赏千金、封开户侯；隐藏不报者，一经发觉，全家诛灭；过期三日不得者，尽将满城之人屠杀。"此旨一下，即时传满城中，无人不讲此

---

① 九琉冠——帝王或圣人所戴的前后垂玉珠的帽子。

② 不省(xǐng)——昏迷，失去知觉。

话,无地不去搜寻。那煤山短墙外,亦有一队人,一边搜寻,一边讲话。崇祯皇帝在里面听得明白,潜步走到墙边,拉了王承恩道:"你不用在此探听了,你可听外面说,流贼把寡人拿得甚紧,不如挺身出去,任贼或剐或杀,免得带累我满城百姓。"说罢,就要跳出墙去。不知后事如何,且听下回分解。

# 第四十三回

## 缢煤山大行返位　刺李岩宫人报仇

话说王承恩见主上想跳出墙去,便一手拉住道:"圣上不必性急,待奴婢看看外边的动静,再作商量。"万岁只得回身坐下。王承恩见流贼远去,出墙外一望,只见沿河一带,尽是贼营,难以出走,转到驾前含泪道:"我主不中用了!望见从山前玄武门外,至东、西河沿一带,周围俱是贼兵。料想插翼难飞,奴婢亦没主意了。请我主龙意定夺,莫落贼人之手为是。"崇祯皇帝闻言道:"朕有主意了,你且再出去看看,可有巡逻的贼兵来否?"王承恩此回出去探望,明知帝要自尽,不忍目睹,故意延迟许久,然后转回。果见主上自缢,心如刀割,两泪交流,跪下祝道:"圣上慢走,王承恩保驾来了。"即时解带,在松树缢死。

那一伙流贼刚刚寻到,一见尸身上面有血字数行,内有"崇祯"二字,急去报知头目周超。周超入朝对李闯说知。李闯就命他同牛金星、宋炯前去看验。三人答应一声,出了紫禁城,叫随从的人拿了几个老太监同去。去到煤山下,果见一个吊死在松树。所吊的系黄龙丝带,披发盖面,身穿蓝袍,右脚红鞋一只,袍帔①写着几句红字诗词,系咬破指血写的:

朕自登九五②,焦劳日万机。几年遭水旱,数载见疮痍。岂料潢池③弄,竟将社稷危。诸臣实误我,百姓受流离。文武当杀尽,吾民不可诛。

反面又写了几句:

崇祯遗笔,晓谕自成:莫坏我尸,莫毁我陵,莫留我官,莫害我民。

众太监上前,果认得是崇祯皇帝,一齐跪下,放声大哭。内中有个太监高时明,因前把公主带出皇城,交与姐姐高氏,送在甘石桥往西天仙庵内躲

---

①　帔(pèi)——古代披在肩背上无袖的服饰。

②　九五——本为《易经》中卦爻位名。后以此指帝位。

③　潢池——即天潢(星名)转义为天子之池,代指皇室。

下。高时明复进皇城，打听万岁消息。如今见圣上死得这个模样，哭得肝肠寸断。忽见右边又吊着一人，细看认得是司礼监王承恩。只见他面目如生，前襟写血字两句：

国君死社稷，内臣随主亡。

高时明一见，满眼流泪，上前一拜道："贤弟，你死得也好，流芳百世，难道我高时明就不如你么？阴灵可略等一等，大家跟随万岁去罢。"说罢，向帝尸叩了几个头，起身就对准一块大石，把头尽力撞死在地。好一个内监，正是：

可笑明朝受恩者，不及区区老内臣。

宋炯与牛金星等赞叹一番，看验明白，同到李闯驾前缴旨。将血诗念了一遍，李闯赞他好一个爱民的贤君，吩咐依他遗诏，莫害百姓，要杀只杀那些卖国奸臣。此言一出，众贼果然把那些卖国奸臣、赃官污吏严刑逼勒，家财充饷，家财献尽，稍不满意，依然性命不留。那个皇亲周奎受祸最惨，因李岩占他王府，想与费贵贞居住，又见他曾送三百万金银，与李闯买保家口。料他富贵无比，在他堂上，把严刑酷打。周奎受刑不过，无奈尽把家财数百万，尽皆献出。费贵贞恨他前负国恩，怕贼得财饶他性命，遂用计从书房内隔窗说道："皇外祖，把你那一百粒弹子大的珍珠拿出来，与我做首饰。"李岩信以为实，巴不得要奉承公主，再用严刑逼勒，哪里逼得出来？周奎挥泪道："公主既归老爷，乞看甥女面情，饶了我罢。"李岩望着窗里道："公主，你意下如何？"费氏在内答道："他与我母后实在不对，不可饶这个老贼。"李岩闻言，吩咐把这老奴上起脑箍。众贼就把周奎拖出门外，上起脑箍。老贼怎受得起，不上半顿饭时候，即时箍死。家中侍妾、丫环，俱入贼手。李岩吩咐把周奎尸首丢在沟渠，将皇亲府做住宅，即日与公主成亲。李闯赐了无数礼物，众头目都来恭贺。

大家饮罢喜酒，李岩命丫环掌灯，带醉来至洞房，早已排下合卺①酒。费氏故意殷勤，把李岩劝得大醉，倒在床上。费氏命丫环退出，关门把墙上挂的尖刀拿在手中，只手揭帐一看，暗骂一句："流贼，今日一刀把你刺死，还便宜奴与你饮下几杯酒。"随对准李岩的心窝，一刀刺入。只听得

---

① 合卺(jǐn)——婚礼的一种仪式。新婚夫妇各拿着半个瓢，以其中所盛之酒漱口。

带钩一响,果已结果了性命。费氏把李岩刺死,就想自尽。回思我如今一死,外人只道我是真公主,虽未与贼沾身,他人怎能知晓,岂不有玷公主声名?何不留下几句言词,好分一个清白。随剔灯研墨,取笔在墙上写诗一首,诗曰:

　　我本宫娥①费贵贞,思量刺贼把刀擎。

　　虽然未杀自成贼,也尽裙钗一点诚。

题诗已毕,然后叫声:"国母娘娘,等奴婢一等。"便把这口尖刀,向颈上自刎而死。正是:

　　香魂杳杳归天上,万古红颜照汗青。

　　到了次日,众贼还不见李公子起身,先命丫环敲门不开。众贼心慌,齐去打门一看,见公子、公主俱被刺死。正在手忙脚乱,忽见墙上诗句,才知道公主是个宫人,杀了李岩,自己刎颈,急抄诗入朝奔报。李闯大惊,说道:"造化!造化!我若收了此女,就丧在她手。可惜李公子随我们一场,死于非命。"又赞费宫人忠烈,吩咐取两口棺木,一齐装殓起来。烈女尸骸,不与奸臣周奎等死后暴露,也是天意使然。独惜崇祯帝尸骸未殡殓,幸得有位忠臣,干了此宗大事。

　　只因襄城伯李国祯当日在西江米巷败阵,遁入双塔寺中,与翰林周凤翔、尚衣监王德茂聚在一处,闻圣上在煤山自缢,三人痛哭一场。次日,三位老爷商议已定,一齐进入朝中,哀求李闯收殓先帝。李闯劝李国祯归顺,我自然依你。李国祯道:"若要我真心归顺,须要依我三件事。"不知李国祯说出哪三件事来,且听下回分解。

―――――――――――

　　① 宫娥——宫女。

# 第四十四回

## 臣尽忠剐奸祭主　将负国畏贼按兵

话说李国桢要李闯依他三件事，方肯真心归顺。第一件，先帝后的尸骸要依礼殡殓；第二件，要亲身在灵前守孝；第三件，要把卖国的奸贼杜勋、杜秩亨献出，拿上祭台，碎剐祭奠。若有一件不从，虽死不降。李闯爱他是个忠勇之将，三事俱应允。登时备办棺柩衣冠，交与李国桢依礼殡殓。李国桢把崇祯皇帝、周皇后及司礼监王承恩、尚衣监高时明，一齐殡殓停妥，抬出东华门外，安置在那新搭的芦棚内。然后设祭台，安灵位，排上祭品。李国桢披麻执杖，周凤翔、王德茂亦身穿孝服，同在棚中祭奠守灵。更有无数义民齐来祭奠贤君，以报当日为民受祸之惨。大家痛哭一番，只听得锣响人嘈，原来是李闯差人押解杜勋、杜秩亨二奸到来。李国桢命百姓将他绑在新竖起的两条桩子上，万口同声将他毒骂。众人将他或打或咬，或切或割，把他头发拔尽，还填狗屎口中，双眼耳鼻都被挖割。李国桢听见他哀声不止，只求早死，便把百姓喝开道："你们住手！且留活命以祭君灵。倘一时打死，岂不便宜了他！你等摆布多了，我也该动动手。"说罢，取出一把柳叶尖刀，将他身上的肉割尽，然后割断头颅，用盆托上祭台，亲自斟酒祭奠。祭奠毕，大家痛哭一场，就有李闯差来的头目传谕李国桢："已经殡殓君后，剐奸祭灵，可速入朝受爵，商议国家大事。"李国桢闻言，便向百姓高声说道："你等听真，我李国桢乃功臣之后，世受国恩。今先帝殉社稷而崩，江山属了贼寇。方才手剐两个奸贼，祭帝报仇，稍解心头之恨。我身居伯爵，不能保守社稷，兴复大业，死有余辜，从此要永别你们了。"登时拔出佩剑，自刎而亡。正是：

> 忠魂浩气归天上，青史流芳在世间。

李闯差来的头目，见李国桢自刎，急回朝报知。李闯大怒，竟欲将他斩首泄愤。宋炯道："不可，我想李国桢当日城破逃脱，不肯阵亡，原想着留身以干这宗大事，以尽臣子忠心。他归顺我主，怎算得忠臣，怎算得好汉？今事完尽节，正是他的好处。望我主依礼殡葬，以服人心，以劝后世。"李闯闻宋炯说得有理,许他家人抬回,以公侯之礼殡葬。李府家人把李国桢殡殓安葬之后,那芦棚内单剩下周凤翔、王德茂二人在此守孝。一日,忽见前时钦差调兵勤王的范景文,从河南而来。细问情由,始知河南总镇左良玉惧贼势大,虽然领旨勤王,但行兵缓慢,有意稽留。一闻国破君亡,就带兵退回河南而去。其余王永安、黄得功、刘宗泽三镇,俱以军中粮草不敷,按兵不举。至于山海关吴三桂,奉旨多时,至今不见回京,不知何故?周凤翔道:"吴三桂之兵,必不来了。"范景文问何故不来?凤翔道:"只因吴三桂之父吴骧,督理御营兵马,已经投降闯贼,尽把家财献出,自愿写书招子投降。李闯差人带书去山海关,并送银三万两与三桂犒兵。至今吴三桂的人马不来,一定顺父降贼无疑了。"大家再把前事细说一遍,又痛哭一番。范景文即拜别皇灵,辞了周、王二人,回府自缢,全家尽节。周凤翔闻知,即到先帝梓宫前跪下道:"国破君亡,臣不即死者,只因有勤王兵来复仇。不料势已难挽,范景文先臣而死,臣亦同他一齐随驾来了。"哭拜毕,忙回府中,亦自缢死,妻妾俱同殉难。临死遗下血书一封,辞别父母。书内有云:

> 男今日幸不亏辱此身,贻两大人羞。吾事毕矣,罔极①之恩,无以为报,报之来生。

复作诗一首,内有一联云:

> 碧血九泉依圣主,白头二老哭忠魂。

此时皇城内殉难的文武百官,贞妇烈女,不计其数,作野史的人亦难尽述。今略举其最激烈者,开列于后:

> 户部尚书兼侍读学士倪元璐
> 左副都御史施邦曜
> 大理寺卿凌义渠
> 兵部右侍郎王家彦
> 刑部右侍郎孟兆祥男进士章明媳王氏
> 左谕德马世奇妾朱氏、李氏
> 左中允刘理顺妻万氏,妾李氏,子孝廉,并奴仆十八人
> 太常少卿吴麟徵

---

① 罔极——没有边界;无止境。

检讨汪伟妻耿氏

户部科给事中吴甘来

御史王章

御史陈良

御史陈纯德

御史赵㳸

太仆寺丞申佳胤①

吏部员外郎许直

兵部郎中成德妻张氏并六岁子

兵部员外郎金铉母章氏，妾王氏，弟锒

光禄寺署丞于腾蛟

副兵马使姚成

中书舍人宋天颢

儒士张世禧子懋赏、懋官

中书舍人滕之所

中书舍人阮文贵

经历张应选

布衣汤文琼

新乐侯刘文炳祖母，国夫人，弟文耀，妹及子孙男女十六人

驸马都督巩永固子女五人

惠安伯张庆臻全家

锦衣指挥王国兴

指挥同知李若珪

千户高文采一家十七人

百户王某

顺天府李教官五人失名

顺天府知事陈真达

阳和卫经历毛维张

长洲诸生许琰

---

① 胤(yìn)。

徽州推官温璜妻茅氏,女宝德

总计殉难之臣,独推李国桢为首。因他未死之先,能用智谋骗贼礼殡先帝为妙。李闯一日思想此事,君与父都是一样,李国桢为人臣,能礼殡君后尸骸,又能剐贼报仇。我的父母棺柩被边大绥发掘,此仇未报,枉为人子,自愧不及李国桢多矣!越想越怒,即拔令箭一支,差两名头目做解差,前去米脂县,生擒边大绥到京碎剐。倘被他中途自尽,你两人定斩不饶。又颁行各府州县,倘有藏匿,尽将该处人民剿灭。解差领命,不分日夜,赶到米脂县来。不知边大绥性命如何,且听下回分解。

# 第四十五回

## 边大绶网内脱身　史可法江南立主

话说边大绶是时已经解任回籍，往河南去了。两个解差星夜赶到开封府，对知府说知，若不将边大绶拿出，定将满城屠杀。边大绶闻得这个消息，不惜一死，免至累及多人，即时拜别祖先，辞了家眷，挺身投到府衙。解差将他上了枷锁，押解而去。

边大绶在路上不肯骑马坐轿，偏要慢慢步行，游山玩水，若稍有催逼，他就要投崖撞石而死。那解差怕他身死，不敢稍有违拗。边大绶只乐得快活闲散，一路行来，耽延已有一月之久。解差见久羁道路，受尽风霜，好生厌烦。想当初领命出京之时，只道是个美差，以为这个边大绶做过几任知县，一定有些家资，或者可以勒索得一千八百两银子均用。岂料这个书呆，不独清贫如洗，盘费全无，又不用捉拿，自行投到招认，自己一文不费，并亲属人等一毫不得需索，是要我们小心服侍。只因闯王有言在先，要供养得他肥肥胖胖，生带回京，亲手碎剐，以泄掘坟之恨。我们奉上差遣，不得不遵。钱银既不入囊，反得跋涉辛苦。我两人真倒运晦气也。二差一边恼怨，一边跑走。走得气闷，只得暂在郊林歇脚。

三人坐下，解差开言对边大绶道："边老爷，你忒愚了！你当初在米脂县做官，难道不知闯王系个凶暴之人？明朝多少雄兵猛将，都败在他手，你不过一个小小知县，又不是朝廷重任的大臣，何必在老虎口拔须？你万不该掘他祖坟，以致怀恨太深。今拿你回朝，定受烹割之惨，毫无补益于君国，何苦枉残性命呢？"边爷长叹一声道："二位有所不知，我为官虽小，亦要图报君恩。自恨无力锄奸，无奈想出这条绝计，以破贼人的根本。我今一死，有何足惜！只恨连累你二位跋涉奔波，于心何忍？"二差道："边老爷，你有此忠君爱国之心，言来我二人敬服。我今奉上所差，总不怪你连累。我等不幸生于末朝，兵戈缭乱，劫数最是难逃。但得一命留存，便是家门有福了。且走路罢！"

三人一程行来，谈谈论论，已是日落西山的晚景。于是寻觅旅店，安歇一宵，次日再走。后来闻得李闯势败逃走，二差想来，即使把边老爷解到京城，亦无交代的。于是三人商议，将边大绶释放，各自奔逃。李闯败得连脚都立不稳时，自顾不暇，有甚闲心究治他呢？边大绶替国家办了一件大事，究竟不遭贼手。正是：

　　　　死生都是命，半点不由人。

　　是时，李闯夺了明朝江山，真个天下无敌，更有谁人败得他呢？谁知就丧在阎公子如玉之手。只因当日阎如玉自别陈永福，去到广东惠州府，寻着父亲阎法，把陈永福降贼之事说了一遍。阎法叹息一番，即跑到广州城，对探花陈子壮说知。那陈子壮系阎法同年进士，两人意气十分相得。今听得阎法说出这般缘由，料知国运当衰，京城难保，命阎法父子急去河南，请左良玉进京勤王。阎法即辞别陈子壮，同子如玉，往河南而去。

　　不一日到南雄，度了梅岭，过江西境界，父子投店歇下。谁知阎法在广东食了禾虫①太多，又路上受了烟瘴毒气，染成一病。公子服侍汤药，医理数十日，方得痊愈，赶到河南，已是春末夏初。父子二人来到左良玉府门，只见满门挂孝，父子们吃了一惊。问及守门的家丁，始知左良玉身故，便叫家丁进去通报。蕊英小姐闻得父弟到来，忙出大堂迎接。父女姐弟一别十余年，一旦相逢，悲喜交集。请入后堂叙话，教儿子孟康拜见外祖、舅舅。左良玉的棺枢犹停在中间，阎法一见，流泪不止，命子如玉拈香祭奠。阎法就问女婿得何病身故，小姐便将丈夫勤王不遂，愧恨焦愁，发背痈②而亡。婆婆及老樵夫夫妻，已经亡过了。述了一遍，不觉泪下。又问父亲因甚到此？阎法便将陈子壮差我到来，劝女婿勤王之意说知。自恨女婿早亡，不能立此大功。小姐道："女婿纵然不死，那勤王之事亦做不及了。"阎法惊问何故，小姐答道："父亲还不知么？三月十九日，李闯攻破京城，主上在煤山自缢。"阎法闻言，哭得一个半死，即欲拔剑自尽。小姐再三劝住道："爹爹不必如此，闻得淮南经略使史可法，在南京立了新天子，年号宏光。此事未知真假。"公子忙接口道："既然南京立新天子，何不父子同去看看，是立哪一家宗支。如果系明朝嫡派子孙，父亲是明朝臣子，就在这里同兴大业。若然不是，然后再赶回来埋葬姐丈，齐回

———————————

①　禾虫——又称"庞吻沙蚕"，产在稻田，可食。

②　痈（yōng）——皮肤炎症之一。

原籍,隐姓埋名,岂不是好?"阎法道:"我儿言之有理,快收拾行李,明日起程去罢。"次日,阎法父子辞别了小姐,向南京进发。

且说淮南经略使史可法,当打听得闯贼破了京都,帝在煤山自缢,大哭了一场。吩咐军民人等挂孝,即修书与黄得功,叫他到怀庆府访寻福王之子,到来南京商议大事。是时福王虽死,其子例应袭爵,仍叫做福王。黄得功果然寻着福王,命姜宪会合白凯的马步三军,星夜随着福王先奔南京。于是大家聚集商议,共立福王为天子,就在南京建都,年号宏光。封史可法为督师,兵部尚书,兼东阁大学士;封黄得功为靖国公;封赵之龙为欣城伯;封徐炳爵为魏国公;封王铎为内阁大学士;封白凯为定国公;封钱谦益为礼部尚书;封高杰为兴平伯,其子高照为太尉。其余诸臣,俱加升官爵,不在话下。就命史可法、黄得功分统郑鸿逵、刘泽清、刘良佐、田雄、马得功等一班总兵道员,副将参游等官,分据各镇把守。

一日,史可法闻得前任米脂县阎法同子如玉到来,请入相见。略叙寒暄,阎法便问:"阁下所立的新君是哪家宗派?"史可法答道:"这位新君系世袭福王之职,崇祯皇帝之兄也。"阎法大喜道:"公等所立之君,确是天潢①之派。但现今贼势甚大,江南兵力未集,难以进剿。平西伯吴三桂现统重兵,镇守山海关,兵强马壮。公宜修书差人带去通知他,然后请旨,宣召他带兵进京,夹攻流贼,方为上策。"

史可法大喜,即修书一封,命弟可鉴星夜带到山海关去,知会吴三桂,请三桂起兵入京,剿灭闯贼,为主报仇,恢复大业。不知史可鉴到山海关请得吴三桂发兵否,且听下回分解。

---

①　天潢(huáng)——犹天池。指皇室;皇族。

# 第四十六回

## 羞污①君拂袂②迁居　为红颜冲冠一怒

话说史可法自从差了史可鉴带书去山海关后，即上朝将此事奏知宏光帝。并奏原任米脂县阎法，同子如玉到来，乞皇上赐他官职，命他赍圣旨前去山海关，征调吴三桂人马进京，夹攻流贼。宏光帝闻奏大惊道："卿所奏差了！吴三桂兵马虽强，但现镇山海关咽喉之地，此关乃中国门户。况他的兵马屡次与北国抗拒，倘他兵马一动，北国大兵必蹑其后。况且吴三桂面有反骨，貌似董卓。卿为何设此前门拒虎，后门进狼之计？又不先行奏明，擅发私书先去，极类乱臣贼子行为。所奏不准。至于阎法父子既然到来，可授他候补知县。其子如玉着充弓手，在辕门效力。"

史可法被严旨切责，不准其奏，怒气填胸。辞了朝堂回衙，对阎法父子说知，大家叹息一番。阎法父子料知宏光不是个中兴之主，遂辞职转回河南，携蕊英小姐母子复回开封府原籍居住。未久，又虑祸乱未定，开封府居天下之中，正是用武之地，还要迁居为是。父子们商议已定，即举家迁往武昌府罗公山居住，隐姓埋名。后来闯贼遭他的毒手不表。

却说辽东督师主帅平西伯吴三桂，原乃明朝世袭伯爵之子，天生智勇，威震边疆。当崇祯初即位，已领镇山海关。后阅看辕门日报，闯贼猖獗太甚，三困河南，攻陷陕西，大加杀戮，夺关斩将，如入无人之境。其次凶暴则张献忠，大败朝廷兵，杨嗣昌因败服毒死。一连陷害五王子。吴将军正天天闻报，不胜愤怒，但恨无旨召，提兵出敌，以剿闯贼、献贼。及至十七末年，又闻贼兵连连攻下数省，逼近京城，还不见上旨征召。正在愤躁间，言圣上全无主见，难道由得贼人攻入京城，让大位与之？至一天，见朝廷差吴麟征到关，急调大兵入护京城。

三桂得上旨，即日发徙大兵四十万之众，将十万守山海关，自引三十

---

① 污——不廉洁。

② 拂袂(mèi)——拂袖。袂，指袖子。

万,不分日夜,赶急行程。岂知于三月十七日,皇城已被贼兵攻陷。吴三桂之兵跑至二十日,到丰润之境,皇城早已破三天矣！又闻先帝皇后皆崩。吴将军闻报,不胜痛惨,只得扎住大营于塞外。即日传檄文于边关,以鼓励众将兵于先,然后进兵赴敌,上写着:

　　钦命镇守辽东全省地方等处总制平西伯吴,为国救难,兴兵勤王,复仇剿贼事。窃为闯贼乃一介猾狡民氓①,不畏死之辈,初纠合本土草寇饥民,骤然作叛,直至长驱犯阙②,崩我帝后,禁我太子,辱戮我同僚,残杀我将兵,淫掠我子民。忍残惨杀,亘古无双。有此翻天覆地大变,上无日月星辰,下无江河地脉。太祖七庙蹂作荒墟,数十皇陵残成乱土。以太祖开基,至此三百年来,恩泽已深,十七主能培植普荫,今为之臣民者,即肝如铁石,罔不泪流。然某虽才同腐朽,智比蛆虫,料得蛇龙非敌,虎犬难争,定必效睢阳城之饿鬼③温太真之乞粮④。呜呼！雪父之仇,不共戴天;报君之恨,岂当同日！凡为臣子,谁无忠愤存心;既属军民,孰不沾恩奋志？义旗一展,一以抵千。某宁粉身碎骨于沙场,断不甘逆闯凶顽攘据。用命者倍加奖赏,退懦者严切枭诛⑤。

　　当日吴三桂发出檄文,各镇军民,内有忠义者,一见吴将军孤忠独奋,一观瞻此檄文,人人悲泪,个个咨嗟⑥不表。

　　却说三桂接得江南史可法命弟可鉴带书,道立福王在江南即位,调取各镇之兵勤王起义,不日就有圣旨到来,调取勤王起义。吴三桂看了,即命军士往江南打听,即来回报。

　　再说李闯闻得吴三桂兵扎丰润县,与众将商议。宋献策道:“山海关兵强将勇,不若将吴三桂父吴骧,胁⑦其写书与儿子,招彼投降。可命二

---

① 民氓(máng)——此指不务正业,为非作歹的人。

② 犯阙——阙,指朝廷。犯阙,即危害国家,对抗朝廷。

③ 睢阳城之饿鬼——睢阳,古县名,今河南商丘县南。唐至德二载(公元757年),安庆绪派将攻城,张巡、许远死守10个月,保全城池。

④ 温太真之乞粮——温峤,字太真,晋太原祁县人,官至骠骑大将军。

⑤ 枭(xiāo)诛——砍头悬挂示众。

⑥ 咨嗟(zī jiē)——叹息;赞叹。

⑦ 胁——威胁。

位能将带兵四十万，扎兵在外，前往说他归降。倘若不从，可分兵二路，在丰润县前后扎营，待他首尾不能相顾，三桂可擒矣。"李闯听说，即命柏正善、容天成二员上将，分兵二路，在丰润县前后安营。先到说他投降，带了金银数万，并吴骧之投降书，用好言说他投降。倘伊不从，然后分兵二路攻击。二将领命，带书前往，来至营前将书传递。三桂得接父书，拆看其书大略，书略曰：

> 明朝气数已尽，国破君亡，国中无主。我儿即动勤王之兵，亦无济于事。今天下疆土，闯王已得十之八九，兵精粮足，儿若以孤军与之抗衡，不独主客之形必败，抑亦多寡之势不敌，一木焉能支大厦乎？兹特修书示儿知悉，千祈深思忖度，一醒免误，速宜归降大顺，以全孝道。倘仍执迷违抗，则忠孝两失矣！

吴三桂看罢父书，默思不语。来使见他主意未决，开声说道："令尊太老爷已经归顺新主，新主十分优礼厚待。现今吾主专候将军归顺，做个开国元勋。愿将军早赴金阙，以膺①一命之荣，以享世禄之贵。断不可效周、蔡二公之所为，自取灭门之祸。"吴三桂见他说得入情入理，主意犹未决，请来使安息公馆，明日回话。

刚遇前时差去的家人，自京而回。三桂急问家中平安否？那家人答道："家财尽被闯贼抄没了。"三桂道："这个无妨。"又问父亲平安否？家人答道："太老爷被贼捉获，留在京中了，恳伯爷速发兵搭救。"三桂又问："陈夫人平安否？"家人答道："陈夫人被闯贼取去了。"这句话不闻犹可，吴三桂一闻此言，不觉愤火中烧，拔剑砍案，大骂闯贼："你忒欺人太甚，我与你势不两立！"即写书一封，回绝父亲。其书略曰：

> 儿以父荫待罪戎行，以为李贼猖狂，不久即可扑灭，不意我国无人，望风而靡。侧闻圣王宴驾，不胜眦裂②。犹意吾父奋椎③一击，誓不俱生。否则列颈以殉国难，何乃隐忍偷生，训以非义？既鲜孝宽御寇之才，复愧平原骂贼之勇。父既不能为忠臣，儿安能为孝子乎？儿

---

① 膺（yīng）——承受；承当。

② 眦（zì）裂——形容愤怒到极点。

③ 椎（chuí）——同捶。指用拳头或棒槌敲打。

与父诀。贼虽置父于鼎俎①旁以诱三桂，三桂不顾。

吴三桂打发来使，带书回父。来使见三桂并无降意，遂将李闯金银送上，恳将军归降，做个新佐命元勋，但愿早日赴金阙，以膺一命之荣，子孙享世禄之贵，愿将军纳之。三桂闻说大怒："汝这逆贼，敢在本帅跟前妄言放肆，可恼，可恼！某断无降逆贼之理。"遂将来使斩首。有部将赵忠等合谏曰："彼乃奉命而来，岂可迁罪其使者？可将老太爷之书，交他带往，两得其宜。"三桂便将父书交来使带回。

柏正善回营，与容天成商议："今三桂不愿投降，可分兵埋伏在丰润之后，截其归路。某兵在前，为掎角之势。"二人分兵，柏正善次日出兵，来攻三桂。山海关人马闻报，三桂带兵二十万，与他对敌。柏正善道："昨日好言相劝，归顺我主，不失封王之位。倘若不从，悔之晚矣！"三桂大怒："你这逆贼，助恶为害。本帅杀回朝中，将尔碎尸万段。"两军对垒，柏正善战了十合，不是三桂的敌手，大败而走。三桂催山海之兵杀上。柏正善败回营中，计点折兵数万。即修书与容天成，约明日某与他交战，诈败佯输，引他到九里山前，你可分兵两路，在九里山谷口左右埋伏。待三桂兵过尽，号炮一响，两谷之兵齐出，截其归路。某一闻号炮响，把兵杀回，三面夹攻，三桂可擒矣。容天成依书行事。柏正善次日出兵，往攻山海关之兵。三桂带了二十五万人马，与他对敌。柏正善诈败佯输，引他到九里山前而去。三桂追赶杀上。容天成见三桂兵过，放号炮一响，两边之兵齐出，截其归路。柏正善闻号炮响，把兵杀回，三面围困，不能得出。三桂奋勇杀条血路，冲出重围，折兵十五万，战将数员，大败回营中。史可鉴道："今兵微将寡，难以对敌。不若班师回关，待宏光帝圣旨一到，会齐各路兵马，再复起兵，方为上策。"吴三桂即传令班师回关。柏正善、容天成得胜班师。

再说三桂是晚梦见王承恩引去朝见崇祯皇帝。帝亲口对吴三桂说道："朕在世做了十七年皇帝，本来无甚失德，为何竟把江山失去呢？内中有个缘故。只因北方长白山，系宇宙间旺气所钟。前者上帝命天女佛库伦下降，在山下布尔湖沐浴，吞了鹊衔的朱果，孕生圣人。长白山东各姓，奉戴他为君。遵仙母命，把爱新觉罗四字为姓，日渐兴旺。数传至泽

---

① 鼎俎（dǐng zǔ）——鼎，即锅；俎，即割肉用的砧板。

王,开疆拓土,国号满洲。溥于庆王原皇昌王,曾孙福王,即天命皇帝的高曾祖考四代也。天命元年,即明万历四十四年,天命皇在位十一年,传子天聪。王在位十八年,后改天聪十年为崇德元年,是年始改满洲国为大清国。当今大清国主,乃崇德皇第九皇子。因前高曾祖修德行仁,天运江山归于大清。我明朝气数已绝,故有李、张二贼之乱。如今劫运将满,你若有忠义之心,为国报仇,须向那积功累仁的大清国借兵回来,方能廓清①寰宇,以开泰运。那宏光圣旨也不来了,你不用等候了。吴三桂,你须牢牢紧记,朕去也。"吴三桂将帝衣扯住大哭,醒来原是一梦。

次早,将这梦对史可鉴说知。忽报探听江南军士回报:"宏光帝责史可法不先奏闻,私自修书往山海关。况此关乃北方咽喉之地,中国门户,倘他兵马一动,北国大兵必蹑其后,卿何为设此前门拒虎,不虑后门进狼之计? 擅发私书先去,极类乱臣贼子行为,所奏不准。史可法被严旨加责,怒气回衙。圣旨又不来宣召山海关之兵,又未有旨发各路之兵勤王起义。"三桂听了,嗟叹不已。史可鉴道:"今宏光帝不来宣召,又不调各路之兵勤王,非系中兴之主。目今兵微将寡,难以对敌。况先帝托梦,着往大清借兵相助,方可复仇。将军何不亲往大清国乞师②,回来灭贼报仇,方为上策。"不知三桂肯与不肯,且听下回分解。

---

① 廓(kuò)清——澄清。
② 乞师——乞求出兵。

# 第四十七回

## 平西伯为国乞师　大清兵仗义讨贼

话说三桂听了史可鉴之言，主意已定，不如亲往满洲国，叩见大清主，恳求发出大兵、猛将相助，方能灭除自成及献忠也。查血十牌①，于先帝庚午三年，自成为盗之初，已蒙大清主太宗文皇帝，遣使臣持敕书与我邦和好，息兵日久。今往乞师相助，料必允请，则大事济矣，不难收除闯、献两巨狼也。

定了主意，即赶急往谒朝大清主，求请大兵助战灭贼，为朝廷复仇。然大清主初时未允其请，吴将军复力求恳。清主言："汝明朝文臣，素无信义。今孤忠为主者，独将军一人耳。然功成之后，不知将军置身何地也？"三桂曰："臣父子世受朝廷厚恩，今为贼闯逆弑君后，为之臣者，岂可与此贼戴天？如吾主所谕，必计及成败而后行，非臣心所愿为者。臣只今日誓死于疆场，与此逆闯断不两立也。恳乞圣主悯我君后惨崩，求允请兵相助。倘借圣主大兵之力，得灭贼人，先君在天之灵也深沾隆恩。"语毕，痛哭恳切。大清主见其忠义，心中亦为之感动。是日允准，发兵相助。

吴三桂得清主允准发兵相助，不敢久留，即日拜辞大清主，急带兵赶回山海关。一程东下，适遇贼将刘文崇领兵数万，奉命来探消息，出关迎敌。却被吴将军挥兵杀得片甲不存大败，引残兵远远逃走。吴将军乘势斩关而入。且屯扎三军，相机而动慢表。

再言李自成虽得据京城，只每每忧虑，犹恐勤王兵会集来攻。首虑者吴三桂、左良玉等驻兵在外屯扎，要差发两员将官，左右分途，招安二人，说诱彼投于我，加封官爵，方得无患。一天发出伪檄文，上写着：

> 大顺国奉天承运皇帝诏曰：兹应运龙兴，豪杰响从。且会尔明既衰，历数当灭。至尔明将唐通、左光宣、李显志、杜明等，早知天命，倒

---

① 十牌——十户人家。牌指门牌。

戈投朕。朕甚嘉焉，故厚赏奖封，托以重任。唯昧①于进退者，虽有孙传廷之智、周遇吉之勇、蔡懋德之艺，皆无所用，枉取杀身之祸耳，甚至全家诛戮。此乃不审时度势，以至灾及其身，妻子并罹惨祸。兹今天命已改，明裔潜降。汝故明武将，徒拥孤兵，乌能有济？盍若弃昏就明，舍灭趋兴，则身享令名，功垂奕世。倘仍迷而不悟，只徒后悔，噬脐②靡及矣。

且说李自成发申伪檄文，以诱惑明之将士，望其退散者。却言吴三桂引兵出关，真个势如破竹。所到力攻贼营，奋勇夺城，并将自成伪檄文四路收毁。当日李自成闻报，三桂引兵东下，夺回数关。自成一心忧虑。有故明的降将唐通，特来见自成，言吾当日为官，与吴三桂势均匹敌，互相推重。趁今大势已归新主，料想吴三桂独为难成。吾若善言相劝，彼必去害就利，断无不降我主之理。倘果执迷不降，当以大兵急击之，除此大患，有何难哉？不须我主介怀③。"也不知他说得三桂否，且听下回分解。

---

① 昧(mèi)——糊涂。
② 噬(shì)脐——若噬腹脐，喻不可及。比喻后悔不及。
③ 介怀——耿耿于怀。

# 第四十八回

## 泄天机铁冠图开　日轮升妖魔星坠

却说李自成闻唐将军说,喜曰:"若能招得吴三桂投降,汝与彼二人,皆封王爵世袭。若子若孙,同享富贵。加赏黄金万两,白银五万,以犒其军。将军可速往也。"是日,唐通领命,自成又复发兵三十万,与之便宜行事①。倘三桂仍不允降,奋兵挫击之。

唐通克日登程,引了大兵,赶赴山海关,离吴三桂大营百里外屯扎营盘。然后单刀匹马,后面远远四名勇士,暗随至吴营。一到了,传知军校请进。二雄相见礼毕,分宾主而坐。小军献茶毕,有唐通先开言曰:"久仰吴将军重任边疆,功绩汗马之劳,名扬四海。岂料劳而无功,尽被奸臣贪赂,败坏国政,君后俱亡,太子被拘,至明无主可护以复仇。今天下生灵涂炭已久,正当返循环以兴。且新主豁胸②博度,爱重英豪。虽无尧舜之仁,亦颇有汤武之功。久已渴望将军威名远播,如降许封王位,在诸臣之上而无疑也。"当下吴三桂明言忍耐性情,伪作诈容曰:"前三天两名来使,说得言语支离,使我一时愤躁了,遂至过于决裂。但去后复思,吾父现在被自成拘留下,尤恐一时之触怒,父亲性命旦夕不保,某正在悔恨莫及。今幸唐将军驾临,又叨赐教一番,金石良言,正使某茅塞顿开③。自当改弦易辙,共建不世之功。唯我已先约会东兵,其国大兵深入内境,势不能压回。定须奋力一战,杀彼将兵溃败,不有奔北归国,先立微功,然后卷甲趋朝,以俘献王,岂不悦重赏。未知唐将军意下如何?"唐通一闻此语,大喜曰:"如此妙极!我今大兵三十万,现屯扎百里外山上,可随吴将军铁镫,两军相攻。"吴三桂曰:"若得将

---

① 便宜行事——见机行事。

② 豁胸——胸怀开阔。

③ 茅塞顿开——犹恍然大悟。

军助力,战无不克矣。但某亲往彼国,约之会兵而来,反与他构战①,似非事之所宜者。还托将军大兵先出,敌东兵一阵。然彼必恃其军是主兵。彼果是客兵,吾必协力助战。有恃心必轻视易战之,待我兵却从后夹攻之,一战而擒灭矣!"唐通喜色扬扬,不知是计,当即告别。准约在明日出兵对敌。此日,吴三桂受其金银,尽将犒赏了三军,人人喜悦。

次日,唐通领了大兵三十万,尽出与大清兵对敌交锋。岂知清兵十分精锐,一阵杀得贼兵纷纷倒退,被杀死许多。唐通亲自督阵,见大势倒败,急忙挥兵退走十余里。已跑近三桂大营,只望三桂有兵接应帮助。忽左山侧一声炮响,大队军兵将贼兵拦截住,大杀一阵。贼兵前后受敌,散亡殆尽了。唐通又被吴三桂大刀伤了左肩,流血不止,负痛拼命奔逃。按三十万兵,只败剩二三万残兵,急奔小路同走。一连三四天,又无粒食。唐通与二三万败残兵尽受饥寒,只顾奔逃,回见自成。只有唐通既受重伤,且一路奔逃饥枵②,心中愤恨吴三桂。

一回见自成,自成不胜愤怒。次日,即点调大兵六十万,战将一百员,与吴三桂大战。正在胜负未分,不意大清兵大队排山倒海般杀上,喊声如雷。贼兵怎能抵敌?左右精锐军马,登时阵脚驻扎不定,大溃倒散。自成大惊,顾不得众将兵了。忙乱之际,拍马先奔。贼众四散,只恨逃走不及。死者十之七八,逃散的十余万,贼之副将皆已阵亡不少。

话说李闯见大清兵屡战屡胜,终日闷闷不乐,传令排驾到宝藏库里游玩,观看宝物,以散愁怀。进了宝藏库,只见两边桌上摆列无数奇形怪状的古玩器皿,自己一件不识。看见东角上一张九龙凿花桌,桌上放着一个封皮铁柜,不知里面藏着什么东西。便唤库吏到跟前查问。库吏道:"此是明始祖洪武皇帝传下的。传说内有画图三张,系铁冠道人所进,不知藏着什么天机秘奥。"李闯闻言,就吩咐打开封皮铁锁,取出来一看。库吏不敢怠慢,忙开了锁,把铁盖揭开一看,果有三轴图画,并无别物。李闯就叫展开观看,第一幅写着些彩云,托定无数天兵天将,一个个金光满体,瑞气腾腾,拿住十八个孩儿,你抢我夺,好似要生食一般;又展开第二幅来看,只见上面写着一个大人,披发悬梁,身穿蓝衣,左脚脱赤,右脚穿红鞋

---

① 构战——交战。

② 饥枵(xiāo)——饥饿;肚内空虚。

一只；又展开第三幅观看，更加奇了，上面只写着"天下万万年"五个大字。李闯看罢，一些不晓，遂吩咐卷起，仍复放回柜中，传旨排驾回宫。且听下回分解。

# 第四十九回

## 牛金星放火烧宫　李自成弃北逃陕

却说李自成会齐各处人马，与三桂复战。被三桂会合大清之兵，杀得自成大败，追至永平城。自成复兵再战，三桂又杀败之。自成见一连两败，折损兵百万，将士十去六七，心中恐惧，只得收集残兵入永平城。发令众将，将四城谨守，日夜亲自巡逻。有吴三桂在城外面屯扎大营，次日约战。自成复再以十八营军兵尽出，又三十余万，以抗拒明兵。三桂奋勇，身先士卒，喝挥杀上。贼兵又败，死者十五六万，遍野尸骸，堆积垒垒。自成忧心，愤恨吴三桂，一连几阵，败于彼手，愤怒难消，乃杀了吴骧，尽戮其家口，共计三十八人。将吴骧首级，悬放城上。三桂见了，恸哭披发，堕于马下，血泪交流。大小三军，人人感愤，个个拔刀砍地，誓必杀贼以报老将军之仇。又复扶归吴元戎回大营，众将安慰劝解。

再言此日李自成忖思，三军屡败，折兵损将，死的十之六七，及阵败逃散又不少，所剩存者，仅得二十万兵而已。李自成即传集众文武，商议战守之策。牛金星道："北国之兵固属厉害，更兼以吴三桂乘愤鼓励三军，如何抵敌？不如我们弃了京城，搬运辎重，走回山陕去罢。"宋炯道："我主不要惊慌。可修书一封，待微臣亲带去湖广，请八大王张献忠起兵前来，同心协力，杀退吴三桂人马，约他平分天下，他必然应允。"李自成闻言大喜，忙修书交与宋炯，带领二十名喽啰，多携珠宝，即时拜别而去。

这个矮贼本来并无家小，带喽啰出了京城，谁料他甚知机①，这一去是有心逃脱的。行到中途，便把蒙药灌醉了众喽啰，改装逃走，削发出家，永无踪迹。所以张、李二贼受天诛时，全军覆没，宋炯不在其内。

再说李自成自打发宋炯带书前去，望其早日请得献忠起兵回来，望日如年，许久不见宋炯回转，心中忧虑，寝食不安。有牛金星奏道："今军师

---

①　知机——明白事情变化的趋势。

许久不见请得救兵回来,倘吴三桂来攻,城内兵微将寡,如无救兵,此城难保。况城内人心未定,难以坚守。我等军兵,断不可在此久留。又燕京之地,不似山陕险固,即略败可守。为今之计,莫若退入关西,乃系保守上策。"李闯道:"丞相之言,正合孤意,即当速行。"牛金星道:"速归山陕,固属上策。但城内金银堆积如山,仓粮不胜捆载,岂可抛弃,以遗他人受用?金银固要带去,仓廪又当烧毁,然后方可出城。"李闯闻言,赞道:"有理。"至次早发令,大小三军,速收拾行李,备办百辆骡马车子,以便搬载宝货向西方而去。即入宫吩咐圆圆整备行装,带她逃走,以避吴三桂之兵。圆圆道:"妾闻当日吴骧招子投降,吴将军立意卷甲归顺。因妾之故,又复兴兵。今兵临城下,妾何惜一死,以报君恩。但恐吴将军痛恨更深,拼命与王死敌。妾若跟随我主西行,又怕吴将军穷追不舍。我主自度,若能敌得他过,妾愿束装跟随,若自度不能万全,不若留下妾身,以息他心。妾当掉三寸不烂之舌,说他勿追大王,以报大王知遇之恩。"李闯听信其言,次早即把圆圆寄在西天仙庵内,后传齐人马,搬齐金银珠宝,其余贵重器物,不胜搬载,又用骡马拖曳,拘①带妇女三四万人,于初更时候,命军士放火烧仓,带齐子女玉帛,从彰义门出城,向西方逃走。

　　是晚,吴三桂兵屯城外,见城中火发,已知闯贼逃走。即传令各营兵将,不必入城救火,速速分路追贼,不容迟慢。三军得令,连夜急追贼众。

　　斯时,贼众所驮带的车辆,都满载珠宝之物。走至卢沟桥,经由固安境土一路而去。抛弃金银贵重之物,填塞道路,所带妇女,多星散逃走。贼军忙乱之时,全无纪律,不能拘管得住。贼众畏惧吴三桂引兵追赶,一路多有逃散的。李闯走到保定府,又被吴三桂追到,只得且败且走,尽弃其辎重妇女,向西奔逃。

　　逃至真定府,欲暂时驻歇,望见后面尘头冲起,知追兵已近。只得又命牛金星布成阵势,以待追兵。果见吴三桂大队人马到来,两阵对圆②,李闯命李过出马,吴三桂拍马当先,挺枪杀进。李过持刀迎敌,战了几个回合,败下阵来。三桂挥兵杀进,众将踊跃赴敌。混战一场,杀得贼兵尸横遍野。李闯见牛金星死于乱军之中,即拍马先走。贼众胆怯心虚,随着

---

①　拘(jū)——逮捕;拘禁。

②　两阵对圆——古时交阵,常作半环形,两阵相对,恰如圆状,故称"对圆"。

李闯跑走。李过断后,诸军拼命奔逃。

李闯闻得山西全省,已被大清兵夺回,不敢走太原一路,直奔陕西西安府驻兵,将西安城四门紧闭,分兵把守。驻了几天,又恐吴三桂引兵来攻,与弟李过商议道:"闻张献忠现在湖广,我们何不带兵南走,与献忠一合,然后再图进取?"兄弟商议已定,遂连夜弃却西安,赴湖广。入到界内,始知张献忠又不在三楚①之地,已带兵入西川去了。李闯大失所望,无奈何,即收拾残军,向武昌进发。未知后事如何,且听下回分解。

---

① 三楚——地名。战国楚地。今从黄淮至湖南一带。泛指湘、鄂一带。

# 第五十回

## 定四海虎贲①三千　子万民龙飞九五

话说李闯走到武昌府，走得人困马乏，传令军士暂在罗公山中驻扎。这罗公山在城外二十余里，山上有玄帝庙，一连五座，正中大殿极宽广，山下村乡稠密，合计乡民有四十多万。只因近日京城失陷，万民无主，流贼猖獗，乡民齐心设法防御，富者捐资财，贫者出力，多设兵器，练习武艺。

一日，乡民齐集庙中联盟祭奠。是时李闯在山下扎营，心中纳闷，约束军士谨守营寨，自己单人匹马，登山游玩，以散愁怀。一路行来，觉花放鸟啼，尽是伤心之景。想起当初自米脂县反监，与众兄弟起义，逢州攻破，逢县投降，纵遇败亡，旋集饥民，军威复振。不上数年，遂夺了明朝天下，改号称尊，何等英雄！何等受用！岂期今日屡败不振，军士逃亡殆尽，能将并无一存。当日宋炯说我有天子之贵，又送我龙穴安葬先人。到于今大事不成，他又弃我而逃，弄得我无地容身，想做个太平乞儿都不得。术士之言，真害人不浅也！又转念想道："非关宋炯之言不验，或者我相命风水原是极贵的，不合毒死父母，兼之杀戮太过，地理虽有，天理全无。所以上天不容，山坟被人挖掘，致有今日，原与宋炯无干。"

李闯一头想，一头行，不觉行到玄帝②庙前，遂下马入庙观看。看见有中元③圣帝像，塑得怒目睁眉，威严凛凛，即拜叩于阶上，禀道："玄帝爷爷在上，我李自成出兵数载，马上战功虽成帝业，讵④被吴三桂借助北兵，大败至此。恳圣帝庇佑，军威复振，平定山河，誓必再塑金身，创新庙宇，以酬帝德。"禀祝一番，正欲抽身而起，霎时一阵头昏眼花，双脚软屈，似

---

① 虎贲（bēn）——勇士；武士。

② 玄帝——道教称真武大帝为玄天上帝，省称玄帝。

③ 中元——道教以七月十五日为中元节，该日为道教三官地官大帝诞辰。中元圣帝即地官大帝。

④ 讵（jù）——曾。

有神物击背一般。当先庙内众乡民见他从外而入，生得剑眉虎目，颧骨高露，头戴雁翅金盔，身穿锁龙金甲，手持画戟，腰插铜鞭，状貌怪异，踪迹可疑。众人正在围看，忽见他仆倒在地，众百姓将他拿住，牵出庙外荒地，捆绑起来。正欲审问他来历，一时喧传起来，聚集满山百姓，各执兵器齐集。内有一个新迁来住的少年，从人丛中走出来一看，认得李闯，系前时逼死他母亲的仇人，就对众人说知。众人齐声怒骂，霎时间刀枪如雨，立刻将闯贼剁为肉酱。又望见山下有军营屯扎，一时鼓噪，拥下山来。

当下山脚贼众，见李闯上山许久不回，正欲差人寻访，不意大队人马杀下山来，蜂拥入营，逢人便杀。众贼心慌，不辨哪里人马，又疑吴三桂大兵预伏山中，伤弓之鸟，都是胆破心慌，各寻生路，不战而逃。乡民穷追，追至河边，李过等一万余人，见前无去路，尽投入河中而死。水面排满尸骸，武昌的鱼，人不敢食。乡民回山设筵畅饮，以庆幸闯贼之灭。而吴三桂未之知也。

当日吴三桂追李闯入陕西界内，远探不见贼人踪影。是时正值五月中旬，天气暑热，军士走得汗如雨下，人困马倦。吴三桂传令择地安营后，仍再行打听消息。

且说大清于五月初一日，已经定鼎①于北京，安抚万民，民心大定。先调亲王大将军，统兵征剿江南。兵到南京，南京提督马士英、靖国公黄得功、镇海伯郑鸿逵及曹总兵，督师兵部尚书兼东阁大学士史可法、赵广恩，俱已阵亡。徐州爵主王铎、钱谦益，开城迎降。田雄、马得功等把宏光帝夫妻绑献军前受质，江南一带平伏。亲王大将军奏凯班师回朝复旨，按下不题。

且说吴三桂命军士往四处打听李闯逃往何方下落，军士回报，李闯在武昌罗公山被乡民杀死，余党又被乡民追至河边截杀，余者投水而死。三桂闻得中华有主，又闻得江南平伏，明朝已绝，即传令拔寨班师返京，解甲上殿，朝见圣主。将剿灭李闯，一一奏闻。圣主知吴将军请求救兵，为主复仇，劳于疆场，战功浩大，赐封王位于云南，乃宠赉极品，开国元勋，恩波②倍厚矣。三桂将夺回之金银，犒赏三军。回家设祭父母，并三十余口

---

① 定鼎——定都建国。

② 恩波——恩德。

灵魂。及后闻李闯留下圆圆在天仙庵,即差人接进府中,一见悲喜交集。及奉圣旨往云南开府,遂携圆圆赴任。按下不表。

且表张献忠当初入南京,被黄得功总兵、刘良佐二人大破之。献忠惧而奔,即引兵入湖广武昌府,大肆杀戮军民子女,不下一二百万,尸骸填满江上,郊野尸积如山。又入长沙,伪造宫殿,分授伪官各府州县。不一月后,被左良玉引兵大败之,尽复全省。故献忠驻足不定,遂直趋西蜀,引兵大破重庆府。此贼仍复大肆杀害兵民。其时又值甲申之年,与闯贼同时陷皇城之日。献忠为此攻下成都,至巡抚龙文光等以下各官,布按府县皆死之。献忠又僭据伪立大位于成都,改为西京。众官分职,伪为御制万言策,大索蜀中绅士至成都,尽皆杀害之。又发各县士子来试,及至时,以兵围之,又尽执下杀死,所计二万二千三百多人,皆为争名挟策①而死。当时弃抛笔墨若山丘。献忠之狠毒,仇视蜀中之人,先屠戮人民,复大杀儒士,后并欲尽诛戮蜀之为军兵者。当时只有伪都督刘进忠,暗中露言于为军民者,有西蜀之兵,一闻知大惊,尽皆散去。迨后刘进忠不附贼而投降,下文交代。

且说张献忠自据成都,改号称尊,僭号曰"永顺"。晏处一方,自谓永保无事。不一日,闻报李自成被吴三桂攻击,一连数败,正在彷徨,不敢带兵复出武昌,只得点兵保守各关。原西蜀之地,亦称险阻。北连秦陇,有铁山剑阁之雄。东下荆襄,有瞿塘滟滪②之固。南通六诏,西控吐蕃。是时张献忠将都城,谨令众将兵严加防守。

却说大清主命亲王大将军,领兵三十万之众,一程西下,直抵汉中。逢关取关,势如破竹。张献忠闻报,带兵二十万与他对敌,被大清兵放起红砂大炮,打得大败。献忠败走回营,折兵十万。大清次日带兵围困,张献忠与他对敌,复败,逃回汉中③去了。大清率兵来攻保宁府,围困两日,放炮打破城池,入城出示安民,复带兵龙安一带俱下。张献忠闻报失了数关,不敢驻扎成都。带了伪宫子女金帛,奔往顺庆府而去。下令着元帅刘进忠守御成都。

---

①　挟策——手持简册。策,写书的竹简。比喻勤奋读书。
②　滟滪(yàn yù)——长江瞿塘峡口的巨石。1958 年整治河道时已炸平。
③　汉中——今陕西一带。

却说大清兵攻击成都,有贼将刘进忠初时出敌,屡被杀败后,不敢出战,只坐困于孤城十余天。屡次急差人往顺庆府求救,达知献忠,要请外兵救援解围。奈献忠惧怯大兵势盛,逡巡①不敢进发。至是刘进忠想来孤城难守,只得竖起投降旗。朝廷大兵见此,禀知主帅,故命各兵退回四五十里,以待其投降。以免伤残多军,惊骇百姓,实乃堂堂王者之师,非比众贼寇专以杀戮多人为功也。正乃当兴应运之君,将相帅佐任之得人者。当日,刘进忠准备投顺天朝,是日一见大队雄兵皆退,即大开西城,亲自军门请罪。然后邀请大兵进城。有主帅允请入成都,历查册籍,以便核收征多寡。即日出谕示安民,不许兵丁妄扰居民,违令者斩首不贷。军令森严,万民安堵②。

到次日,主帅诘察张献忠所在,要擒拿除灭此贼。刘进忠曰:"此贼闻元戎大兵将到,前半月已带全家口,奔屯于顺庆府城金山去矣!但其部下之人,尚有十万之众。倘围困之,彼所迁运粮饷丰足,且费兵力战争,未免两下伤兵,一时不能擒捕。不若待小将诓之,要请其亲督兵围攻成都,待元帅大兵杀入,执捕之如缚一雉鸡③耳,岂不是胜于用兵乎?"元帅闻其谋,大喜曰:"刘将军妙算有理。"

次日,令刘将二人,留兵三万守成都。即拔寨登程,行兵二十天,竟入顺庆府境界。有刘进忠单刀匹马,先入见献忠,言成都失守,大清兵众盛难敌,故臣带一军杀出,求请大兵杀回,方救援得成都云云。献忠惊惧信之,及即日,进忠引了主帅,大兵四方杀进。献忠见势头不好,大惊逃之不及,只得伏匿于柴薪堆草之所。大兵四处括搜得牵出,元帅令军兵押入囚车,复出示谕安民。然后传令大军起程,涉水登山,非只三两天得回京师,一连二三十日,方奏凯而归。登朝献俘于圣主,旨诏命碎剐献贼,以祭先明帝,慰其升天之灵。然后大封功臣仕官,赐爵蟒袍玉带。所有殉难死节者,俱受追封旌表④。此顺治三年所有之事也。

---

① 逡(qūn)巡——有所顾虑而徘徊或不敢前进。

② 安堵——谓生活安宁。

③ 雉(zhì)鸡——野鸡,山鸡。

④ 旌表——封建统治者对所谓忠孝节义的人用立牌坊、赐匾额等方式加以表扬,叫旌表。

　　嗣后偃武修文，天下悦服。从此劫运已满，泰运已开。历数绵长，正应着铁冠图第三幅，"天下万万年"五个字，乃是明白易晓的。若第二幅，一人披发悬梁，乃应崇祯皇自缢之象。若第一幅，彩云托着天将，乃应杀星降世之象。十八个孩儿，即宋炯所言"十八孩儿当主神器"之意。又铁冠道人所作的歌，所谓"东也流，西也流"，乃应流贼劫掠之事。所谓"流到天南有尽头"，乃应宏光帝江南殄灭①，李贼湖广丧命之谓。"张也败，李也败"，乃应张献忠、李自成不成大业之事。所谓"败出一个好世界"，乃应败了流贼，才有今日风调雨顺，国泰民安的好世界也。这部书名为《铁冠图全传》，而即名为"铁冠图注解"亦妙焉。

---

　　①　殄（tiǎn）灭——消灭。

# 归 莲 梦

# 目　　录

# 第一回　降莲台空莲说法

话说明朝末年，山东泰安州有一乡民，姓白号双山。夫妻两口，诚实作家①，持斋敬佛。生平有一毛病，是个鄙吝，随你至亲骨肉，平日相与②时极其和顺。及至钱银出纳之际，无论周贫济无，就是礼上该用的，也难出手。不是推托事故，定是假装忙迫，必要短欠缺方为称心，家计颇饶。只是年近半百，无男无女。

一日，双山夫妇商量道："我们两个勤苦节俭，积些家业，可惜无人承任。闻得泰山上神道极灵，何不备些香烛去求祷一番。或者山神鉴格，降得子女，也完我们心事。"算计已定，就拣一好日，要到泰山进香。是夜就虔诚沐浴睡了。睡到半夜，忽梦见天上降一金甲神人，送一支莲花来，双山亲手接住，及到醒来，还觉得香气馥郁。天明起身，对婆子道："我昨日诚心要求男女，夜间就有奇梦，梦见天神送一支莲花与我。莫非山神怜念我们作家人要出去进香，未免盘缠费用，虚费无益。自古以来，相传神道是聪明正直的，只要一点真心诚敬他，他自然感格③。难道稀罕这几支香烛、几张纸马？我如今在家祈祷便有好梦，不若多吃几月素斋，一心向善，或者邀天之幸，不至绝嗣，亦未可知。"因此把进香念头息了。可见悭吝④的人，若省得一文，连神道也要骗的。

过了几月，果然梦寐有验，那婆子就有了胎。看看十月满足，临盆之际生下一个女儿，眉清目秀十分可爱。邻里也有贺她的，她想，受人礼物，必要请人吃酒，虚费钱财何益。遂贺也不受、酒也不请，仍旧关门吃饭。一过数年，安然无事。

那女儿越长越大了。不意，天运无常，那一年适值旱荒，双山撑持过

---

① 作家——谓劳作持家。

② 相与——相处。

③ 感格——感动。

④ 悭(qiān)吝——小气。

了。谁想,第二年越发大旱,赤地千里,济南、兖州①一路,寸草不生。四远②饥民,打家劫舍。双山家内所存粟麦,尽行抢去。他是平日一毫不舍得的,见了这光景,气闷不过,夫妻不上半月,都气死了。乡邻将他几间小屋变卖完葬,结果他夫妇。只存那个女儿流离漂散,日逐③在街上抄化④度日。且是人情恶薄,亲戚故旧,就是平日受恩的,见人家衰败,还不肯知恩报恩;何况双山存日是个水米无交的,他遗下女儿,谁人肯收养她!幸喜女儿气质比别人不同,虽则小小年纪,偏要自己主张,人有骗她,她竟不信。所穿的是孩子衣服,除了近邻,也不晓得她是女儿,竟像小厮一般。怎奈家业荡然,投身无路。

忽一日往街上闲走,适见一个光僧,随了几个徒弟,在一所野旷之处打坐。那白家女儿,正在无聊,也挨身在老僧旁边坐下。只见那老僧问道:"你是谁家之子,怎么一人在此?"那女儿乖巧,竟不说自己是女儿,答道:"我是前村白家的儿子,今年十二岁。只为年时荒旱,父母皆亡,孤存一身,无处着落,平日又无好亲眷可以照顾,实是无可奈何。"说了这一句,便呜呜哭将起来,引得那老僧慈悲念切,说道:"阿弥陀佛,有这样苦事!贫僧是北边来的,闻得泰山中有一尊活佛,要去参见他,故在此经过,歇息片时。今见你这般困苦,何不随贫僧同到山中出家度日?"那女儿暗思,抄化艰难,不如随他去图个安饱,未为不可。就答道:"若得老师父救我,带挈⑤同去,极好的事了。我又无行李,今日就同走罢。"竟假做小厮,随几个僧人,一路行走,到了泰山中。

却说这泰山,是五岳之宗,高四十余里,阔不可量。其上有日观峰、丈人峰、莲花峰、明月峰,又有石径峪、桃花峪、黄岘⑥岭、飞雁岭、白云洞、水帘洞、黄花洞、玉女池、王母池、白龙池、封禅台、五大夫松。山中又有一座涌莲庵,建在最僻之处。那庵中一个老僧,法名真如。当初原是儒家出

---

① 兖(yǎn)州——地名,在山东。

② 四远——意指四方,各处。

③ 日逐——即"逐日"。

④ 抄化——向人求布施。

⑤ 挈(qiè)——带领,携带。

⑥ 岘(xiàn)。

身,读书明理。后来削发披缁①,做一个苦行和尚,不念佛,不肯招徒弟,也不住寺院,只择得一处无人耕种的荒地,便随高逐低,不论粟麦蔬菜桑麻之类,一概种植。却也奇怪,凡是他种的,生的又丰盛,卖的又价高,除了一身日用之外,件件存余堆积。他就将每年堆积之物施舍贫人。有丧事不完的助他成葬,有亲事不就的助他成婚,有饥寒困乏的助他饱暖,有粮税不足的助他完纳。若堆积之物助完了,再种植起来,依旧助人。有人教他诵经念佛,他说:"我生平不要人财,不贪色欲,不慕功名,不轻贫贱,不重富贵,不修来世,与人无争。但一身吃着的,靠天地种植起来料理,倘若有余,便要周济人急,只算把天地生养之物仍旧还了天地,不干我事,何等干净。我做和尚是这等的,何消诵经念佛。"如此苦行二十余年,忽然一夕灯下现出一尊金刚来,口中朗诵经内四句偈言②:

一切有为法,如梦幻泡影。

如露亦如霜,应做如是观。

那真如不慌不忙,立起身道:"你的话甚好,我已明白了。"他原是识字明理的,因自号曰"真如"。嗣后③,渐渐心里透彻,晓得过去未来之事。往往论人未来事情,屡屡应验。因此,人人播扬,处处传说,称真如是个活佛。当时就有一般和尚推尊真如为法师,要他做方丈。真如大骇,遂潜逃至泰山中。适值日晚,无处投宿,他就趁着月亮从山中僻路走去。见一处林木参差,清泉秀石,幽异非常,遂坐在石上。忽见涧水中涌出几朵莲花来,真如喜悦,知是个异境。次日,便攀木樵柴,草创一间茅屋,自题匾额叫做"涌莲庵"。谁知创造这庵之后,便有好事的相传出来。那和尚们闻知,个个到涌莲庵亲近活佛,好借这名色在外边化银子。岂料真如是个最怪借佛法骗人的,他见众僧来皈依④,便创起规矩,偏要不化斋不念佛,日间耕种,夜间静坐,若发一言,便是妄想,摈弃⑤山外。那些和尚初来时想

---

①　缁(zī)——黑色。

②　偈(jì)言——佛经中的唱词。

③　嗣(sì)后——以后。

④　皈(guī)依——原指佛教的入教仪式,后泛指虔诚地信奉佛教或其它宗教组织。也作归依。

⑤　摈(bìn)弃——抛弃。

是一件好生意,今见如此枯寂,就退去了大半,只留几个耐心苦守的相伴过日。只是真如道性迥异常人,故此远方慕道的,不怕吃苦,都来相见。

当日那北边来的老僧,带了白家女儿,径到涌莲庵来。因昨日晚,不得相见,至次日上午,真如上堂说法。他的说法,与别个善知识①不同。别个要参语录,要棒喝,把几句无来历的话,叫做"机锋相凑",通是一般鬼混的意思。这真如一走上堂,心里便晓得来参②的人是怎么样。不待开口,便叫众人不许思想做佛:"你们后日都要死的。到得死时不要怕痛,那如来也是皆痛的,你若怕痛,我今日便与你一刀。"只这一番话。不知是什么缘故,论到北边那老僧来参,真如便道:"不要参,我以前的话,你们都听见,不过如此了。只问你昨日带来的孩子,是男是女?"那老僧见问,吃了一惊,一时对答不出。真如呵呵笑道:"不要讲了,可送她到后边屋里,每日与她两顿饭吃,也不与她剃头发。"那老僧不知所以,因说道:"既是老衲③带他来,也叫她一见大和尚,题个法名。"真如道:"这个使得。"因唤那白家小厮来参拜了。真如道:"好个孩子,只是秀美太过。你既到我涌莲庵来,正如落水的人爬到岸上一般。"因此取名莲岸。自此以后,那莲岸朝夕服侍真如,凡遇说法之时,侧耳细听,至于文墨字句之类,留心访问,真个聪明胜人,闻一知十。

光阴迅速,一过六年,那莲岸已是十八岁了。自思:"我是女身,假充小厮在此混过几年,终无了局。不如出山去,轰轰烈烈做一成家创业之人,强如在此混过日子。"看官,那莲岸是个女子,为何有这英雄气概?不知她原是天上星宿差遣下来,当初投母胎时原有莲花感梦之异,故此年纪大了知识不凡。唯真如晓得,别人哪里得知。

一日,莲岸走到真如面前,跪下禀道:"自莲岸亲承法旨,已经六年。自想人身难得,若是悠悠忽忽过了一世,岂不辜负了南斗注生、北斗注死④的意。如今莲岸禀明法师,要出山去做一个世间有用的人。"真如听

① 善知识——佛家语,指高僧。
② 参——指进见,谒见。
③ 衲(nà)——指和尚穿的衣服,和尚用做自称。
④ 南斗注生,北斗注死——南斗,即"斗宿"。因同北斗相对来说位置在南,俗称南斗。此句谓南北斗星预先决定人的生死命运。

了,叹道:"我原晓得你不是佛门中人。若不放你去,只是天生你这一副心性,自然留不住的。若放你去,只可惜世上的人不知受你多少累,岂不可恨。如今也索罢了,这也是天数如此,非干我事。我明日上堂时,亲送你出山罢。"莲岸拜谢而退。次日,真如鸣钟击鼓,聚集僧众上堂说法,说了许多生死门路。到后来,独唤莲岸来说道:"莲岸,我知你出不得家,因此送你出山去。我有一封口帖儿与你,若遇饥荒之时,可开来看。数年之后仍来见我。"莲岸深深拜谢,竟自出山。

行了一日,到晚间遇着一个白须老者,把手一拱道:"莲岸小师,往那里去?"莲岸道:"我要下山,寻亲眷去。"老者道:"如此甚好,我同你走。"原来那老者不是常人,是本山中积年得道的白猿。因他在真如庵中时常听法,故此认得莲岸。是晚,莲岸同那老者行走不上二三里路,见一草庵,老者便同莲岸在此草庵中歇宿。睡到半夜,外面一道火光透进庵来。莲岸惊起,依了这光,寻觅出去。见庵后一间石屋,两扇石门紧闭,那光就从石门里照出来。莲岸欢喜,知此中必有异事,急急回庵,叫老者问道:"老师,后面石屋里是何宝贝放出光来?"老者道:"啊呀,这光被你看见!也罢,我实对你说。此中有一卷天书,是洞府仙曹①留藏的,着老夫看守。经今五百余年,不曾出世,故此夜夜有光。"莲岸闻言大喜道:"这宝光今夜被我看见,老师何不传授弟子?"老者道:"这书乃仙曹秘篆②,不可轻易授人的。你若要取,且看缘法如何。"遂同莲岸走到石屋。莲岸双手把石门一推,竟推不开。老人教莲岸向石门拜了四拜,只见石门两扇同开。莲岸同老人走进去,内中有一块大石,老人道:"书在此中,你自去取。"莲岸四旁抚摸,全无空隙,就问道:"书在石中,何从取出?"老人道:"你向石头拜上四十九拜,若是有缘,便可得书。"莲岸遂虔诚拜过四十九拜。忽听得石内一声震响,万道火光,直透半天。莲岸仔细一看,见大石分裂,露出一卷天书,光彩烨烨。莲岸取在手中,拜谢老人。老人道:"这书不可亵狎③。"莲岸将书藏在怀里,恰好天明。

---

① 仙曹——曹,辈,即仙辈。

② 篆(lù)——道士所画的一种图形或线条,声称能驱使鬼神、给人带来祸福,迷信的人认为它有很大的魔力。

③ 亵狎(xiè xiá)——即猥亵,指轻佻,不庄重。

　　老人在庵中收拾饭,与莲岸吃饱。遂谢别老者,独自走了二里多路,看见旷野萧条,人民稀少。望见前面一株古槐树,十分高大,近前一看,见树旁一座关帝庙,匾上写"槐荫堂"三字,就走进去。只见败壁颓垣,荒草满地。走到庙后,见一老妇人,在锅中煮米粥。莲岸问道:"此处为何这等冷落?"老妇道:"原来你不知。近年山东一路,荒旱异常,路上饥死的不计其数。近日有一班饥民,成群结党,打劫为活,因此村里人都散了,只存我一孤老,不能行走,暂宿于此。不想天大造化,庙后有好些粟米,故此取来煮粥充饥。"莲岸此时饥了,就把她粥吃了两碗。见天色已晚,寻一间空房,宿了一夜。次早起身,思想无计,就把怀中天书取出一看。见上面写着《石室相传秘本阴符白猿经》,中间尽是天文地理、阴阳变幻、战阵用兵之术。后面又写一行五个大字,乃是"谨守槐荫堂"。内心想道:"这也奇怪,他教我住在此间,必定有好处。"遂安心住下。便把壁上的尘垢都抹净了,地下的污秽都扫净了,阶前的草木都斫①下了。正要尽兴收拾,不想走到后面一间侧屋里,心下吃了一吓。只见那侧屋两扇石板门关紧,她在窗洞内张了一张,里边甚是黑暗。到底莲岸胆大,竟把石门揎开,就走进里头。四边一看,真个可骇,但见破箱破桶内堆着的都是银子,不计其数。旁边屋里积的,有多少隔年陈物。这真甚么缘故? 难道饥荒之世四围都没有,那冷庙倒堆贮起来? 不知这一年,那些强盗乘了饥荒,各处抢劫,都藏聚在此处。乡村中人民离散,哪个晓得。莲岸一时得了,大喜,仍旧把石门关好,放心居住庙中。

　　看官定想,莲岸一个孤身女人,彼时这班强盗难道竟忘了这宗财物不成? 万一回转来,不唯财物原是他的,并莲岸一身也难保。谁知,那年饥荒,官府安插小民,络绎而来。第一严禁的是强盗,日夜缉捕,捉到了,不问赃物便一棒打死,是时不知打死了多少。想是那一般强盗死多活少,所以槐荫堂内绝无人来盘诘②。乡村人个个晓得是冷庙,各不提起,听凭莲岸享用。

　　那莲岸得了此财,暗想道:"我少时,父亲也是个认真作家的,平日柴

_____

①　斫(zhuó)——用刀斧砍。
②　盘诘(jié)——盘问。

米充足，只道一生受用，岂料命运不济，家业罄①空，使我自小飘散到这般地步。我如今虽是女流，也曾经历许多苦境，幸喜真如法师训诲，不是个懵懂②之人。我今若要看守家财，就再生也用它不尽。不若生个法儿，把这项银子做一番好事，岂不是好。"当时立了主意。

适遇山东一路，因饥荒之后百姓流离困苦，饥一顿饱一顿，顶风冒雨，不得安宁。又兼官府征粮甚急，没有一刻心安。因此，城市乡村，个个都染疟疾。一寒一热，都是疟鬼作祸。请医吃药，并无一个愈可。众人传说开来，尽道一桩奇事。当日莲岸闻知此话，忽然想起真如法师传下一个封口帖儿，教我饥荒时开看，今见此光景，何不寻出来看是如何。就将包袱内寻出，拆开一看，只见上面写道：

藏经内抄出治疟灵符：

□□□□敕令　ⅠⅠⅤ

此符，将朱笔叠书此四字，每书一字，念咒一遍。书完又叠，书'敕令'二字。"令"字下连向上三点，念"敕"！

咒曰：赫赫阳阳，日出东方，神笔在手，驱除妖瘴③。吾奉天帝急急如律令，敕！（连趯④三点，第三点趯出尖头，重念此'敕'字，如一喝。）

此符，于日初出时向东方诵掌背心上，只不许一人知觉，疟疾立愈。

莲岸看了大喜，想真如晓得未来，真是活佛。就取一幅纸写道：

"槐荫堂女师莲岸，神治时行疟疾，概不受谢。"

写毕，便将此纸粘在庙门外。过了两日，就有近村的人来求她。或是男人，或是妇人，或是孩子，俱来治疟。人想她施什么药，用什么针灸。谁知一件不用，只有一个灵符，立刻就好。不上数日，四方传说，求符的便挨挤庙门，打发不开。人要请她家中去，她执意不肯。因此，庙中热闹。以后疟疾好的，或有送监盒谢他，或有送酒米谢他，或有送钱银谢他，她一毫

①　罄（qìng）——尽，空。
②　懵（měng）懂——糊涂，不明事理。
③　瘴（zhàng）——瘴气，热带或亚热带山林中的湿热空气，能致人疾病。
④　趯（tì）——跳跃。

不受,对众人说道:"我是泰山涌莲庵活佛的徒弟,当初受本师戒律,专一赈济贫人。如今列位不但病好了,若是有家内困乏的,或是有欠粮莫措的,不妨来对我说,我一一资助。"众人听见这话,个个欢喜。自此以后,来拜莲岸者日多一日。一半是治疟,一半是求助。莲岸一一打发得清清楚楚,并不烦人守候,把一个冷庙弄得如墟市①一般。那时官府也有闻得的,怪她聚集人众,出示禁止。争奈小民俱是饥困余生,见了赈助的人,就如亲生父母,官府虽是禁缉,不过拿来打责,难道有好处与他的。譬如笼中之鸟,拘得他身,拘不得他心,所以莲岸的声名大著。欲知后来,请看下回。

---

① 墟市——亦称"墟(虚)",南方农村的定期集市。

# 第二回　劫柳寨细柳谈兵

却说莲岸济人一事，远近闻名，俱称为女大师。不知她哪里来这银子，人来求她的，无有不给。内中①有两个光棍，一个叫强思文，一个叫杜二郎。他两个算计道："闻得女大师莲岸专要周济贫人，她年纪又轻，丰姿又标致，难道没有风情？不过借赈济为名，要选几个好男子做些风流事业也未可知。我两个人何不去求她，勾引得她上身，不要说银子用不尽，把这娇滴滴的女人夜间受用岂不快活。"计议已定，就走到槐荫堂来，拜见莲岸。莲岸问道："你两人有何事？"两人道："在下原是好人家儿子，因年时荒歉，无室无家。知道大师仗义疏财救济贫乏，故此特来拜见，愿在大师门下效奔走之劳，图安身之策，求大师收用。"莲岸见两人全无诚实气象，就道："你两个既要住在此间，这也不妨，须要凡事小心。"两人道："在下也识几个字，自然是谨慎的，不消吩咐。"莲岸道："既是这等，你且在堂前住下。"当日就收用了。你道，这两人一团歹意，为何莲岸不择好歹便收用他？不知，莲岸自受《白猿经》后，其待人接物，步步用着兵机。她想："这两人气质好险，骤然来投，我若不收留，放他出去，他必坏我的名声。不如收在庙中，以后调度他。"那两人不察莲岸深心，只道是好意，满心欢喜。

住了数日，不见差遣，无由亲近。再过两日，正值莲岸生辰，庙中斋佛求福。两人私计道："我与你始初要如此如此，故投身到这里。如今冷冷清清，没个门路。恰好明日是她生日，我们把衣服铺盖尽数当了，买些汗巾香粉之类代献，再把几句巧话逗着她心事，待得到手时节，何愁不富贵。"两人定计，次日当真买了许多东西献与莲岸道："小的们没什么孝顺，特买些香帕之类与大师上寿。小的想，世间日子是容易过的，像大师这样青年，正好受用。小的感受私恩，不知怎样图报。"莲岸已知来意，笑道："生受了，你们且出去，我自有主意。"二人退出，想大师的话，暗暗欢喜。

---

①　内中——即其中。

挨至黄昏时候，忽见一个小童拿一壶酒并两色菜，出来道："大师吩咐说，你们两人每事谨慎，送这酒来赏你。又吩咐你，大师要用两匹锦缎，你们明日可买送进来。"两人听了，又喜又惊。商议道："我两人俱是贫人，哪里有许多银子买那锦缎！"又想道："我们若得亲近她，何愁没有银子。明日可将身子抵卖，诓骗些银子，干这桩事。"次日早起，往外边寻一大户，央个保人，把身子抵银六两，愿加重利，十日内便还。晚间就买成锦缎送进去。莲岸收了，并无话说。

两人坐卧不安。至夜深，就往里头打听，见内门处处不关。两人算计道："每日间，内里绝早关锁，今夜为何这时候还开在那里？这分明是待我们进去。"想了一会，越想越真，不觉欲火勃发，竟走进去，径到内房门首。但见房门半开，那莲岸艳装妖冶，瞌睡在灯火之下。两人大喜，推开房门，就跪在身边，叫声："大师！"只见那瞌睡的抬起头来，仔细一看，不是莲岸，却变一个奇形怪状的人。你道这怪是谁？原来是莲岸用阴符之法变成的，叫做"假形魇①鬼术"。两人看见，一惊不小，转身便走。外边的门已处处关锁了。堂后转出两道火把，莲岸手执利刃，喝教妇女们："把这两人捆了！"那两人见了这模样，先把魂灵儿吓去了大半，一言也说不出，听凭她捆缚。莲岸也不发一语，叫抬到后面小屋里放下。这是莲岸暗暗打听明白，故设此机关，知他必落此圈套。

那两人足足饥了两日，到第三日，莲岸方叫把两人扛出来，对他说道："你们这两个想做歹事，如今是要死还是要活？"两人哀告道："罪该万死，望乞大师赦宥②！"莲岸道："我若饶你们，那大户的银子你们把什么还他？放你们出去，也是个死。"两人放声大哭。莲岸道："你们若能改行从善，我依旧看顾你们。若后来再有过犯，便饶你们不得了。"两人道："若得大师开恩，小的们以后再不敢生一毫歹意。"莲岸叫放了缚，倒把六七两银子与他，着他速还大户去。两人磕了头，就像死里逃生一般，爬起来就走出去。看官，那莲岸既知这两个是歹人，为何又把银子与他？要知，兵法用人之法，必先加之以威，随后继之以恩，使他心服，无论好人歹人皆为我用。这是莲岸极稳的见识。

① 魇(yǎn)——梦魇。
② 赦宥(yòu)——宽恕，原谅。

两人既出，莲岸私计道："他两人既已如此，也不怕他再有凶恶。但是，我这声名渐渐发露，不如创起一个教门，设一规矩，收拾人心，做些事业，岂不为美。"遂传说道："我是涌莲庵活佛的弟子，当初奉法师之命，出山来行教度人。如今有入我教者，不论老少男女，个个使他衣食饱暖。但自今为始，若是来皈依我的，各人有个记验，都要在左手臂上刺一朵莲花，便是我教中之人。若不刺的，我也无银资助了。"

却说，那四方小民，只为饥荒之后，谁人不喜饱暖，听得莲岸有这教门，个个心悦，皆不畏痛，任她刺莲花在臂上。孰知莲岸有个法度，用针刺下，一毫也不痛。这是何故？原来莲岸把《白猿经》看熟，经上许多符咒，内有一符叫做"神针入臂法"：

□ □ □ □ □

右符，将左手做三山诀，顶清水一升，向东方立，右手执针，从空中书符水面上，每书一字，口中念"王子五行西山镇"一句，书完，将针在虎口内，吸水一口喷在臂上，以针针下，不痛无血。（三山诀：屈下中指，第四指竖起，余三指是也。虎口：大指食指间也。）

莲岸看了此符，欣然领会，故此就创起这教来。凡来入教的，她就一口法水，与他刺莲花，果然不痛，因此，众人入教的越多。莲岸自有主意，凡老弱男女各与他饱暖。内若有强壮多力、识字明理者，不惜钱财，待之上等。这个呼做"白莲教"，因她姓白，生时有莲花之异也。

自设这教，不上两月，四远的人相继而来，直至数百，莲岸俱收在教内。其中有两个少年：一个是顺天府人，姓李名光祖，有万夫不当之勇，因家业荡废，飘零在外的。一个是南京秀才，姓宋名纯学，家贫落魄，无室无家的。莲岸看那两人，皆是有用之才，极厚待他。自后，两人颇用兵机，部勒人众。□□器械衣甲，将有举动的意。

是年三月望日①，新泰县知县，偶从槐荫堂经过，见那人烟聚集，就唤衙役问道："世路荒凉，为何这一处甚是热闹？"衙役将女师济人之话一一禀明。知县疑心，次日申文，约同山东路总兵官，将要擒捉。早有人报知莲岸，莲岸道："若得宽缓一两月来捉，待我图一个安身之地，我就不怕他了。"遂差宋纯学装做斯文模样，取银几百两，就教中有因亲及亲的衙门

① 望日——即夏历的十五日。

里人,知会各官说道:"女师不过倡导佛法,就要拿她,并无实据。不若宽缓一两月,察访她实迹,方好整治。"各官听信这话,又想是女流,未必大害,先差缉捕人役外边访求,按兵不动。

莲岸闻知这消息,心中欢喜,以为得计。就唤李光祖去吩咐众人道:"大师立教,不过救你们的贫苦。如今官府生起疑心,把你们看做歹人。若是大师有不妥处,你们臂上都有记验,是刮不去的。况且大师的威福,非比凡人,你们须要顺从,听她差遣。"众人道:"我们受大师大恩,就要使我到水里火里去,也是愿的。"光祖进来回复。莲岸知道众人归附,便着光祖于众人中选择强勇的,分别器械,教习起来。

适值山东地方有深山险要之处叫做柳林,林内有个寨主,混名叫做番大王,生性多勇少谋,手下有四五百喽啰,占据柳林,打劫往来客商。官兵因柳林深密,难以进剿。莲岸打听得这所在正好安身,就差杜二郎、强思文两个,装了几口袋布,从柳林过,吩咐如此如此。两人依计把牲口驮了布,望柳林而来。

到了林外,只见一伙强人①突出,放了一支响箭,竟来劫住牲口。杜强两人见了,忙跳下马,伏在草里大喊道:"这布匹是白莲女大师的,要往别省去卖,买些锦缎礼物要送番大王的,求爷们放路。"那些强人听了,就把两人缚了,将牲口一齐赶进柳林。真个柳荫密密,山坞重重,转了几十弯,才到寨前。枪刀摆列,令人惊怕。一个强人先进去通报,不多时走出来,带那两人进见寨主。过了三四重门,见一高堂,内中一个穿红的,满面虬②须,坐在中间。两人知是番大王,俯伏在地。番大王问道:"你们是何人?"两人道:"小人的教主是白莲女大师,广有钱财,聚集人口,住在槐荫堂。近日被官府欺她女流,她要亲来投拜大王,先着小人把布卖了,买些礼物。不想遇见头领爷,带了进来。"番大王又问道:"你们的女师多少年纪?人材怎样?"两人道:"小人的教主今年十九岁,人材美丽,就如天仙一般。"番大王听得此言,不觉神魂飘荡,满面笑容,叫人备酒席请两人吃。两人拜谢,出堂赴席,在寨留了一日。第二日,番大王把二十两银子分赏两人,又差两头领,抬着一副盛礼,同至槐荫堂,迎接女师。吩咐道:

---

① 强人——强盗。

② 虬(qiú)。

"布且留下。致意大师,也不消送礼来,寨中尽可居住。但要速来,方见盛情。"两人拜辞而出,引两头领,径到槐荫堂,拜见大师,备说番大王之言。

莲岸听了,心中明白,便叫人准备牲口,将钱财货物尽数装好,先着宋纯学押送柳林去。自己领了众人,又着李光祖选择二十名好汉,里面穿了衣甲,藏有刀斧,外面穿了长衣,夹辅莲岸。

只见宋纯学先至柳林,番大王接着大喜,把货物点明收了。后来一簇人马,拥着一个如花似玉的佳人。番大王望见,躬身来接,众人齐声称美,番大王欢喜若狂。但见跟了许多随从,后面还有牲口。每一牲口驮了百十瓶酒,约有几千包,番大王只道都是宝贝,但点进去,接至里面,大排筵席,极其丰盛。莲岸进堂,坐在首席,对面是番大王相陪。莲岸道:"远闻大王英雄盖世,奴家倾心动念,已有日了。只因官府不能爱惜贫民,奴家不得已周济一二,他倒有疑心,又欺负奴家是女流,故此特投贵寨。还不曾拜见尊夫人,怎么又费这盛席?"番大王听了,认她是欲嫁与,便喜道:"不才寄迹柳林,内室荆妻①尚未曾有,从无开荤的人,还算是一个童男子。"

两人说说笑笑,将次举杯,莲岸忽然立起道:"这酒味为何苦辣?"叫左右:"取我方才带来的酒,尽数打开,就在堂上暖起,敬大王一杯。兼之,今日喜席,着在外头领与众兄弟每人敬酒十瓶,教他开怀畅饮,这叫做'入门欢'。"当下杜二郎、强思文将酒分给各人,个个欢喜而饮。堂内跟随的李光祖等二十名好汉服侍吃酒。番大王道:"贵从众兄弟可在外管待,不消在此侍候,恐太劳动。"莲岸道:"不妨,这是奴家平日的规矩。他初进寨中,不要乱了法度,只叫他斟酒便了。"番大王遂开怀畅饮。真个这酒又香又甜,十分好吃,莲岸又尽情相劝,番大王纵意大饮。两人话得投机,又把大杯轮流敬奉。直吃到四更,番大王醉倒椅上,不能起立。莲岸叫宋纯学出外去看,见众人俱已大醉。莲岸就吩咐把堂内的门关了。李光祖等丢个眼色,一齐脱去长衣,露出披挂。番大王随身几个从人,俱被砍杀。李光祖就把番大王砍下头来。看官,那莲岸这酒,必定平日间不知将什么极浓厚的做就,但教人吃醉了就如死的一样,只是寨里好汉,难

---

① 荆妻——旧时对人称自己妻子的谦词。

道再没一个有心计的,听凭她美人计弄翻了?不知她随从的人陪着外边,个个把自己的酒大家同吃,大家同醉,所以人俱不疑。就是莲岸劝番大王时,也把巨杯奉陪。为何独不见醉?不知莲岸预先出了重价,觅得一种草药,凡遇吃酒时候,略把些在口里咀嚼,随你怎样好酒,吃下去如水一般,立刻就醒。所以,这一夜,一来一往,番大王便醉,莲岸独醒,故与李光祖等二十名好汉不曾吃酒的弄出这奇事。

次早,莲岸叫手下把番大王与从人的尸首往后园烧化。挨至上午,寨里多少头领方才醒来,莲岸唤至堂前。忽然,天色昏暗,黑风卷地,众头领俱吓呆了。莲岸手拿一盆清水,向外倾出去,便下大雨,雷电交作。这是《白猿经》上唤做"腾阴掩地法"。停了数刻,天复明亮,众头领大骇。莲岸道:"我是涌莲徒弟,昨晚进寨,见你们寨主有些歹意,我如今已斩除了。你们各人,须要小心归顺,我自然加厚你们。众人已被法术惊慌,听得这话不敢违拗,个个拜伏领命。

莲岸就着各人整顿兵器,练习武艺,皆有身手。又想道:"我今托身此处,立个根基,究竟非终身之策。必须差几个心腹,往外边打听有奇才异能之人,招集进寨,共图大事为是。"就差宋纯学扮做客商,付他几百两银子,出外做些生意,务要沿途察访,招取异人。纯学领命,束装而去。同伴有五六个,一径出外不提。

却说徽州府有个程家,祖传的好枪法甚是厉害。内中有一个名唤程景道,年纪二十余岁,他传习的枪法极高,兼之义侠过人,善晓兵法。一日,要出外交结豪杰,就托做生意名色,带些货本,竟往苏松一路贩买布匹,要往河南去卖。适值宋纯学也来贩布,在扬州饭店遇着,遂同房作寓。夜间论谈近事,甚是契合。宋纯学道:"小弟原是金陵庠士①,只为斯文一脉衰敝已极,故此弃了书本在外谋生,正所谓'玉皇若问人间事,唯有文章不值钱'。这两句实令人感慨不尽。"程景道道:"观仁兄气概,原不是这几本破书可以拘得住的。即如小弟,一段雄心,托迹商贾,倘若有此快意,天下事尚未可知。"两人说话投机,半夜共饮。

不期是夜景道因酒后讲些枪法,冒了风寒,次早发寒发热,不能赶路,纯学因他染病,不肯分别,住在店里与他煎药服侍。过了三四日,景道病

---

①　庠(xiáng)士——书生,读书人。

好,感谢纯学,要与他同行。纯学道:"前日闻得山东一路布匹甚是好卖,况今岁枣子大熟,我们何不同去,卖了布买些枣子来,倒有利息。"景道道:"弟愿同去。"遂雇了牲口,竟往山东路来。

行了数日,将近柳林,纯学暗令同伴到寨里去报大师,说访得一个好汉在此,须定计来赚入寨。莲岸分派停当,就差此人密约纯学。

到了次日,已到柳林。景道对纯学道:"弟闻此处有强人出没,待我先走,你押着牲口随后而来。倘若遇着几个,须索结束了他,也显得我生平的手段。"纯学依言,押了两队牲口,一队是景道的货,一队是自己的货,让景道当先。走了一二里,只见树木参差,并无人迹。又走进去,回头一看,望见纯学叫苦连天,跌倒在地。那两队牲口被五六个狠汉赶了一队往山坳里去了。景道急走回来,扶起纯学,检点货物,恰好去了景道的一队。景道笑道:"抢我货去也不打紧,只可惜不曾遇着这般草寇,显我本事。如今幸喜兄的货留在此间,待我护送过这条路,你自前去。我在此必要寻着这班人,与他见个高低。"纯学只是叫苦。

当晚寻店歇下。纯学道:"小弟被强人打得遍身伤损,行走不得。又可惜仁兄的货被他劫去。弟愿把自己的货转求仁兄替我去卖,买得回头货来赚些利息,做大家本钱度下去,岂可因一得一失就分你我。小弟在此将息几日,专等仁兄早来。"景道是个直气人,见纯学这样真诚,便承任了。

次早,就将纯学的布到济南发了,果然布匹好卖。就将银尽数买了枣子。不满半月,依旧路回来。到那店中,不想纯学已去了。访问店家,店主人道:"宋客人自两日前有个亲眷遇着,同他下去,说道离此不远,一站多路,等候老客。"景道闻言,次早急急赶行,来寻纯学。

行到前日打劫的所在,谁想这一日的强人有几百个,截断去路,脚夫见了,俱已惊散。这些人竟把几百包枣子俱拖向里头去。景道大怒,喝叫:"休走!"绰①了枪,急赶上前。谁知这般人竟不与他厮杀,穿林过岭而走。急得景道眼内火出,喊声如雷。赶过几十个湾,但见绿柳参天,树荫遍地。自想:"这货若是我的也罢了,无奈宋兄这般诚实见托,我今空手回去,有何面目见他,我今也顾不得死活,必定要追转来。"只管赶去。

---

① 绰(chāo)——抓取。

赶到日色傍晚,林径愈僻,肚内又饥,仰天叹道:"不想一生雄略,困于草寇,就死也罢,但是负了宋兄一片好心。"又赶进去。忽见前面一人叫道:"程兄不必追赶,且歇息片时。"景道一看,认是纯学,急问道:"宋兄怎么在这里? 我为这些贼人打劫了货,拼死追他,恐怕辜负了你。"纯学道:"多谢盛情。但小弟不重在货,而重在吾兄。此时想已饥困,且随小弟到那边去,取酒压惊。"景道不知来历,随了纯学,走过一里多路便有一所房屋,两人一同进门,纯学就叫小厮暖酒来吃。不多时,酒肴齐备,两人对酌。景道就问来历。纯学道:"不瞒长兄,小弟见这世界,英雄无用武之地,未免一生碌碌实为可惜。此地乃小弟受恩之处,内里有个女大师,雄才震世,久慕吾兄大名,特托小弟委曲求请,到此一叙。万望吾兄俯就,不胜感德。"景道听了,沉吟不决。纯学道:"兄不用疑心,若不能建功立业,自有个善全之策,送兄归故里,绝不敢相负。"景道此时没可奈何,只得顺从。

过了一夜,次日早晨,门外有四个人抬一副盛礼进来,说道:"大师致意宋相公,这礼送与程爷,吩咐就请程爷到里头相见。"纯学小小心心奉陪程景道,走至里边,登了正堂。莲岸步出,景道将要行礼,莲岸唤人扶住,说:"不消大礼,只小礼罢。"相见过,就排筵席。莲岸亲自把盏,说道:"小可虽是女流,颇知大义,终不忍使天下英雄困于草莽。倘不弃山寨,款留在此,后日或为朝廷出力,或自建功业,也不枉为人一世,未知尊意若何?"景道自想不能脱身,只得说道:"承大师开谕①,景道安敢有违!"莲岸道:"君乃人中豪杰,倘有奇策,幸即见教。"景道道:"贾竖②之徒,安有大志。但承大师下问,自当冒陈鄙见。今大师雄踞柳林,虽则官兵难入,到底不成大事。天下大事,不是荒山僻处乌合之众可以做得,如今有三大事,望大师图之。"莲岸道:"甚么三事,可为我言之。"未知景道所陈三事如何,待下回细说。

---

① 谕——吩咐,告诉(旧对用于上级对下级或长辈对晚辈)。

② 贾(gǔ)竖——旧时对商人的鄙称。

# 第三回　假私情两番寻旧穴

当日景道进说三事:第一,是扶助天下文人,使他做官。第二,是交结天下豪杰,为我援救。第三,是赈济天下穷民,使之归附。又要着有才干的人在各省开个大店铺,以便取用。莲岸听了大喜道:"我之得景道,犹汉高之得韩信,先主之得孔明也。"遂依景道之言,行起事来。即差强思文、杜二郎,同几个心腹的人,托些货本,只拣大郡所在,各处开张店铺,以待不时取用。又差李光祖等数十人出去,遍访豪杰,教他四处响应。柳林寨中,只留程景道做主,莲岸自己带领宋纯学,要亲到京都选择文人,兼之一路上周济贫乏,感动民心。论起理来,那莲岸既为教主,只该守住柳林,差各人在外做事业才是,为何要亲去选择文人? 不知莲岸原有深意。她想:"英雄男子必要寻几个绝色美人取乐。难道我这个女英雄就没个取乐的人么? 若要从众英雄内拣一个做了丈夫,他便是我的主了,这决不要。我只到各处去寻一个才貌十足的文人,用他欢耍,不用他理事,有何不可。"就扮做男子,同宋纯学收拾行李出门。只因自己姓白,法名莲岸,思想古人李白号青莲,她就暗藏姓字,改名唤做白从李。自此以后,称白从李就是莲岸,看官谨记。

闲话休提,如今再表河南开封府,有个世袭百户,姓崔名世勋。那世勋原是将门之子,英雄出众,忠义过人,年纪四十余岁。奶奶安氏,只生一女,取名香雪,因安氏未产之时,梦见仙女手持一枝梅花与她。乃至生下女儿,安氏叹道:"梅花虽香洁,终为清冷之兆。"因此取名香雪。自此以后,再无生育,夫妻爱如珍宝。五六岁上,延①师教授,那香雪因此知书识字,才貌争妍。

一日,安氏对世勋道:"我家无子,只靠这个女儿,你又不喜娶妾。我的妹夫王秀才,有一儿子,年纪与香雪相仿。近日,他夫妻不幸俱弃世了,我意欲接他儿子过来,与香雪中表兄妹,相伴读书。后日,此子可教,便承继他为子,你道如何?"世勋道:"这事也好。"便拣吉日,差人去

---

① 延——请。

接王家儿子过来。世勋夫妇一看，见他生得眉清目秀，与香雪一样标致，心中大喜。就送他到学读书，求先生取个名字。先生想了，说道："名叫做昌年，字叫文令，因他是个孤子，指望后日昌盛得意。"世勋道："取得好。"自此以后，表兄妹大家读书，真是天生一对聪明的人，不须先生费力，竟日胜一日。

过了数年，安氏因女儿长成，不让出外读书，请的先生，独教昌年。果然文才渊博，志气高迈。世勋甚喜。不意安氏卧病两月，奄奄不起，对世勋道："自我嫁到你家，并无失德，只因没有儿子，终日忧郁。如今身子谅必不好了，只是心上放这女儿不过。我看昌年才貌双全，德行又好，趁我眼里，你将香雪许他，我死亦瞑目。"世勋道："这也是我的心愿。如今俱已长成，极好的事。"安氏又扯香雪的手凄怆一番，不多几日便辞世了。香雪日夜痛哭，世勋料理诸事，时常安慰女儿。王昌年感念母姨之恩，又且有小姐姻事，也要尽三年服制。世勋因有婚配之命，遂不把继嗣提起，这事不在话下。

却说李光祖承女大师命出外遍访豪杰，闻得陕西有个李公子，好贤礼士，他便将这教门聚集起来，竟到陕西纠合人众，与李公子合兵。那时，朝廷闻知白莲教各处猖獗，诏各省调兵进剿。那百户崔世勋亦在调中。世勋闻得此信，也不惊怕，只愁家内无人照管。当时有个亲戚，对世勋道："奉命出师，自然功成名就。但令爱尚自娇小，何不继娶一位夫人料理家事，便可放心出去。"世勋想，此言亦是，就应承他。做媒的说上一家，姓焦，是个再醮①的，年纪也有四十岁。世勋道："年纪不妨，大些正好理家。"不上几日，娶到家里。起初原说一个焦氏，岂知带了儿子，从母姓焦，叫焦顺，又有媳妇杨氏，夫妻两个生性淫恶。世勋见此两人，无可奈何。就令焦顺与王昌年同馆读书。只见焦氏过门之后，把香雪待如亲生，解衣推食，十分怜爱。杨氏也如嫡亲姑嫂一般。世勋看见这模样，心里便放得下，收拾器械衣甲，随了主帅起身而去。

那焦氏自世勋去后，把钱银账目收起，又纵容儿子媳妇穿好吃好，渐渐把王昌年当外人看待了。馆中先生，也打发归去。是年适值学院考试，

---

① 再醮(jiào)——再嫁。

王昌年因守安奶奶之孝，立意不考。焦氏便将家内钱银与焦顺外边夤缘①，焦顺进场，不知写什么上大人孔乙己在里头，便高高地进了一名学。当时荣幸，自不必说。

一夜，焦顺对杨氏道："我进了学，作成你做了秀才娘，你也该把什么东西谢我。"杨氏笑道："你要我谢，我也没有什么，不过□□□□多奉承几遭就是。"焦顺道："这不消说起。只是你的好处□□，教我每夜要请先生帮扶，甚不快意。你还是设一个法儿奉奉我才是。"原来焦顺说这话，因他心里思着香雪小姐，故将这言语提醒杨氏。杨氏明知此意，只不回答。当夜上床，两个颠鸾倒凤，不知□□□□□绢头，方得休息。

次日起身，焦顺出去。杨氏想丈夫昨夜的话，分明是想香雪姑娘。我今若不与他周旋，他两个日后自好了，不以我为德，反以我为怨。况我心上也有个别寻主顾的念头。我如今莫若把香雪骗来，与他撮合，就是我有些外事，他也管不得我。是晚焦顺进房，杨氏对他道："我想你前夜嫌我□□□□□，想是要寻□小的配你这付本钱了。"焦顺听了，拍手笑道："我的夫人这样聪明，一句话便猜着我心事。"杨氏道："只不知哪一个是你的心爱？"焦顺便把思想香雪的意再四恳求。杨氏道："这个不难。但怕你这东西被那□□□□□□□□，教我愈加不称意。你今夜且在我□□的所在将养一番，明日算计也未迟。"焦顺大喜。是夜仍旧央姓角的做了替身，竭力奉承。杨氏虽则□□，因帮手争气，也觉快活。

过了两三日，杨氏想："丈夫要干这事，甚是容易。我何不乘此机会也觅个□□的燥一燥脾，有何不可。"因想起焦顺一个书童，叫做爱儿，年纪十九岁，气力雄壮，着他服侍一夜，也是好的。当日便对焦顺道："你今夜只说在朋友家住了，我房中无人相伴，央香姑娘同睡，到得深更，我自躲开，你竟进房取乐，再无不稳。"焦顺大喜，就出去，直等夜间回来做事。

杨氏先到书房，对爱儿道："今夜相公出去，我独睡在小姐房里，待至深更，你可到小姐房里来，我开门等你，还你有些好处，切不可忘了。爱儿见说，不敢违逆，只得承顺。杨氏进来对香雪道："香姑娘，我有一件事求

---

①　夤(yín)缘——比喻拉拢关系，向上巴结。

你。你晓得我一生最怕的是独睡，便是夜间老鼠厮打，也是怕的。今夜你哥哥出外去做文会，我的丫环又差到娘家去，无人相伴，特来央你相伴一夜。"香雪道："嫂嫂既然怕冷静，为甚么又放哥哥出去？"杨氏道："便是。我最怪他一做了秀才就有许多朋友来勾搭。如今幸喜得姑娘在家，日后嫁出去，不知还要受他多少气哩。"香雪信以为实，也就依从了。

当夜姑嫂吃了夜饭，又说些闲话。香雪一个女婢，叫做添绣。香雪吩咐把自己的房门锁了："你到厨房里睡罢。"杨氏道："太平世界，锁甚么门，就开着何妨。"添绣一时懒惰，也不去锁，竟往厨房安歇。

姑嫂两个睡在一房，吹熄了灯。只见更余之后，香雪睡不着，叫声"嫂嫂"，并无响动。香雪心疑起来，穿好衣服，各处寻摸，不见杨氏，那房门是半开的。香雪想道："今夜嫂嫂必有恶计，我不可住在此。"因想："黄昏时我的房门也不要锁，着实可疑。我如今也不到自己房里，可到厨下，唤添绣起来伴我。"

谁想那焦顺起更时便藏在一间空屋，挨至半夜，悄悄进房。满床摸遍，全无一人。想道："必是香雪有些知觉，仍到自己房里去。我今一不做二不休，且走到她房门首，打听消息。"原来，那夜杨氏布置停当，悄悄走到小姐房中睡下，等待爱儿进来□□。不料爱儿畏惧焦顺，不敢进来。杨氏守到半夜，适值焦顺摸来。见香雪房门不关，心中暗喜道："香雪妹子原自有心，晓得我有些意思，因此不肯住我房里，却把自己的房门开了，明明叫我进去。"遂推开房门，摸到床前。杨氏在床上听见有人走响，只道爱儿来，伸手挽他。〔缺一百八十二字〕

东方渐渐发亮。两人正要讲话，不想房门一响，唬得心里乱跳，一句话也说不出。原来，房门响是香雪同添绣要进房，听得床上热闹，不敢进去，竟寻一把锁将房门锁住，仍旧到厨房里来。房内两人无门可出，急得乱抖。焦顺道："如今奈何？"杨氏听见叫妹子，知道认错了，反不则声。挨到天亮，你认我，我认你，不觉得呆了，又好笑，又气恼。焦顺把杨氏啐了几啐，杨氏也埋怨丈夫，两人到底疑心。停了一会，香雪叫添绣把房门开了，在房门前将焦顺大骂，唬得焦氏不分皂白出来劝解。两人抱头鼠窜而去。杨氏自觉没趣，三日不出房门。

自小姐一骂之后，焦顺夫妇日夜在焦氏面前毁谤香雪，焦氏听信了，又晓得当初安氏曾把香雪许下王昌年，只因怨恨香雪，并王昌年也做了对头,时常茶迟饭晏①,要长不能,要短不得。焦氏早晨起来,便把香雪与昌年牵枝带叶,寻些别事,咒一遍骂一遍。香雪听了,无奈他何,只是向母亲灵座,痛哭几番。焦氏愈加怒气,渐渐把恶声相逼,百般怠慢。那王昌年自世勋出门之后,心中不乐。又见焦顺进学,终日兴头,往往被他奚落。及至焦氏在里头咒骂,一发不安。想起先前承母姨大恩,自小抚养,临终时节特把小姐许我。不想世态变迁,到了今日反教我进退无门,莫若到陕西仍旧依傍姨夫,或者他得胜回家,完了小姐姻事,也未可知。是日,便略略措置些盘费,请焦氏出来说道:“母姨夫在外,音耗②不通,我要到陕西寻取消息,故此告辞。”焦氏道:“你在家无用,出去学些乖巧也是有益的。速速去罢。”并不提起盘缠的话来。昌年气愤不过,总不开口,就进来拜辞安氏灵座。才到灵前,不曾一拜,心中悲伤,不觉放声大哭,拜了几拜,就出来了。焦氏在旁说道:“好好出门,做这样嘴脸,可厌可厌。”

香雪听知此事,有如乱箭穿心,从暗里也哭了一场。遂写书一封,将簪钗首饰包了一包,约一二十金,着添绣暗暗送与昌年。书中大约叙兄妹分离之情,并嘱她候问。末后带着几句心事道:

“百年之期,自甘死守。一心之托,岂忍生离。魂断青衫,泪浸红烛”云。

添绣将书物送至书馆,昌年看书,收了物件,对添绣道:“泪枯肠断,不能写书回复小姐。至于终身之约,虽死不渝。小笺一幅,用此拜谢,但求小姐保重。此去到老爷处,一有好信,便即归家。”添绣听了,就进来述与小姐,并送上诗笺一幅。香雪含泪看诗,却是绝句一首,前半在下忘记了,只记得后一句道:

却伴春鹃带血啼。

小姐哽咽无言,和衣睡了。次早王昌年起身而去。自此,小姐终日愁怀,恹恹③成病。

却说焦顺自房中出丑之后,还痴心妄想小姐。自思:“小姐平日最好文墨,我如今若要再缠,必须用文才欣动他,或是做一首诗,或是写一封

① 晏(yàn)——迟,晚。
② 音耗——犹音信。
③ 恹恹(yān)——形容患病而精神疲乏。

书,央添绣送去,她自然心肯。"遂提起笔,吟哦终日,改了又改,才写成一封书,并一首诗。书云:

> 生员兄焦顺,跪拜奉书小姐房前。前日感小姐骂我,甚喜。古人云,不打不成相识,何况亲口大骂乎。自从骂后,夜夜思量此物,即如今日写书,甚觉费心。闻小姐有病,必定想我哉。吟得好诗四句,若看之,今夜何妨一做,我与你大妙也。诗云:

> 焦顺从来顺女娘,况兼小姐雪之香。

> 莫愁小脚三更冷,谨奉□□□寸长。

焦顺写完,念了数遍,大叫道:"好书好诗,不愁小姐不喜。"就封了书,并拿银子一两,走到里面。适值添绣出来,他便扯住道:"我有一事求你,先送你银子一两。"就在衣袖中摸出银子,并书一封,说道:"银子你收了。这封内是一个名士作的诗,送与小姐看,千万不可遗失。"添绣本意不肯,只因见了银子,连这封书也拿了。她原不知此书厉害,竟走进房递与小姐,也不说是焦顺送来的。香雪不知其故,把书开看,便大怒道:"这个一窍不通的狗才,这样无状!"先把添绣痛打一顿,就要往外边发作。忽然自想:"我是孤身无助的女子,若与他争闹,未免遭他恶口,连我体面也不好了。莫若忍耐,等父亲回来方好整治这厮。但恐他放心不下,只管歹心恶意,如何是好?我如今须生一计,使他出丑,那焦氏妈妈自然要顾儿子体面去约束他,不至十分放肆。"思想一番,又把添绣骂道:"你后次若再如此,我便活活打死你!"口里一头骂,就拿台上一个镜袱,掷与添绣,说道:"你把镜袱递与奴才,立刻进来,不许开口说半句话。"原来那镜袱是杨氏央她做的,中间绣一对鸳鸯。

添绣拿了走到外边,见了焦顺,本要骂他,只因小姐吩咐不许开口,忍住了嘴,掷在地下,回身便走。焦顺要扯住添绣,问明来历,不知地下是什么东西,及至拾起,添绣已进去了。焦顺看是镜袱,想了半日,不觉大喜道:"好个小姐,明明叫我今夜进她房里。镜者,团圆之兆。绣鸳鸯者,交颈相连之兆。镜袱是遮掩的东西,夜间暗里做事之兆。妙哉妙哉,快活煞我!"也就把自己书房锁了,藏匿空房中,外边人只道又出去做文会了。

当晚杨氏在房,闻知丈夫出去,正值无聊,只见香雪小姐走来道:"嫂嫂,我闻得哥哥出外去,何苦独坐,可到我房中去闲耍。"杨氏闻言,就随香雪,走到她房中闲话。渐渐夜了,香雪唤添绣叫厨房里备夜饭来:"大娘因相公不在,我劝她一杯酒。"添绣认真暖起酒来,香雪殷勤相劝。杨氏因前夜出丑,甚怕香雪。今日见香雪和颜悦色,便喜出望外,不觉将酒多吃几杯,一时沉醉起来。香雪叫添绣:"扶大娘就在我床上睡罢。"杨氏脱了衣服,倒在床上睡去。

香雪走出房来,竟到焦氏房中。却吩咐添绣:"在暗里藏躲,打听有人进我房中,便急急把房门锁了,走来报我。"

焦氏是夜督率丫环做些生活,尚未去睡。看见小姐来,就问道:"小姐尚未睡么?怎得高兴到我这里来?"香雪道:"今夜哥哥不知往哪里去,嫂嫂住在我房内,我因睡不着,所以来伴母亲闲话片时。"焦氏道:"极好的了。"两个说些闲话。又商量:"父亲在外全无消息,虽则王家哥哥去了,又无回信。还该打发一个家人去看看方好。"焦氏道:"我心上也是如此。"两个讲话正浓,忽见添绣走来,打个暗号,小姐便要回去,笑道:"夜深害怕,求母亲相伴我到房中。"焦氏也不推辞,携了手,一同走来。

添绣点火前行。将近房门,只听得房里响动,似有绊跌之状。小姐道:"房内像有什么人在里头。"只因这一句,房内越发乱响。你道是什么响?原来是焦顺,因见镜袱之喜,守至更深,竟悄悄进来。摸到床上,也不知是他妻子睡着,但闻酒气熏人。他就脱衣上床,把手去摸□□□。杨氏睡熟,不知所以。焦顺腾身上去,如此如此。忽听得房门外母亲与香雪口声,火光又亮进房来,知道又差了。忽爬起来,衣服也无暇穿,慌要出房。不想房门被锁,不得出来,东一撞,西一绊,不知跌上几跤,所以乱响。及至香雪与焦氏到了门前,焦顺忙爬上妆台,把窗尽力推开,赤条条一身,望窗外跳去。不料窗前廊下俱摆列粪桶尿缸等物,焦顺一跌下来,满身粪水,腰腿俱被跌伤。香雪同了焦氏,唤添绣将火照窗前,看是何人。添绣一看,便喊道:"这是大相公。怎么赤条条跌在这里?"香雪即时变脸,叫添绣多点灯烛,出外去唤合宅家人进来。"我是老爷的小姐,焦顺何人,黉夜①到我房里做什么?明早一面写书叫家人到老爷那边去,一面我亲到学里告诉,叫他申文学院,决不与他甘休。"吓得焦氏面如土色。唤丫环拿衣服与焦顺遮下体,着他跪在小姐面前请罪。小姐道:"母亲,这厮无礼已甚,请什么罪!"焦氏不得已,把焦顺痛骂一番。焦顺招了许多不

---

①　黉(yín)夜——深夜。

敢,方才放他出去。焦顺暗想:"这样厉害,两次受她大累,以后再不与她缠扰了。"

次日,焦氏亲来请罪,即着焦顺搬到房外边住,永不许他走进后堂。小姐见焦氏如此周旋,也就忍耐了。焦氏虽然护短,也恐老儿回来与他算账,故此畏惧香雪。孰知下回,香雪的苦情,人不可胜言矣。

# 第四回　真美艳一夜做新郎

却说香雪小姐捉弄焦顺，可谓快极。焦氏妈妈无可如何，这小姐落得清闲自在，专待父亲回来不提。

再说白从李同宋纯学，一路上察访才人，真个逢州过府，先有自己的人开张店铺，要银就有，要住就歇，甚觉便当。他晓得陕西一带，李光祖声势张大，不免到陕西看他一遭。不想未到陕西，朝廷征剿反贼官兵众盛，内中一员老将，极其骁勇。你道老将是谁？原来就是崔世勋。此时，与李光祖结营相持。一日，世勋亲来索战，光祖出迎，两马相交，战二十余合，光祖力怯，大败回营。

次早，光祖正要整兵再战，只见营外探子来报："有一位客官，随了数人，说是山东白相公，要进营中。"光祖听见，知是大师来到，急出迎接。当日相见，喜不自胜。光祖道："自离大师到此，兵势稍盛。不意昨日遇了崔世勋，被他战败。"白从李道："这事不难。你今日不要出兵，待我按定八方，用个生擒之法。"光祖得令，是日闭营不出。

到了半夜，大师将《白猿经》操演，披发仗剑，书符念咒，分布各方。到第二日正午，大师端坐中营，大开营门。光祖出阵，世勋望见，便来迎敌。初时交锋，世勋甚是勇猛。忽然狂风刮地，卷石飞沙。世勋抬头一看，见半空中一朵大白莲花当头罩下，世勋道："不好了，这是妖术！"话未毕，那莲花劈头一打，把一个英雄老将打下马来。原来大师坐定中营，默持咒语，用个"神莲破阵法"。光祖见世勋跌倒，一队兵众掩杀上前，把世勋横拖倒拽捉进营去。官兵四处逃散。

光祖将世勋捆缚，解到大师面前。大师一见，便唤手下放了，说道："将军智勇过人，今日幸到敝营，凡事托赖，自当重任。"世勋大怒道："我乃天朝将佐，却为妖术所困，非战之罪。你们指望要我从顺，宁死不从的。"大师道："好汉子，不可伤他。"吩咐光祖："把一只大箱，藏他在内，着勇士数人扮做客商，好好供给他，悄悄送到柳林程景道处安顿，俟日后有用他之处。"光祖承命而行。世勋求死不得，被众人囚俘解去不提。

光祖胜后，官兵只好相持，两边不轻举动。大师在营数日，分拨光祖

镇守,自己同宋纯学到别处去。行了两日,将过西安府界,入店歇宿。不期遇着一人,衣巾破敝,拿了笔,在房壁上题几句诗,诗云:

　　一片征尘望眼迷,

　　旅愁偏逐暮云低。

　　异乡残梦归何处?

那人诗写未完,只见两泪交流,不知不觉,手中的笔落在地上。白从李见这光景,甚觉苦切,因走过来问道:"吾兄少年才貌,为何这等流落不遇?"那人拭干泪眼,见从李一表人才,便向前拱手道:"弟的苦情,一言难尽。未知兄长尊姓大名?"宋纯学在一旁答道:"我相公姓白,名从李,是山东富室。"那人道:"原来是贵家公子。小弟也不是下等之人,特到此间探望至亲。不想兵戈阻隔,又闻得凶信,因而进退两难。其中苦情甚多,一时不能细述。"从李道:"看仁兄相貌,自非凡人。今夕同住店房,待小弟沽酒一壶,为兄解闷,并细谈衷曲。"宋纯学就往外边,唤主人家整备酒肴进来,三人对坐。白从李道:"小弟浪迹江湖,极喜交结朋友。兄是何处乡里,高姓大名? 到此所望何人?"那人道:"小弟祖居河南省城,姓王字文龄,名昌年。少年失怙恃①,全亏母姨抚养,并以亲女许配。不幸母姨弃世,姨夫另续,继室生性残刻,自不相安。姨夫总戎此地,故独自到这里来。谁想兵戈阻绝,前日近边众人传说,姨夫一队军尽皆覆没。小弟想,姨夫平生忠义,必然死节。如今欲进无门,欲归无路,孤身漂泊,势必下填沟壑,故此愁伤。"白从李道:"吾兄境遇如此,实实可怜。但今日与弟相遇,也须放开怀抱,切不要做儿女姿态。"就叫宋纯学:"把行李打开,取出衣服与王兄换。"昌年感谢不尽。

吃过夜饭,从李又问道:"王兄尊庚有几?"昌年道:"将及弱冠②。"从李道:"小弟比兄稍长一岁。方才兄说家中不甚相安,何不随小弟在外混过几年?"昌年道:"小弟承兄恩惠,如同骨肉。但小弟胸中尚有一段隐情奈何?"从李道:"更有何事,一发请教。"昌年道:"母姨所许表妹,虽未成亲,然恩深情重,时刻难忘。若家中晓得姨夫死难,那继娶之恶,自当加

---

①　怙(hù)恃——依靠。这里指代父母。

②　弱冠——古代男子二十岁行冠礼,因未到壮年称做弱冠。后泛指二十岁左右的男子。

倍。他还有前夫之子,凶恶异常,表妹必然受他凌逼。所以小弟急欲归去,看个下落。"从李道:"那继娶妈妈既然无情,若兄归去,这婚姻谅必有些变更,如今莫若相随小弟。弟看兄恂恂①儒雅,必然长于文墨,待弟给兄图个功名之路,方有结果。至于尊夫人在家,既有盟约,谅无他虑。弟所交侠义朋友极多,嘱托一个到河南贵府通个信儿,也是易的。"昌年拜谢道:"若得如此,真是再生之恩。"从李见昌年肯相随,不胜欢喜。看官,那从李就是女大师,她英雄盖世,为何一见昌年便有许多相亲相爱?不知她出柳林时本意要寻个才貌兼全的人,做些有趣的事。适遇着昌年,年纪又小,面貌又美,就把这念头落在他身上了。但昌年随从李,到处题诗做赋,只想着香雪,没有一时笑容。从李要与他亲近,甚觉烦难。一日,从李想道:"我之爱昌年,就如武则天之爱六郎。但那厮心中,只有他的妻子,没个法儿弄他上身。客路之中,又不便露出本相。"思想一会,忽令人备酒,又吩咐去寻几个绝好的妓女来劝酒。不多时,只见三个绝色妓女来到,从李与昌年、纯学三人共饮。酒至数巡,从李道:"今日姊妹中有劝得王相公欢喜者,赐缠头②。"三个妓女闻言,就把王昌年肉麻得天花乱坠。无奈昌年一心只想香雪,再不得欢喜。从李无可如何,只得亲自把盏道:"王兄心事,弟已尽知,今昔且图欢会,姊妹中任凭择一个奉侍枕席。"昌年道:"承兄厚爱,弟岂木石无知。但睹此美艳,愈动家园之感,况且盟誓在心,宁可独宿,决不敢奉命。"从李一场高兴,指望将妓女引动昌年,听得这话,只觉冰冷,遂打发妓女回去,草草完席。过了一日,从李想:"昌年如此情深,强他不得,我今且顺他意思,待后日慢慢收在柳林相与便了。"遂私下吩咐纯学道:"你将盘费同昌年入京,纳了北监。我要到河南,去安插昌年的妻子。你不必与昌年说明,恐书生不谙③大事,反有疏失。凡京中有事,你急着人来报我。"纯学奉命,便收拾行李,大家分别。昌年想念香雪,也指望得了功名,方不怕焦氏阻隔。闻知上京纳监,甚喜。只有白从李钟爱昌年,一旦别去,虽有英雄气概,未免动情。遂携昌年手道:"吾兄貌美情深,今日分袂,令人想念不已,此去努力搏一科第,至于

① 恂恂(xún)——形容诚实。
② 缠头——赠送的锦帛或财物。
③ 谙(ān)——熟悉。

家乡之事,弟自能与兄打听消息,不必挂怀。"昌年认为从李是个好朋友,便答道:"异乡孤客,蒙兄长委曲周旋,稍有寸进,皆兄长生成之德,感念恩私,时刻难忘。"两个话到此处,不觉流泪。纯学私与从李道:"大师一身,关系非小,不可恋一书生,有误大事。须督率李光祖、程景道辈戮力同心为是。"从李点头,也不开口。三人分散,从李向南,纯学同昌年向北而去。

再说香雪小姐,自焦氏打发焦顺与杨氏在外厢居住,并不许进来,家中安静。忽一日焦顺在朋友家看见《朝报》,有陕西督抚一本,内称"反贼猖獗,先锋崔世勋全军覆没"等语。焦顺看完大喜,急急回家报知母亲。又说谎添上几句道:"《朝报》上说,先锋崔世勋并伊婿王昌年同日死难。"焦氏闻知,放声大哭。小姐在房听得哭声,唤添绣问明来历。犹恐未真,急差家人在外打听。众口相同,但报上并无王昌年同死这话。家人回复小姐,小姐听了,哭倒在地。添绣极力扶起,只是大哭。自后,家中整备丧事。

焦氏把家中大小俱打发出去,说道:"老爷已死,家里养不得闲人。"每日让小姐自己上灶,从前体面,一概没有,小姐无奈,忍气吞声,一心指望王昌年凶信未确,待他回来。日里同添绣做饭,夜间做生活,受苦难言。

一日,焦氏与焦顺商量道:"我们一家,只有香雪性子不好,留她在家,日日讨气。如今老子死了,怕她怎么。我意欲寻一家好主儿,卖她几十两银子,你何不出去访问。崔姓家族中,见与我女儿攀亲,难道有不顺从的? 就是王昌年那厮,当日尚未行聘礼,他就来也不睬他。"焦顺道:"母亲所见极是。我就出去寻人家了。"言讫出去。

却说府中有个财主,姓潘,混名叫做潘一百,因他不甚识字,生性甚顽,人有讥诮他的,就说:"我拼一百银子与他打官司。"故此人号他做潘一百,平日与焦顺极好。那日,焦顺走到潘家,说起妹子要攀一好人家,潘一百道:"闻得令妹甚美,我近日丧了敝房,正要继续,你作成我罢。"焦顺道:"你混名叫潘一百,若要成这事,真能拼得一百么?"老潘忙道:"拼得,拼得,只求舅爷周旋。"焦顺大喜,回家私下与母亲说知。焦氏喜出望外,也不要媒人说合,就托焦顺择日行礼。次日,焦顺又到潘家,说:"一百之外还要白银二十两,送我做媒礼。"老潘应允。遂取出二十两银子,送与焦顺,说要在本月中择一吉日,早晨行礼,夜间结亲。话说已定,香雪在家，影也不知。外边的人传说这事，皆说："崔家只顾银子，把一个如花似玉的小姐送与这恶人，可惜可惜。"原来老潘做人，惯喜说大话，那崔家聘礼，也不曾行，先各处张扬，以为得意。故此府城内外晓得甚多。

一日，焦顺偶站在门外，见街上一簇人，骑了牲口，中间一个美貌少年，衣服华盛，后面跟随的，也各整齐，手持名帖，竟向焦顺问道："此间可是征剿陕西崔总爷讳世勋的府么，我个是陕西李相公，特来进拜。"焦顺不知所以，便答道："我这里便是。"那个美少年听说"便是"，就下了牲口，蹑进门来。焦顺手忙脚乱，也无暇看名帖，只得揖他进了厅。行礼坐定，那美少年问道："府上讳世勋的崔总爷与吾兄什么相称？"焦顺道："就是先父，不幸在陕中死难。"少年道："久仰久仰。小弟姓李，祖居陕西，贵处府前开绸缎店的就是舍亲。小弟在敝府与令先尊极相好。见他死节，心甚不安。近日到舍亲处，故此特造府进拜，还要请令堂相见，叫小厮请老夫人出来。"原来焦氏是极势利的，闻知外边有个富贵家公子，是老崔的相知，急急出来。各相见过，焦氏道："家门不幸，我老爷战殁陕中，家事凋零。承相公远来存问，感之不尽。"李相公道："崔老伯遭此大难，幸喜伯母清健。家内还有何人？"焦氏指焦顺道："只有这个小儿，里头还有个小女，至亲只有四五口。"李相公就唤随从的送上一包礼，却是白银二十两。焦氏逊谢一番，也就收了，又把老崔的事询问一会。吃了两道茶，李相公便辞别而去。

你道这李相公是谁？原来那就是女大师莲岸，改名白从李的。自从与王昌年别后，走到河南，要照顾昌年的妻子。因前年曾打发人在开封府前开铺，及到了铺中，便有人说起潘一百续娶的事。从李大惊，想道："若崔小姐被继母逼嫁别人，那昌年便不好了。幸喜闻得潘家尚未行聘，所以急到崔家拜望，要救小姐。恐怕白从李名姓叫熟了有人踪迹，故改姓了李。看官谨记，李相公又是女大师改名的，不要看花了眼。

当时焦氏送出李相公，进来对焦顺道："天下有这样好人，你明早急去回拜，就把帖请他吃酒。"次日，焦顺便到绸铺答拜。白从李迎接入内，叙了寒温，焦顺面送请帖，邀他吃酒。从李并不推辞，便同焦顺过来。焦氏在家整备酒肴，外边焦顺陪了从李吃酒。从李留心哄骗焦顺，渐渐话到香雪身上。焦顺便说："舍妹有才标致，近日有一敝友潘家要攀亲。"从李道："小弟一到贵府，就闻得有个潘一百，年纪又老，做人未必稳当，兄何故与他联姻?"焦顺道:"他做人实是不稳当,只因他家道富饶,使舍妹日后不愁贫困,故此与他联姻,至今也未曾聘定。"从李道:"若论家业,小弟比那潘家略胜数倍,昔年立意要求淑女,至今尚未有遇。既是令妹才貌双全,吾兄何不回了潘家,玉成①小弟也?"焦顺道:"这是极好。但潘家已经面约聘仪百金、择吉行礼了,奈何?"从李道:"这个何难,兄只说令堂占卜不合便了。至若聘仪,弟就送加倍潘家。"焦顺是极爱财的,说道:"既承台命,稍刻当与家母相商奉复。"从李称谢,酒罢回去。焦顺即入里面,对焦氏将李相公求亲、愿出聘仪加倍潘家,述了一遍。焦氏道:"我如今只要银子,他既肯加倍潘家,你就许他。明日你须到潘家,巧言回绝,不要惹他算计。"焦顺道:"虽则口约,实未行礼,怕他甚么。"

到了次日,焦顺正要到潘家去,忽见从李着人来请。焦顺便先到绸店里来。从李接进,吃过了茶,就排酒席。饮了半日,从李道:"昨日所恳,曾与令堂商确否?"焦顺道:"家母闻吾兄姻事,十分仰慕,小弟今日正要往潘家回绝他。"从李道:"既承令堂许允,唤小厮先将一对元宝送上令堂做见面礼。"焦顺见了元宝,酒也无心吃,即便起身告辞,急急奔到潘家。

潘一百接进道:"舅爷何故两日不见我?"焦顺道:"小弟今日有句话特来奉告。"正要说出,忽听得外边一片声响打进门来。只见数十个公差,将两条索子把焦顺、潘一百俱缚了,横拖出门。两人大惊。细问来历,乃是按院衙门访察,急如星火,霎时间把两人推在本县监里。潘家忙乱,不消说起。

当时便有人报知焦氏,急得焦氏叫天叫地,无可奈何。忽见小厮进来道:"前日李相公到来,要请奶奶说话。"焦氏听了就走出来。从李见了,说道:"令郎忽遭此害,小侄在外打听晓得了,如今必要用些银子,方得事息。"焦氏道:"我手中分文也无,怎么处?"从李道:"伯母不要忙,待小侄措处。但小侄有句话,只得直告罢。今早大兄到舍,说令爱姻事蒙伯母许允,不意有些大难。日后要用银子,无论多少,情愿替他周旋。只是这一月,除了今夜子时再无吉日,伯母若肯今夜就在尊前与令爱结亲,先备下花红银二百两为聘仪。"说罢就把银子送上。焦氏看见银子,便满口应承道:"愿从尊命。"就拿了银子退入里面。从李在外厅,吩咐从人准备做亲诸事。

---

① 玉成——成全。为雅语。

　　原来，从李一到河南，闻知潘家之事，又打听焦顺母子性甚爱财，故把焦顺、潘一百下个毒手，先着人在按院衙门知会停当。只为要亲近焦氏，引进入门，故这一日乘他忙乱便要成亲，所谓迫人于险，使他不得不从，又使昌年的妻子不被别人占去。正是钟爱昌年，与他周旋的意思。

　　那焦氏走入内里，收好银子，要来与香雪说明。心下想了一想，便走到里边，对香雪道："我的小姐，做娘的今日有句要紧话，任凭你从也罢，不从也罢，但事到此，也不容你不从了。"那香雪平日间被焦氏拘管，一刻不闲。前日与潘家说亲，及至白从李的事，一毫也不晓得。骤闻这话，内心一吓，便道："母亲这话怎么说，女儿实不明白。"焦氏道："自你父亲去后，家中凋残。今日你哥哥又遭奇祸，将来一家自然分散。想起来，我们都是没紧要的，唯有你的身子必定有个着落，做娘的好放心。我今日与你寻一个人家，人才又好，又且少年，家里又殷富。如今现在前厅坐下，你若不信，可往外边去看一看，便知我做娘的不负你了。今夜正值黄道吉期，这样好事不可错过。"香雪听了，心下一想，就欢喜道："母亲主张，自然不差。做女儿的焉敢不从。"焦氏始初心上还恐怕香雪有些执拗，不意如此顺从，倒吃了一惊。

　　添绣见小姐和顺，也疑心起来。即走到厅背后，把那做亲的相公张了一张，想道："原来小姐这样有心，不知在哪里看见这标致相公，怪不得她顺从得快。"便走进来，笑嘻嘻对小姐道："我方才往外边看那相公，果然生得好，这是小姐造化。"香雪道："痴丫头，这样事，论什么好不好，他们必定算停当了，不怕我不从的。"添绣不知就里，又说道："当初那个王家——"香雪不待他说完一句，就说道："不必多言，你去收拾房里。"添绣疑心，不敢再言，径走进房。

　　焦氏见香雪依顺，便在厨下整办酒席。挨至黄昏以后，就到厅上请那相公进来结亲。白从李着人在外侍候，不必进来，竟自己踱到里边。香雪坐在房中。焦氏同媳妇杨氏走到小姐房里道："吉时已近，可将包头兜了，好出去结亲。"小姐立起身道："母亲在上，今夜之事无不相从，但求母亲从我一句话。老爷去世，女儿服制在身，一时不曾打点换得。今夜可叫他先拜母亲，不妨请到房里来吃酒，应了吉时。我的交拜，且待后日，还要在爹妈灵座前做碗羹饭，然后成礼。"焦氏见小姐说得有理，无言可答，只得出来述与新郎知道。从李道："这是大礼，悉听尊意。"焦氏巴不得成就,便叫把毡单铺了。从李拜了焦氏四拜,也不待相请,便走进房。见小姐随身素衣,容貌却欺花赛月。从李先作个揖,小姐回了礼。两边坐定,添绣摆上酒席。人只道一对佳人才子,不知下边那秘处,却是雌对雌,做一个蚌珠相会。想到此处真可一笑也。且听下回分解。

# 第五回　无情争似有情痴

当下白从李见小姐花容月貌，真个难得，王昌年这般思慕，实实应该。只是女貌虽佳，情意颇薄，今日见我，全无羞惧之色。当日王昌年的恩情丢在哪里？我且调戏她一句，看是如何。便说道："小姐在上，小生三生有幸，今夕得遇佳人，日后当以金屋贮之。"只见香雪正颜厉色，唤添绣送一杯酒与从李，立起身来道："相公在上，贱妾今夜不是与相公结亲，特请相公进来有一段苦情奉告。若相公肯谅微情，自当生死衔结。若必欲以色乱妾，请尽此一筵酒席，妾当以颈血溅污尊服。"从李想道："我道她有些做怪，果然来了。"因问道："小姐所言，必有缘故，请说明了。"香雪道："贱妾先父，总戎陕中，不幸尽节。先母存日，曾同先父以妾身许字家表兄王昌年，虽未成合，然父母有命，不敢有违。今昌年飘泊他乡，生存未卜。继母希图财礼，复许相公。但相公如此才貌，岂无淑女相配。妾于今日所以不轻死节者，盖欲面见相公，备述情理。倘相公怜念苦情，得全节义，不特生受大恩，即死，亦感怀盛德。若必欲迫妾身然后为快，必欲如继母之意，勿谓妾是软弱女儿无刚肠烈性，可以随波逐流的，请相公看妾手中这是何物！"便于腰间取出利刃两把，按在台上，吓得添绣缩做一团。幸喜得从李是刀枪里钻出来的，不被她惊吓，反笑道："小姐请坐，不必着急，小生是个诗礼之人，必不敢轻犯小姐，今夜且住在书房里去，容日再议。若小姐执性如此，不妨结个干姊妹儿。"香雪道："感相公盛德。但生死只此一意，别无再议。"从李遂不吃酒，走出房来。房外焦氏打听这番说话，反吓出一身冷汗，不敢进房。从李是夜在书房歇了。香雪唤添绣关了房门去睡。焦氏在外边一夜不安，唯恐香雪做出事来，时时打听消息。

到了次日，从李起身，思想小姐昨夜的话，虽则激烈，或者是一时之气。"我今日再委曲骗她，看她如何。"

到了早饭后，依旧进房来见小姐。小姐算做宾客相待，唤添绣取茶来请相公吃。从李着添绣出去，对香雪道："小姐昨夜的话，实可敬重。但事势如此，还商议得否？令表兄既无成礼，又无媒妁，终是个路人。小生明媒正娶，也不辱没了小姐。况小生恩深情重，凡事悉凭小姐，决不做负心之事,小姐岂可独恋私情,反疏大礼。如必不肯,小生堂堂男子,不弱于人,见弃妻房,何颜自立,便死也要相求了。"香雪听了,从容答道:"相公差矣。妾见相公来,已准备得停当。相公若休此念,就是恩人,若不放心,便是仇敌了。你看我满身衣服,俱已密密缝好,就把快刀,也割不开。至于利器,不止一件,满房内外,皆有藏匿。贱妾是将门之女,决不见辱于人。请从此别了。"从李看香雪一头讲话,腰间白晃晃的刀渐渐按在手里。又恐逼勒得紧,万一失手,反负了昌年。急上前作揖道:"小生得罪,望小姐息怒。婚姻两字,再不敢提起了。但小生有一段心事,要与小姐剖明,必待今夜面谈,又不可一人知觉。小姐不要疑心。"香雪道:"有话便说,何必夜间,恐涉瓜田李下①之嫌。"从李道:"不是这样。倘一言不合,小姐所带的佩刀在手里,何必多疑。"香雪道:"这也不妨,且看所言如何。"

一日无事,挨至夜间,从李果然又到小姐房里来。香雪仍旧准备,有凛然难犯之容。从李笑道:"小姐宽心。"香雪道:"所言何事?"从李唤开添绣,剔亮灯烛,悄悄对香雪道:"我原不是男子。"香雪道:"休得哄人,你今夜指望求合,决无此事。"从李道:"谁来骗你,你若不信,我脱与你看。"遂卷起衣服,露出下身,拖香雪的手到一边一摸。香雪摸到那里,吃了一惊,说道:"果然是个女子。怎么有这样事?"从李道:"如今可放心了,切不可说破。今夜可容我在床上睡,慢慢说明来历。"香雪道:"这也罢了,只是外人见了不雅。"白从李道:"你的表兄,我也认得,我特为他来周旋你。恐怕焦氏害你,故此假装做男人的。"香雪大喜,便把身边带的刀丢开,线缝的衣服拆开,遂唤添绣到厨房取酒来吃。焦氏听见要酒,喜道:"不知新郎说甚么话,小姐便顺从了,这也奇怪。"连添绣也呆了半晌,遂取酒肴进去。香雪与从李吃了更余,两人上床去睡。合家大小无不称奇。

是夜,香雪问道:"你既是女身,为何假做男子在外混帐②?又何从认得昌年?"从李道:"我原姓白,名从李,是山东人。家业富饶,因躲避仇家,改姓易名,避至陕西。在饭店上遇见昌年。他备述小姐家中诸事,我怜惜他孤苦,将盘缠送他去纳监,现如今在京里。我又恐怕你在家被继母

---

① 瓜田李下——比喻易引起嫌疑的地方。

② 混帐——谓混事,谋生。

凌逼,急急赶到这里,就闻得焦氏要把你卖与潘一百。小姐可晓得吗?"香雪道:"我在家日夜被他拘管,外事全然不知,幸喜造化,逢着你来救我。"从李道:"就是焦顺与潘一百的事也是我下毒手治他的,以后切不可走漏风声。我与你只作是夫妻,倘若我到别处去,那焦氏虑我,料不再把你婚配别人。专等昌年功名成就回来时节,交付与他,岂不是万全之计。"香雪感谢不尽。从此两个似漆似胶不提。

却说焦顺同潘一百坐在监里,本是白从李弄这手脚。他两人平日原无恶迹,按院捉他,也是风闻。一日按台提审,公差解到。按台先唤焦顺问道:"你做秀才,平日间不习好,读什么书?"焦顺道:"老爷在上,生员原不是读书的,因母亲见生员无事可做,将几两银子买一个秀才闲耍。不过是戏耍的意思,难道敢仗秀才的名色在外放肆。"按院喝道:"歹奴才,跪下去!"又叫潘一百问道:"你是一方的豪横,可实招来。"潘一百道:"小的平日,并无为恶。只因生性鄙吝,所以人都怪小的。求老爷超豁①。"按院审这两人没有大罪,各责十板,赶出去。只把焦顺的秀才移文学院,斥退了。焦顺与潘一百大喜而归。

焦顺到家,对焦氏道:"这祸都是你要我做什么鸟秀才惹出的。按院说做秀才要读书的,亏我从直回话,说书是不晓得怎么读。"焦氏道:"你知你妹子已嫁人了?"焦顺道:"可是前日姓李的?"焦氏道:"正是他。"就请从李出来与焦顺相见,各叙寒温,大家欢喜。

过了两日,忽见潘一百着人来请焦顺。焦顺走到潘家,潘一百接入坐下,对焦顺道:"舅爷,我与你患难相同,今后喜乐也要相同。请问令妹几时行礼?"焦顺道:"老兄这话休提,我的妹子已被家母许配别人了,小弟也做不得主张,奈何?"潘一百道:"啊呀,有这等事! 你既然做不得主,二十两银怎么受了?"焦顺道:"老兄不必慌,二十两自然还你。"潘一百道:"哪个稀罕你的银子,我只在你身上要一个妻子便了。"焦顺见势头不好,就起身告别。老潘一把扯住,叫小厮关了大门,"若亲事不成,今日且捉这假斯文打出本来。"焦顺无门可出,慌做一团。老潘大怒,急走到里头,要寻绳索来捆焦顺,好慢慢打他,还要他写甘责②,出他的丑。焦顺见老

---

①　超豁——免除。

②　甘责——情愿受指摘、责备(限于不好的事)。

潘进去，一时慌张，不能行走。忽见墙下有一个狗洞，急脱了衣服，赤条条钻出去。及至老潘拿出绳索，他已走去远了。

老潘见走了焦顺，懊恨不曾打他，遂自走出外边，访问崔小姐的事。也有认得的，对老潘道："那崔家的女婿，姓李，陕西人，家道甚富，脚力甚大，必定是卿宦之家，青年美貌，夫妻极其亲密。"老潘听这番话，想道："若如此说，不可轻易与他相争，我只恨焦顺，必要治他个快畅，方出我这口气。"一路昏昏闷闷，低头而走。不提防前面一人背了行李劈面撞来，把老潘撞翻，跌了一跤。老潘爬起来，把那人拖住便要厮打。仔细一看，认得是王昌年。老潘道："大兄，久违了。从何而来？"昌年道："一时有失，撞跌仁兄，得罪得罪。"老潘道："小弟正有一事要告诉，不期遇着吾兄，极好极好。且同到寒舍去。"

看官，你道昌年在京纳监，为何反在这里？不知前日别了白从李，遂同宋纯学入京，纳了北监，一应盘费，纯学与他料理，就与纯学如亲兄弟一般。无奈思想香雪小姐，时刻不忘。在京半年，终日忧郁，纯学只得付与盘缠，打发他归家，"看看小姐，就进京来赶那试期，不可自误功名。"昌年谢别。一路上无心游玩，急赶到家。适值撞着老潘，不知甚事，扯住不放，只得同到他家。

两个坐定，老潘问道："仁兄一向在何处？"昌年道："小弟风尘流落，偶遇一个相知，承他带挈都中，进了北雍。"老潘道："恭喜恭喜。可晓得令姨夫家中之事？小弟近日受了焦顺的气。"昌年道："半载未归，一事不知。请问仁兄为何受他的气？"老潘道："因小弟于两月前丧了拙荆①，偶与焦顺闲叙，他慨然以令表妹小姐许配小弟，他的媒金也先送了。不意小弟遇了一场官司，羁迟月余，幸喜昭雪。不意焦顺忘恩负义，竟私下将令表妹入赘了一个陕西公子，贪他财礼，拒绝小弟。小弟气愤不过，正要诉之公庭。吾兄此来，极妙的了，还要恳求做个干证。"昌年听见这话，吓得心头乱跳，急急问道："有这般事？果然真否，还是受过了聘，还是成过了亲？"老潘道："小弟正争此事，岂有不真。半月前入赘的陕西公子，姓李，少年美貌，夫妻两个如鱼得水。这几日令表妹腹中自然有外甥了。"昌年听到此际，毛骨悚然，因对老潘道："若果有此事，小弟今晚暂借尊处下

---

① 拙荆——对外贱称自己的夫人。

榻，还要问个详细。"老潘道："极便的。"就叫人速备夜饭。两人同进书房，老潘就把香雪小姐从前彻后说得有枝有叶："如今他两人同行同坐，相爱得紧。吾兄不信，明日回去一看，便晓得小弟不是说谎。"老潘一头讲话，一头劝酒。昌年此时一滴酒也吃不下，气得浑身麻木。及吃完夜饭，老潘自进里面去。昌年独睡在书房，长吁短叹，想道："妇人水性，一至于此！我明日若回去，那焦氏母子极其刻薄。香雪既已嫁人，有何颜面。况且败柳残花，可是争得的。但恨命蹇①，遇这一班冤家。明日也不回去，只索进京，死也死在外边，也不想及家乡了。"

次早起身，也不辞老潘，卷了行李，竟自出门。一路上，餐风宿露，不多几日便已到京。宋纯学接见大喜，就问："尊夫人安稳添福，不受继母之累么？曾完亲否？"昌年听见"尊夫人"三字，欲要回答，却一团怨气塞住咽喉，像痴呆的一般。停了一会，方发声长叹道："小弟此身本要寻死，因承仁兄之爱，不能相负，故此特来再会。"就把归家遇着老潘，晓得小姐嫁人的事备述一遍。又道："小弟遭遇如此，还活在世上做什么？"纯学道："大丈夫处世，何必留恋一女子。她既无情，就该把念头割截了，凭着吾兄才貌，但没有绝代佳人相配？如今勿坠志气，须要努力功名为重。"昌年无可奈何，只得同纯学温习文义。

光阴易过，忽及秋闱②，纯学同昌年一齐进场。及至揭晓，两人俱皆中试。论起来昌年中举，自然报到家来，为何香雪不知？是因昌年与纯学纳监时俱籍金陵乡贯，所以报子不到河南。那昌年又错认香雪嫁人，也不寄信回去，香雪如何得知。当时京中见昌年少年登科，就有几辈来与昌年说亲。昌年因痛恨前姻，誓不再娶，一概谢绝。看看腊尽春初，又是会试期到了。宋、王两人三场试毕，却又文齐福齐，高高中了两名进士，殿试俱在二甲。各选了部属，昌年是刑部，纯学是礼部，同在京做官不提。

却说从李自从与香雪说明来历，相亲相爱，夜里做了姊妹，日里做了夫妻，内外人等并无一人晓得。一日在月下饮酒，私下提起王昌年，未知何日见面，从李也想念不已。两个就即席题诗，作《秋闺吟》四首。每首取秋景的题目，两人分韵，顷刻而成：

① 命蹇(jiǎn)——命运不好，不顺利。
② 闱(wéi)——科举时代称考场。

別团扇

拂拭亲承纤手擎,素纨裁取梦前身。

曾将明月陪歌席,无复清风近玉人。

长夜班姬①空有泪,明朝庾亮②又扬尘。

炎凉如此真成恨,哪得桃花处处春。

闻雁

幽咽长天拂曙流,苍葭③黄叶满汀洲。

云迷楚馆三更月,水涨江城万里秋。

系帛有书应在足,衔芦索件数回头。

衡阳此去无多路,切莫哀吟动旅愁。

中秋对月

海碧天青迥出群,嫦娥端不解行云。

香飘桂子空中落,曲奏霓裳静里闻。

且喜蟾光④今夜满,预忧鸾镜⑤隔窗分。

长年捣药缘何疾,疗得相思即似君。

促织鸣

凄切虫吟感岁时,织成愁绪万千思。

不添旅馆寒衣薄,每促孤檠⑥夜纺迟。

落月似梭云似锦,晓风如络雨如丝。

所嗟辛苦机中妇,难免宵来露处悲。

　　两人作完了诗,促膝而坐,谈些心事。谁想这一夜引动了一贯贪花的妇人,你道是那个? 就是焦顺的妻子杨氏。原来杨氏心性,一夜也少不得男子。如初焦顺在监里,夜夜去寻书童爱儿取乐。前日,焦顺被潘一百出丑,从狗洞逃归,想起老潘不是好人,又值学院斥退秀才,甚无颜面。与母

---

① 班姬——即班昭,东汉史学家。曾任皇后和妃嫔的教师。

② 庾亮——东晋人,字元规。妹为明帝皇后,历仕元帝、明帝、成帝三朝。

③ 葭(jiā)——初生的芦苇。

④ 蟾光——月光。

⑤ 鸾镜——妆镜。

⑥ 孤檠(qíng)——孤灯。

亲焦氏算计，多措盘费，到京里去，谋袭崔世勋的百户。杨氏因丈夫出门，虽则宠幸爱儿，却又厌常喜新，时时窥探香姑娘房中之事，一片心情，竟落在白从李身上。往往背了焦氏，挨身进香雪房里来，见了从李，就满面添花，捉个空或是丢个眼色，或是捻他一把。从李自歉肚下无应酬之物，心中其实怕她来亲近，又不好十分拒绝，只得勉强答应。那一夜月下题诗，已更深了，焦氏与众丫环俱各睡去。杨氏打听香雪未睡，就摸进来，笑对香雪道："姑娘如此高兴，这样天气还不曾睡，倒坐在风露之中。"香雪笑道："今夜月明如水，不可辜负嫦娥，睡它做甚么。"杨氏道："外人说姑爷是个风流佳婿，却这般耐心清坐。若像你哥哥，一刻也耐不得了。不知姑娘今夜肯带我闲耍片刻否?"香雪道："这个何妨。"就叫添绣："大娘在此，再暖酒壶来。"杨氏道："你们作诗，我是不识字的，只把酒来奉陪罢。"从李见杨氏模样，就说道："小生入赘贵府，从未曾与大舅母杯酒相叙。今夜借花献佛。"杨氏见从李有兴，愈加癫狂，渐渐把身子挨做一团。香雪心里不耐烦，便道："嫂嫂吃酒。我因夜深，身子怯弱，先要睡了。"竟唤添绣进房去服侍。杨氏见香雪进去，不胜之喜。便扯住从李道："姑爷在月下坐久了，恐怕寒冷，我有极暖的所在，送与姑爷罢。"从李见他缠绕凶凶，又难摆脱，思量无计，只得将酒骗她。就高声叫："添绣，多暖酒来。"添绣送上几大壶酒。杨氏看添绣来，私与铜钱二百，说："你先去睡罢，不要来管我。"添绣乐得受用，也躲去了。从李起初唤添绣来，要她碍眼，好把酒劝杨氏，等她醉了可以脱身。不意添绣竟去。杨氏紧紧搂住从李，从李无奈，说道："舅母放了手，我的性，必要吃醉，方有兴头。若不吃醉，这个腌臜东西再不能称意的。杨氏一手扯住从李，一手斟上酒来。你一杯我一盏，吃得流星赶月。谁想从李是陪了香雪吃到多酒，被杨氏尽力一缠，酒却涌上心来，把持不定。此时若如当初番大王面前备了醒酒药，便无妨了。谁知这药不曾带得，竟倒在椅上，不省人事。杨氏想道："他道酒后有兴，如今醉了，此物必然好用，这时若不下手，更待何时。"就将手伸入裤内，横一摸，竖一摸，只有两条滑腿，并无半点男根。又思想道："这也奇怪，难道是没有此道的? 我实不信。"又再摸下去，把他前后一摸，不觉笑道："这相公原来是一个黄花女儿，空骗我想了多少日子。"从李昏昏沉沉，不知所以。杨氏扶她进房去睡。急急转身向书房来，寻爱儿煞火。爱儿抱她上床，说道："大娘今夜为何这更深才来?"杨氏道："我的儿,拥得再重些,我有一件好笑事对你说。"爱儿着实在感兴趣,就问什么好笑事。杨氏道:"黄昏时候,我闲走到里头,看见李姑爷独自一个醉倒在椅上。我因一时高兴,将手在他裤内一摸,可煞做怪,全不是男子,倒是个女人。你道好笑不好笑。"爱儿道:"怪道小姐起初何等拒绝,后来便容易和顺。她两个睡了一头,有甚么趣。"杨氏道:"我也笑她如此。"两人话得亲热,自然别有一番助兴。遂大闹一番,不知不觉俱皆睡去。欲知后事,下回便见。

# 第六回　有情偏被无情恼

是夜，杨氏与爱儿因□□更深，及至天明，尚未睡醒。里面焦氏出来唤爱儿做生活，看见杨氏与他同睡，一时大怒进去。杨氏苏醒，晓得婆婆出来，吃了一吓。爱儿内心着忙，想这事败露，必然打死。只得别了杨氏，逃走出去。焦氏正要痛治爱儿，闻他逃走，这事竟不提起。

那白从李同香雪次早起身，香雪问道："你昨夜如何摆脱嫂子？"从李道："我因大醉，一事不知。"香雪道："嫂嫂极其无耻。我道你有心待她，不想倒被她弄醉。你的私事，定然识破，如何是好？"从李也自懊悔少了斟酌。"但这样事，她就晓得，自然与人说不出的，不要怕她。"香雪道："事未可知，你凡事小心些才是。"从李点头。又说些闲话，大家吃了早饭。

忽然外面传一封书进来，说有个山东人，送书与姑爷。从李想一想，知道柳林内的信。背了香雪拆看这书，果是柳林内的禀揭。云：

驻扎柳林总理中营、专督粮务、兼理马政官程景道叩禀

　　大师：前陕中克捷，未及拜贺。发来擒将，已安置讫。闻大师近日驻旌开封，起居康吉。又闻朝廷缉访甚严，不可久羁外郡。幸即返柳林，并调李光祖等别行分拨。不胜待命之至。

从李看毕，自己也要归营。先打发来人去，就把书烧了。香雪闻知从李到了家信来，问道："家信如何，想是要你回去？"从李道："便是。心上只放你不下。"香雪道："你的家事，我怎好相留。但去后不知几时再会？"从李道："后会有期，幸自保重。"遂收拾行装。香雪取一把扇子，就将月下作的《秋闺诗》写在扇上，送与从李做表记。从李收了扇子，掩泪分别。又谢别焦氏说："不久就来。"焦氏备酒送行。从此两人分散，香雪独守闺房。

从李一径望柳林去。行了数日，竟到柳林。程景道与崔世勋迎接进去，各相见了，备酒接风。程景道道："大师久羁他郡，营中诸事未能料理。今日归来，各营幸甚。"从李道："前同宋纯学到陕西，遇见一个书生，姓王名昌年，说是世勋的女婿。我怜他孤苦，着纯学送他到京纳监。后又

到开封,闻得世勋的女儿被继母凌逼改嫁,我便用计照顾他,故此羁留。"崔世勋听得女儿之事,感谢大师,又问明详细。景道道:"大师可晓得纯学在京同昌年俱已联捷,各选部属,前日有书来问候。"从李道:"可喜可喜。但昌年喜信不曾与崔小姐得知。崔将军可谓大幸了。"世勋起身拜谢。自此以后,从李管守柳林,着世勋统领营事。景道别领一千人马,出了柳林,差人知会李光祖不必驻兵陕西,与景道合兵,另择地方,为攻守之计,不在话下。

再说书童爱儿,自从惊动焦氏,私下逃走,无计安身。正从潘一百门前过,适值老潘看见,问道:"你是崔家爱儿,要到哪里去?"爱儿道:"潘老爷,不要说起。我家奶奶极其性急,昨日小的偶有一件小事得罪,奶奶要下毒手。小的熬不得,只得逃走。不知可有好人家? 求老爷照顾。"老潘道:"你若无处去就在我家住罢。"遂收留了爱儿。你道爱儿是崔家逃奴,老潘为何用他? 不知老潘心上别有意思。他因小姐亲事不成,恨入骨髓,巴不得要知小姐消息。一见爱儿私逃,要知其意,故此留他。就问爱儿道:"你家相公进京,家里姑爷与小姐做甚么事?"爱儿道:"小姐与姑爷十分相好。"话未毕,不觉笑了一笑。老潘道:"你说起姑爷,何故笑起来?"爱儿道:"是笑一件奇事。"老潘又问:"是甚么奇事?"爱儿道:"若说出来当真是好笑。那个姑爷,人都道他好后生,谁知他是个女身,假做了男子。前夜吃醉,被家里一个人看见。这是的真事,老爷你道奇也不奇?"老潘听了笑道:"奇怪奇怪,你家小姐倒喜欢那不吃食的东西。"心下想道:"我正要寻她家里几件事出些怨气,不想有这样好笑的事。我如今把一张纸,写个笑话,粘在她门首,羞辱她一番。"又想:"自己不甚识字,别样巧话是写不出,只有借票常常有人写与我的,便依他样。"取一幅纸写道:

　　立借票人崔香雪,为因入赘雌夫,夜间乏用,央兄焦顺做中,借到潘处阳物一张,情愿起利五分,约至十月满足,生出小儿,本利一并奉还,不敢稍欠。恐后无凭,立此借票为照。

看官,这叫做无头榜,原不该写出本姓。为何票上说"借到潘处"? 只因老潘不识文理,照依旧样描写。等到夜间,老潘就走到崔家门前,把这"借票"粘在墙上。次早有人看见,无不大笑。忽有两个着青衣的人走来细看,便用手揭下而去。原来这青衣人是本县捕快,因兵部发下机密文书,中间说叛寇女扮男装,到处往来,着各府州县细细缉获,不许泄露。官府就将这事密付捕快缉获。那日捕快见了"入赘雌夫"的话，便将"借票"揭去，送与本官看明。县官添公差立刻抄捉，崔家人等并不得知。忽然公差打进门来，见一个缚一个，崔氏一家扰乱，并四邻俱捉过来。细问缘由，方知见了"借票"，缉拿叛寇。公差不由分说，俱拿到县。县官升堂审问，先叫焦氏喝道："你家藏匿叛寇，从实招来。"焦氏道："小妇人原是清白之家，丈夫崔世勋征剿陕西阵亡，家中只有女儿香雪。前日入赘女婿，并不知是歹人。如今女婿回去了，老爷只问女儿便知真假。"县官即问香雪，香雪本意要表白自己不肯失节，后日好嫁王昌年，便禀道："母亲所赘丈夫实是女身。至于叛逆，闺中弱质何从得知。"县官又问四邻，各回不晓得。县官叫录了口供，众人释放。焦氏见是叛逆，就将银子使用，独推在香雪身上。县官故独将香雪解上府来。那时太守细加审问，香雪也照县里的话。太守见是钦案，她既招出女扮男装，即起文书，备叙口供，解部定夺。香雪忽遭冤陷，还指望王昌年在京里："此番解到京，或者遇着昌年，与我辩白。深恨继母焦氏，前日贪图财礼，起这祸根，今日独推在我身上，自己便脱卸了。我今举目无亲，生死未定。"想到此处，不觉大哭。

太守起了批，公差即时押解。小姐身边盘费全无半文，家里的妆奁①尽被焦氏收去，小姐无可奈何。伴随的只有添绣一个。幸喜得押解的公差却是父亲手里老家人的儿子。他自小在里头服侍过的，因焦氏打发在外，就充了府堂公差。小姐想："这公差路上料然不敢放肆，只是没有盘缠。"

正在忧愁，忽见一个人，年上四旬，满口黄须，上前来把小姐细细观看。你道这人是谁？原来是潘一百。他始初写"借票"时，原没有害小姐的念头，不过恨焦顺说亲不成，写来嘲笑她。不意弄假成真，反害小姐。他过意不去。这一日，闻得小姐起解，他便走来看看。因他票上写"借到潘处"，所以人都晓得是他陷害。小姐原不认得。公差对小姐道："这人就是潘一百。"小姐心中正怀恨他，一见了他便叫公差捉住。公差是小姐家人，自然用力，即把潘一百扯住。老潘被捉，吓得魂不附体。小姐道："我藏匿叛寇，你何从得知？必同是藏匿的人。可扯到太爷堂上去。"老潘大惊，想钦案大事缠不得的，便央公差与小姐说情，议送盘缠银二百两。

---

①　妆奁（lián）——嫁妆。

老潘没奈何只得许他，即刻差人到家凑来。以前是拼一百，如今是拼二百了。及银子拿来，小姐收了，才放他去。此正是小姐的高见。要知老潘平日十分鄙吝，今日忽然拼了二百两，苦不可言。小姐乐得受用，一路不愁窘乏。公差小心押着，望京师而去。

再说白从李，自从打发程景道出了柳林，与李光祖合兵，从李居中调度。内外兵势，雄盛非常。程李二将稍不如意，便请大师进营，要风就风，要雨就雨，凭着天书法术，无往不胜。

一日，从李在柳林忽然想起香雪小姐，未知近日如何。即差两个精细的人，写书一封，星夜往河南问候小姐。差人去后过了十余日，从李忽然又想起王昌年。晓得王昌年联捷，在京做官，便思想要写一封谕单，吩咐宋纯学，着他晓谕昌年，说明前事。一来扶助昌年到家做亲，二来吩咐纯学取昌年夫妇同归柳林。那时节便是武则天宠幸六郎了。主意已定，提笔正要写谕单，忽外边传报前日差往河南的人回来了。从李唤进，那人禀道："小的蒙大师差到河南崔小姐家，小的不敢轻□，先从各处询问邻里，但说小姐被太爷抄捉，已经押解进京。说是为大师住在他家，缉捕人晓得，陷害他的。小的无处投书，仍带原书呈上。"从李听了吃了一惊道："可惜香雪小姐，为了我倒害她。"就与崔世勋说知。世勋拜求大师差人到京知会宋纯学，求他照拂。从李道："我也有此意。"即写谕单一幅，并前香雪所赠的扇子，一齐封好，吩咐纯学周旋昌年夫妇。"差人不得混投，取书信回话。"营卒承命，星夜望京中去。

原来这封书比小姐押解日子差了半个月。那时小姐已解到京。朝廷批发刑部勘问，恰好发在王昌年手里。昌年升堂，提审这事，先把申文来看。内称："开封府解到藏匿叛寇女犯一名崔香雪。"昌年看见名字，已自惊心，及至跪到案前，正是香雪小姐。昌年想他忘了前盟，私下改嫁，不觉大怒，也不详察申文叛寇何人、如何藏匿，就把案一拍喝道："好一个名门小姐，我且问你，父亲死难，服制在身，家内谁人做主，竟自入赘丈夫？你须自想，父母存日，曾经把你许配何人？不要说藏匿叛寇，只这一段忘恩负义的事就该万死了。"看官，那昌年审问叛逆，为何说起这话？要知读书人多应执性，他想前日归家，遇了潘一百，细述香雪嫁人恩爱，时时怀恨。今日相遇，不知不觉将心中旧恨直说出来。香雪听了这话有些关心，抬起头来，把堂上问官一看，想道："奇怪，那个问官好像王昌年。"但是公堂之上不好详察，只得禀道："犯女崔氏，乳名香雪，是百户崔世勋之女。故父阵殁陕中，继母焦氏同前夫之子焦顺百般凌逼。犯女小时先父母曾许配王家表兄，因表兄漂流异乡，继母贪财逼嫁，不想招赘什么逆寇。犯女不忍改节。"说到此处，不觉心伤，哭倒在地。昌年见了这样，又爱惜又怨恨，一时气得目定口呆，无心审问。也不待香雪说明来历，便唤手下带到监里，明日再审。香雪正要把女扮男装的话表明心迹，但是问官早已退堂，无可奈何，只得进了狱中。细问这问官，果然是王昌年。心下想道："不信王昌年做了官便忘前情。但此中必有缘故。若他果然负恩，我就死也要说个明白。"

那昌年因见小姐，怨恨异常，不等审明，便叫打轿来寻宋纯学。纯学接入。昌年道："长兄面前不好相瞒，今日遇了前世的冤孽。"就把香雪解来当堂审问的话告诉。又道："这样失节妇人，论起来该置之死地才是。但小弟初时极承母姨抚养，如今这事，却待如何？"纯学道："既有这事，仁兄也该细问来历，所嫁何人，怎么不见男子，只有一个小姐解来？"昌年道："小弟一时懊恨，没有主张，不曾细细问她。"纯学道："你且把开封府的申文与我看。"昌年即唤书吏取叛逆文书来，书吏即将申文送上。纯学把原来申文一看。道：

> 叛寇女师，女扮男装，入赘崔氏香雪，已经远遁。其来踪去迹，香雪必知。为此备录口供，起解云。

纯学看完，打发从人在外伺候，独对昌年道："小姐这样沉冤，吾兄既有盟约，还不为她急救，反怨恨她，是何道理？"昌年道："长兄怎见得？"纯学道："这件事别人或不晓得，至于小弟，甚知其详，一向不曾与吾兄细谈，就知反害小姐。吾兄自想，西安府饭店上所遇的是那个？"昌年道："这是大恩人白从李。"纯学道："弟与仁兄亲同骨肉，料想吾兄必无违背，不妨就此说明。"昌年道："吾兄恩义高厚，小弟焉敢违背。请即剖明，破小弟之惑。"纯学道："当日相会的白从李，就是柳林女大师。她因爱恋仁兄，故此叫小弟竭力为兄图进身之路。她又见仁兄想念崔小姐，便要亲到开封去。申文所云女扮男装，入赘崔氏，必定是她。那小姐所嫁如是，难道叫她是失节的？近闻大师仍归柳林，小姐家中不知如何败露，解到这里。吾兄前日回去，未曾面会小姐，凭虚信认以为真，冤陷小姐，还说她失节，天理何在？"昌年听这番话，如梦忽醒，拜倒纯学面前道："小弟痴愚，每事误认，求兄长周旋。若小姐当真有这屈情，小弟负心已极，无颜再活了。"纯学扶起道："如今不要慌。小姐这事既已达诸朝廷，待我面见小姐，与她商量，上个辩明冤本，然后小弟再出疏申救。"昌年道："若得如此，再生之恩。"言讫，忽外边走进一人，见了纯学便跪在地。纯学一见，认得这人。这人呈上一封密札，又附上几件东西。纯学俱收了，便同昌年私下看那来书，却是大师的谕单，云：

> 柳林莲大师谕宋纯学。西安分后，即到开封，知昌年妻香雪为继母所逼，于是假充入赘，以安其身。近闻香雪被陷解京，汝须急救，全其夫妇，不可迟误。香雪有分别书扇一柄，并附看，亦足见其贞节之情。此意可与昌年说知。特谕。

纯学看完，对昌年道："弟料事不差，兄如今可信了？"昌年道："没有兄长，小弟这疑案一世也不得明白。且请问当时相会的是白从李，怎么又称'莲大师'？"纯学道："大师法号，原称'莲岸'，后因改了姓名，故称'白从李'。"

昌年此时思忆香雪的情又加几倍，即央纯学入狱去看小姐，商量上书辩冤。纯学遂到狱中问候小姐。小姐询问来意，纯学道："下官宋纯学，与小姐的令表兄王昌年同榜进士，相契如嫡亲兄弟。昨日令表兄面审时因以前误闻小姐入赘他姓，未免失于详察。下官与他剖明了，他仍旧感念小姐。如今小姐可题一疏，辩明冤事，明早奏上。"香雪道："深感宋爷。贱妾不想昌年贵后如此负心，求宋爷转致昌年，死生大数；贱妾也无深虑，但昌年日后不知何以见先父母于地下。"纯学道："小姐息怒，他因本部官，不好来到狱中，后当面会。"言讫辞出。

小姐唤添绣取笔砚来，写了疏稿，眺了真。疏曰：

> 原任世袭百户、奉敕征剿陕西叛寇先锋、今阵没臣崔世勋嫡女崔香雪谨题，为明辨生冤、幽伸死节、以正纲常、以笃论纪事①。盖闻王化莫重于守贞，家教必期于孝顺。女不言外，安知夫婿之馨宜，我无令人②，未逢母氏之圣善。故父臣世勋尽节摧锋，奋身陷阵。家中只遗臣妾香雪。继母焦氏，宠爱前子焦顺，凌逼臣妾，困苦百端。臣妾

---

① 笃论纪事——确当评论纲纪伦常。
② 令人——宋代命妇的封号。

初时,奉先母安氏治命,许字表兄王昌年。梅实未期,萍踪各散。继母贪财,私赘李姓,逼臣妾改节。臣妾于斯时,手持利刃,誓以必死。李姓私慰臣妾,实道女扮男装。臣妾不明来历,而冰洁莫污,幸得生全。相叙未几,李姓远逝。府县访臣妾匿寇,冤陷成狱,现今解部定夺。以臣妾深闺弱息,罔闻外务,倘果叛寇,继母先知。猥陷臣妾身,为莫须有之事。况故父因寇死难,以臣妾视之,即为仇敌。臣妾不忍违先母之治命,守死以待昌年,又岂敢忘故父之深仇,安心而藏逆寇。总因继母恨臣妾,必欲剪灭崔氏,使焦顺家资。更可异者昌年贵居刑部,遐弃前姻,庭鞠①臣妾,不直于理。独不思垂髫②之日系臣父抚育成立,遂结姻盟,今乃忘恩负义以致于此。伏望陛下俯矜全节,洞晰微情,使纲常不坠,伦纪莫沦,幽明咸感,生死均安。谨令侍女赍③奏以闻。臣妾无任④泣血待命之至。

香雪写完,明早着添绣赍本到午门击登闻鼓奏上。皇上批道:

香雪无辜,着该部释放。焦氏陷女,彼处抚按先行提究,俟获叛寇一同治罪。其王昌年婚配,着礼部查明,复奏定夺。

次日,圣旨发下,部臣立刻释放香雪。当时礼部如何复奏,请看下回自有分晓。

---

① 鞠(jū)——审问。
② 垂髫(tiáo)——指童年。
③ 赍(jī)——带着,抱着。
④ 无任——非常。

# 第七回　续闺吟柳林藏丽质

却说香雪小姐蒙圣恩释放出狱，宋纯学即将小姐接到私宅。王昌年闻知喜信，即同纯学到私宅里来，拜见小姐。小姐各相见过，先谢了宋纯学，便道："这一位可就是刑部王老爷？"昌年见小姐开口这一句势头不好，因对小姐道："向承母姨抚养大恩，一心铭刻。只因异乡漂泊，不意小姐有些冤陷，幸遇圣明昭雪，小生负罪实深，求小姐凡事海涵，得全旧约，小生死不忘恩了。"小姐听了冷笑道："王爷贵人，还想着当年之事。多谢多谢。请坐了，有言奉告。贱妾名门旧族，从无失节。先父母推念至亲，恩同骨肉，也不曾亏负你。你分别以后，一向音信杳然，未免贵人多忘，这也罢了。焦氏凌虐贱妾，万死一生，冤陷解京，孤身无靠，前日承你庭审时作威作福，全不想着当初恩义，却是何心？贱妾幸邀圣恩，生还故里，即瞑目九泉，可以无愧。不知你读书明理、高登黄甲、居然做朝廷臣子，可晓得'五伦'二字否？贱妾命犯孤辰，自今以后，愿削发披缁，拜证空王。且请问尊夫人选择谁家，如何才貌，可得一见否？"昌年被小姐一番责备，顿口无言，不觉珠泪双流。纯学道："小姐息怒，王年兄的心事，外面虽若可疑，此中实非薄幸①，待下官与他剖明。他自中后，时刻想念小姐，至今尚无年嫂，其疏失候问者实有缘故。"便把陕西相遇、一同进京、后来归家撞着潘一百、两边误认的话，述了一遍。又道："王年兄纵使误认，终无薄情。只看他中后许多富贵家要与他结亲，他一概谢绝，誓不再娶这条念头，小姐便可见谅了。"小姐道："宋爷吩咐，自然不差。但他彼时千里而归，既到潘家，到我家来不远数步，若亲见面，贱妾有什么得罪处，也怪不得你。怎么把虚传当做实事？就是审问的时节，尚倒不知是你，备陈苦情，为何变起脸来，不分皂白，还是何说？"小姐说到此处，咬牙切齿，愈加恨极。昌年自己懊悔以前不曾斟酌，只得行个大礼，跪告道："小姐在上，昌年一片诚心，唯天可表，倒不敢十分辩白，但求小姐追忆当年分别，也曾把'婚姻'两字提起。难道母姨存日如此厚恩到今反有变更？小姐若不

---

①　薄幸——薄情。

见谅,昌年也不愿做官,纳了印绶①,生死相随,任凭小姐发付罢。"小姐唤添绣扶起,说道:"贱妾与兄,原是中表兄妹。先母存日,并未聘定,怎么认真说起婚姻来?"纯学道:"年兄不必着忙,小姐已有题目了。今日且告退,容小弟复奏,自有定局。"

昌年还要再求小姐,香雪竟退入去,全然不睬。昌年没奈何,同纯学出来。纯学道:"年兄不消多虑,小姐这番责备,原是应该的。但既有本章,她的婚姻也赖不得。待小弟复本进去,批发出来,小弟便与兄先行聘礼,方好选定吉期。"是夜,纯学便写了复本,次日早朝奏上。□□说道:

> 臣部查得王昌年幼时结婚崔氏,近因钦案,未敢议亲。今香雪蒙恩昭释,理应纳聘,择吉成亲等语奏复,即奉旨依议。

纯学接了复本旨意,又到私宅来对小姐道:"下官复奏已发出了,朝廷着下官与小姐议亲,王年兄先令下官来通知此事,然后行聘。"小姐道:"宋爷,这事不必提起,贱妾初释沉冤,即要归家拜告先父母灵座。昌年前倨后恭,难分真伪,只求宋爷开论昌年,说贱妾归家死守空门,今生决不择配。若昌年不忘旧情,每年见惠米粮数石,使贱妾无冻馁之累,晨钟暮鼓,礼拜如来,鄙怀足矣。至于亲事,昌年这般高贵,岂无大族足为秦晋,这条念头求他息了。"

纯学辞了小姐走出私宅。昌年在外边等候,见了纯学就问小姐所言如何。纯学摇头不语。昌年知是小姐怒气未平,急得心头火出。说道:"小姐必定深恨小弟,求年兄委曲,玉成好事。"纯学道:"不消性急,小姐虽然执意,待小弟先行聘礼,然后再去求她。"遂唤长班买绸缎、兑首饰,整备停妥,即差本部衙役抬了礼物一径到小姐私宅来,与昌年行聘。宋纯学是大媒,亲身到宅。小姐始初拒绝,不肯收纳。纯学再三苦求,小姐暂时收下。

次日,昌年又同纯学来见小姐。香雪道:"昨日见赐盛礼,承宋爷台命,不敢违逆,暂留在此,即当奉璧。但贱妾命切故乡,急欲归去。王家表兄,列职刑曹,羁身毂下,凡事保重,后会无期,只此长别了。"昌年心上道是行过聘礼,正好择吉成亲,不想小姐说话还有未允,自己不好恳求,只管催纯学周旋。纯学道:"年兄不需性急,我昨日聘礼已行,再无不允之理。"又对小姐道:"前日有人寄来扇子一把,要与小姐,下官不敢沉匿。"

---

① 印绶(shòu)——印和系印的丝带。指官吏的印章。

就在袖里取出,呈上小姐。小姐看了说道:"我为这把扇子起了无数风波,如今寄扇的人我倒日日想他,不知宋爷何从认得。"纯学道:"下官贫困时曾受他的大恩,就与王年兄一般。"小姐笑道:"这等说起来,贱妾的藏匿也是应该的。宋爷尚且相知,何况闺中弱息。"纯学道:"小姐噤声,这话不是当耍的。其实此人不唯思慕小姐,抑且钟爱王兄,故有此颠颠倒倒之事。"小姐听了,面有喜色。纯学见了便道:"小姐诗词精绝,真是女中才子。今日下官此来,是为玉成年兄完了淑女好逑之意,择吉成亲,小姐切不可太执。况这事原是令尊令堂许诺,今日只算完聚了前约罢。"小姐道:"贱妾若欲遵先父母之命,怎奈此地不可苟合,且待归家,再做道理。若王家表兄必不忘旧好,也要从妾三件事方可议亲。"昌年忙问道:"什么三事?小生当奉命。"小姐道:"第一件,家父阵没陕中,招魂无处,若寻得遗骨回来,便是大功。第二件,焦氏母子凌虐不堪,须要治他一番,稍消怨气。第三件,前入赘的人,恩深情重,如能招致得来,再见一面,方了心愿。"

昌年听了三事一时吓呆,说道:"小姐好难题目,内中只一事易些,其余实实难做。"纯学私下扯昌年道:"小姐是要到家成礼,发此难端。年兄不要慌,且着人送他回去,随后我与你告假几月,便到开封成其好事就是。"昌年点头会意,对小姐道:"谨依尊命。"小姐就同添绣收拾归装。纯学雇了轿,先送小姐回河南去。

却说程景道自从辞了大师,提兵出来会合李光祖,也不守定一方,东征西战,人马愈多,粮草不继。景道想大师前日曾打发强思文、杜二郎两个在河北开张大店铺,就差一个将官领一支兵马到他店铺,尽数取来应用。将官领命,星夜到河北寻着杜强两人的店铺,把兵马扎住,只随数人,竟来取粮。杜强两人迎接了,拆出文书,验看令箭,俱是柳林的号令。打算前后本利银,约有几万两。当下备酒款待。将官想他是一家,并不提防,只顾吃酒。吃了一夜酒,早晨打点将粮草运齐,好起身去。谁想杜强两人影也不见。将官寻到里头,一所空房,并无半人。各处搜寻,也没有一粒米、一毫银。将官没奈何,只得空手而归。

原来杜强两人领大师的本钱出来任意挥洒,日里赌钱吃酒,夜里嫖妓宿娼,开的店铺,所剩不过一千,哪里有几万。此番要尽数取去,他两个慌了,没有支应。想他现统兵马守候,性命势必难保,不若金蝉脱壳,走为上着。外面见了将官，欢欢喜喜，骗他吃酒（原书缺七字），挨到半夜，一道狼烟，不知去向了。

将官所领兵马只有来的盘缠，没有去的费用，一路抢掠过去。忽遇（原书缺九字）两乘轿，后边行李甚多，那将官见了（原书缺九字）众，即围转来。众人见遇了兵寇劫掠，各个丢了牲口行李，四处奔走。只存那轿子被兵士一把扯开，内中有一美貌女子，又有一个侍女。兵士即将行李并女子献与将官。原来大师的军令，凡遇掳掠女人，必要解与主将，审问明白，可留则留，不可则打发她去。若私下污辱，查出来，无论兵将，有功无功，一概斩首。那将官见这女子十分整齐，但怕军令，不敢私匿，只得带到大营来。

看看到了大营，将官进入禀道："小将奉命，到强思文杜二郎家，只有空房，并无一人。小将访问，俱说他两人把店中资本都花费了，私下逃走，不知去向，特此回复。又小将路上遇着过往女子二名，并行李牲口，带至本营，候主将爷发付。"景道与光祖听了就唤带来的女子进来审问。兵士即将二个女子押到主将面前。景道见这女子轻盈袅娜，就问道："你是谁家女子，从何处来？"那女子道："妾乃河南崔氏，名唤香雪，从京中回家。丈夫王昌年，现任刑部，与同年宋纯学共留京都。妾宁死不辱，唯将军鉴察。"景道闻道"宋纯学"三字，又曾闻大师说及王昌年的事，便道："既是□□夫人，且坐了。请问是那个宋纯学？"香雪道："是礼部宋爷，金陵籍贯，与妾的丈夫极其契厚。"景道对光祖道："原来是宋大哥好友的夫人，这个留她不得。"光祖道："可解到大师那边去，听她发落便了。"景道道："有理。"即着一将，领一支军，服侍王夫人，送进柳林。并禀揭一封，内中先说兵粮缺少并杜强两人逃避一事，后说"获得王昌年妻并侍女一名，专骑解来，伏候大师钧裁"等语。将士领命，押香雪与添绣解到柳林里来。

再说大师白从李在柳林整兵之暇，便将天书操演，真个挥剑成河、撒豆成兵，一切呼风唤雨之事，无不惊心骇目。又《白猿经》上有"神镜降魔"一法，从李依法炼成一面镜子，将它一照，那些天神来来往往，随你东西南北四方、百里之内、山川险要，俱照出来。人有来照的，若是武官，便现出盔甲，若是文官，便现出冠带，若是军卒便现出枪刀。只是从李自家照面，再不见什么，只现出一朵莲花来，心中不解，就将这镜子与天书藏在卧室内，时刻不离。

一日，外边传报程将军差官候见大师。从李听了，叫他进来。差官进见，呈上禀帖。从李将禀帖拆开一看，见说兵粮缺少，杜强两人逃走的事，吩咐差官着景道于各省店铺中取用，其杜强两人，缉获时即当枭首。又看到后面，说解到昌年妻并侍女，不觉大喜，速唤进来。

差官出去，催促小姐进见大师。香雪战战兢兢，走进内堂。从李一见，下堂迎接。小姐不知所以，正要跪下，从李拖住道："不敢劳动。"两边行了平礼。香雪抬头一看，倒吓呆了。从李笑道："小姐想是忘了我么？"香雪道："莫非就是入赘寒家的？"从李道："然也。"添绣在旁道："看大师相貌，好像我家的李姑爷。"从李道："添绣妹子还认得我。"香雪道："向日感承大恩，得全贞节。不想是大贵人，多多得罪。"从李道："小姐说哪里话。自从别后，日夜挂怀，后差小将候问，知小姐受祸皆因不才所致。随即寄信宋纯学，着他照顾，不知以后诸事如何。今日怎么到此？"香雪道："贱妾冤陷解京，幸遇圣恩释放，皆宋爷之力。不意归至途中，逢了贵营军士。解到此间。"从李又问："曾与昌年结亲否？"香雪道："未曾。"从李道："还有一桩喜，报知小姐，令尊也在这里。"香雪大喜道："果有这事？愿求一见。"从李即传谕崔世勋进来。世勋承命进入，看见小姐，两个抱头大哭。小姐道："自从爹爹总戎陕右，家内传闻凶信，意谓今生不能见面，岂料反在此处。爹爹可知去后家中大变，女儿百般困辱死里逃生？"世勋道："我因战败被擒，感大师恩德，得保余生。我儿你在家受累，我也略略晓得，总因焦氏凌逼你。我若回归必处置他。幸喜你表兄高登科第，这便是你终身之托了。"香雪又把解京亲见昌年并纯学行聘等事述了一遍。世勋悲喜交集。

从李令人备酒，与小姐接风。世勋拜谢而出。从李同香雪俱至内房，对坐饮酒。香雪道："贱妾初会大师，只道闺房美秀，不想是盖世英雄。今日重见尊颜，始知天下真有女中丈夫，当今世界，可谓二十四城全无男子矣。"从李道："小姐过誉，何以克当。"两人必说些闲话。从李道："小姐还记得月下联诗作《秋闺吟》否？别后常时想念佳句。今夕无事，偶思得几个好题目，以续秋闺胜事，求小姐援笔赋之。"香雪道："幽闺俚语，有污清听。既承盛意，敢不效颦①。且请教是何题目？"从李道："四个佳题。

---

① 效颦(pín)——此谓模仿。

第一是《织女催妆》,第二是《落梧惊寝》,第三 是《梦游广寒》,第四是《拟长门怨》。"香雪道:"果然好题。"遂提起笔,不用思索,一挥而就,续成《秋闺吟》四道:

### 织女催妆

经年离别梦犹猜,将近佳期望不来。

星转王绳①方系珮,月虚鸾镜未安台。

双飞钗燕归时集,小朵簪花剪处开。

又是促人更漏下,千金一刻莫徘徊。

### 落梧惊寝

万籁萧然露未干,报秋声入梦初阑②。

幽情欲作巫云化,衰飒偏从宫井寒。

孤枕断魂徒花蝶,向阳疏影不栖鸾。

静中叶叶凄凉韵,合谱高弦仔细弹。

### 梦游广寒

凭将残梦诉嫦娥,谁似惊心秋后多。

一曲唐官催玉漏,五更楚馆渡银河。

回鸾恰待归妆镜,跨凤争疑别绮罗。

依约断魂应不远,错抛情绪听云和。

### 拟长门怨

一入昭阳久闭春,舞腰消尽掌中身。

凤楼星转谁当夕,鸳瓦霜明独向晨。

强作笑啼都是假,梦为云雨却疑真。

自来不识君王面,总有蛾眉也让人。

小姐吟完,呈与大师。从李看了喜道:"幽情丽句,真个一字千金,小姐真可称仕女班头矣。"香雪逊谢一回。是夜就同在内房歇了不提。

却说程景道同李光祖合兵之后,东征西讨,降约许多叛寇,俱奉柳林节制。朝廷闻警,各省招募将才,纠合士兵,前来抵敌,被景道等一鼓而破,军势日盛。

------

① 王绳——星名。

② 阑——将尽。

　　一日，光祖与景道移营到别处，军马行到一带荒山，山中深广异常，远远望见山顶上有个古庙，相离约有二十里。此时军士饥甚，景道就令在山沟里打围，埋锅造饭，饭犹未熟，忽见前队打探的来报："前面有一支军马，各营但□进备。"景道道："不打紧，吃饱了饭杀完他便了。"光祖道："程爷你守中营，待小弟先去看看。"就领一队兵杀进山中。前面果然有一支兵马，屯扎在此。光祖引军直冲过去。只见那边军马分了五处，把光祖的兵裹在中间。光祖想道："这分明是五行阵，须从东南方杀出，不可走西北角金水休囚之地。"竟向东南尽力厮杀。可煞作怪，那队兵将，被光祖刀砍枪搠，杀倒了，又活起来。杀至日晚，四边昏黑，只有光祖一骑杀出东南。此时心慌，把马加鞭，望东而走。走了数里，但见明月穿林、乱石碍路，前面影影露出数间茅屋。光祖纵马向前，果然一个小村，那茅屋里透出火光。光祖下马，自己牵了，行到茅屋之下，把马拴了，遂轻轻叩门。内中走出一个老人，开门问道："客官何来？"光祖道："偶然迷路，欲借尊府暂宿一宵。"老人道："我看客官像个败将，莫不是从五行阵中逃出来的？"光祖道："老丈缘何而知？"老人道："且请里面坐下，慢慢告明。将军来路既远，必定肚饥，不知这乡村粗饭可用得些？"光祖道："极好，但搅扰不当。"老人道："不妨。"就到里面搬出鱼肉酒果，陪光祖同吃。光祖问道："此地何处？老丈尊姓大名？"老人道："此地叫做小柴岗，老夫姓胡号喜翁，家中只有一女，乳名空翠。这村中向来十分安稳。近日忽到一个道人，住在岗上古庙中，广通法术，千数里外，结成一个五行阵，人有犯他的，除了木方，再走不出，不知困死了多少英雄。这道人每日要村中供给，若不如意，立刻呼风唤雨，把草屋拆毁，所以人都怕他。老夫住在村尽头，又是寒家，幸喜得不曾侵扰。将军有福，出得五行阵，也算造化了。"光祖闻言，不胜疑惑。老人道："将军到此，也是天缘。昨夜老夫梦见天上落下一条金龙在门前，像有人斩他的一般，老夫领他藏避，后来忽变了白鹤。老夫不知何故，因此买些鱼肉，不意正遇将军。且宽住在寒家几日，再作理会。"光祖道："在下营务在身，岂能久留，明早就要告别。"老人道："将军虽有贵营，也不能即去，那道人四处结阵，见将军这等英雄，怎肯疏放。不如权住在此。"光祖疑心未决，吃完夜饭，就去睡了。是夜，景道不见光祖回营，如何寻觅，待下回慢慢说出。

# 第八回　惊馆梦桃树作良缘

话说程景道是日见光祖奋身独往，至日晚不归，心下着急，统领兵马，望前而来。看见光祖营内的兵纷纷逃避，见了景道禀道："前面不知甚么官兵，结成阵势，小的们冲杀进去，被他围困，连忙向东南杀出，只不见了李将军。小的们四处追寻并没影儿。"景道听了，连忙进兵。在月明之下，果然望见前边阵营甚是整齐。行到那边，火光影里，照出无数奇形怪兽。景道兵马吓做一团。自想："遇这怪事，不可轻进。"即时收兵回营。遂着一员将官，星夜赶至柳林，禀知大师。

将官领命，三日三夜赶进柳林。见了大师，备述前事。白从李大惊道："这是魔魔假术，小五行阵，犯他不伤，只被他围困，便饿死了。阴符有言，'以术破术，犯术者伤。以法解法，忘法者败'。光祖犯了邪术，速去救他。"遂取出宝镜，交付将官，藏匿胸前。叫他对景道说："将我这宝镜照定他营，须用火攻胜之。"将官取了宝镜藏好，急急上马，赶至景道中营，见了景道呈上宝镜，备述破阵情由。景道大喜，吩咐各官准备火器。

次早，引军而进。景道匹马当先，高捧宝镜。果真奇异，那镜里先现出许多神将，后放出一道光，直透那五行阵中。景道一看，那些人马都是纸做的，红红绿绿，旗号分明。景道识破邪术，即令将火球火箭放去。不上数刻，烧得那五行阵片甲无存。景道长驱直捣，全无阻隔。那山上庙中的道人，望见有人破他法术，便竖起号旗，急施邪术。景道赶来，见古庙前号旗摇动，知道作术的人住在庙内，遂纵马上山。忽草丛里跳出两只猛虎，景道的马看见恶兽便跳起来，把景道颠翻草里。景道爬起身，即取宝镜一照，这个猛兽也是纸做的，被景道扯来踏碎。也不收藏宝镜，双手捧定，赶进庙中。只见那道人被镜光射定，不及施法，急抢起双刀抵敌景道。景道藏了宝镜挺枪交战，不上二合，那道人被程景道刺倒，众军拥来，砍得粉碎。景道恐怕有同伴的人，挺着神枪，前前后后抄了一遍，并无半个，只有纸人纸马无数，景道尽行烧化。各处寻找李光祖，影也不见，只得收兵。思量光祖英雄，不知死在哪里，如今我孤军在此无益，不如暂归柳林再与大师商议，另图他处。主意已定，就令众军望山东来。

行了几日，渐近柳林，先差将官叩禀大师，或是归林，或是另行驻扎。从李闻知此信，令景道暂归柳林。景道得令，引军归林，进见大师，呈还宝镜，拜倒在地，自陈无功反失光祖之罪。从李道："光祖偶犯邪术，遂至失身。你曾将宝镜四处照他或死或生却在那里？"景道道："小将未蒙大师指教，不晓用镜，故此未知光祖何处。"从李道："可惜我前日急忙，不曾传授你。你今且去查点兵士，以待后用。"景道拜辞出来不提。

却说李光祖被胡喜翁劝住在家，一连四日。他女儿空翠十分美艳，每日收拾肴馔，甚是精洁，来来往往，也不回避。光祖少年心性，颇亦留情。那老胡为人诚实，与光祖甚觉相投，问光祖道："老夫连日不敢斗胆，请问将军姓名，是何官职？"光祖道："在下姓李名光祖，至于官职，看老丈是个诚信君子，料无恶意，不妨直说罢。在下因少时流落，感承山东莲大师极其知遇，不忍违背，现今统兵，俱是她节制。"老胡道："原来如此。但老夫有句忠心的话，未审将军肯听否？老夫看将军青年英俊，与凡夫不同，还该与朝廷出力，何苦抛妻弃子，奉事柳林。"光祖叹道："不瞒老丈说，大丈夫感恩之下便是千古知己，何肯相负。譬如当时飘零不遇，若非大师，死填沟壑，哪个肯怜念我，我所以不忍违背。至于家室，在下还没有。若再混几年不足成事，也愿如老丈长隐荒村。"老胡道："将军少年有此见识，可敬可敬。老夫少时性子亦不平顺，只因世无知识，所以隐居此地。如今老了，自拙荆去世，只有幼女空翠尚未许字①。前夜梦龙变鹤，得遇将军，应是吉兆。若将军不弃，愿将空翠奉事将军。将军以为何如？"光祖道："多谢盛情。但在下托身女大师，未免听她调拨，恐累令爱苦守青灯，并负老丈一片盛德，奈何？"老胡道："将军既出此言，足见忠厚之意。老夫与小女今日相订姻期，当等待三年。若将军三年不来，便是弃绝了。"光祖道："若得如此，光祖一生之幸，焉敢有违。"老胡大喜，另设酒席，款待光祖。即唤空翠出来，先行个小礼，俟后另择吉日方好成亲。光祖无以为聘，身边只带得金镶玉嵌的一把佩刀，即解下来赠与空翠。自此两个竟成翁婿之好。

忽一日，村中过往的人纷纷传说："小柴岗上住的恶道人不知被何人

---

① 许字——许佩。

杀了,他结的五行阵俱已烧尽,那阵中的兵马原来是纸做的,这样妖术,杀得好,杀得好。"老胡听得,述与光祖知道。光祖大喜,便要辞去。老胡又留一日。次日早晨光祖拜谢老胡并别空翠。光祖与空翠两个你看我,我看你,不觉情深。

光祖上了马走出村来,过了小柴岗,全不见一个本营兵士,连景道的营也不见了。只得餐风宿露仍到柳林里来。先叫兵士入禀大师,不多时兵士出来唤进。光祖进了内堂,拜见大师。从李道:"李光祖轻敌私逃,何以服众,按法当斩。"程景道、崔世勋等忙跪下道:"光祖偶犯邪术,原未丧师,求大师格外从宽,恕其小过。"从李道:"论起军法,本该重惩。既是各将军恳求,姑且饶这一次,改调前哨巡领。"光祖拜谢出来,仍旧小心统领众兵不提。

却说王昌年同宋纯学,先送小姐回去,过了数日,两人就同告假归家,一齐出京,径往河南省来。一路上两人说说笑笑,谈论时事,未觉寂寞。及行到开封,昌年仍旧如当初模样,将行李随从托纯学另寓一处,轻身走到崔家门首。有个老家人看见,说道:"王相公出去多日,今日才来。"昌年问道:"奶奶与小姐好么? 焦相公可在家否?"老家人道:"不要说起。自相公去后,家里闻得老爷凶信,一家忙乱。焦相公因学院斥退秀才,到京中去,说要买什么官做。家中奶奶把小姐赘了一个外路人,谁知这人是个强盗,官府缉拿,竟提小姐解入京去。奶奶近日上边又有文书来捉她,想是为前日的事,奶奶将银子央一乡绅说情,暂保在外。咳! 相公,当初老爷在日,何等人家! 不道弄到这般地位。"昌年听了,想道:"奇事,小姐已经归来,为何他还不晓得? 我且进去。"便走进厅堂,直到里面。焦氏看见,吃了一惊,说道:"你此时方来,一家变故甚多,你知道否?"昌年道:"方才门首见了老家人,他备述其事。请问香雪妹子何在?"焦氏道:"我为香雪这丫头几乎破家,此时不知死在哪处了。"昌年道:"当初姨夫在日,曾把妹子许我,哪个敢做主要她嫁人,弄得如此?"焦氏道:"啊呀,你还在梦里。自老身进了崔家,从不见你行一盒礼。今日香雪遇了事,你倒说起清平话来。不要说你仍旧模样,就是连夜做了官,我也不怕你。"昌年大怒,不别而行,即到纯学寓中,对纯学道:"奇怪奇怪,小弟到了家,全然不见小姐。问众人,俱说解京未回,年兄你道是怎样?"纯学道:"这却为何? 我与你同到那里去,再细细问个来历。"遂各乘了轿,随了许多人,先从府前经过,把名帖拜了府尊,即到崔家来。

焦氏听得外边有官府来,错认又来捉他,关紧房门,躲在床底下去。昌年与纯学下了轿,坐在厅上,唤那老家人进来,说道:"你进去对奶奶说:我王相公已做了官,这位是礼部宋爷,奶奶不要害怕,我只要问小姐的事。"老家人即到里边叫出焦氏。焦氏不得已,只得出来相见。宋纯学就说道:"王年兄是刑部官,他归家专为与小姐成亲。前日小姐在京也曾会过,半月前,已先送归,怎么此时还不在家?"焦氏吓呆了,一句也说不出。老家人禀道:"小姐委实不见归来。"昌年满心焦躁,对纯学道:"这怎么处?"忽外边传报本府太爷并县官来拜。昌年一概回了。四边邻里各人传说崔家的襟侄做了官,好不兴头。当时有个潘一百,闻得王昌年做了刑部,现在崔家,要那小姐。自想道:"我与昌年没有什么不好。至于小姐的事,他还不知详细。若被他盘问出来,我就要受他累了。不如趁他初到,迎接过来,奉承他一番,以后便坐得安稳。"主意定了,就差两个管家,拿一副盛礼,竟到崔家:"请王老爷到舍一叙。"昌年正与纯学商议,摸不出头脑,焦氏慌忙苦求,拜倒在地。昌年无计可施。忽见两个人跪在面前,呈上一副盛礼。昌年问道:"你是谁家来的?"两人道:"小的是奉潘老爷之命,恭贺老爷荣归,并请老爷过去一叙。"昌年道:"礼不必收,稍刻就来。"叫从人把名帖回了他的礼。打发两人去了。对纯学道:"小弟昏闷,这里也住不得。适才老潘来请,此人虽则铜臭,待我原不薄。弟与兄何不到彼处一坐。"纯学道:"承兄带挈,极好的了。"随即上轿,抬到潘家。

潘一百迎接入厅,各相见过,潘一百躬身道:"两位老先生,光临敝处,晚生不胜欣幸。"昌年道:"仁兄向时旧交,何必如此称呼,乞仁兄仍旧称呼方好。"潘一百道:"领教。请问这一位是何处?"昌年道:"这是敝年兄宋礼部讳纯学,金陵人。"潘一百道:"久仰久仰。小弟想令姨母家不可居住,两位若不弃蓬居,何不把行李搬来,小弟打扫荒园,暂留台驾,不识尊意如何?"昌年道:"极感的了。"老潘即差人搬二位老爷的行李来,吩咐备酒侍候。吃了两道茶,就同到西园厅上坐了,登时摆列酒席,极其丰盛。老潘道:"宋老先生江南才望,今日小弟简慢之极,幸勿见罪。"纯学道:"岂敢。承敝年兄带挈,造扰不当。"三人入席饮酒。老潘对昌年道:"小弟今日,一来请罪,二来剖白心迹。前年遇仁兄时所言崔小姐事,小弟实出无心,被焦顺骗了,近闻原归仁兄旧姻。但被此冤陷,仁兄在京为何不上本辩明?"昌年道:"小姐的事已经明白。只不知他出京回来又羁留在何处?"老潘道:"贵人福分,自然遇合。"此时,昌年忧闷,也无心吃酒。

正待换席,忽有一人汗如雨下,来禀昌年道:"小的承爷差遣,送崔小姐回家,不想来到半路,遇着一伙强盗,将行李牲口俱抢去了。小的被他打在草里,及爬起来,已失散了,小姐连轿子俱寻不见。小的星夜到京报知,值老爷已归河南,小的又连夜赶来。到了崔家,说爷在这里,故此来报。小的服侍不周,罪该万死。"昌年道:"这是遇了强盗,不干你事,你且去。"那人出去。

昌年此时,坐卧不安,就把席散了。老潘整备书房,与昌年纯学歇息,自己方进去。昌年对纯学道:"小弟所望小姐,意谓终成合璧,谁知又遭强盗陷害,今生想不能见面了。"说罢泪下。纯学为他叹息,又安慰一番,遂同去睡。昌年睡到半夜,再睡不着,只得独自起身。窗外月明如练,昌年到书房外来,行过花栏,转过竹径,到了一处短短粉墙,墙内高出一棵大绯桃树,桃花开得烂漫,但无从进去。昌年倚靠彩墙,想念小姐,恰像痴呆一般。不期天下一阵骤雨,昌年躲闪不及,被雨点打下桃花片来,落满一身,衣衫都打湿了。稍停一刻,雨霁云开,仍旧月色如银。昌年见落红满地,就将花片捧了两把,在彩墙上,将花汁写成红字,题诗一首。诗云:

庭院萧疏转曲栏,东风无力梦初残。

胭脂落尽深红色,莫种桃花雨后看。

昌年题罢,将诗只管吟哦。忽听得墙内有人娇声赞道:"好诗好诗,如此仙才,何患无良缘而感慨若是。"昌年听见想道:"奇怪,这更深夜静,还有人在花下,又是个知音的。"正当思想,忽外边早已鸡鸣,又听见里头说道:"郎君贵人,倘若有意,明宵仍到这里来,可以清谈片刻。今夕不及相会了。"昌年又立了一刻,寂寂无声,仍旧进书房去。

次日,许多乡绅来拜望,下午吃酒,直至更余。纯学醉了,竟去先睡。昌年思忆昨宵之事,不明不白。挨至更深,仍来看那桃花,越发妩媚。忽有一阵清香扑鼻,昌年不觉魂销,但看短墙上面,桃花之下,透出一个美人来。昌年抬头一看,宛若嫦娥,手折桃花一枝,赠与昌年道:"妾身潘氏,小字琼姿,家兄勉留台驾,妾恐简亵才郎,故此不惮露行,相期面会。"昌年受了花枝，忽想起香雪小姐流离飘散，不忍弃旧怜新，却把春心禁住，遂作一揖道："既是潘兄令妹，小生何敢轻犯，请进去罢。"那美人笑了一笑，也就下去。

昌年拿了花枝回书房来。适值纯学睡醒，说道："王年兄，何苦整夜不睡。"昌年道："年兄起来，弟有个喜信报你。"纯学当真起来，问道："有何喜信?"昌年道："小弟无聊步月，偶遇一个美人，极其艳丽，乃是老潘的妹子。待小弟明日见了老潘与兄作伐①何如?"纯学笑道："年兄差矣，弟若要联姻也不到此时了。弟于此事看得极淡，况且承老潘盛意，岂可想其闺中。"昌年笑道："好一个道学。至若小弟，此情便割不断了。"两个谈笑了一夜。

次日午前，老潘陪宋、王二位在西园散步，观看那亭台花榭，转折不穷。渐渐行至昌年题诗的短墙边，老潘便转过来。昌年道："潘兄，此处桃花盛开，里头还有什么好景，一发游遍了。"老潘道："这里边是去不得的。"纯学道："想是近内室了。"老潘道："不是，此处离内室还远。里头有一棵大桃树，向来繁盛，只因此树有个花神，亲近不得，所以小弟便锁起了。"昌年见说出"花神"两字，面色顿异。老潘道："王兄致疑，莫非宵来曾遇着否?"昌年道："不曾。"纯学道："我们正人君子，哪怕邪神。潘兄不妨领进去看看。"老潘就叫小厮里边取钥匙出来，转了一个弯，便有一扇小门，老潘开了小门，一同进去。果然一树绯桃扶疏②偃盖，落红遍地。两人赞叹不已。纯学道："如此好花，正该日夕赏玩，就有花神，见了弟辈，自应回避。今夕待小弟独坐此处，看是如何。"老潘道："既发此兴，不可无酒。"就立刻携一桌酒，共赏桃花。饮至日晚，纯学自恃英雄气概，不怕花神，就要住宿于此。昌年道："待小弟奉陪。"纯学道："兄来相伴，只道小弟怯弱了，请各就便。"是夜，当真独宿花前，打开铺陈，竟脱衣而睡，一觉直到天明。

清早老潘同昌年来看，纯学尚未起身，说道："何如? 弟说花神必定相避，果然昨夜并无半事。还是兄辈多情，未免惊动花神。若小弟愚直，花神方且厌弃，敢来缠扰。"三人大笑。纯学便起身要穿衣服。却又奇

---

① 作伐——做媒。

② 扶疏——枝叶茂盛，高低疏密有致。

怪,觉衣袖内有件东西滚来滚去。纯学道:"衣袖内不知什么?"摸取出来见一条汗巾,紧紧打一个小包,异香馥郁。昌年急忙解开,乃是一对碧玉鸳鸯,雕刻得极妙。纯学道:"这东西却是何来?"昌年笑道:"必是花神相赐。"纯学道:"小弟昨夜其实不闻些儿影响。"老潘把这玉鸳鸯看个不已。昌年道:"潘兄不必看他,这是花神的遗爱,敝年兄尚无年嫂,还要把那鸳鸯珍藏好了,以博一宵欢幸。"老潘道:"连日相叙,倒不晓得宋老先生尚乏佳期,怪不得花神作合了。"纯学笑道:"有何作合?"老潘道:"'作合'二字有个缘故。今日所遇甚奇,不得不说。小弟有个舍妹,小字琼姿,才貌也看得过,待字闺中,未曾婚聘。这玉鸳鸯,原是祖遗之物,舍妹常佩在身边。小弟里头,重门深固,就是苍蝇也飞不出。必定花神为舍妹执柯①,故取此玉以赠兄耳。"昌年见说,方晓得前夜所见,真是花神假装他妹子。私对纯学道:"这花神始初骗小弟,是欲与年兄周旋好事。小弟今日乐得做现成媒人。"纯学道:"吾兄姻事未成,小弟也无心议及此事。"昌年道:"弟之痴心,已成癖性。想吾兄不可无后,这段姻缘,必须速就。"纯学见说得有理,又且遭遇甚奇,只得允从,对老潘道:"承谕天缘,不敢违逆。但小弟客中无聘,奈何?"老潘道:"寒家得攀贵人,实出万幸,安敢论财。"昌年又从中赞成。老潘便去择了吉期,纯学只得行了聘礼。待到吉日,纯学穿了公服,竟在潘家结亲。合卺②之夕,纯学看那琼姿相貌整齐,满心欢喜。亲邻庆贺,热闹非常。只留下王昌年寓居西园。

　　一夜,昌年在书房独坐灯下,看些书史,忽想起小姐,叹道:"别人遇合,何等容易,独有我王昌年反反复复,再不得如意。"忽听得窗外有人行动,昌年道:"可是小厮,有茶点一盏来吃。"外边道:"茶倒没有,备得美酒一壶在此。"昌年想道:"又是老潘差人来致殷勤了。"遂开门一看,满天星光,望见前面几个人把手招他。昌年走去看时却不是人,原来是牡丹叶被风吹动。昌年笑道:"黑暗里认错了。"就问:"那送酒的在何处?"不想到在书房里应道:"在这里。"昌年走进书房,仔细看时,竟是一位美丽女子,香气芬芳,立在灯前。昌年看了,不觉神魂飘荡,因问道:"从何而来?"美人道:"郎君莫怕,妾即桃花神也。前宵讽咏佳句,故来相访。"昌年道:

---

　　① 执柯——做媒。

　　② 合卺(jǐn)——谓成婚。

"下官孤灯寂静，承神女相访，亦是韵事。但恐幽明①间隔，有所伤害。"花神道："妾乃紫姑山司花仙女，前生与郎君闺房恩爱尚欠一宵，妾因等待郎君，守此桃花之下。今宵完愿，即回山中矣。前见宋礼部文武全才，偶取玉鸳鸯与他玉成好事，亦是一段佳话。妾今携酒一壶，与君共饮一杯。"昌年道："下官得遇仙卿，不想是生前旧约，可见'姻缘'二字不能相强。"遂并坐，举杯共饮。花神道："妾闻郎君忆念香雪小姐，未审可要相见？"昌年道："香雪途遇强人，下官日夜挂心。若仙卿能使一见，感恩不浅。"花神道："小姐所居地方，妾恐泄露天机，不敢直说。今夜妾当助君一梦，到彼处相会。但日后无据，何以为凭？可将轻绡一幅，题诗在上，妾与君梦中致去，使小姐见了亦知郎君之情。"昌年大喜，即取一幅白绢，写诗一首：

> 一朵千金泣露斜，玉缄消息滞天涯。
>
> 瞢②听勿作西楼梦，怅望神仙萼③绿花。

昌年写完，后面又用名字印了。花神拿了诗绢，同昌年解衣就寝。床上美满幽香，不可细说。到了三更，一觉睡去。昌年的魂梦正像有人提携，随风逐云，顷刻千里。抬头一看，垂下万条柳绿，走到一间房里，四壁图书，一帘花草，香雪独坐其中。昌年一见便携手说道："小生那一日不念小姐，岂料住在这里。今日同我归去罢。我有一首诗，特送你看。"在袖里取出那绢，交付小姐。小姐道："我在此间，指望你来候我，怎么今日才来。前日要你做三件事，如今一件也不消了。"昌年道："此处幽静，并无别人，且与你亲近片时。"便把香雪紧紧抱住。香雪并不推辞。忽然一道月光照身上来。昌年觉得一阵寒冷，手便抱住香雪，心内宛如昏迷，连声叫道："小姐，小姐。"开眼一看，抱的乃是花神。花神道："郎君苏醒，渐次五更，妾要去了。千万保重，梦中之事后会有期。"昌年寻那诗绢，果然不见。便道："适才幽梦，深感引领，此刻又要分别。残灯未灭，两梦皆虚。以后独处，怎生消遣。"花神道："妾的夙缘，今宵已尽。但郎君经年后尚有一番惊吓。若见莲花残败，方脱此难。"昌年问道："可避得么？"花

---

① 幽明——阴间与阳间间。

② 瞢（méng）——目不明。

③ 萼（è）——花萼。

神道："这是命数当然,无从可避。"说罢,披衣而起。昌年亦起身相送。此时,天色微明,花神急欲别去。昌年不舍,把手扯住,两个跨出书房,早被狂风一吹,那花神阒然①不见。昌年手内只道扯住,谁想却是前夜赠的一枝桃花。昌年将桃花掷在地下,随风赶去。欲知如何,下回自见明白。

---

①　阒(qù)然——形容寂静的样子。

# 第九回　妖狐偷镜丧全真

却说昌年随风追赶花神,走了数步,不提防一个人劈胸撞来,倒把昌年一吓。原来不是别人,就是宋纯学,恐怕昌年冷清,清早出来看他。纯学笑道:"年兄孤寂无聊,小弟甚放不下。今早将欲何往? 莫非想着那一树桃花么?"昌年道:"岂有此理。桃花虽艳,终不若梦到罗敷,真足令人销魂也。但年兄宴尔新婚,为了小弟使香梦未终,有罪有罪。"纯学道:"弟岂恋新婚者。前日,若无年兄,也不干这样事。"昌年道:"这是正理。"

两人话得正浓,忽听见老潘喊出来道:"异事异事。"昌年与纯学同问道:"甚么异事?"老潘道:"小弟今早着小厮乘那露水中修整花树,不想那棵大桃树竟枯死了,你道奇也不奇。"纯学道:"当真奇异,可惜这等盛花不曾看完。"大家叹息一回。只见一个书童拿一盆热水来与昌年洗脸,昌年看了问道:"这小厮好像焦顺家里的爱儿。"老潘道:"正是他。他被主母打出来,偶然栖托弟家,连日差出去,不曾来服侍。"昌年道:"爱儿,你住在这里也好。"爱儿道:"小的被逐,我家相公也不知。求王姑爷说个情,带小的回去。"原来爱儿思想回家,是忆着那杨氏,故此相求。昌年哪里晓得,便道:"这个何难,不知潘老爷肯放你?"老潘道:"这本是焦家书童,若带回旧主,理所当然,有何不可。"

昌年吃过早饭,便领爱儿到崔家来。焦氏接见,小心奉侍,只愁他又提起小姐。不想昌年因得花神消息,不与焦氏计较,说道:"连日住在潘家,便晓得香雪妹子遇了强盗,尚不知如何下落。"焦氏道:"老身倒不知。"昌年道:"书童爱儿,逃走在外,我见他有旧主之念,特地带归。若有得罪处,不妨重治,他既小心,还是旧人好用。"焦氏因心中怕昌年,不敢不从,说道:"别个老身也不听,王姑爷说了,且收用罢。"爱儿磕了头,立在一边。里头杨氏闻知昌年送爱儿来,十分欢喜,出来相见,说道:"姑爷荣归,我们家里不成个规矩,真所谓'亲情疏失为家贫'了。如今姑爷不要把这一脉亲看冷了,仍在寒舍住罢。"昌年道:"多谢,改日再来看看。"就相辞起身上轿,回潘家去。自此爱儿依旧服役,以后爱儿在外做小生意,终身服侍杨氏,小心谨慎。这是爱儿的结局,以后不及再叙。

却说昌年回至西园,思念昨宵之梦,似真似假。但花神如此奇异,其言必定可据。只是他说经年之内尚有患害,颇生疑惑。且自放心下去。

原来,是夜香雪在柳林,睡到四更时候,梦见昌年徒步而来,把一幅诗绢相赠。香雪接住,欢喜不胜,告诉离别之情,被昌年双手抱住求欢。忽见月光直照进来,缠绕身上,香雪不觉惊醒。看官,你道昌年与香雪为何俱被月光所照惊醒?不知是夜昌年的魂魄被花神领去,不是空空做梦的事。那女大师原与香雪同睡房中,她的神通,本自灵异,偶然睡醒,觉得满房奇香,便疑心顿起,急坐床上,取出宝镜,那镜光照处,正如一轮寒阙,所以把鸳鸯好梦都惊散了。从李静坐片时,不见什么,仍旧将宝镜藏好。香雪梦醒,十分感念。天明起身,见枕边有一幅白绢,取来一看,正是梦中所赠的诗,愈加惊疑。就对从李道:"大师,妾昨夜有桩异事。自别昌年,到今几个月了,全无音信。不想昨夜忽得一梦,梦见昌年赠诗一首,这也不足为奇。今早枕边果然留下诗绢一幅,的真是昌年手笔,不知从何而来。莫非昌年有些不幸,他的魂灵送这诗来别我?"从李道:"我昨夜也有些疑。我睡醒来,觉得满房奇香,我即起来取宝镜一照,那香味也寂然了。不想小姐有此异梦。但小姐切莫忧愁,昌年若有不幸,宋纯学自然寄信报我。近日不见有书信来,必是无事。你且把诗与我看。"香雪送上诗绢,从李看了笑道:"才子佳句,甚是多情,只因小姐想念试真,故此鬼神有灵,送这诗绢与你。可见感通之理,无间幽明。"香雪道:"大师所说宝镜,是怎么样,可得看否?"从李道:"看看何妨。我这宝镜本《白猿经》上制炼成就,采取阴山白铜,按着天书法术造作的。首炼太清一气,次分日月两仪,质列三才,功聚四时,德具五行,声中六律,背有七星,旁有八卦,上彻九天,下通十地,降魔伏怪,变化无穷。"便从玉匣中取出,送与小姐。香雪一看,见镜中精彩动人,方晓得昨夜梦中被月光照醒,即是此镜所照。赞道:"果然宝镜,不可亵狎,请收藏了。"从李把镜收拾。小姐就写一首诗在绢后,以记所梦之异:

> 行雨行云少定踪,落花空怨五更风。
>
> 红颜梦里将为石,满地霜花泣翠蓬。

从李看诗赞道:"小姐幽情丽句,真足泣鬼惊神,怪不得昌年忆你。"两个说说笑笑,不在话下。

却说那宝镜原是灵异之物,惊动了一个妖怪,又添出奇事来。是时,天下盗贼托名邪教,煽惑人心,处处皆有。山东深州有一妖人,姓王名森,其子名王好贤,父子两人,惯喜邪术。一日王森没事,偶在田野中闲步,忽见一簇乡人,捉一大狐狸,捆缚得紧紧,正在此喧闹。王森走去一看,问道:“这是哪里捉的?”乡人道:“王哥,这狐狸原是个妖精,前日假装男子,到前村迷惑人家的女儿,又偷人家的东西,人要打他,他行走如飞,再赶不着。我们几个后生,大家算计买几瓶酒,烧一只鸡,放在草内,远远望他。这畜生生性喜酒,便来吃得大醉,被我们追去,正醉倒在一个大窟洞里,当下就缚住了。如今扛去,把他卖几贯钱用用。”王森道:“我今日要寻一件下酒之物,卖与我罢。我腰间有二百个钱,你们拿去分用罢。”乡人道:“二百钱太少。”王森道:“你若嫌少,明日到我家来,再与你一斗米。”乡人大喜。王森便将狐狸连索背去。

　　原来这狐狸炼成妖术,变幻莫测,只因生性酷好酒色,凡遇酒色之处,他便迷惑了,一醉之后,法术不灵,所以被乡人捉住。此时渐渐酒醒,却在王森肩上说起话来,叫道:“王哥救我。”王森听了,把他放下问道:“你这畜生,果然作怪,也会向人讲话。”狐狸道:“我不比凡兽,是石闾山积年修炼的,偶因酒醉被乡人捉了。你若放我,我当重报你。”王森一时高兴,说:“也罢,只是费了我二百钱。”便将绳索解开,狐狸拜谢而去。王森空手归家,忽听得厨灶下叫道:“王哥,我来了。多谢你救我。”王森去看,正是放的狐狸。狐狸道:“承你救我,无以为报。”就取灶上的刀,将自己长尾割一段来,送与王森道:“你拿这尾向人一招,当有一阵香,这见招的人便死心塌地归附你。我暂到石闾山去,迟几月再来看你。”说罢别去。那王森当真把狐尾招人,即有异香,人皆归顺。王森创起教门,唤作“闻香教”。日积月累,聚集多人,王森便是教主。隔了几日,狐狸又来,自称“山翁”,做他军师。一日,山翁对王森道:“闻得柳林女大师有一面宝镜,若得此,可以横行天下。你引兵扎柳林地方,我进去偷它来。”王森大喜,即引兵来,离柳林数里安营。山翁就变了一个少年,闯进柳林。

　　是日,李光祖巡察前营,看见问道:“你是何人?”山翁道:“在下近村隐士,特来拜见大师。”光祖疑他是个奸细,喝道:“什么隐士!”叫手下缚了。山翁道:“久闻大师雄才震耳,为何轻忽豪杰。”光祖着人先报崔世勋。世勋走来见了山翁,问道:“来意何为?”山翁道:“欲见大师谈些兵法耳。”世勋终是老将,看山翁一表人才,却是一双兽眼。原来妖兽变人,件件好变,唯有眼睛再变不得。世勋私下吩咐光祖:"好好押住,我去禀大师。"就进里头,述与大师知道。从李道:"定是妖兽,你出去斩他。"世勋出来,唤那"隐士"道:"大师无暇出堂,问你有何兵略。"山翁议论不止,世勋不与他辩,细细察他身躯,终是变化来的,自然与真身不同,便一手扯住,拔刀就砍。山翁慌了,卸下衣服,露出真形,跳起半空中说道:"今夜叫你全营士卒不留一个。"呼呼的乘风而去。亏得世勋手快,把那山翁尾上砍下一块皮毛。光祖深服世勋有见识,同见大师,备述其事。从李道:"今夜你们好生准备,待我取镜出匣,诛此妖兽。"

谁想这个妖狐是炼过邪术不怕镜光的,从李不知其详,只道一般妖兽,可以宝镜治得,这一夜便把镜子悬挂堂前。那山翁回至王森营中说道:"我欺那柳林里人俱是凡夫,不意有个老将倒有眼力,识破了我。今夜当用大法进去。"挨至更深,果然一道神光飞进柳林。也是合当有事,从李灯下看书,忽想起昌年,心中昏闷,呼几个侍女弹琵琶、唱小曲,闹满一房。从李陪香雪只顾吃酒,外边三将各处巡哨,想堂前有了宝镜,料那妖兽不敢进堂。岂知山翁之意为镜飞来,打从堂后钻到镜边,轻轻解了,一径取去,甚不费力。王森接着大喜。山翁道:"快些藏好,我还要进去。"王森道:"进去怎么?"山翁道:"我偷镜时,一人不知。见大师房里一个美人,极其艳丽,我如今乘此时再去看他一看,岂不快活?"这是妖狐的怪性,仍飞到里头来。

这夜程景道巡察无事,走到堂前,不见了镜子,报知大师。从李吃了一惊,各处搜寻,并无影响。遂披发敛装,照依《白猿经》行起法来,按住八方,差得六丁六甲、二十四将到营听差。恰好那妖狐正在堂前,被空中神将围住。当下程景道看见,把神枪便搠,妖狐应手而倒。从李见刺死妖狐,收了法术,把妖狐斩了三四段,只是不知宝镜下落。早有细作来报:"数里内,有个闻香教主王森结成营阵,这妖狐就是他军师。"从李闻报,就差程景道道:"明早出林攻杀。"景道领命。

次日清早领兵来战。此时王森不见山翁回营,甚是惊恐。忽闻柳林兵到,遂开营迎敌,大杀一场。景道猛勇杀够多时,怎挡得王森兵多,轮番接战,杀完一队,又添一队,把景道围困数重,准准①杀了一日。此时,大

---

①　准准——犹整整。

师安坐柳林,只道草寇易于剪灭,不曾把法术用出来,以致景道全军覆没,只剩一身冲杀出营。夜色昏沉,不辨前后,单身匹马,飞奔而去。

王森得胜回营,不胜之喜。其子王好贤备酒敬贺,父子两人吃得大醉。王森对好贤道:"山翁不回,谅必有失。你今把他昨夜偷的宝镜取出来看看。"好贤便拿宝镜,送与王森。果然光彩烨烨。原来王森不知宝镜来历,乘着酒兴,将它玩弄。谁知这镜是差遣神将的,被王森秽触了,宝光中现出天神,即刻将王森打死。那镜子正像一轮明月,从空中飞去,影也不见。好贤吓做一团,看见父亲打死,只得收兵退去。后来,闻香教中,失了军师,死了教主,渐渐分散,好贤又为官兵所斩,闻香教自此消灭,不在话下。

再说程景道战败,单骑退走,心下想道:"我今欲进前去,无处投宿,倘若遇官兵缉获,便不干净。欲要归柳林,又羞见大师。莫说败军之将理当斩首,就是承恩宽宥戴罪立功,也不是烈丈夫之事。"想来想去,进退两难。忽然叹道:"罢了罢了,猛虎失势岂能自全,不如仍旧归柳林罢。"遂拨转马头便走。

此时,更深夜静,微月朦胧,望见树林里一道火光。景道上前一看,乃是一个白须老者,独坐在林下,取些枯枝残叶烹茶。景道下马问道:"老丈这样更深为何在此?"老人道:"你是谁人?"景道道:"我是败军之将,匹马归营。请问老丈要到哪里去?"老人道:"你到哪里去,我也到哪里去。"景道闻他言语,又见他古怪清奇,不好再问,只得也坐下。那老人煮熟了水,烹起茶来,袖里取出两个茶盅,自己斟一盅,又斟一盅与景道吃,便问道:"将军此行,可是仍旧要到柳林去? 我想,不去也罢。"景道闻言,就问道:"小将与老丈素不相识,怎么就认得我是柳林里人?"老人道:"你的女大师还是我的徒弟,怎么不认得。"景道道:"原来是老师,失敬失敬。请教何以不去也罢?"老人道:"女大师是泰山涌莲庵真如法师的徒弟,我是真如法师的好友。当年女大师出山时,我曾传她一卷天书,要她救世安民。不想她出山兴兵构怨,这还算是天数。近闻她思恋一个书生,情欲日深,道性日减,上帝遣小游神察其善恶,见她多情好色,反责老夫付托非人。老夫故特来与她讨取天书,并唤她入山,全性修真,参承大道。你今要去做甚么?"景道道:"男子好色,有伤德行。大师是女身,怎么也叫是'好色'? 况恋此生,尚未交合,不过是干相思,有何罪过?"老人道:"情欲所起,男女皆然,岂有分别。但是一念感动,无论着身不着身,均是落了色界,天曹断断不容。"景道道:"依老师所说,难道夫妇之情也是不该的?大师孤身,也应有个配合。"老人道:"人间夫妇,原有恩缘,不可强求。你那大师,合犯孤辰,若有一毫夫妻之念,便犯色律。譬如世上愚民,干名犯义,出于不知,尚可稍宥。若是明理的人,也要干名犯义,这便是知而故犯,罪何可逃。"景道又问道:"小将一生专尚义气,我想,女大师深恩未报,正欲代她建功立业,安忍恝然①而去。"老人道:"将军专尚义气,自是好事。但古来名将,个个阵亡,有几个生还故里。你今夜若不听我言,不隔数年,恐无埋骨之地。"景道听到此际,不觉雄心消灭,放声大哭,拜倒在地道:"小将痴愚,求老师开一条生路。"老人道:"此去百里外,就是泰山白云洞,洞内有个全真隐士,与老夫相厚。你到其处去,帮他采药炼丹,自有好处。"景道拜谢道:"若得如此,小将大幸。必求老师写书一封,方好入山。"老人道:"这也不难。你叫什么名字?"景道道:"姓程,名景道。"老人取出纸笔,放在石上,点起火来,写道:

　　是心老人附牍

全真隐翁:途中偶遇一程景道,此人敛才返璞,幸收为炼丹弟子。月再弦,晤谢。不备。

老人写完,付与景道。景道接了,拜谢老人,又道:"某受女大师恩,愧无寸报。今欲弃去,于心不安。意欲写一封禀帖,求老师顺便带去,未知可否?"老人道:"有何不可。"就取纸笔与他。景道写道:

　　原管中营、督粮官程景道叩禀大师:自景道丧师,奔走投止无门,欲归柳林,甘心受戮。适逢隐士,忽警凡心。且念旧主深恩,不忍飘然长往。泣血拜书,望旌旗而遥别,痛心叩禀,瞻云日以长悲。伏愿大师保安玉质,慎守金精,迓②纯嘏③于将来,建奇功于莫暨。景道不胜饮泣依恋之至,并候宋纯学、李光祖、崔世勋三将军麾下,魂驰神契,不敢另陈。谨此拜别。

景道写完,安放石上,望柳林躬身四拜,号哭数声,然后送与老者。老人收了,飘然而去。欲知老人是谁,请看下回便知。

---

　① 恝(jiá)然——冷漠不在意的样子。

　② 迓(yà)——迎接。

　③ 嘏(gǔ)——福。

# 第十回　老猿索书消勇略

话说程景道写完禀帖，送与老者。老人收了，飘然而去。你道那老人是谁？原来就是以前授天书的白猿。他正要到柳林，不期遇着景道，有此一番事。那景道到此时，把马匹枪刀俱抛掷林里，大踏步而去。

走了一日一夜，到了泰山，访问白云洞，果然有个隐士，结草作庵在那里。景道走到门前，把门轻叩，便有一个童子出来问道："是谁？"景道道："访道闲人，求见尊师，乞烦引进。"童子开门，便领进去。只见那隐士蓬头赤脚，仰卧石榻上，见了景道，便说："你是何人？满身血腥之气，好像杀过许多人的，不要触坏我的丹炉，快去快去。"景道不答，拜了两拜，呈上老人书札。隐士细细看了道："既是他引荐，也罢。你可速往外边涧水里，把你衣服洗干净了，好来见我。"景道承命，即走向涧边。但见涧水细微，手捧不起，只得沿着那条涧，慢慢寻下去。

走了二三里路，果有一泓清水。景道把衣服尽数丢在水中。正待洗濯，抬起头来，忽看见无数恶鬼走来，也有二手一脚的，也有三头六臂的，也有两角狰狞的，也有满身污血的，内中有几个指着景道说道："这个人是杀我们的，正好与他讨命。"景道看了，全然不怕。又有一个鬼拿了石块打来，景道也不睬，只顾洗净衣服。停了一会，众鬼道："我们且去，明日与他计较。"就都散了。

景道洗了两件，还有一件小衣，看那涧水浑浊，再往下边寻水。望见一个女人走来，十分美艳。那女人道："客官在涧里洗衣不干净，我们离此不远，何不到舍下烧锅热水好洗。"景道说："我是修道的人，不劳你来缠扰。"女人道："这个呆汉，我好意帮衬你，怎么不知好歹。也罢，我有一包东西送你。"便将一个包放在景道面前，觉得一阵异香。景道头也不抬，净了衣，回身便走。女人拾了包，大骂而去。

景道回至庵中，看那隐士，还睡在石榻上，说道："景道，你倒有些道气。凡世人七情中，唯有爱、惧二者最易动心。你方才所遇，毫不动念，可喜可喜。"景道自想："方才之事，必是他试我的，真是个活神仙。"便说道："景道愿终身拜老师，为弟子。"隐士点头道："好好，你去屋后，树下有些石子,拾几个来煮我吃。"景道暗思:"石子如何煮得熟?我且依他。"走去拾了一二升,把水煮起来。不多时锅里香喷喷的。景道拿木瓢盛了,送与隐士吃后,自己也吃些,果然好吃。自此后,一心奉侍。又改一个道号,叫"胡景安",取景慕庵中隐士之意。每日不是采药,便是寻山果,快活不提。

却说柳林大师失了宝镜,郁郁不乐。又探知景道全军覆没,急差李光祖出林,王好贤又退去了,追赶不及,反失了景道,愈添忧闷。想目下气运不佳,不如差人护送香雪小姐先归河南,寻着王昌年,交付与他。就叫宋纯学取那昌年夫妇同到柳林来,了却心愿。营内有了李光祖、崔世勋两将,外面虽不成事,也好守住柳林,图个终身快活。算计已定,便来对香雪道:"小姐久留敝营,我心不安,意欲送归尊府,好与昌年结亲。但我有一段隐情,今日若不说明,恐怕小姐疑惑。"香雪道:"有何隐情,乞说明白。"从李道:"昌年人才绝世,不独小姐思慕,我的心上也是这样,故此着宋纯学与他纳监,今幸功名成就。小姐此番归去,永结连理,但不知我这段情意如何消释。"香雪道:"妾夫妇困厄飘零,皆赖大师恩庇。以后或是接大师回去,或是再到柳林,唯愿妾与昌年一同奉事大师,终身聚合。"从李道:"若得如此,极好的事。你成过了亲,即到这里来。"从李说罢,唤出李光祖,吩咐要送小姐归河南。光祖道:"昌年忆念小姐,时刻不忘。若送小姐回去,她两个恩深情重,一对夫妻,朝欢暮乐,怎肯再进柳林。大师不可把小姐放去,留她在此,做个奇货可居,然后寄信昌年,叫他到柳林来,方可结亲。小将料昌年不得不从,这是长久之策。"从李道:"你的话也说得是。"遂不遣发小姐回去。

忽见外营小卒进来传报,说:"外面有一个白须老者,要见大师,小的恐怕又如前日妖狐变化而来,不与他传报,他说:'你进去对你大师说说,我是涌莲庵里来的,她就晓得。'小的以此进来报知。"从李听得"涌莲庵"三字,吃了一惊,急忙走出。见那老人,两边行了礼,就请进里头坐定,便吩咐整备素饭。老人道:"莲岸,你一向平安?老夫自从别后,不觉几年头矣。"大师道:"感谢老师,别来许久,因军务碌碌,未遑①候问,有罪有罪。近日真如老师道力弘深,想法颜甚好,弟子疏失香坛,心甚不安。今

---

① 遑(huáng)——闲暇。

日何幸,得老师光降敝地。"老人道:"老夫今日此来,因奉真如法谕,邀你归山。此地不可久居,万勿留恋。"大师猛听得"归山"的话,自想:"出山以来,英雄盖世,正要建功立业,况且怀念昌年,心愿未了,岂可说这样寂寞的话。"便对老人道:"弟子一片雄心,未酬一二。今承真老师抚爱过深,容俟暮年,当弃绝人事,拜领宗教,目下恐不能如命。"老人笑道:"莲岸,你道英雄事业是做得完的么?千古以来,但见荒草堆中埋没无数豪杰,天地也有缺陷,人事岂能浑全。老夫今日也不好相强,任凭尊意。恐怕老夫去后,倘有不测,那时懊悔便觉迟了。"大师道:"多感盛情,容日后三思而行。"老人道:"既然如此,不必多言。老夫当日曾有一卷天书传授与你,只因这卷书,半年前老夫受了大累。紫府洞霄官忽差神将二员来,向老夫索取。老夫回复他传与世间英雄。丁神将去复,仙曹便将老夫降罚,道是所授非人,谪做酆都①土地,日逐与鬼卒夜叉做伴。老夫不得已与真如老师说情,甘愿讨还天书。仙曹准奏,还把老夫责了二十鞭。老夫自想修行一千余年,指望深入大道,不期为了这书,前功尽弃。你须速取出来还我。"大师道:"天书虽留在此,并未看熟,求老师暂缓一年,即当缴还。"老人道:"你若不取还我,我亦无奈你何。但恐天书未必能留,那时反为不美。"大师只是求他宽缓,不肯取出。老人道:"既是如此,我也不强你。"又道:"老夫方才来时,路上遇着一员将官,寄一封禀帖,要与你。"就在袖中取出,送与大师。大师接来,拆开一看,见是景道辞别的禀帖,内心忧闷,如失左右手。及至陪老人吃了素饭,老人道:"我正忘了一件事。老夫出山之时,真如法师曾把一个小包密密封紧,说千万寄与你。"便在腰间拿出,付与大师。大师接到,仔细一看,却是一个小封袋,上面写着:

真老人附寄莲岸,临难方开,不可轻看。

大师收藏了。老人珍重而别。原来女师莲岸,始初因要走遍天下,自己改名"白从李",一向相传俱是"白从李"称呼。今日被老人索取天书,叫出"莲岸"两字,若是一个没记性的看官,险些看错了。自后,那女师感念当时出身之异,仍复原名"莲岸",去了"白从李"三字,看官谨记。

当时,莲岸送老人去了,满心不快。自想:"景道逃亡,宝镜遗失,种种不利。如今又被那老人叨絮了半日,他要讨去天书。倘若此书一去,我

① 酆(fēng)都——县名,在四川。今作丰都。

便立脚不住了。"遂要差人，令宋纯学引王昌年到柳林来。又想道："无名小将出去不济事，必得光祖亲去才好，这营里有崔世勋老将，可以支持。"立定主意，即刻唤光祖来吩咐道："我也不写谕单，你一路小心，寻见了纯学昌年，叫纯学速引昌年来，并与他说明崔小姐等待之事。在外不可羁留。"光祖领命，出柳林而去。莲岸遂进内房与崔小姐闲话。

到了晚间，同小姐吃酒。忽闻得外营里一片声响，只见崔世勋进来报道："天上落下一火球，大如巴斗，各处乱滚。"莲岸恐怕惊坏小姐，携住她手，大家走到外面。一看，果见一个火球，一连滚来，直入她房里。莲岸便把小姐交付崔世勋，自己绰了双刀追至房前。只见那火球忽然分开，内中现出两条金龙，张牙奋爪把住房门。又跳出一个白猿，竟进房中，取了藏天书的玉匣，飞腾而去。那火球也就灭了。

莲岸呆了半晌，丢下双刀，来寻小姐。仍旧进房，长叹一声，对小姐说道："我自出山以来，千军万马，凭着这卷天书，横行四方。不意今夜火光中连匣飞去，此天亡之兆。从此以后，一心只想昌年到来，为固守之计，不复再图外事矣。"小姐道："大师安心，古今成大业者，岂必尽有天书。不妨打起精神算计下去，再作理会。"莲岸闷闷不乐，按下不提。

却说焦顺被老潘出丑之后，与焦氏商议，进京谋袭世勋的武职，遂带了银子行到京中。不期察访王昌年中了进士，现居刑部。他两个平日间极不相投。焦顺想道："昌年既做了官，岂无多少同年①在各部里，我若要袭职，他心上怎肯。只说我不是崔家嫡子，便永世也袭不成。不如寓一个僻静所在，等待昌年转了外任，我好出头，无人拦阻了。"打算停妥，就在京城外边寻一寺里作寓。这寺叫做"普净寺"，不多几间屋，甚是幽静。寺里一个住持，又有一个小徒弟。住持法号"四静"，生平惯喜结交光棍，所以京中光棍大半在普净寺里做巢穴。

一日，焦顺寻寓，走进寺中来。四静接住问道："居士从何处来？"焦顺道："小弟姓崔，是河南人，先父陕西总兵。小弟到京袭职，因有事羁迟，要寻一间寓所，多住几月。"四静道："原来是一位袭职的爷，贫僧失敬了。若要寓所，何不就下此处，再不敢与爷计论房金，只要爷做官后时常青目。"焦顺道："岂敢，房金决不短少。"四静大喜。便打扫一间侧屋，将

_____

①　同年——指同一年中进士的人。

行李放好,连忙去整夜饭,管待焦顺。不多时,把大鱼大肉排在桌上。焦顺道:"何须多费,老师也用酒么?"四静道:"贫僧酒便吃些,荤倒不戒。今夜这留,多慢多慢。贫僧明日还要特设相叙。"焦顺原是个酒肉之徒,说声"多谢",两个猜拳掷骰①,吃得大醉。自此以后,甚是相契,不是你请我,便是我请你。焦顺又要卖富,说有多少家财,带多少银子,袭了职,便可做总兵做提督,指望和尚加意奉承。谁知这四静是极爱财的,听了这话,内心甚喜。

过了几日,有两个光棍来看他,一个叫做"袖里剪",一个叫做"眼前花"。四静看见,便扯进房,说道:"正要寄信两位来,有一个好主顾在此。"袖里剪道:"是何等人?"四静道:"是一个袭武职的相公。"眼前花道:"既是要袭职的,必定京里有几个官儿相熟,不可轻易弄他,须用软绳绊他。"四静道:"有理。"三个就算计如此如此,方可弄得。四静大喜,两个光棍别去。是日,焦顺在外闲耍,傍晚回来,见四静做佛疏,就问道:"老师做什么?"四静道:"明日有一家施主,要做一日功德。说起来也好笑。"焦顺道:"做功德有甚好笑?"四静道:"有个缘故。近边有一个财主,家甚富。半年前讨一个小奶奶,不想他大奶奶极其妒悍,终是吵闹,这老爷便气死了。明日他家小奶奶做些好事,说又要请三个道友,与贫僧四众,念经拜忏,还要带累爷吃一日素。"焦顺道:"这个何妨。"四静道:"还有一句,那小奶奶是私下做功德,爷不要与人说。"焦顺道:"自然。且问这小奶奶自己可来?"四静道:"贫僧回她小庵狭窄,不必来罢,她却要来看看,恐怕众道友不至诚。想是她趁着大奶奶不在家,也喜出来走走,正是少年心性。"焦顺笑了一笑。

果然,次日四个和尚敲钟击鼓,念起经忏。挨到傍晚,只见一乘轿子,随了一个梅香,又一个家人,竟进庵来。下了轿,却是一位绝美的女子,年纪有二十多岁,淡装素服,先拜了佛,又谢了众和尚。四静忙请到佛堂后吃斋。焦顺一一看在眼里。那女子叫家人私下不知说什么话,随即打发回去。焦顺见只有二个女客,就走过来。梅香道:"这是何人?"焦顺正要开口,看见四静,便走开一边。四静道:"我倒忘了。"就说道:"奶奶,这是河南崔爷,寓在小庵。"女人便立起身道:"在河南哪一府?"焦顺见问,缩

---

① 骰(tóu)——即骰子,俗称色(shǎi)子。

转身来，作两个揖道："敝居开封府。"女人道："造化，今日遇着个同乡的人。"焦顺道："奶奶住这里，怎说是同乡？"女人笑而不答。焦顺停了一刻，就走出去。挨到黄昏，四静铺灯施食，忙做一团。焦顺走入走出，看那女子，眉来眼去，甚有意思。忽见晚间回去家人急忙走进来，对女人道："大奶奶回家了，问起二娘，我回他舅爷那边去，明早便归的。二娘且不要回来，暂借这庵里住一夜，明日早晨私下叫轿子来接。我恐大奶奶盘问，先要归家了。"女人道："晓得了，你去罢。"焦顺听得大喜。稍停一会，功德做完，化了佛马，三个和尚相辞去了。四静亲自上灶，收拾夜饭，未曾备得停当，外面有人敲门甚急。四静忙走出来开门，但见两个着青衣的，一把扯住四静道："快去快去，老公公等着你去做功德。"扯了便走。四静道："慢些，小僧还不曾吃夜饭。"那人道："那个等你，怕没有夜饭吃？"四静见他催慌了，对焦顺道："崔爷，庵里没人依你照顾。贫僧恐怕老公公留住，今夜不得回来。"说罢，急急出门。

焦顺把门关好，想道："好机会，四静被太监请去，庵里无人，恰好这女子在此，不免与他说些话。"便走进去，见那女人道："方才佛事热闹，不及请问奶奶何家宅眷，又怎么与小生同乡？"女人叫梅香道："师父不在家，你到灶上去收拾夜饭，那位崔爷既寓这里，就一同吃饭罢。"梅香领命而去。女人对焦顺道："崔爷请坐。妾幼时亦是开封人，因家道衰微，流落到这里，失身为妾，今又遭此家难。"焦顺道："奶奶青年美貌，小生有幸，今夜相遇。请问尊庚有几？"女人道："贱庚二十有一。久别家乡，也想回去，只没有个便人。崔爷既是同乡，不知可肯带挈使妾终身有托否？不瞒爷说，我家的主翁存日，颇有所遗，二三百金妾是拿得出的。"焦顺看见她少年美貌，又有奁资①，十分欢喜。两个吃了夜饭，你一句，我一句，大家话得高兴，也不顾什么和尚寺里、神佛面前，两个便做起好事来，紧紧搂住。女人对焦顺道："妾于此事，疏失已久，可速到床上去，方得尽兴。"焦顺听了，抱她到自己房里，两人扯下衣服，钻在被里，你贪我爱，快活不了，弄了一夜，说不尽许多肉麻的话。

到了天明，外边一乘小轿，随了一个家人，候那女子回去。女子掩泪而别。焦顺见那女子去了，想道："天下有这样天缘。一凑便着，她愿随

---

① 奁(lián)资——嫁妆。

我归河南，又说贴我多少银子，我就不袭武职也罢了。"到了上午，四静回来，见了焦顺说道："昨夜被老公公留住，失陪崔爷。只不知那小奶奶如何去了？"焦顺道："她住不多时就有轿子接去。"四静道："这等方好。"焦顺道："我想那小奶奶少年美貌，决然守不定的，老师何不与我做一大媒。"四静道："崔爷没正经，功名大事不去料理，想这闲花野草。我贫僧是出家人，说不得这话。"焦顺大笑，就不开口，只是一心想着那女子。到了晚间，看见梅香又来，提一盒果子，送与四静。又一个小包，私下送与焦顺，说道："我家二娘，约崔爷今夜过去，黄昏时候，到前面大树下等我。"言讫，急急走到佛堂，致谢四静，就回去了。焦顺进房，解开小包，见是白银两锭，汗衫一领，焦顺大喜。果然到更深，只私到大树下，梅香等在那里。即便携手，走过半里路，见一大宅子，转到后门进去，弯弯曲曲，走到一间房里，女子艳装丽服，金镯金钗，妆得极好，接住焦顺。梅香暖起酒来，两个同吃。吃罢，收拾上床，尽兴绸缪①，十分得意。女子叮嘱焦顺："我必要嫁你，你但出些财礼，我日后赔补，一毫不费你的。你日里切不要这里来，恐怕有人疑心。倘有消息，我自叫梅香约你。"焦顺一一承顺。将次五更，两个起身分别，梅香仍旧领出后门。

　　焦顺清早到庵中打点要娶他，适值四静又出去。到第二日午后，四静拿了疏纸又带了素菜回来，对焦顺道："贫僧昨日在老公公家做了一坛功德，明日前村旧施主又要在小庵念一日经，这几日，贫僧不得一时清闲。"焦顺道："那旧施主可是前日拜忏的么？"四静道："正是。明日是她大奶奶做好事。"说罢，就去写佛疏、办素菜，直忙到深夜。

　　次早，仍是四个和尚念经，吃过昼斋，那大奶奶来了，好一个胖妈妈。焦顺张了一张，不见些人，便坐在房里，听得外边有几个人讲话。稍停一刻，四静走来，焦顺问他佛堂里什么人讲话，四静："是前日念经的二娘，大奶奶要卖她，又恐家里有人议论，竟叫那个买主到小庵来议论。那一家又是极讨便宜的，银色太低，天平又轻，大奶奶不肯，故此两边争执。"焦顺闻言，心内突然一惊，问道："老师可晓得他多少财礼？"四静道："听见说三百金。爷你可知道，这位二娘手里，倒是有东西的。"焦顺道："既如此，就烦老师对他说卖与我罢。"四静道："这样事贫僧不去管他。"

---

① 绸缪（chóu móu）——犹缠绵。

焦顺心火勃发，竟跳出来。只见三个人，同了大奶奶，正在此争长论短。焦顺看内中一个像是媒人，就把手扯过来，问他详细。那人道："自我做媒以来，再不见有这样悭吝。我今不要媒金，大家撒开倒干净。"焦顺道："大哥，小弟是极忠厚的，随你说多少银子，代我成了罢。"那人道："若然如此，极好的了。只要现银，今日就成。"焦顺道："便是这样。"那人即去与大奶奶说知。奶奶道："他若出三百金，还我好银子，准天平，就许他。"焦顺诸事从命。这一家要买的还来争夺，被奶奶乱嚷一顿，含羞而去。做媒的便向焦顺说合，焦顺倾箱倒笼兑出银来，大奶奶如数收了，又添上媒金三十两。奶奶道："看这位崔爷，是个好人，明日可到舍下来与二娘成亲，就住在舍下，待袭了官，一同回去。"焦顺暗喜。看看日晚，四静完了佛事，众人都散。

　　到了次早，四静道："焦爷恭喜，今日有新奶奶了，行李不妨留在小庵，停一日来取。"焦顺谢了四静。忽见梅香来请焦顺，便同梅香仍旧到那大宅子后门，转进几处，原是一个大花园，在一间花厅坐下，梅香走进里头。焦顺呆坐几时，并无人出来，早饭还没有吃，腹中饥了。各处张望，只见花柳参差，湖石层迭，并无一人。焦顺又转过几间书屋，东封西锁。焦顺大叫几声，杳无回答。焦顺着忙，急急走到后门，也锁住了。挨到日晚，外边几个青衣大汉开门进来，一见焦顺便骂道："什么蛮囚娘的，私到里边。"焦顺道："你家大奶奶受我的聘礼，把二娘卖我——"说未完，被那人劈面打来，骂道："你这贼徒，向人乱话，什么大奶奶小奶奶，这是吏部张老爷的花园，谁敢住在此处！扯他到衙门里去。"三四个人，拖拖拽拽，一顿乱打，推出园门。焦顺没奈何，走回庵来。原来庵里的行李铺盖，卷得罄空，各处找寻四静，全无踪迹。焦顺又气又饿，知道遇了歹人。无处安身，幸喜身边还存下几两银子，做了盘缠，只得回河南去。原来四静与一班光棍做成骗局，这二娘大奶奶但是娼妓假装的，焦顺痴呆，堕其计中。要知焦顺如何回去，再看下回。

# 第十一回　柳营散处尚留一种痴情

　　却说焦顺行至彰德府，盘缠用尽，只得沿途叫化①。夜间无处投宿，见路旁一个古庙，就走进去，看见庙中有两人在里头。两人问焦顺道："兄从那里来的？"焦顺道："小弟从京中来，要到开封去，因□了盘缠，不能上饭店，今夜要借住一宵。"两人道："我们也是借住的，此间没有和尚，只是个空庙。"焦顺听了，就与两人同宿在庙中。不想睡到五更，庙外走进数人，把焦顺与那两个不问情由俱索住了。焦顺还与他分辩，众人道："我们一路缉访，恰好在这里。"索了便走。你道为甚缘故？不知这两个是强盗，众人是捕快。这强盗就是柳林中私逃的强思文、杜二郎，因前花费资本，被程景道差官要钱粮，他两个私下逃走，后来无计可施，就在荒野处打劫。河北捕快，细细缉访，到庙中捉住，立刻解到府中。知府升堂，捕快带进，知府喝叫夹起来。两人招道："小的叫强思文，这一个叫杜二郎，是柳林大师的手下。礼部宋纯学也是好友。"知府道："那一个是谁？"强思文道："这是昨夜同寓庙中的，不知他姓名。"知府也叫夹起来。焦顺禀道："小的开封府人。父亲是百户，陕西阵没。小的进京袭职，不期遇着歹人，把行李盘费拐去，所以孤身回家。昨夜借宿在庙中，并不晓得这两个是强盗。"知府道："可有承袭文书么？"焦顺道："文书在行李中，一齐拐去。"知府细细盘问，见他说得凿凿有据，就当堂释放。焦顺放后，叫化到家。焦氏与杨氏埋怨一番，焦顺含羞忍耻，同了杨氏并爱儿寻一僻静所在，耕种为活。改了姓名，叫做顺翁，隐避终身，不在话下。

　　却说强思文、杜二郎既已成招，知府即日申文达部。部里具题说盗招内有宋纯学一款，并波及同年好友王昌年。这是何故？因前日有个显官，要招昌年为婿，昌年不肯，故有此祸。

　　奉旨：强思文、杜二郎系属叛党，该抚臣即时处决。其宋纯学王昌年即行提究。

---

　　①　叫化——乞讨。

　　部臣接出旨意，即着缇骑①到河南来不提。

　　却说宋纯学自从入赘潘家，与王昌年日日寻花问柳，作赋吟诗。一日，两人正在厅上闲话，忽见家人来报："本府太爷并县官俱来，要见宋王二位老爷。"两人不知其故，即忙整衣出来迎接。乃是朝廷缇骑，同着县官特来抄捉。昌年详问缘故，方晓得柳林事发，杜、强两人招攀出来的。潘一百合家惊恐，纯学道："你们放心，我与王年兄俱是朝廷臣子，岂因一二小人仇口欺诳，有何证据认以为真，我到家自然辩明。"遂收拾行装起身。琼姿掩泪而别。昌年惊叹花神之言以为奇验，倒安心乐意，一同进京。两个解到京里，俱发刑部狱中。两人连夜出疏，辩明冤枉，大约说仇口陷害之话。

　　奉旨：宋纯学、王昌年既有叛党口供，俟获逆首莲岸，查明具复。

　　两人在狱闻知此信，便商议要差人到柳林通一信息，又无人役可以付托。正在踌躇，忽有一人进狱，来看纯学，乃是柳林李光祖。原来光祖自奉莲岸之命即到开封，访问纯学昌年，方知为盗案牵连，被逮进京，就星夜赶到京都。两人已进狱里，光祖即将使用，知会狱官，进来面会。纯学接见，备述其事。光祖道："盟兄陷害，且静坐几日，待小弟即刻归林，回复大师，另寻计策。"纯学道："大师近日所做何事？"光祖道："近日柳林中比前大不相同。"便把妖狐偷镜、白猿讨书并程景道败阵入山，细述一遍。纯学叹道："当初指望共成大事，不想遭际如此。如今盟兄出来，是谁总领营务？"光祖道："是老将崔世勋。小弟正忘了，奉大师吩咐，要与王兄说明，香雪小姐久住柳林，崔世勋就是他父亲，小弟此来，专为请二位长兄进柳林去。目下如此，当另图良策。"纯学道："王年兄一向思忆小姐，今有确信，极好的了。"就同到昌年房里，细述来意。昌年听了大喜道："姨夫与小姐安然无恙，这是莫大之喜了。但小弟今日身子被禁，不能前往，奈何？"光祖道："仁兄放心，小弟回去，自然竭力商量，决不使二位兄长受累。"昌年道："感谢盛情。但事在急迫，不可迟缓。"光祖道："这个自然。"说罢，辞别出狱，急忙赶路。

　　不隔数日，到了柳林，即入里头，拜见大师，把纯学、昌年被害情由并题疏批发等事，细细说了一遍，"望大师急速计议，救此两人。"莲岸闻言，

---

　　①　缇骑(tí jì)——古时当朝贵官的前导和随从的骑士。

吃了一惊,沉吟半晌,说道:"这怎么处?我若兴兵前去,又恐胜败未定,朝廷见我兴兵,倒把两人认实了。我若把银子去各处挽回,万一照定疏稿上意思,俟获我时查勘明白,那个肯担当?"左思右想,俱不停妥,只得走至房中,说与香雪知道。小姐闻得昌年犯罪,啼啼哭哭。莲岸安慰一番,走出房来,又打发各营头领分路打听京中消息。

原来,宋纯学在狱中画下一计,央及同年好友特上一本,本内说:"各省贼寇俱系良民,向为饥寒所迫,遂至啸聚山林。如下明诏免其死罪,四处招安,则兵不血刃①而贼可消灭。"这明明是激动柳林使其归顺,纯学、昌年不辩自明的意思,且待脱身出来再与大师另议。果然朝廷议抚,如陕西一路,降寇"小红狼"、"龙江水"、"掠地虎"等,督抚给牌免死。

柳林头领打探这个消息报知大师。莲岸正无算计,听得此事,便与李光祖商量,欲照例归顺,救纯学、昌年出狱,取此两人,再纠合兵马,以图后着。光祖道:"不可,倘一时失势,反被别人牵制,那时便难收拾了。纯学、昌年还宜另计申救。"莲岸想念昌年,一时无措,只要给牌免死,弄他出来,就对光祖道:"我主意已定,你若不从,任凭你自立营头罢。"光祖道:"大师若决意要归顺,可惜数载经营,一朝分散,小将也学程景道长隐深山了。"

莲岸又唤崔世勋斟酌投降一事,世勋道:"大师要行,老夫是不可随去的。前日老夫败阵入林,倘与大师一齐投顺,朝廷理论前丧师之罪,势必不赦。不如待大师先去,老夫随后领一支兵马,只说转败为功,朝廷或可鉴谅,就是大师,以后也有退步了。"莲岸点头道:"所言极是。"当日便定下降书,率领各营头目,就与香雪分别。香雪道:"大师,此后必定仍聚一家方好。"莲岸道:"我正为此意,所以把一片雄心丢开了。"遂收拾行装,多带金银,以备进京使用。

李光祖进堂,见了大师,拜倒在地,放声大哭,说道:"大师珍重,小将不及追随,来生愿为犬马,再报厚恩罢。"莲岸也哭道:"几年相聚,本不忍分离,无奈时势如此,不得不然了。"光祖哭别女师,单枪匹马而去。

莲岸就出了柳林,知会山东抚按。抚按出了文书,押送进京。部里闻知逆寇莲岸率领所属将校到京投降,连夜具题,宋纯学、王昌年亦具疏申

---

① 兵不血刃——指不用武力。

辩,俱奉圣旨:

> 宋纯学既已辩明,但事涉逆党,着革职为民。王昌年放归,另行调用。其女寇莲岸,着刑部即时枭斩。士卒分拨各官安置。独斩元凶,以儆叛逆,余皆赦宥,以全好生。该部知道。

部臣奉旨,即时施行。先释放了纯学、昌年,然后分拨柳林将校,随着军营安置。押锁莲岸,枭首示众。莲岸出其不意,虽有银钱无从解救,自悔不听光祖之言,致有今日。猛然想起真如法师附寄一封,说临难方开,急取出拆开一看,乃是一丸红药,内中写道:

> 仙府灵丹,可以假尸遁避。

莲岸即时吃了药,听凭押至市曹。及至斩时,刀至头上,全然不痛,正像有人提他,莲岸乘势跳出法场。回头一看,见一个女人,身首异处,横倒在地。莲岸大惊,放开脚步走出京城。自想:"此去竟到河南,少不得昌年归家的。"可煞作怪,脚下行步如飞,全不吃力。

走了三四日,到了一座大山,也不辨什么地方。忽见一个老人行来,莲岸细看,却是讨天书的老人。老人道:"莲岸你来了,前日若非真如老师附寄灵丹,这一场患难怎逃得过。"莲岸道:"老师怎么在这里?"老人道:"特来候你。你如今要哪里去?"莲岸道:"要到河南去。"老人道:"你又痴了,路上缉捕甚严,如何去得? 此处不住,还要寻死?"莲岸道:"此是何处?"老人道:"这就是涌莲庵的路径,你随我来。"莲岸连日昏迷,恍然惊醒,不觉哭道:"我莲岸数载沉迷,终成一梦,可惜王昌年不曾见他一面。如今也罢了,且到真如法师那里去,拜谢他活命之恩。"老人道:"莲岸,你只为恋着那个书生,致有今日,我劝你把这念头息了。自古英雄,往往为了这'情字'丧身亡家,你道这'情'字是好惹的么。"莲岸道:"老师,天若无情,不育交颈比目,地若无情,不生连理并头,昔日兰香下嫁于张硕,云英巧合于裴生,哪在为莲岸一个。"老人道:"我今若与你辩,你还不信,直等你在'情'字里磨炼一番,死生得失备尝苦况,方能黑海回头。"两人一头说一头走,不觉渐近涌莲庵。老人道:"莲岸,请自进去,老夫有事,不及奉陪。"言讫去了。

莲岸自想:"这门径冷冷清清,岂是我住的。既已到此,不免进去。"走一步,叹一步,行到法堂,见真如法师端坐蒲团,兀然不动。莲岸先拜了佛,然后参见法师。真如开眼看见,说道:"莲岸,我道你但知去路,忘却来路。今日仍到这里，可喜可喜。你且把从前的事，说与老僧知道。"莲岸道："自莲岸出山以来，散财聚众，纠合豪杰，兴兵十万，雄踞一方。又尝遍游名山，穷历胜地，救佳人之全节，扶才子于登科，花柳营中，血溅旌旗之色，笙歌丛里，酒酣诗赋之坛。方将名震千秋，岂料身亡一旦。"便长叹道："咳！这是莲岸自己要降，非战之罪。"真如道："好个女英雄，如今待怎么？"莲岸道："拜见法师，暂借山中住几个月，再作理会。"真如就叫侍者打扫一间净室，送莲岸安歇不在话下。

却说宋纯学、王昌年，初出狱门，忽闻大师已斩，申救不及，私下大哭一场，罄悉资财，买嘱上下，领了尸首，好好成殓，便拣一处荒山与她安葬。葬完，两个设酒祭奠，哭倒在地。致祭后，两个就携些祭品，暖起酒来共饮。纯学道："小弟受大师深恩未报，今日被难，又不能申救，尚何心绪再恋红尘。只是家有少妇，未免摆脱不得。专待送年兄归去，寻着小姐，完了亲事。小弟黄冠野报，做一个闲散之人罢。"昌年道："小弟此心，亦与年兄一般。只不知小姐既在柳林，近日俱已投降，为何反无音耗？"纯学道："或者归河南亦未可知。"昌年道："如今看起来，凡事皆有定数。前日小弟遇那花神，她说半年内有难，若见莲花残败，方可脱身，小弟此时，不解其说。直至大师遇害，方悟神言不谬。"纯学道："天机微妙，有难测度，总是顺理而行，决无差失。"

两个拜别坟墓，取路趱①行。一日起身太早，忽见一阵狂风，飞沙走石，对面也看不见人。但听得空中有人喊道："前途有难，不可不避。"纯学兜住牲口，停了一个时辰，恶风已息。回头一看，不见了昌年并几个仆从。纯学慌了，四处找寻，全无踪影。又恐他冒风先行，遂急加几个鞭子，赶上前去。各处寻觅，并不见影。心下正在疑惑，忽见前面无数兵马杀喊而来，顷刻之间，几个仆从俱被杀了。纯学虽则书生，但是柳林豪杰，那些枪棒也习惯的。看见势头太狠，索性出其不意，钻到兵马之中，扯下一个兵来，三拳两脚打倒在地，夺了大刀，腾身上马，杀出一条路。所有行李牲口，俱失散了。纯学一身走过二三十里，想道："果是大难，若昌年遇此，也不保了。"

你道这是什么兵丁？原来是柳林的兵马，因女师去后，崔世勋领了兵

---

① 趱（zǎn）——快走。

马，竟进京来，特上一本，说世勋初因妖术被擒，今能剪灭柳林，统领将士，仍归朝廷，以俟效用。朝廷批发，崔世勋丧师失律，本该重处，姑念前功，免其一死，仍削原职。其所统柳林兵卒，着兵部分拨各省。世勋免死，同小姐竟回河南。那些兵马，不肯调散，仍旧结党，负固不服，逢州过府，肆行杀掠。

那宋纯学单身逃窜，一径回家。潘一百迎进，立刻备酒接风，琼姿小姐不胜欢喜。纯学在席上备述辩冤释放以及路上遇贼情由。潘一百道："恭喜妹丈，大难不死，必有后福。请问王兄何以不归？"纯学就把昌年失散缘由说了一遍，遂问："崔老先生与他小姐可曾回家否？"老潘道："老崔半月前同他令爱俱已回家，他与奶奶焦氏反目，恨他从前宠爱焦顺，凌逼小姐。倒是小姐贤达，再三劝住。"纯学道："那个焦顺如今怎样？"老潘道："那焦顺始初拿些银子，指望进京袭职，不想遇了骗子，花得尽情，叫化到家，无颜见人，避在乡间。前日老崔回来，要痛治他，也是小姐劝了，说这样小人，何足计较。"纯学道："小姐如此贤淑，可敬可敬。"两个吃过了酒，纯学进房，与琼姿相叙。正是，新婚不如远归，自不必说。

次日，纯学急到崔世勋家，世勋接入，叙了寒温，纯学道："晚生与令祖①王文令极其契爱，殊知老先生盛德，忠勇过人。前日偶阅邸报，知老先生已退处山林。那些游兵，仍然劫掠，晚生几乎被害。"世勋道："老夫朽腐之材，不堪重任，自然退归。那投降兵士，既无驾驭之人，反侧不安，理所必然。仁兄出京时曾与小婿同行否？"纯学道："说也奇怪，晚生与王年兄一齐出京，半路忽遭大风，飞沙蔽日，王年兄倏然不见。晚生四处寻找，并无踪迹。"世勋大惊道："这却为何？莫非遇了乱兵被他害了？"纯学道："失散在前，乱兵在后，必是因兵戈阻隔在那里，老先生不必过虑。"遂起身告别。世勋道："仁兄远归，老夫改日尚欲奉屈稍叙。"纯学道："多谢。"即相辞出去。世勋送了纯学，回至里面，把昌年失散的话对小姐说了。小姐听了，自想："红颜薄命，倒不如村夫田妇，安享太平。"内心十分愁闷不提。

且说王昌年因遇了大风，一时昏黑，不辨前后。又听得有人叫他避难，错认是纯学叫他，便不顾死活，冲风而走。走了一里多路，偶然撞着一

———————————

①　令祖——称对方女婿的敬词。

棵大树，他就靠定树上，等待风息。只见黑暗里有车马之声，昌年仔细看他，前边数对纱灯，后面拥着一轮车子，织锦帐幔，竟到树下来。车中忽然有人说道："树下立的是刑部王老爷，我出来相见。"从人把帐幔揭开，内中走出一个美人。昌年上前施礼，却是西园中所遇的花神，对昌年道："西园一别，私心不忘，今早偶奉仙曹之命，欲往洛阳城点验花色，经过此地，适然相遇。前途流寇杀掠，郎君不宜轻往，且暂住此处，待流寇过了，方可走路。"昌年道："感谢仙卿救护，但不知栖息何处？"花神道："随我来。"便携昌年手，钻进树里。走了数步，果见层楼密室，华丽非常。昌年问道："怎么这树中有此异境？"花神道："这树是紫姑仙的行宫，我们职掌司花，凡遇各处有灵的大树，就托他做个住居之所，两京十三省，共有一千八百五十二棵大树，仙府登记册籍。这一棵是古桂，册上列在五百零三名，叫做灵芬小院。"昌年甚加叹异。花神唤侍从备酒，摆列的都是异品名味。花神亲持玉盏，斟上美酒，殷勤奉劝。昌年道："小生感佩厚情，然一心急欲归去。"花神道："可是要完崔小姐的姻事么？"昌年道："然。"花神道："郎君虽然性急，但恐小姐尚有阻隔，大约世间好事最难成，不是容易合的。"昌年道："这是为何？"花神道："天机难泄，日后便知。此去十分珍重，尚有后会。"昌年起身谢别，花神携手相送。才出门，昌年一跤跌倒，忙爬起来，依然立在大树下。天色甚是晴和，望见牲口仆从俱等在荒草里，不知从何而来。急走上前，各各惊异，昌年不好说出，上了牲口，向前而行。果然流寇过了，撞他不着，只是失了宋纯学。不多几日，赶到开封府，想小姐不知可曾回家，虽在路上看见小报，有崔世勋归朝一事，只因花神说尚有阻隔，愈加惶惑。急赶到崔家，跳下牲口，即走进去，吃了一惊。未知何事，留在下回表白。

# 第十二回　莲梦醒时方见三生觉路

那王昌年走进里头，听得哭声震地，并无一人迎接，昌年心慌。及走到房门首，方见崔世勋出来，一把拖住昌年说道："你来了，今早我香雪女儿死了，如今现在床上。"昌年听了，恰像头上打下霹雳一般，立刻走进房中，果见香雪死在床上。昌年吓得魂不附体，痛哭起来。把香雪满身一摸，只见四肢柔软，心头尚温。昌年带哭问道："患甚么症候就到这个地位？"世勋道："自从前月宋礼部来，说你中途失散，不知下落，香雪便恹恹不起，终日昏睡，今早竟奄然①去了，也没有什么病。"昌年悲苦异常，无暇说自己途中之事，对世勋道："她心头尚温，四肢柔软，且守她一两日，再备后事。"

你道香雪本无疾病，为何如此？原来就是紫姑山司花神女，因花神职掌繁杂，一身管摄不来，要一个才貌双全的闺女帮她，方得完事。因与仙曹说明，暂借香雪魂魄，检点众花颜色，那一夜便来相请。香雪看见一位美女走进房中，要请同去。细问缘由，方知是帮贴司花，就有一本册籍，交付香雪。揭开一看，俱是草木名花。花神道："木本诸花，我自己分派，你但与我将这草本，照色派清。"香雪自恃有才，便同她出门。一霎时腾云驾雾，遍历名园。但见牡丹芍药，蔷薇木香，种种名花，深红浅白，该深色的就与点染，该浅色的就与拂拭，当真个五色俱备，百卉鲜妍。检点完了，花神领她去见紫姑仙。香雪又逞才调修了几款，说牡丹芍药，有色无香，蕙兰茉莉，有香无色，宜加全备。花中窈窕，唯虞美人一种轻盈艳丽，宜登上品。紫姑仙见奏大喜，说："香雪所陈，甚为有理，但世间名花，各有所重，香色不能兼全。今可取虞美人加以变色，酬答汝功。"香雪同花神拜谢而出。自后，各园中唯虞美人不依原种，变幻多端，如单叶变为千叶，浅色变为深色，是因香雪陈奏之功也。花神对香雪道："承小姐帮助，花事有成，深感深感。妾闻王昌年已经回家，今日当与小姐玉成好事，以为千古佳话。"便着几个使女，择旷野之地，结成园亭，请香雪住居于此。花神

---

① 奄然——忽然。

自去寻取昌年。说这昌年守在香雪房中，不胜怨恨。原来上边规矩，人死了不待成殓，那至亲先要到野外去招魂的。昌年挨至五更，独自一人，竟往城外招取小姐魂魄。走过了几里路，昏昏沉沉，不知远近，忽看见花神走来问道："郎君别来无恙，此行将欲何往？"昌年叹道："小生遭遇多难，家中近有大变，今早此来，实出痛心。"花神道："不必忧伤，小姐现在这里。"昌年道："不信有这事，家里死的又是何人？"花神道："你若不信，可随我来。"昌年反疑是梦，便随花神走进园中。但见百花争艳，果然小姐坐在其中。昌年一见大喜道："小姐果在此间，我昨夜到家莫非做梦么？"香雪道："偶因分任司花之职，暂时出门。吾兄远归，有失迎候。"昌年还怕是梦，急急扯住小姐不放。花神笑道："何必太疑，当送你回去。"便差两乘轿子送至家中。昌年与小姐谢别花神，各上了轿。那园亭忽然不见，但见轿子如飞，顷刻间已到门首。昌年先下轿进门。世勋看见，正要哭起来，昌年道："小姐现活在此，小婿一同来了。"世勋大骇，即到外边，当真是小姐走进门来，那两乘轿子也不见了。一家大小，无不惊异，尽来簇拥小姐一同进房。此时，因外头有这异事，个个出来，并无一人在房。那床上睡的，不知不觉穿好衣服，坐在房中。外面拥进来，蓦然合做一处，依旧是活跳的一位小姐。世勋又喜又吓，呆呆的，只管细看。小姐道："王家表兄，今日回来，我父亲桑榆①暮景，正好依傍过日子了。"昌年正要回答，忽家人进来报："宋老爷来拜。"昌年只得出来迎接。乃是宋纯学，他闻昌年归家，又闻小姐有变故，特来看看。说道："小弟自与年兄在中途忽然不见，那时兄在何处，到今方始归家？费小弟寻了几日。今早又闻小姐有什么异事？"昌年把花神之事瞒过，只说道："那日大风扬沙，故此失散。又因闻得游兵作恶，暂缓一日，所以归迟。小姐偶有微恙，今幸全复。"纯学道："恭喜恭喜，年兄既归，目下便该择吉了。"昌年道："正要商量此事。"纯学道："前日行聘，原是小弟做媒，年兄何不借舍舅的西园住了，待弟与兄择下吉期，完那冰清玉洁。"昌年听了，即到里面与世勋说知，世勋大喜，出来面谢纯学。纯学谦逊一番，就挽昌年出门，同到西园来，老潘更加款待。纯学即往外边拣了黄道吉期。到了正日，昌年备一付盛礼，穿了公服，打起刑部执事，纯学做了行媒，鼓乐喧天，送到崔家结亲。世勋迎接

---

① 桑榆——代指晚年。

进厅，内中拥出小姐，一对夫妇拜了天地父母，拥入洞房，合卺结亲。世勋在外，陪了纯学吃酒。小姐与昌年并不客套，添绣斟上酒来，两个说说笑笑，吃得半醉，散了酒席。添绣服侍上床，掩门而出。昌年就把分别出门以至误认老潘的话先请了罪，又把花神托梦终始周旋的话后叙了情。香雪也把女师入赘、柳林得梦并诗绢暗合之异说了一遍。两人说了一夜话，说到苦时，上面愈加亲热，说到喜时，□边岂肯生疏，那些风流恩爱，自然是少不得。这事按下不提。

再说女师莲岸，自从见了真如法师尚且雄心勃勃。真如整顿禅房与他居住，也不参禅学道，也不念佛看经，日夜思想昌年，无从见面。有时感慨悲歌，抡起禅杖便要杀出去。过了几月，心上禁遏不住，即来禀真如道："弟子雄心未断，意欲出山，完了俗愿，待数年后，然后归山。"真如道："我怕你一去不来，老僧放心不下。也罢，既是你此志不衰，今夜子时大吉，老僧亲送你去。"莲岸拜谢，回到自己房里，收拾行装。自想："此番出去，先到河南，寻取昌年。然后差世勋同纯学收聚柳林残兵，寻觅程景道、李光祖，再加团练，何患无成。"打算完备，又来禀真如道："弟子半夜起身，恐怕惊动老师，先此拜别。"就拜了四拜。真如道："既是如此，今夜老僧到不奉送了。"莲岸欣然别了真如，早早打开铺盖，暂且睡下，好养精神，半夜出山。

只见睡到子时，听得晓钟初响。莲岸急急背了行李，出了涌莲庵，赶下山坡。恰好撞着程景道。莲岸大喜道："你为王森所败，我原不怪你，为何不别而去？一向在哪里？"景道道："败军小将，无颜相见，故此流落他乡，请问大师到哪里去？"莲岸道："我因误去投降，朝廷敕斩，被我用术逃避。今日此去，仍要做前番的事。"景道道："既逃避了，小将备有马匹器械，大师可速上马前行。"莲岸便上了马。两个走不上数里，忽然有一队兵马阻绝去路。两个细看旗号，俱是柳林内的。景道大喝道："你是哪一家营头，敢在此拦路？"只见那营里一将骑马冲出，见了莲岸，即时下马，纳头便拜，乃是李光祖。莲岸大喜。光祖道："小将自别大师，总领兵马，破过四十州县，专候大师到来，不期此处相遇。"就请莲岸并景道进营。叙过了礼，莲岸对光祖道："我要往河南，寻宋纯学与王昌年，并看香雪小姐，你可护送我去。"光祖承命，立刻起行，就到开封府，在三十里外扎营。莲岸独自进城，寻到崔家，问昌年消息。管门人道："王老爷同宋老爷在西园吃酒。"又问："香雪小姐在家安否？"管门人大怒道："你是何人？敢问我家小姐。"遂大骂起来。莲岸不与计较，就转身到西园来。果然，纯学与昌年欢呼痛饮，看见莲岸，全然不睬。莲岸道："宋纯学、王昌年，你两个不认得我了？"昌年道："你是什么人？"莲岸道："我是柳林中女师，你两人受我厚恩，难道就忘记了？"纯学道："我们是朝廷大臣，妖魔草寇，这等放肆！"叫左右："索了！"当下走出数人，将莲岸绑缚起来。莲岸大骂道："有这样负义的！当时贫困，如鸟投林。今日富贵，就反面无情。如今李光祖程景道现统大兵驻扎城外，少不得把你两个剁做肉酱。"昌年大笑道："我们富贵到手，哪记得许多旧恩。贼寇不得无礼！"叫左右："拿去斩了！"众人将莲岸拥住，拨出刀来，劈头便砍，莲岸着忙，一跳，忽然惊醒。乃是一梦，身子依旧在禅床上。遂披衣而起，见日高三丈，真如法师上堂说法，众僧环绕而听。

　　莲岸愤恨不已，走进法堂，拜见真如。真如道："莲岸，你要出山，昨夜这一梦就是出山的好处了。"莲岸气得目定口呆，也不回答。真如道："莲岸，你且平心和气，听老僧说明来历。大凡红尘中事，只瞒得无知无觉的人，爱欲牵缠，痴情羁绊，念头起处，正像生在世间，永无死日，譬如酒醉的人，不知不觉昏迷难醒。设有一人坐在最高之处，冷眼看人，或是贪名，或是贪利，庸庸碌碌，忙过一生，及至死时，名在哪里，利在哪里。可知冤仇恩爱，皆是空花，巧拙妍丑，尽归黄土，你道有何用处。世人不明，往往为情而起，终身迷惑，不知回头。我想只如做梦一般，譬如夜间昏黑之时，闭了两眼，一样着衣吃饭，亲戚相叙，朋友往来，喜是真喜，乐是真乐，不过一两个时辰，就天明了，翻身转来，梦在哪处，可再去寻得么？我想，世上诸事都是假的，独你昨夜所梦倒是真的。须要早早回头免生疑惑，不可痴心妄想，为世所弃。莲岸，你生前原是如来座下一朵白莲花。勿谓草木无情，偶然感到，便罚将下来。你如今待想怎么？"真如说罢，忽然大喝一声，正像山崩地裂的叫道："莲岸，哪一条是你的宝岸？"只因这一喝，惊得莲岸如梦忽觉，拜倒座下，放声大哭道："些微一身，尚且不保，何况身外之事。莲岸今日才见老师面目矣。"真如道："一时偶觉，未足为真，你再去参来。"自此，莲岸洗净凡心，一念不杂，每当真如说法，言下了然。

　　一日，偶到庵外闲步，看见涧水里涌出一朵莲花，莲岸折取供养老师。

真如一见叹道:"老僧建立此庵,因有这朵莲花。今日被你折了,老僧欲辞此庵矣。"即命侍者,唤集众僧,俱付莲岸主持,焚香沐浴,端然化去。莲岸自后,遂为庵主,一样开堂说法不提。

却说王昌年成亲后,夫妻恩爱,时刻不离。过了数月,朝里推升山东巡按,报到家中,荣显异常。昌年即与小姐分别,请宋纯学做内司,竟到山东来。常例,按院到任,先要私行,访察善恶。昌年同纯学各处私行,遇见一个道人,逍遥自得。纯学细看,认是程景道,就扯住道:"闻盟兄遁迹深山,小弟日想旧情,无从见面。今欲何往?"景道道:"原来是宋盟兄,小弟住在白云洞,两月前偶到小柴岗,遇见李光祖,始知别后诸事。他自从出了柳林,就到小柴岗,入赘在胡喜翁家,娶他女儿。村庄耕种,甚是闲适。小弟约他这两日在此处相会,同往涌莲庵,候问女大师。"纯学惊道:"大师朝廷处斩,小弟与他营葬,怎么仍在涌莲庵?"景道道:"原来盟兄不知,当日大师用□遁逃避,所斩的却是假尸。如今阐扬宗教,居然是大善知识了。"纯学喜道:"有这等事,小弟也要见他。"就引景道与昌年相叙。昌年闻知女师现在,也自欢喜。景道又问:"两位兄长近况如何?"纯学道:"王年兄代天巡狩,暂尔私行。至于小弟,已做废人。"便把前事说了一遍。景道听了,不觉长叹。三人遂入店沽酒共饮。果等了一日,李光祖徒步而来,纯学昌年接见甚喜。景道与光祖备述纯学昌年的事,光祖道:"我们三人俱属闲散,王兄贵为御史,不知可肯同到涌莲庵候问大师否?"昌年道:"向受大师深恩,焉有不去之理。就此同行便了。"四人一齐起身,寻山问水,共向涌莲庵来。山径荒僻,幽异非常。那程景道是熟路,在前引道。行了多时,望见前面一座小庵。藏在树里,白云拥护,清流环绕。景道道:"涌莲庵已到,我们须在涧水净手,好去拜佛。"四人俱净了手,缓步入庵,共进法堂。先拜了佛,后向侍者道:"汴州王昌年、金陵宋纯学、新安程景道、燕山李光祖求见大师。"侍者传进里头,停了一会,出来道:"请四位稍坐,大师即出相见。"昌年等俱不敢坐,等候升堂。少顷,幢幡宝盖,香花灯烛,接引而来。果见莲岸织锦袈裟,庄严相貌,高登宝座。四人一齐叩拜。莲岸吩咐看坐,四人坐下。莲岸道:"别来许久,今日何幸俱至小庵。"四人道:"弟子向赖大恩,只因散处各方,有疏候问。今幸不期而遇,特来瞻礼大师。所喜法体清安,超凡入圣,弟子等庸碌凡夫,愿求指示迷途。"莲岸道:"景庵已久闲云,不必另叙。各位近来所做何事?"纯学道："弟子削籍闲居,功名之路,已经绝望。光祖入赘村庄,安居乐业,唯昌年现任代巡山东。"莲岸笑道："王文令绣衣御史,贫衲也属治下,失敬失敬。近日香雪小姐闺中纳福,圆亲几时了? 世勋老将,想尚能善饭?"昌年道："世勋闲住在家,香雪怀念大师,有如昔日,数月前成亲的。至于仕途况味,弟子也勉强应承,不久当退处山林。"莲岸道："少年事业,原该向上做去。若能急流勇退,尤见智识不凡。贫衲初至庵中,尚犹雄心难灭。后来,承先师提醒,昏迷顿觉,此心净如朗月。今日与各位相叙,虽则一片旧情,而心下全无芥蒂了。"光祖道："昔日大师如此法力,今日一见,令人妻孥①之念涣然冰释②,何况名利。"莲岸道："我倒忘了,闻纯学入赘潘家,何如? 光祖所娶何姓?"景道道："潘家琼姿小姐,四德俱备。光祖入赘小柴岗胡喜翁之女空翠小姐,又极贤淑。"莲岸道："可喜可贺。"便唤侍者："整备素饭,四位吃了,可在荒山游玩几日。"莲岸下了法座,邀进里内,大家又谈些世情之事。到了次日,四人拜别大师。莲岸道："贫衲有见性之语,四位须静听。古人云:'岸少知回,想当以明自鉴,往往有才,多为身累,若不乘时明心见性,一旦年齿③日衰,无能悔及。至于名利两途,皆属空花,有何所益,诸公宜细思之。"四人拜谢道："大师明训,敢不佩服。"莲岸就把古瓶一个送与昌年,古砚一方送与纯学,古镜一圆送与光祖,古炉一座送与景道。又有一玉盒附寄香雪小姐。四人收了物什,分别莲岸,一径下山。景道送出山弯,也就回去。昌年对纯学、光祖道："大师何等英雄,顿悟如此,吾辈碌碌风尘,殊觉无味。小弟自今以后,即当隐迹柴门矣。李兄若不弃小弟,求多叙几日,待小弟辞了官,畅饮而别何如?"纯学也留光祖。大家到省城来。昌年即出告病文书,再三恳切朝廷许允,罢官而归。光祖已辞别回去。昌年与纯学一齐驰归。昌年到家见了香雪,备述女师的话,又送上玉盒,香雪大喜。自后,各家生男育女,宋王两姓结为婚姻。世勋寿登九十。潘一百、焦顺皆崇尚佛教,改行从善。昌年家内造一花园,遍种奇花,月遇一样花开,昌年必沥酒相庆,默寓酬谢花神之意。后来各把家事付托儿子,约光祖、景道再看大师。后不知所

① 孥(nú)——儿女。
② 涣(huàn)然冰释——比喻嫌隙、怀疑、误会等完全消除。
③ 年齿——代指年岁。

终。有人传说女大师立地成佛，昌年、纯学、光祖三人俱学景道，成仙羽化，未可知也。诗曰：

才子佳人信有之，颠颠倒倒费寻思。

诗人着眼描情想，独倚南楼唱竹枝。